Super ET

Dello stesso autore nel catalogo Einaudi

Almost Blue
Mistero in blu
L'isola dell'Angelo Caduto
Guernica
Un giorno dopo l'altro
Laura di Rimini
Lupo mannaro
Medical Thriller (con E. Baldini e G. Rigosi)
Misteri d'Italia
Il lato sinistro del cuore
Nuovi misteri d'Italia
La mattanza
Piazza Fontana
Storie di bande criminali, di mafie e di persone oneste
La faccia nascosta della luna
L'ispettore Coliandro
Protocollo (con M. Bolognesi)

Carlo Lucarelli
L'ottava vibrazione

Einaudi

© 2008 by Carlo Lucarelli
Published by arrangement with
Agenzia Letteraria Roberto Santachiara

© 2008 e 2010 Giulio Einaudi editore s.p.a., Torino
Prima edizione «Stile libero Big»

I libri di Carlo Lucarelli sono stampati su carta ecosostenibile CyclusOffset, prodotta dalla cartiera danese Dalum Papir A/S con fibre riciclate e sbiancate senza uso di cloro. Nel caso si verifichino problemi o ritardi nelle forniture, si utilizzano comunque carte approvate dal Forest Stewardship Council, non ottenute dalla distruzione di foreste primarie.
Per maggiori informazioni: www.greenpeace.it/scrittori

www.einaudi.it

ISBN 978-88-06-20174-6

L'ottava vibrazione

A Lisa,
che sia felice sempre,
e a Sara e Francesco,
che siano sempre cosí.

Ma questa immobilità non somigliava per niente alla pace. Era l'immobilità di una forza spietata che stava rimuginando un impenetrabile progetto. Ti guardava con aria vendicativa.

JOSEPH CONRAD, *Cuore di tenebra*.

Uno

Tutte le volte che si allentava il nodo della cravatta, il signor Cappa batteva l'unghia del pollice contro la superficie inamidata del colletto. Agganciava il nodo con l'indice, tirava piano verso il basso e poi, sempre, un piccolo colpo con la punta del pollice sulla cellulosa irrigidita, un piccolo colpo secco, all'indietro, come per lanciare una biglia, tutte le volte. Non serviva a niente, non aveva significato, e se anche gli avessero chiesto il motivo per cui lo faceva lui non avrebbe saputo cosa rispondere, perché non si era mai accorto nemmeno di farlo.

Vittorio Cappa alza la testa e guarda la ventola che gira lenta, appesa al soffitto della baracca. Si appoggia con le spalle allo schienale di legno della poltroncina girevole, e per un attimo sembra che il cigolio delle giunture della sedia sia uscito dalla sua bocca aperta, acuto come il grido di un uccello. Invece voleva solo sospirare, lanciare un fiato umido e denso, tutto di gola, lanciarlo lontano, lanciarlo fuori dal suo corpo caldo, fuori da quella baracca afosa, fuori da Massaua, via, veloce, fino al mare, ma gli pare di non riuscire a spingerlo che appena fuori dalle labbra, impastato, fuso, con quell'aria bagnata e rovente che neanche le pale della ventola potevano spostare.

Se fosse stato per lui se ne sarebbe andato in giro con i sandali e una futa di cotone attorno alla vita. Nient'altro, neanche le mutande. Come facevano da sempre tutti gli abitanti di quella città infernale che cuoceva sotto il sole di giorno e ribolliva la notte, quelli che ci erano nati, non quelli che ci erano venuti, come lui, o quelli che stavano in Italia, come il Cavaliere, che quando pensava alla Colonia immaginava lino immacolato e fresche brezze marine, e non avrebbe mai tollerato un commesso coloniale, per giunta di prima classe, in sandali e futa. E senza mutande.

Vittorio si alzò, inarcando la schiena per staccare la pelle dalla stoffa bagnata della camicia, senza riuscirci. Si avvicinò alla finestra, già ansimando come dopo uno sforzo, e appoggiò la tempia contro il legno caldo dello stipite. Infilò un dito dietro il bordo del colletto, allentò ancora la cravatta, e senza pensarci batté un colpo con il pollice, rapido e leggero.

Fuori, c'è una bambina che balla.

Sporca, scalza, con addosso una camiciola corta di un colore indefinibile, i capelli raccolti in due codine crespe ai lati della testa. Tiene le braccia alzate e si muove incurante del ritmo della musica che tre uomini, tre vecchi seminudi con un fez rosso sulla testa, le suonano attorno. Sotto una stuoia appesa tra due pali, le gambe magre incrociate sulla polvere rovente della strada, uno batte le dita sulla pelle tesa di un koboro, e gli altri grattano le corde di due chitarre quadrate dai manici lunghissimi, veloci e concentrati per seguire il pulsare serrato del tamburo. Era una musica rapida e ossessiva, le stesse battute si ripetevano all'infinito, si rincorrevano, si accavallavano quasi, ma la bambina non la seguiva, sembrava non sentirla neppure. Si sollevava sulle punte dei piedi, batteva i talloni nella polvere, prima uno e poi l'altro, ruotava i polsi sopra la testa, le mani aperte, ma piano, pianissimo, tanto che bisognava guardarla bene, fissarla a lungo, per capire che si sta muovendo.

Sembrava che fossero lí da tanto tempo.

Come ho fatto a non sentirli prima, si chiede Vittorio.
– Non la guardare, signore. È pericolosa, – dice Ahmed.
– Perché? È solo una bambina che balla.
– Quella non è una bambina.
– A me sembra una bambina.
– Quello è Sheitàn. È il Diavolo. Ti ruba l'anima se lo guardi.
– A me sembra una bambina che balla.

Provò ancora a inarcare la schiena per staccare la pelle dalla stoffa della camicia, ma di nuovo non ci riuscí. Una goccia calda gli rotolò dietro un orecchio e scese giú sul collo, solida e dura come un sassolino.

Si accorse che la bambina lo stava guardando. Lo fissava, gli occhi neri puntati su di lui, e sulle labbra sudice uno strano riflesso biancastro, che poteva essere un sorriso. Continuava a ballare.

– Tra poco arriva il piroscafo, – disse Ahmed. – Il signor Cristoforo aspetta. Dobbiamo fare la Magia.

Vittorio faticò ad allontanarsi dalla finestra, come se lasciare lo sguardo della bambina gli costasse uno sforzo fisico, da indolenzire i muscoli del collo. Ma forse era soltanto il caldo.

Anche Ahmed si era vestito per l'arrivo della nave. Indossava un camicione pulito e un fez nero al posto dello straccio a quadretti che di solito si avvolgeva attorno alla testa. Solo i sandali erano gli stessi.

– Lo so cosa dobbiamo fare, – disse Vittorio. Era per quello che prendeva le sue due lire e centosessanta centesimi di stipendio (piú le maggiorazioni, piú le spese, piú le gratifiche). Perché sapeva fare la Magia, e la sapeva fare bene.

Faceva sparire le cose.

Scarpe, cappelli di paglia, pezze di lino, cognac, vino, latte in polvere, tutto quello che non fosse di stretta pertinenza dell'amministrazione militare della Colonia Eritrea, come armi da guerra, munizioni, muli e divise, quello no. Invece legname, pietre da costruzione, marmo, traversine. O sementi, attrezzi agricoli, fucili da caccia, coltelli da lavoro. Zoccoli, canapa, carta. Reti da pesca. Occhiali.

A diluire l'impressione di fare qualcosa di disonesto c'erano due fattori.

Il primo: glielo aveva ordinato il Cavaliere, che era il capo di gabinetto di un sottosegretario al ministero degli Esteri, e quindi suo diretto superiore.

Il secondo: quella roba non era mai esistita.

Era stata registrata sui documenti di imbarco, in patria, e regolarmente pagata dall'amministrazione coloniale, ma nessuno l'aveva mai realmente acquistata. Le fatture erano gonfiate.

Il suo compito era far sparire la merce inesistente al momento dello sbarco a Massaua. Difetti di fabbricazione, avarie, smarrimenti, incidenti di navigazione, furti, tutto quello che poteva servire a far coincidere la merce effettivamente stoccata nelle baracche del porto con quella effettivamente acquistata nella madrepatria. A parole sembrava semplice, e il Cavaliere glielo aveva fatto spiegare da Cristoforo appena era arrivato a sostituire Bilancioni, che si era fatto rimpatriare per una sifilide mal curata.

Se qui c'è scritto due sacchi di grano, e sulla nave ce n'è solo uno, si deve dire che l'altro è marcito per l'acqua salata e l'hanno buttato via.

Non era cosí facile. Bisognava avere la fantasia di inventare ogni volta una scusa diversa, la capacità di fare i conti e l'occhio per non esagerare. Far sparire qualcosa che c'è è semplice, basta rubarlo. Ma per far sparire qualcosa che non è mai esistito ci vuole qualcos'altro. Ci vuole la Magia.

Era per questo che lui, a trent'anni, era già commesso co-

loniale di prima classe e il suo amico Cristoforo Del Re, che era piú grande di lui di un anno, era ancora in terza.
– Ho sete, – disse Vittorio. – Vai avanti tu.
C'è una bottiglia sul tavolino contro il muro della baracca, accanto ai registri e alla macchina calcolatrice. Ahmed la guarda e Vittorio scuote la testa.
– No, grazie, – dice, – voglio qualcosa di fresco. Vado a vedere se in ghiacciaia c'è una birra. Perché ridi?
Ahmed si coprí la bocca, ma si vedeva anche dagli occhi che sorrideva.
– Te le sei finite tutte?
– Io? Io sono musulmano. Io non tocco alcol.
Vittorio si strinse nelle spalle. Staccò la giacca da un chiodo piantato nella porta della baracca e lanciò un'occhiata ad Ahmed, invidiando la sua gellaba pulita. Sandali e futa, o un camicione come quello, invece di giacchetta, camicia e cravatta. Ma almeno cosí nessuno sarebbe andato a soffiare al Cavaliere che il commesso coloniale di prima classe Vittorio Cappa andava a ricevere un carico fantasma con una tenuta indegna di un funzionario civile della Colonia italiana d'Eritrea.

Quando entrò nella ghiacciaia, però, capí perché Ahmed sorrideva.
Non la vide subito, il riverbero del sole che si schiacciava sulle pareti bianche delle case lo aveva accecato anche in quei pochi passi che separavano la baracca dalla ghiacciaia.
E poi lei è nera, nera come un banco d'ebano, lucido e levigato. Forse, appena scesi i tre gradini che portavano dentro, sarebbe riuscito a intravederla ancora prima di abituare gli occhi al buio, se lei avesse avuto addosso la futa bianca che le aveva regalato.
Ma è nuda.

– Aicha, – sussurrò Vittorio.

Aicha sorrise, e fu quello che lui vide per primo, il biancore dei denti, prima ancora della sua sagoma alta, delle curve dei fianchi e dei seni, e anche del sudore che le luccicava sulla pelle, perché la ghiacciaia non era una vera ghiacciaia, ma solo una stanza seminterrata con una cassa che ogni mattina due portatori d'acqua riempivano di ghiaccio comprato dalla distilleria sul mare. Era lí che stava Aicha, le spalle appoggiate al muro, un piede nudo sulla cassa del ghiaccio, si puliva i denti masticando un bastoncino di adaï, e sorrideva.

Giuro che non sapevo che fosse qui, pensa Vittorio, ricordandosi del sorriso di Ahmed.

– Vestiti, – disse Vittorio, – lo sai che dobbiamo essere tutti decorosi quando arriva un piroscafo dall'Italia.

Prese la futa di cotonina bianca che stava sulla cassa e la gettò ad Aicha, che l'afferrò al volo e se la annodò attorno alla testa, come un turbante, coprendo i capelli corti e crespi.

– Non intendevo cosí, – disse Vittorio.

Aicha non rispose, e anche se l'avesse fatto sarebbe stato inutile. Da quando aveva cominciato a girare attorno alle baracche del porto, fingendo di accettare lavori che poi non faceva, nessuno le aveva mai sentito pronunciare una parola in una lingua conosciuta, fosse tigrino, arabo, amarico o anche italiano. A giudicare dall'altezza, dal colore cosí scuro, e soprattutto dalle labbra piene e dal naso, che era dritto, sí, ma un po' aperto, piú rotondo delle altre, poteva essere bilena, beni amer o beja, o una qualunque delle tribú al confine col Sudan, magari proprio sudanese, ma quando qualcuno aveva provato a dirle qualcosa in quelle lingue, lei non aveva mai risposto.

Vittorio si chinò sulla cassa per aprirla, ma il piede di Aicha gli impedí di alzare il coperchio. La ragazza sollevò il tallone, allungando la caviglia, e Vittorio notò il filo sottile di conchiglie che le girava attorno ai malleoli. Pensò che non era stato lui a regalarglielo e si scoprí dentro una punta di gelosia, graffiante e assurda, che svaní subito, appena il tempo di un respiro. Provò ancora ad alzare il coperchio della cassa, senza forzare, e il piede di Aicha lo spinse giú. La sentí ridere, una risatina veloce e acuta, da bambina.

– Senti, Aicha, – mormorò Vittorio, – è troppo caldo, sta arrivando il piroscafo e io non ne ho per niente voglia. Un'altra volta, magari, ma non adesso.

A parte la futa in testa e il filo di conchiglie bianche alla caviglia, Aicha non ha addosso nient'altro. Vittorio la guardò. Era bella come poteva esserlo una giovane ragazza nera per un coloniale senza moglie e senza fidanzata, Aicha, la cagna nera, come l'aveva chiamata Cristoforo una volta.

Aicha.

Vittorio si allentò ancora la cravatta, dito sotto il colletto e colpo di pollice. Faceva caldo anche lí dentro, forse due o tre gradi in meno dei quaranta e passa che c'erano fuori sotto il sole. Allungò una mano e prese la futa dalla testa di Aicha, che se la lasciò sfilare, piegando appena il collo su una spalla.

– Dài, – disse Vittorio, tenendo aperta la stoffa davanti a sé, come un torero, – vattene e lasciami bere una birra in pace.

Aicha tolse il piede dalla cassa, gli voltò le spalle e si lasciò allacciare i fianchi con la futa, docile e silenziosa. Poi, all'improvviso, si piegò, spingendo indietro le natiche contro i calzoni di Vittorio, che si fece sfuggire un sospiro tronco e sospeso, come un singhiozzo. Si ritrovò con la schiena contro il muro della ghiacciaia, il culo nudo di Aicha premuto addosso, gli angoli della futa stretti in pugno come un paio di redini. Aicha girò la testa e gli lanciò uno sguardo da sopra la spalla, e lui fece in tempo a vedere ancora il bianco dei suoi denti brillarle tra le labbra in un sorriso.

No, pensa, no, dài, no, ma lei aveva cominciato a muoversi, sfregando le natiche nere sulla tela bianca dei suoi calzoni in una spirale lenta che gli strappò un altro sospiro. In un sussurro d'orgoglio, sottile e assurdo come la sua gelosia, pensò che non era il momento, che era troppo caldo, che chissà con chi era andata per quel filo di conchiglie e chissà che cosa avrebbe potuto attaccargli di nuovo.

Pensò: Aicha.

Pensò: Aicha, la cagna nera.

Ma poi pensa che lui è quello che è, e lei pure, e quella era Massaua, e allora lascia cadere la futa per terra, le afferra i seni da sotto e si piega sulla sua schiena nera, schiacciando la guancia sulla sua pelle aspra, lucida, e rovente di sudore.

La storia di Aicha, la cagna nera

In realtà Aicha non era sudanese, né beni amer, bilena o beja. Era kunama, e veniva da un villaggio senza nome che se fosse stato segnato nelle carte dell'Istituto geografico militare italiano avrebbe dovuto trovarsi al centro di un'area ocra pallido su cui c'era scritto, a caratteri sottili, «zona poco conosciuta».

Non si chiamava neanche Aicha. Quel nome glielo aveva dato Ahmed soltanto un anno prima, tanto per chiamarla in qualche modo, perché ripeteva sempre una parola che ci assomigliava e che nella sua lingua, qualunque fosse, sembrava potesse significare sí.

Aicha?

Sí.

Ahmed l'aveva trovata nel magazzino dove facevano stoccare il pesce secco da spedire alle guarnigioni dell'interno, e doveva essere stata la puttana di qualcuno, non certo una madama, perché cosí nuda, sporca e nera non poteva essere la moglie clandestina di un soldato, e tantomeno di un ufficiale. Ma aveva mangiato sempre, si vedeva, e bene, non aveva le spalle curve, le gambe secche o il ventre gonfio della fame, era grande, dritta, e in fondo alla schiena, dove la pelle cominciava a tendersi lucida sulle natiche scure, aveva due piccole fossette.

Aicha?

Sí.

Beni amer? Bilena? Beja?

Sí.

A chiamarla la cagna nera era stato Cristoforo, un giorno che era uscito dal magazzino abbottonandosi la patta dei calzoni e facendo un gesto veloce con la lingua che aveva fatto ridere tutti, anche Ahmed. Ogni tanto spariva per un po', Aicha, ma tornava sempre.

Aicha?

Sí.

Ma da dove venisse, come avesse fatto a passare il posto di blocco sulla diga, quando fosse entrata in città e quale fosse il suo vero nome, questo, non lo sapeva nessuno.

Due

Era il terzo bastimento che arrivava a Massaua quella settimana, e ne sarebbero arrivati ancora. Non c'era bisogno di essere un funzionario o un militare, per saperlo, e neppure il corrispondente del «Secolo» o della «Tribuna». Non importava neanche essere italiano, o un graduato degli ascari, la madama di un ufficiale, il cameriere del governatore o una spia del negus. Lo sapevano tutti, anche i portatori di pesce della città vecchia e i mendicanti ebrei di Taulud, i ruffiani greci dell'Arsenale e i bambini con la pancia gonfia che morivano di fame a Otumlo.

Si sentiva.

Si sentiva nell'aria che schiacciava la città.

C'era qualcosa di diverso in quell'aria immobile e pesante, calda come in un forno, un odore aspro di metallo e fumo bagnato, un brivido elettrico, che sapeva di bruciato e faceva rizzare i peli sulle braccia. Era già stagione di piogge, ma non è aria di temporale quella che possono sentire tutti, da Massaua e lungo la costa, oltre Archico, Zula, Assab, e dentro, fino a Cheren, e su per l'altopiano, fino ad Asmara, Agordat e oltre, oltre i confini della Colonia, nelle terre del negus.

È aria di guerra.

Appena vide che Ahmed era solo, Cristoforo corrugò la fronte, aggiustandosi sul naso gli occhiali dalle lenti affumicate che gli erano scivolati giú per il sudore. Si era messo sotto le arcate bianche del porticato che correva lungo i magazzini sulla banchina, vicino ai cammelli di un mercante beduino, troppo vicino, a giudicare da come teneva strette le labbra. Stava appoggiato a un ombrello chiuso e doveva avere molto caldo, visto che il sudore era passato oltre la camicia e gli aveva disegnato due grandi aloni scuri sul lino chiaro della giacca, sotto le ascelle. In testa aveva un cappello bianco dalle tese larghe, che Ahmed non gli aveva mai visto.

– Dov'è Vittorio? – chiese Cristoforo.

Ahmed sorrise ancora in quel modo, lo stesso sorriso della baracca.

– Ho capito, Aicha è tornata, – disse Cristoforo. – Be'... speriamo che faccia presto.

Si toglie il cappello, si passa una mano sui capelli biondi, lisciati all'indietro, e con una frustata del braccio che per un attimo attirò lo sguardo sorpreso di un cammello si scola via le gocce dal palmo della mano.

– A me quello che mi fa impazzire non è il caldo, – mormorò, come se parlasse a se stesso. – Mi piace, il caldo. Ho respirato tanta di quella nebbia in Brianza che non vedevo l'ora di potermi sudare fuori tutto il freddo dalle ossa. No, io quello che non sopporto è tutto questo rumore, questo cavolo di baccano inutile.

Chiuse gli occhi, come se volesse ascoltare meglio, e Ahmed si guardò attorno per vedere quello che sentiva.

Non sembrava che i rumori del porto fossero diversi dal solito, e neppure piú forti. C'è un branco di capre rosse che belano spingendo fuori le lingue dalla bocca, ostinate e insistenti, come chiedessero qualcosa. C'è un ascaro alto e magro, la faccia lunga da cavallo sotto il fez rosso, che urla contro un gruppo di bambini sporchi – *Kidú! Kidú!* – facendo schioccare in aria il kurbash per tenerli lontani da un'italiana in costume da beduina, immobile come in posa sotto un ombrellino giallo, e ci sono le urla dei bambini che scappano da tutte le parti quando il frustino li colpisce sulle schiene nude. C'è un furiere toscano che tende i pugni gonfi verso le facce da idolo antico, immobili e nere, come scolpite nel legno, di due portatori d'acqua che hanno fatto cadere una damigiana d'olio, e urla, aspirando le *c* come un dancalo della costa – *Teste di 'hazzo! 'hoglioni! Stronzi!* Ci sono i ragazzini che strillano dall'acqua, sciamando attorno alla nave con le barche, le mani tese verso l'alto – *Alí, alí! Salam ketir! Bakshish!* C'è il fischio ottuso della sirena del piroscafo, la voce isterica del capitano che urla ai marinai di far sgombrare la passerella, adesso anche il bramito di un cammello dalla barba incrostata di polvere, un rutto lungo e roco, come un conato che non finisce piú – *Kidú! Kidú! Teste di 'hazzo, stronzi! Alí, bakshish! Via dalla passerella, via dalla passerella!* – e il cammello, la sirena, le capre, un battere di metallo arrugginito, chissà dove, e anche lingue di donne, che trillano lontano, acute e velocissime, chissà perché.

– E poi gli odori.

Cristoforo aprí gli occhi, sbattendo le palpebre dietro le lenti rotonde degli occhiali affumicati. Il palazzo del governatore in fondo alla mezzaluna della rada grande, con quegli archi e le finestre rotonde che lo facevano sembrare un alveare, gli apparve appannato dal riverbero della luce che si rifletteva sull'acqua, come in una foto molto vecchia.

– Questo puzzo di merda di cammello, sempre. Perché?

– Perché è nella natura del cammello, – disse Ahmed, e da come Cristoforo si voltò a guardarlo, sorpreso, capí che aveva davvero parlato a se stesso.

– Fare i suoi bisogni, – disse Ahmed. – M'hrà'... cagare.

– Sí, ma perché in mezzo alla strada? È per questo che

mi piacerebbe andare nel deserto. Là i rumori e gli odori non sono inutili, come qui. Se ci sono, se accadono, è per un motivo concreto, unico ed essenziale.
– Anche nel deserto cagano i cammelli.
– Ma nel deserto non ci sono strade.
La passerella era sgombra e il capitano aveva smesso di urlare. Sul ponte del piroscafo c'era una compagnia di soldati in attesa di sbarcare. Fermi sotto il sole, spalla contro spalla, la giacca color bronzo già inzuppata dal sudore e le facce rosse sotto i berretti bianchi, stavano cosí attaccati al parapetto levigato dalla salsedine da sembrare una fila di vecchi denti d'oro che avessero azzannato un osso. Ce n'era uno che ondeggiava, pallido, come se fosse sul punto di svenire.
– Una lira che va giú, – disse Vittorio, che intanto era arrivato.
Cristoforo non gli rispose. Guardava i primi passeggeri che sbarcavano dalla passerella, come se cercasse qualcuno.
– Ahmed... dieci centesimi! – disse Vittorio, ma ormai era troppo tardi, perché il soldato si piegò sul parapetto come uno straccio bagnato e il berretto gli volò di sotto, in acqua, dove i ragazzini si erano già tuffati per andarlo a prendere.
– Eccola! – disse Cristoforo.
C'è una donna, sulla passerella, una ragazza. Barcolla sulle assi di legno, una mano stretta alla corda che fa da ringhiera e l'altra avvinghiata al braccio di un marinaio che le porta la borsa. È troppo vestita per quel caldo.
– Eccola chi? – chiese Vittorio.
In quel momento cominciò a piovere. All'improvviso uno scroscio di gocce grosse come chicchi d'uva si schiacciò sul porto, frustando la terra battuta della strada, le mura calcinate e la paglia delle tettoie, cosí fitto e violento che la rada

grande di Massaua scomparve come dietro una tenda, e sparirono anche i rumori e il puzzo di merda di cammello, coperti dal frusciare forte della pioggia e dal suo odore di ferro bruciato.

Gli occhiali affumicati erano diventati inutili, e Cristoforo se li infilò nel taschino della giacca prima di buttarsi nel muro grigio che lo separava dal piroscafo, una mano schiacciata sul cappello per tenerlo sulla testa e l'altra stretta attorno all'ombrello chiuso. Raggiunse la passerella e gridò: – Cristina! – forte, per coprire il rumore della pioggia.

La ragazza dovette sentirlo, perché si fermò, lasciando il braccio del marinaio.

– Cristina, tesoro, sei troppo vestita per questo caldo. Prendo io la borsa. No, lascia stare l'ombrello... serve piú per il sole che per la pioggia, e poi tra poco smette.

La guidò fino in fondo alla passerella, stringendole le spalle con il braccio che reggeva la borsa, perché l'altro lo aveva lasciato libero per i bambini, e quando se li vide arrivare addosso cominciò a farsi largo, picchiando con l'ombrello. L'ascaro con la faccia da cavallo si materializzò all'improvviso, quasi fosse sbucato fuori dalla pioggia, il kurbash in mano, frustando alla cieca: – Kidú! Kidú!

Erano appena arrivati sulla banchina che il temporale cessò di colpo. Cristoforo aprí l'ombrello, perché il sole aveva ricominciato a cuocere come se non fosse successo niente, e l'aria era piú immobile e rovente di prima. L'umidità troncava il fiato.

– Crissi, tesoro, sei bagnata come un pulcino. I vestiti ti si asciugano subito, ma con tutta questa roba addosso finirai per bollire come un uovo sodo. Devi cambiarti.

La palazzina della dogana si affacciava sul porto e lí Cristoforo aveva il suo ufficio. Non era piú grande di quello di Vittorio, ma sembrava piú importante, con le zanzariere alle finestre e una poltroncina in un angolo, massiccia e squadrata come un piccolo trono, con sopra una pelle di zebra. Appena entrata Cristina si portò una mano alla bocca e si lasciò sfuggire un gemito, la schiena irrigidita contro il petto di Cristoforo. C'era un animale sul soffitto, una lucertola giallastra e rugosa, che sembrava fissarla con gli occhi rovesciati all'indietro sulla testa enorme.

– Che c'è? Ah, quello... è un geco. Non fa niente, anzi, mangia gli insetti. Non ci pensare, dài.

Cristoforo tirò la catenella che faceva funzionare la ventola sul soffitto, poi abbassò una veneziana di cannucce sulla finestra.

– Mando Ahmed a prenderti qualcosa di piú adatto. E non ti preoccupare per i bagagli... ci penso io a farli scaricare.

– Leo dov'è?

Cristoforo si strinse nelle spalle. Fece finta di riordinare la scrivania, squadrando i bordi di una pila di fogli che erano già perfettamente allineati.

– Non è ancora tornato da Assab. Ma dovrebbe essere qui domani. Lo sai come sono i brianzoli... prima il lavoro e poi tutto il resto.

Gli sembrò che lei stesse guardando la sua scrivania, la risma di carta vergine immacolata, la boccetta d'inchiostro ancora sigillata, un velo di polvere che copriva il piano di cuoio rosso della ribaltina.

– Vabbe'... non tutti i brianzoli, – disse. Credeva che l'avrebbe fatta ridere e invece Cristina resta seria, ferma al centro della stanza, le braccia strette sul petto e i capelli appiccicati sulla fronte.

– Dài, spogliati. Io vado a prenderti i bagagli.

Cristina lanciò un'occhiata al geco immobile sul soffitto, e cercando di non guardarlo si sbottonò il corpetto e la camicia. Si slacciò la sottana e la lasciò cadere attorno alle caviglie, come una ciambella venuta male, poi si tolse gli stivaletti e si sfilò anche le calze. Resta con una camiciola e un paio di braghette corte. La stoffa bagnata come quella dei vestiti che portava sopra le aderiva alla pelle, e la faceva rabbrividire, ma non di freddo. Andò a sedersi sulla poltroncina che sembrava un trono e tirò su le gambe, abbracciandosi le ginocchia. Il pelo ruvido della zebra sotto le piante umide dei piedi le dette una strana sensazione.

Fuori dalla finestra, oltre la veneziana che tagliava la penombra della stanza con lame sottili di luce bianchissima, Cristoforo stava parlando con qualcuno.

Mia cugina Cristina... la moglie di Leo... ventidue anni... occhio, Vittorio, che te lo taglio.

Cristina si alzò e sulla punta dei piedi nudi arrivò fino alla finestra. Scostò due cannucce della tapparella, socchiudendo gli occhi, perché il riverbero del sole era forte anche da lí.

C'era un uomo che stava parlando con Cristoforo, e lei lo guardò bene. Alto, magro, le spalle un po' curve e il profilo affilato. I capelli lucidi di sudore. Le mani, sottili e delicate. Si era passato un dito sotto il nodo della cravatta e subito dopo, con l'unghia del pollice, si era battuto un colpo sul colletto. Doveva essere il signor Cappa.

Cristina sorride.

Sí, pensa.

Sí, lui va benissimo.

La storia di Cristina, Crissi, tesoro

*Quand'ero piccolina
la vecchia zia Rosina
in cambio di un inchino
mi dava mezza lira...*

Cristina aveva appena compiuto dieci anni quando, una mattina d'aprile, dimenticò il suo nome. Non era colpa sua. Sua madre la chiamava Crissi, suo padre Tina e sua nonna Titti.

Crissi, tesoro, sposerai un bel militare e ti chiameranno la Generalessa.

Tina, amore mio, sposerai un bravo dottore e ci darai tanti nipotini.

Titti, bambina, saresti una bellissima suorina, non ti piacerebbe?

Cosí, un giorno che a Parma c'era un bel sole e sua madre l'aveva portata a spasso per i giardini di Maria Luigia, il cappuccio della mantellina tirato sui riccioli neri perché c'era un po' d'aria, avevano incontrato il cavalier Tognoli, che si era chinato sulle gambe lunghe e le aveva detto: ma come si chiama questa bella bambina qua?

*Allora me ne andavo
di corsa sui bastion
salivo sulla giostra al suon di un organino*

*e sul cavallo a dondolo
cantavo una canzon...*

Cristina era rimasta in silenzio. Gli occhi spalancati sulla faccia rossa del cavaliere, sui suoi baffoni ingialliti dal tabacco all'altezza delle labbra, aveva stretto la mano di sua madre e non aveva detto niente.

Dài, su, digli come ti chiami, al cavaliere. Lo conosci, il cavaliere, è un amico di papà, non far la timida, vè.

Sí, lo conosceva il cavaliere. Se li ricordava i suoi baffi, aveva un orologio nel taschino, legato a una catenella, con un uccello inciso dietro. Glielo aveva fatto anche vedere, era un fagiano, le aveva detto.

Non era timida.

Non sapeva cosa rispondere.

Non le veniva il pensiero, non le venivano le parole, aveva come una palla, una grossa palla bianca dentro la testa, che stava lí, e non si voleva muovere.

Le venne da piangere, ma non voleva. Dietro le labbra socchiuse, gli occhi spalancati sulla faccia del cavaliere, sentí un'ondata calda e pungente che spingeva forte e all'improvviso, come se la palla fosse esplosa e fosse stata piena d'acqua, acqua salata, che bruciava come quella del mare di Viareggio, una volta che l'avevano portata in riviera, sulla spiaggia, per mano alla nonna, e un'onda l'aveva fatta cadere a faccia in giú nell'acqua, Titti, bambina, hai bevuto?

Ma non voleva piangere. Cosí strinse i denti e spinse in fuori gli occhi, tesa nello sforzo di resistere a quell'onda che le faceva male, e doveva essere cosí brutta, cosí strana, che il cavaliere tirò indietro la testa, quasi spaventato, e stava per dire vabbe', non importa, quando la madre di Cristina disse: si chiama Crissi, vero, tesoro?

Cristina annuí, e quel movimento sciacquò via l'onda salata della palla, svaní all'improvviso, evaporò, come se non fosse mai esistita.

Cin cin
che bel
ué ué ué
cin cin
che bel
ué ué ué
avanti e indré, avanti e indré
che bel divertimento
avanti e indré, avanti e indré
la vita è tutta qua.

Da allora Cristina si impegnò a fare il contrario di quello che le veniva detto. Fu una bambina terribile, capricciosa e testarda, e poi una ragazzina irragionevole e ostinata, ma lo fu scientificamente, a freddo e per convinzione. E proprio perché non era soltanto per un infantile capriccio che diceva no, non mi piace, non voglio, è brutto, non era per attirare l'attenzione che scappò dal collegio delle Orsoline, che rifiutò uno per uno senza appello tutti i fidanzati che studiavano medicina o facevano l'Accademia militare, e che accettò le carezze di quella biondina dallo sguardo malizioso, quella notte, nella penombra addormentata dell'istituto – non per voglia di trasgredire o di sperimentare, ma per l'intima e silenziosa necessità di ricordare a se stessa chi era. Fu per quello, forse, che nessuno lo capí e per tutti rimase sempre Crissi tesoro, Tina amore mio e Titti bambina.

Finché non sposò Leo, che era bello e ricco e troppo preso dal sogno di fare un giardino della Colonia italiana d'Eritrea da non avere tempo per inventarle un soprannome.

Tre

– Chi è quel coglione che si è perso il berretto?
Il sole batte cosí forte sulla polvere del cortile che sembra schiacciarla. Il sergente ci camminava sopra, i pugni sui fianchi dell'uniforme bianca da riposo, avanti e indietro, e pareva che volesse sfidarlo quel sole violento di mezzogiorno che gli mordeva feroce la nuca. Aveva la pelle cosí cotta che se non fosse stato per l'accento, pisano o livornese – *Pisano*, sussurrò un livornese –, avrebbe potuto essere un pellerossa. Portava il berretto cosí calcato sulla fronte che la mezzaluna nera della tesa gli arrivava quasi sul naso. I baffi rossi, lucidi di sudore, sembravano fili di rame. In mano, stretti dentro i pugni chiusi, aveva un cappello di paglia intrecciata e una baionetta lunga come una spada.
Immobili sotto l'ombra ruvida e spinosa di una tettoia di rami d'acacia, i soldati della compagnia lo fissano. Li aveva messi tutti in riga con un ruggito, sotto lo sguardo divertito di due caporali che ridevano, affacciati alla finestra di una palazzina piatta, dalle pareti cosí bianche che non si potevano guardare.
– Chi è quell'imbecille che è svenuto sulla nave? – gridò il sergente, sputando una nuvola di saliva che pare incendiarsi sotto il sole. – Su la mano e fuori dai ranghi, subito!
Barbieri alzò la mano, prima timidamente, tanto che non arrivò sopra la spalla del compagno di fronte, poi con piú decisione, non perché gli fosse venuto piú coraggio, ma perché

quelli che aveva accanto si erano voltati a guardarlo. Del resto, era l'unico, in tutta la compagnia, che fosse a testa nuda.

– Fuori dai ranghi! – urlò il sergente, con le vene che gli si gonfiavano grosse sul collo. Agitò la baionetta come se volesse sbudellarlo, e Barbieri, già quasi fuori dalla tettoia, ebbe la tentazione di tornare indietro tra i compagni, infilarsi in quel blocco color bronzo fuso insieme, che puzzava di cotone caldo, cuoio nuovo e sudore, e forse lo avrebbe fatto se il sergente non avesse urlato ancora, faccia contro faccia, cosí vicino che lo spruzzo rovente di saliva gli fece chiudere gli occhi.

– Presentarsi!

Le prime parole gli uscirono roche, e dovette forzare la voce per schiarirla, ma non riuscí a dire molto, solo: – Fante Barbieri Carlo, quarto plotone, – perché il sergente fece un passo indietro, rapido, e gli calcò in testa il cappello di paglia, schiacciandoglielo giú a mano aperta, e poi gli lanciò sopra un colpo con la lama della baionetta, di piatto, e piano, come una bacchettata, ma abbastanza duro da risuonargli secco fino sui denti.

– L'esercito ti regala un bellissimo berretto e tu lo butti in mare, – ringhia il sergente, – allora adesso è questo il tuo berretto e guai se te lo perdi! Sta' qua!

Lo afferrò per un braccio e lo tirò da parte con uno strattone cosí forte che Barbieri dovette fare un salto per non perdere l'equilibrio, ma lo perse lo stesso, e finí a quattro zampe per terra, le mani aperte nella polvere, come i bambini. Dalla palazzina bassa arrivò la risata di un caporale.

Il sergente sembrò non essersene accorto, o forse c'è qualcosa che lo interessa di piú. Alza la testa, e gli occhi chiari appaiono per un momento sotto il filo della tesa del berretto.

– Pasolini c'è? – chiede, senza urlare.
C'era, lo vide subito. Tutta la compagnia si era mossa a guardarsi tranne uno, quello alto in terza fila, che era rimasto fermo, aveva solo incassato la testa tra le spalle, quasi impercettibilmente, come se il sergente avesse colpito anche lui con il piatto della baionetta, ma pianissimo. E quando lo vide, il sergente pensò che infatti non poteva essere che lui, mica per altro, ma per quegli occhialini dalla montatura di metallo sottile, per quelle lenti rotonde da intellettuale che si erano velate di un riflesso biancastro, perché adesso Pasolini aveva alzato lo sguardo sul suo.
Il sergente si avvicina. Passa attraverso due file di uomini che si spostano in fretta, prima ancora che li tocchi, e arriva fino a Pasolini.
– Cosí sei tu lo stronzo, – disse. L'accento pisano, la cadenza, soprattutto, quell'arrotondare le finali delle parole e quello spingere forte sulla *o* di stronzo, come se non volesse lasciarla andare, si sentiva di piú. – Me l'avevano detto che nella mia compagnia c'era un sovversivo. Che sei, socialista?
Pasolini strinse i denti.
– Sono anarchico, – disse, e poi lo ripeté, sono anarchico. Stava per aggiungere *internazionalista*, con quella *l* che si scioglieva liquida e raddoppiata, come fanno a Ferrara, ma il sergente si è già voltato per tornare in mezzo al cortile.
C'era uno dei caporali che lo aspettava. Curvo, le mani in tasca, il berrettino tirato indietro sulla nuca, guardava verso il portone del forte, dove si era fermato un mulo. Due soldati aiutavano un ufficiale a scendere e uno dei due cercava di tenergli l'ombrello sulla testa, per ripararlo dal sole, ma non era facile, perché l'ufficiale si appoggiava a corpo morto, quasi.
– È il maggiore nuovo, – disse il caporale. – Stava male già sulla nave. Gli è venuto un colpo di caldo.

Il maggiore cercava di stare dritto ma non ci riusciva. Tremava cosí forte che uno dei due soldati doveva tenerlo abbracciato stretto come un fidanzato.

– Se ci muore ce ne manderanno un altro, – disse il caporale.

– Se ci muore sono cazzi suoi, – disse il sergente.

– Mi servono un paio di uomini, – disse il caporale.

– Te ne bastano due o ne vuoi tre?

– Tre sarebbe meglio.

– L'anarchico e quella fava che s'è perso il berretto. Il terzo sceglilo te.

Il caporale guardò la compagnia, poi allungò il braccio su un soldato della prima fila, che stava fissando il maggiore.

– Quello.

– Perché quello?

– Perché ha una faccia che mi sta sul culo.

– E prenditi anche quello.

Il caporale che era rimasto alla finestra iniziò a urlare dei nomi, in fretta, uno dietro l'altro. I soldati si guardarono smarriti, poi il ruggito del sergente li fece scattare. Cominciarono a correre attraverso il cortile e sparirono nella palazzina, che li inghiottí a uno a uno. Barbieri rimase accanto al caporale curvo, nel piazzale, e quando toccò a Pasolini il sergente lo fermò con una mano sul petto e un sorriso sincero, ma cattivo.

– Tu no, – gli dice, e lo spinge da parte, assieme a Barbieri.

– Serra! – gridò il caporale alla finestra. Il soldato in prima fila si mosse, ma non andò verso la palazzina. Il caporale nel cortile lo vide arrivare deciso verso di lui e corrugò la fronte in un'espressione delusa, come se avergli soffiato cosí il gusto di fermarlo fosse stata una brutta ingiustizia.

Il caporale alla finestra urlò l'ultimo nome e un altro soldato sparí di corsa dentro la palazzina.
Ma ce n'è ancora uno.
Tre soldati con il caporale nel cortile, il sergente sotto il sole di mezzogiorno e un altro soldato sotto la tettoia d'acacia. L'unico, tutto storto da una parte, con una giubba troppo grande e un berretto troppo piccolo, e anche le ghette che scendevano dai calzoni a coprirgli le scarpe sembrano una diversa dall'altra.
– Cos'è, uno scherzo? – disse il sergente. – Chi cazzo sei? – urlò. – Non hai sentito che t'hanno chiamato?
Dalla palazzina uscí l'altro caporale, che attraversò il cortile e andò a mettersi sotto la tettoia. Aveva un'espressione seccata, addolorata addirittura, e lanciò al sole un'occhiata cattiva, che spostò intatta sul soldato storto.
– Presentarsi! – urlò il sergente, poi alzò le mani e le agitò in aria, perché il soldato aveva cominciato a parlare, ma non si capiva niente. Tra l'altro balbettava, anche.
– *Songu, singu...* ma che sei, abissino? Grado, nome, plotone e compagnia!
Capiscono fante. Capiscono Sciortino, e Pasquale, forse.
– Non c'è, – disse il caporale sotto la tettoia. – E infatti non l'ho chiamato, perché non c'è –. Aveva un foglio in mano e ci faceva scorrere il dito sopra, su e giú, scuotendo la testa. – Non c'è... se non c'è non c'è.
– Plotone e compagnia! – ruggí il sergente. – Mi capisci, idiota? Che sei, pugliese, calabrese? Parla italiano, che non capisco un cazzo! Plotone e compagnia!
– Non ce l'ha.
Serra aveva fatto un passo avanti e indicava col dito il foglio che teneva in mano il caporale.
– Anche sulla nave era cosí. Non lo chiamavano mai per-

ché non è sul ruolino di marcia. Si sono dimenticati di scrivercelo e l'hanno aggiunto dietro il foglio... là.

Il caporale girò il foglio e vide il nome su una riga solitaria, scritto in fretta, con un'altra grafia, anche il numero scritto a mano e non prestampato, come invece gli altri.

– Toh, – disse, – è vero.

Il sergente guarda Serra. Piccolo e magro come un ragazzo, i baffetti neri dritti e stretti sulle labbra, lucidi di sudore, la tesa di cellulosa del berretto abbassata sulla fronte, quasi come la sua.

– E tu chi sei? – chiede.

– Io? Nessuno –. Serra fece un passo indietro. Poi si irrigidí e aprí la bocca per presentarsi, ma il sergente lo spinse di lato e tirò dritto verso la palazzina.

– Pigliati anche il fantasma, – disse al caporale nel cortile, passandogli accanto. – Cosí fate prima.

La storia di Sciortino, il soldato fantasma

Quando i carabinieri arrivarono a Sant'Elia, aprendo le porte delle case a calci per cercare i renitenti alla leva del re, l'unico giovane della classe 1878 che riuscirono a trovare fu Sciortino Pasquale. Gli altri erano scappati tutti appena la pattuglia era stata avvistata sul sentiero che portava al paese, alle quattro del mattino. Erano pronti, con il sacco già preparato accanto al letto e le scarpe ai piedi, perché sapevano che sarebbero venuti, uno di quei giorni, ed era bastato un fischio fuori dalla finestra per farli uscire di corsa e via sulla mulattiera che portava ai monti, in fila indiana e curvi contro il cielo ancora nero.

Tutti tranne Sciortino Pasquale, che dormiva a casa sua, tranquillo, e lí lo trovarono i carabinieri, sul pagliericcio nella stalla, già vestito e con le scarpe in braccio.

Non lo aveva avvertito nessuno.

Se ne erano dimenticati.

Lo portarono al distretto con le catenelle ai polsi, e dopo due giorni arrivarono anche gli altri, presi in una masseria sui monti. Il medico del Consiglio di leva li fece tutti abili senza neanche guardarli, tutti in fila, tutti nudi, magri e storti: – Il primo che parla di scolo, epilessia, palpitazioni o dita accavallate lo faccio fucilare, e già vi è andata bene cosí che non vi mandiamo tutti sotto processo –. Poi li caricarono sulla tradotta e li spedirono al 38° Reggimento di fanteria, di stanza a Reggio Emilia.

Ma ne mancava uno. I coscritti di Sant'Elia della classe di leva del 1878 dovevano essere dodici, e quelli invece erano undici, da Cappabianca Veniero a Zappone Carmelo, c'erano tutti tranne uno.

Sciortino Pasquale.

Dov'era?

I carabinieri erano tornati a cercarlo a Sant'Elia, avevano aperto di nuovo la porta a calci e questa volta l'avevano sfondata, ma non l'avevano trovato né sotto la paglia della stalla né alla masseria in montagna, né da nessun'altra parte.

Dov'era?

In realtà la recluta Sciortino Pasquale era ancora al distretto, e quando arrivò il telegramma che lo dichiarava disertore stava spazzando proprio il pavimento del centralino, col radiotelegrafista che tiene sollevate le gambe perché non gli passi la ramazza sui piedi, visto che è ancora scapolo e altrimenti, secondo la tradizione, non si sposa piú. Era lí da quando lo avevano preso i carabinieri, ma non lo avevano mai messo assieme agli altri.

Se ne erano dimenticati.

Lui non aveva detto niente a nessuno, anche a casa non parlava mai, rispondeva solo alle domande, e poco, perché balbettava fin da quando era nato, e se ne vergognava. Un caporale gli aveva fatto fare il giro delle camerate per trovare qualcuno che parlasse il suo dialetto, ma non ci capiva niente nessuno, pugliesi, calabresi, siciliani, sardi, marchigiani o romagnoli. *Songu*, *singu*, capivano Sciortino, Pasquale, forse, e capirono Sant'Elia.

Sant'Elia dove? Sant'Elia di Catanzaro? Sant'Elia di Palermo? Castel Sant'Elia? Punta Sant'Elia, Sant'Elia Fiumerapido, Sant'Elia quale?

– Comunque, l'è un terún, – disse un caporale di Bergamo.

Cosí gli misero addosso una divisa da soldato, gli tagliarono i capelli e gli dettero una ramazza, in attesa di capirci qualcosa.

Ci volle quasi un mese prima che riuscissero a scoprire chi fosse il soldato fantasma e a ricostruire tutta la storia. Il maggiore che comandava il Consiglio di leva si trovò nell'imbarazzo di dover mandare al ministero un telegramma per dire che il disertore Sciortino Pasquale, ricercato dai carabinieri, si trovava proprio lí, al distretto. Aveva già dettato le prime parole allo scritturale: «Dolente dover riferire», ma poi cambiò idea.

– Intanto spediamolo via, – disse tra sé, forte, – e il piú lontano possibile. Poi si vedrà.

Cosí lo aggregano a una compagnia di Cacciatori d'Africa in partenza per la Colonia Eritrea.

E siccome il ruolino di marcia è pieno, lo aggiungono dietro il foglio, scritto a mano.

Quattro

Seduto su una botte, i piedi appoggiati a una cassetta di legno, il caporale si era tolto il berretto e scacciava le mosche con quello. Stava cosí curvo e insaccato su se stesso che pareva non avesse la spina dorsale, e piú che seduto sembrava appallottolato. Parla in fretta, attaccando le parole una all'altra e spingendole fuori dalla gola, dure, perché è umbro dei monti, di Stroncone, ma lui dice *de Strongone*, e parla in continuazione, da quando sono arrivati in quello spiazzo dietro il quartiere degli ufficiali non ha mai smesso.

– Che vi pensate che sia l'Africa, parate con la fanfara, – dice *ve penzate*, *Afriga, co' la vanvara*, – la brezza marina, le negrette nude che si bagnano quando passate voi coglioni, – dice *cojoni*, – col cazzo, questa è l'Africa, un caldo che si schiatta, una gran fatica a fare tutto, il puzzo di merda e le mosche.

Ecco, le mosche. Barbieri pensa che non ha mai visto tante mosche in vita sua, e tutte in un posto solo. Sembra che tutte le mosche della Colonia, no, anzi, dell'Africa, di piú, del mondo, si siano concentrate lí, un nugolo ronzante che girava attorno a loro, cosí invadenti, e insistenti, e arroganti anche, che pareva lo facessero apposta a infilarsi in bocca, a intrufolarsi nel naso, ad appicciarsi all'angolo umido degli occhi e a non volersi staccare, neanche scuotendo la testa, neanche con una manata. E non le avevano neppure libere, le mani, se ne stavano curvi a scavare quella terra ros-

sa e polverosa che si alzava a ogni colpo di pala, si attaccava al sudore e lí restava, sulla pelle, incrostata e scura come sangue vecchio.
– E le negrette? Che vi pensavate di scoparvi le negrette? Coglioni, – *cojoni*, – ve le siete viste su «Guerra d'Africa», disegnate, con le poppe di fuori, – *de fòri*, – la Venere nera, la Circe d'Africa, vi siete visti le fotografie, tutte nude, con la patatina lanosa, e vi è venuto duro, Madonna, – *Maro'*, – le seghe che vi siete fatti, – *ve siti fatte*, – vi siete ammazzati dalle seghe, le negrette belle, tutte nude, vado in Colonia e me le trombo tutte, arrivo e trombo, e invece no, perché si scopa, sí, – *scí*, – le donne qua o sono troie o sono cagne, – *cane*, – ma voi siete coglioni, – *cojoni*, – e vi tocca scavare una latrina nuova per la merda degli ufficiali, coglioni, – *cojoni*, – vuol dire che ve lo prenderete un'altra volta lo scolo dalle negrette, coglioni, – *cojoni*.
È quello il motivo per cui ci sono tante mosche, la latrina. Un blocco di mattoni intonacati che sembra un forno per il pane, un po' piú grande, da cui viene, no, non viene, perché l'aria non si muove, su cui sta un odore forte, che però si sente lo stesso anche dall'altra parte dello spiazzo. Lí il caporale aveva tracciato una linea con un piede, incidendo col tacco nella terra, e su quella stavano scavando i soldati, due da un capo e due dall'altro, cosí quando ve 'ngondrate ve date 'n bacino, cojoni.
– E poi ci sono i negroni, – non dice ci sono, dice *ce stanno*, – i sudanesi del Mahdi, quelli che hanno fatto a pezzi anche gli inglesi, e gli inglesi sono forti, – *so' tosti*, con la *s* di *tosti* che diventa quasi una *sh*, to*sh*ti, – ci sono gli scioani di Menelicche, – *ce stanno*, – che sono piú piccoli ma sono cattivi anche loro, – *toshti*, – ci sono i cavalieri galla, e ci sono anche gli afar, – *ce stanno pure*, – che sono cosí cattivi, ma cosí cattivi, che si limano i denti a punta per mordere, come

i cani, vi hanno detto che scappano appena ci vedono, i negri, sí, se sanno che le prendono, se no vengono sotto eccome, saltano da un sasso all'altro, – *zompeno*, – come capretti, vi sbudellano, vi tagliano l'uccello, e vi lasciano tutti nudi alle iene, io lo so, – *ce lo so*, – me l'ha raccontato un amico mio che è andato a raccogliere i morti di Dogali, cinquecento, mica uno, cosí, – dice *cuscí*, – conciati che Madonna, – *Maro'*, – non sembravano piú neanche cristiani, altro che trombare le negrette, qua sono i negroni che ve lo schiaffano nel culo a voi, coglioni, – *cojoni*.

– In cielo la canicola, in mare i pescicani, e sulla spiaggia un'orda di negri disumani... – canticchia Pasolini, sorridendo di nascosto, ma il caporale non lo sente. Allora Pasolini si ferma, appoggiando tutte e due le mani sulla pala. – Me la spiega una cosa? – disse, tirandosi su gli occhiali che gli sono scesi sul naso per il sudore. – Stiamo scavando una latrina nuova qua al posto di quella vecchia che sta là. Stiamo spostando la latrina da là a qua. Che senso ha? Sono pochi metri in un piazzale deserto. Puzza lo stesso, si vede lo stesso, è uguale.

Il caporale si strinse nelle spalle.

– Ordini, – dice. – Gli ordini non si discutono.

– Se sono qui è proprio perché sono uno che discute gli ordini, – dice Pasolini.

– Ah, già, tu sei l'anarchico. Ti rifiuti di scavare?

– No. Metto solo in evidenza le contraddizioni del sistema. Quando sarà il momento scoppieranno da sole.

Il caporale lo fissò con lo sguardo vuoto di chi non ha capito. Poi si strinse di nuovo nelle spalle.

– Fa' un po' quel cazzo che ti pare, – *fa' 'm'bo'* e *te pare*. – A me basta che scavi.

La storia di Pasolini, anarchico internazionalista

MINISTERO DELL'INTERNO
DIREZIONE GENERALE DI PUBBLICA SICUREZZA

UFFICIO POLITICO

OGGETTO: PASOLINI GIANCARLO, di PASOLINI GIOVANNI e BERNASCONI ELIDE, nato a FERRARA il 12 febbraio 1875 (ANARCHICO).

Riassumiamo per l'Eccellenza Vostra le informazioni attualmente in possesso di questo ufficio.

1. Come è noto sussisteva da almeno un anno ad ARGENTA *un gruppo sovversivo capeggiato da* TRINCA MAURIZIO, *detto* LIBERO, *comacchiese, di anni 31, di professione bracciante, già noto a questo ufficio come* ANARCHICO INDIVIDUALISTA. *Pur predicando apertamente la «rivoluzione come premessa per stabilire l'armonia naturale tra gli uomini», nonché la pratica della «violenza giustiziera», secondo gli esempi degli anarchici* CASERIO *e* RAVACHOL, *il suddetto gruppo, vuoi per l'esiguità numerica dei componenti (* BORLON PALMIRO, TASSINARI STEFANO, *il* PASOLINI, *il* TRINCA *e la di lui amante* CASALI MATILDE*), vuoi per la loro scarsa risolutezza, essendo dediti più che altro a condotta scioperata e chiassose bevute presso l'osteria* LIBERTÀ *ad* ARGENTA, *non avevano ancora messo in pratica atti di effettiva pericolosità sociale.*

Pertanto, su richiesta di questo Ufficio, la locale Questura di Ferrara provvedeva a mettere il gruppo sotto stretta sorveglianza, reclutando un confidente al suo interno (BORLON PALMIRO, detto ZOLFO) che provvedeva a tenere puntualmente informato il Delegato di Polizia sulle attività dei sovversivi.

Purtroppo, per motivi ancora in fase di accertamento, il BORLON non riusciva ad avvertire tempestivamente il Delegato dello scellerato progetto di lanciare una bomba contro la carrozza di Sua Eccellenza il Prefetto in visita ufficiale ad ARGENTA, cosa che effettivamente avveniva il 31 maggio c.a. provocando il ferimento di sette passanti, di cui due versanti in gravi condizioni e uno in fin di vita. Al folle gesto seguiva l'arresto di tutti i membri del suddetto gruppo tranne uno (il PASOLINI) nonché quello di numerosi esponenti locali dell'area anarchica, socialista, repubblicana e sovversiva in generale, coinvolti a vario titolo nelle successive indagini.

Per quanto riguarda gli articoli calunniosi apparsi sulla cosiddetta stampa politica che malignano di un utilizzo occulto del BORLON da parte di questo Ufficio in quanto agente provocatore, essendo stato lui medesimo a suggerire il vile attentato al TRINCA nonché a procurare al gruppo l'esplosivo per fabbricare l'ordigno, questo Ufficio rimette all'Eccellenza Vostra la facoltà di decidere se procedere contro la suddetta stampa o ignorarla, permettendosi l'ardire di suggerire la seconda ipotesi.

2. Come è noto il PASOLINI, giovane di buona famiglia, figlio di maestro elementare di simpatie governative e studente modello fino al primo anno di Università (Filosofia), si era guastato col frequentare cattive amicizie provenienti da categorie a rischio sociale, soprattutto braccianti e operai delle manifatture della zona di ARGENTA.

L'OTTAVA VIBRAZIONE

Aveva quindi conosciuto il TRINCA, che lo aveva introdotto alle perniciose idee dell'anarchismo, e finito di rovinarne l'indole tanto che il giovane aveva lasciato l'Università per dedicarsi alla frequentazione di riunioni sovversive, osterie di dubbia fama e donne di malaffare.

Questo Ufficio non ha ritenuto necessario procedere all'arresto del suddetto giovane in quanto da almeno un mese prima dell'attentato non frequentava più il gruppo anarchico, pur continuando a professarne le idee, in seguito a una rissa con il TRINCA che lo aveva sorpreso a letto con la CASALI. Ferito lievemente da una coltellata all'addome, al momento dell'attentato il PASOLINI si trovava convalescente presso una nota casa di tolleranza di Ferrara (LA BOLOGNESE).

Inoltre, come è noto all'Eccellenza Vostra, questo Ufficio ha ricevuto una lettera confidenziale da parte del Presidente del Consiglio Onorevole Francesco Crispi che in virtù di una antica amicizia col signor GIOVANNI, padre del PASOLINI, suo compagno nella gloriosa impresa dei Mille agli ordini del generale GARIBALDI, raccomandava clemenza per il giovane, suggerendo al posto dell'arresto l'arruolamento in un battaglione in partenza per l'Africa.

Per quanto è nelle sue competenze, questo Ufficio esprime rispettosamente parere positivo alla richiesta di arruolamento, ritenendo che la frase «porterò la sedizione nelle Colonie», detta dal giovane a una delle ragazze della BOLOGNESE, nostra confidente, sia soltanto frutto del vino e del desiderio di giustificare anche di fronte a se stesso quello che a tutti gli effetti potrebbe apparire come una fuga.

Cinque

C'è una specie di palizzata a metà dello spiazzo, una fila di rami di acacia corti e storti come dita rattrappite, cosí radi che solo a guardarli da lontano, e con molta attenzione, si capisce che sono stati messi lí apposta. Oltre la palizzata c'è una capanna larga e bassa, dalla pianta circolare, e davanti all'ingresso, sotto un tetto a cono che sporge dal muro come se una mano enorme lo avesse schiacciato tutto da una parte, alcuni uomini stanno seduti per terra, all'ombra. Sono quattro, e a parte uno, alto e nero come un pezzo di carbone, gli altri sono piú chiari e hanno il volto piú affilato, con il naso piú dritto e le labbra piú sottili. Portano un camicione bianco sopra un paio di calzoni larghi, corti al ginocchio, sono scalzi, e i loro piedi nudi, impolverati dalla terra rossa dello spiazzo, piú che sporchi sembrano insanguinati.

Serra lo sapeva cos'erano. Aveva visto il cappello che portavano, un cilindro color rosso granata, un fez, con un fiocco azzurro di lato, sa anche come si chiama quel cappello, tarbush, si chiama, con l'accento sulla *u* e la *sh* tronca, come fosse russo. C'era un fregio sul tarbush, una coccarda con la granata fiammeggiante dei carabinieri. Erano zaptiè, carabinieri indigeni.

Serra li guardava, e intanto continuava a scavare, seguendo la riga tracciata dal caporale, ma teneva gli occhi oltre la palizzata, a quegli uomini che parlano tra loro, seduti attorno a un mucchietto di sassi su cui sta appoggiata quella che sembra una piccola brocca nera. Ce n'è uno che ha una *v* rovesciata ricamata sul braccio, con un nastrino rosso, e a guardarlo bene si vede che sta seduto su uno sgabello di legno, basso e schiacciato, piantato nella terra. Era lui che Serra guardava di piú, e a un certo punto sembrò che l'uomo se ne fosse accorto, perché voltò di scatto la testa verso la palizzata e per un momento, prima che Serra lo abbassasse, ne incrociò lo sguardo.

– Ahò, coglione, – *cojone*, – mi ascolti?

Non si era reso conto che gli altri avevano smesso di scavare e che il caporale stava parlando proprio con lui. Aveva continuato ad affondare la pala nella terra, immerso nel proprio sudore, gli occhi fissi su quell'uomo oltre la palizzata, finché il sasso non lo aveva colpito in mezzo alle spalle, facendogli inarcare la schiena come se gli avessero sparato.

Serra si volta con la pala in mano, stringendo i denti piú per la sorpresa che per il dolore. Il caporale sulla botte aveva ancora il braccio allungato verso di lui.

– Allora, coglione... non lo vedi che quell'imbecille sta male di nuovo? Vagli a prendere dell'acqua!

Barbieri ansimava, la faccia rossa come la terra su cui stava in ginocchio. Pasolini lo teneva per un braccio e gli sventolava il cappello di paglia sul volto.

– Va' da quel centoundici e fatti dare dell'acqua, che questo ci può morire... – ma non dice cosí, dice *ce pole mori'*.

– Quello là, lo vedi quel negro con i tagli sulla faccia?

Indicava lo zaptiè piú alto e piú scuro, e Serra vide che aveva tre cicatrici sulle guance, parallele, una sopra l'altra, inclinate verso il basso, tre su una e tre sull'altra guancia, come se davvero si fosse inciso il numero 111 sulla faccia. Lo indica al caporale, che annuisce vigorosamente.

– Ecco, quello... fatti dare dell'acqua, se non ti capisce digli *mai*, vuol dire acqua, vedrai che lo sa, quel beduino è piú intelligente di te, coglione, – *cojone*. – Scattare, azione!

Serra piantò la pala in terra e si mosse verso la palizzata. Quando la raggiunse, gli zaptiè smisero di parlare e si voltarono a guardarlo, quasi avesse superato un confine. Si accorge che la piccola brocca nera non sta appoggiata sopra un mucchietto di sassi, ma piantata in mezzo a un cumulo di braci ormai spente, e dall'odore che stagna nell'aria ferma capisce che è piena di caffè. Ne ha una voglia irresistibile, fortissima e improvvisa, nonostante il caldo, nonostante il sole che batte a picco sul suo berretto dalla foderina bianca, e la polvere rossa che gli secca la gola. Deglutí per ricacciarla indietro, e quando arrivò davanti alla capanna non puntò sul centoundici, come gli aveva detto il caporale, ma su quello con la *v* rovesciata sulla manica del camicione. Si fermò davanti a lui e lo salutò, portando rapidamente la mano alla visiera.

Lo zaptiè lo guardò sorpreso e rispose con un gesto altrettanto rapido, ma incerto, quasi imbarazzato. No, non era imbarazzato, Serra lo capí dallo sguardo del graduato, era diffidente, quasi irritato.

– Acqua, – disse Serra, – *mai*. Caporale dice *mai* per soldato... *mai*, capisci? Come si dice, *mai*...

– Sí, acqua. Subito, – disse lo zaptiè, e lo disse con una pronuncia cosí decisa e pulita che anche soltato da quelle tre parole si poteva immaginare che lo parlasse bene, l'italiano, forse meglio di Serra, che nonostante gli esercizi di pronuncia continuava a sentirsi nella voce le *e* aperte, le *o* chiuse e le doppie inceppate da sardo cagliaritano.

Lo zaptiè disse qualcosa al centoundici, una frase che correva veloce tra *h* aspirate e *r* raschianti. Serra si chinò, accucciandosi sui talloni per sfruttare anche lui l'ombra bassa del tetto della capanna. Tese le labbra in un sorriso impacciato rivolto al graduato che continuava a fissarlo, sempre diffidente, sempre sospettoso. Portava un pizzetto sottile, nero e crespo, che sulla pelle scura sembrava disegnare un'ombra appena un po' piú intensa. Era ben curato, tagliato corto, e anche il camicione e i calzoni sembravano lavati di fresco, e ancora quasi puliti. Non era scalzo, come gli altri, ma portava un paio di sandali, che cosí impolverati si confondevano col colore della pelle.

Uno degli zaptiè disse qualcosa. Sussurrò una frase cortissima che si schiaccia rapida contro la parola *bun*, accennando col mento prima a Serra e poi alla brocca sulle braci, ma il graduato scosse la testa e lo zaptiè non disse piú niente.

Passò un tempo infinito prima che il centoundici uscisse dalla capanna con un pentolino di latta e un mestolo di legno. Serra si alzò con uno schiocco secco delle ginocchia e prese il pentolino con una mano. L'altra la portò alla visiera del berretto, ma il graduato non si mosse. Annuí appena, con un cenno del capo, poi si voltò a guardare da un'altra parte.

L'acqua non aveva un bel colore, nemmeno un buon odore, e a giudicare dalla temperatura del pentolino doveva essere anche calda come brodo, ma Serra stette attento a non versarne neanche una goccia mentre percorreva lo spiazzo. Quando arrivò alle latrine, il caporale si era alzato dalla botte e aspettava accanto agli altri. Aveva ancora il berretto in mano, e con quello lo colpí sulla testa, all'improvviso, forte come uno schiaffo, tenendolo per la visiera. Serra stringe il pentolino per non farselo cadere e guarda il caporale, gli occhi spalancati e la bocca aperta per la sorpresa.

– Ma che, davvero sei coglione, – *cojone*. – Ti picchia il sole sulla capoccia anche a te? Cos'era quel saluto?

– È un graduato, – disse Serra, – io sono un soldato semplice e lui cos'è... un caporale? Comunque un graduato...
– Io sono un graduato, – urla il caporale, – lui è un negro. Non si salutano quelli, valgono solo per loro. Avrà pensato che lo prendevi in giro, o che sei un coglione di recluta, cosa che in effetti sei, coglione, – *cojone*, – e novellino.
O magari, – il caporale sorride malizioso, scoprendo i denti, – avrà pensato che te lo volevi fare. Che c'è, ti piacciono i negroni?
Serra strinse le labbra fino a farle diventare bianche.
– Signornò, – sussurra.
– Ah, già, che sei un pastore. A te piacciono le pecore. Mi dispiace, ma adesso sei in Colonia... dovrai incularti i cammelli!

Il caporale scoppia a ridere, piegato in avanti, le mani a darsi pacche sulle cosce e gli occhi chiusi dalle lacrime, finché non si strozza in uno sbocco di tosse.

Anche Serra chiuse gli occhi, trattenendo il fiato per cercare di controllarsi, era cosí che faceva quando stava per esplodere di rabbia, tratteneva il fiato piú a lungo che poteva e poi lo buttava fuori piano piano. Sente una mano che gli si appoggia sulla spalla e lo stringe appena, come per calmarlo, aprí gli occhi e vide Pasolini che gli prendeva il pentolino.

– Dài, che questo ci muore davvero.
– Versagliene un mestolo sulla capoccia, – disse il caporale, tornando alla sua botte. – E il resto faglielo bere. Domani avrà la dissenteria, ma almeno per oggi salva la pelle. È vero, dottore?

Le aveva gridate le ultime parole, rivolto a un ufficiale che sta attraversando lo spiazzo a cavallo di un muletto, diretto verso una palazzina bianca in fondo al piazzale.

– Acqua, giusto? Tanta acqua e basta.

Il dottore alza un braccio e agita una mano come per scacciare una mosca. All'ombra, all'ombra, dice, senza neanche guardare.

– Figurati se si ferma, – sibilò il caporale, con un sorriso cattivo. – Diritto dal maggiore nuovo e vedi come trotta. Deve stare piuttosto male se hanno chiamato il dottore –. Scosse la testa, guardando la palazzina bianca. – Mi sa che quello stanotte ci muore, – *ce more*.

Anche Serra guardava la palazzina bianca.

– Speriamo di no, – mormorò con un soffio deciso che gli era scappato dal cuore.

Ma lo aveva detto cosí piano che di sicuro non lo aveva sentito nessuno.

Sei

– E se ci muore?
– Se ci muore ce ne manderanno un altro.
Sentiva: milioni e milioni di formiche che corrono impazzite sotto la sua pelle. Le loro zampette gelide che gli grattano le ossa mentre vanno su e giú dentro il suo corpo nudo, velocissime. L'aria calda mossa dalla ventola sul soffitto scende su di lui e ogni volta che tocca la sua pelle le formiche corrono piú forte.
Pensava: brucio di freddo.
– Spostiamolo da sotto la ventola, se no ci muore di sicuro.
Sentí: due schiocchi secchi che gli entrano nella testa come due esplosioni. Era il dottore che aveva battuto assieme le mani per svegliare l'abissino che sonnecchiava in un angolo, ma lui immagina che gli abbiano scaricato due fucili accanto alle orecchie. Poi si sente galleggiare e immagina che l'aria sia diventata densa come acqua e lo stia portando via. Aprí la bocca e sulla punta della lingua sentí le labbra secche e salate, cosí si convinse che era il mare, era arrivato fin lí, nel suo alloggio, e lo avrebbe risucchiato al largo con la risacca. Ebbe paura.
– Mettetelo lí. Piano, però.
Il tonfo sordo dei piedi della brandina sul pavimento lo fa tornare lucido per un attimo. Prende coscienza della stanza in cui si trova, della macchia di umido all'angolo del sof-

fitto, del geco giallastro sopra la finestra, del lenzuolo su cui è steso, fradicio di un sudore caldo che gli ghiaccia la pelle. Era nudo, completamente.

Pensò: Colonia Eritrea, Massaua, Forte Taulud, la mia stanza nel quartiere degli ufficiali. E a quello cercò di tenersi stretto, strettissimo, avvinghiato come a uno scoglio in mezzo alla marea, ma stavano arrivando le formiche, scoppiano dentro di lui come bollicine di spumante, frizzano come soda, si aggrappano alle sue membra intorpidite e lo tirano giú, dentro quell'aria liquida come acqua, giú in fondo, dove c'erano centinaia, centinaia, centinaia, centinaia di pesciolini piccolissimi che gli brucano la pelle con le loro bocche aguzze, e anche se faceva male, anche se ci scivolava dentro a scatti che gli spezzavano le ossa lunghe delle gambe e delle braccia, non poteva farci niente, non poteva farci niente e gli piaceva.

Pensò: Colonia Eritrea, Massaua, il Forte, e poi nient'altro.

Pensò: Colonia Eritrea, Massaua, e poi nient'altro.

Pensò: Colonia Eritrea.

– Lo copriamo?

– Solo col lenzuolo. Suderà sette camicie comunque, ma è proprio quello che deve fare.

Quando il cotone fresco del lenzuolo nuovo si stende sulla sua pelle sensibilissima, gli sembra di impazzire. Tutte le formiche e i pesciolini spalancano le bocche e si mettono a urlare. La macchia sul soffitto sboccia come un fiore che odora di sapone. Il geco rovescia indietro la testa per guardarlo meglio. Comincia a tremare cosí forte che devono tenerlo.

Sentí: brividi velocissimi, punture di ghiaccio.

Vede il bambino.

– Ma non gli fanno una visita prima di mandarli qui? Per vedere se possono reggere...

– Perché, a te l'hanno fatta?
Vede il bambino. Biondo, la pelle bianchissima, tesa sulle clavicole sporgenti, le costole in rilievo sui fianchi, la sacca dello scroto piccolissima e ancora vuota. La punta del prepuzio che sporge come il becco di un uccellino. Le dita sporche di cioccolata.
Rideva.
– Se passa la notte, domani è già in piedi, – disse il dottore.
– Speriamo, – disse il caporale, – se no mi tocca tornare in compagnia.
Sentiva: formiche e pesciolini.
Pensava: niente.
– Meglio fare l'attendente a un maggiore che scavare latrine, – disse il caporale.
– Se passa la notte, – disse il dottore.
Vedeva: il sangue, tutto quel sangue che gli brucia sulle mani, che gli schizza sulla faccia a spruzzi densi e duri, e lo acceca, ma lui non riusciva neanche a tirare indietro la testa, aprí solo la gola in un urlo senza voce che gli uscí dalla bocca in un gorgoglio raschiato, sottile e acuto come il verso di un uccello.
Vedeva: il sangue.
Sentiva: il sangue.
Sentí: l'erezione che si gonfia veloce sotto il lenzuolo già inzuppato e trasparente di sudore scuro.
Pensò: mon Dieu, se lo sapesse maman.

Fotografia

Il cartoncino è sottile e tende ad arrotolarsi, perché è una stampa all'albumina dalle sfumature brune su un fondo color malva. Formato Victoria, 105x70, comodo per stare nella tasca della sahariana, e infatti è sgualcito e non piegato, ingiallito sulla metà inferiore (sudore), arrossato in un angolo di quella superiore (sangue di babbuino). Dietro, appena appena leggibile, una volta rosso e ora poco meno che rosa, si intravede un ovale con dentro una scritta, «Stu foto Letra» (Studio fotografico Ledru & Nicotra).
Nella foto Leo non è solo. C'è un uomo accanto a lui, seduto su uno sgabello, le gambe accavallate e le braccia conserte, lo sguardo fisso sulla macchina fotografica. Indossa la divisa bianca da riposo, che il nitrato d'argento dello sviluppo, il sole della Dancalia, il sudore e il sangue del babbuino hanno lasciato candida come appena uscita dalle lavanderie. In testa ha un berretto con i cannoni incrociati dell'artiglieria. Sembra che sorrida, sprezzante, sotto i baffi dalle punte arricciate.
I baffi di Leo, invece, sono piú sottili. Anche lui accavalla le gambe, seduto sullo sgabello da campo davanti alla tenda, una mano aperta sulla coscia e l'altra infilata sotto il polpaccio appoggiato al ginocchio. Porta un cappello a tesa larga e la sahariana non è cosí candida, la tinta color malva della carta doveva impedire ai bianchi di diventare gialli, ma con lui non ha funzionato. C'è una macchia bruna sulla tasca di

sinistra, dove è schizzato il sangue del babbuino, l'ingegner Benassi lo teneva per la coda: ingegnere, per favore, non siamo mica bambini!

Leo guarda da un'altra parte, e anche lui sorride. Ma è un sorriso diverso. È il sorriso di un uomo che sogna.

Sul bordo inferiore, sopra gli sterpi color ocra dell'altopiano, lettere spesse e quadrate, senza svolazzi, ancora nere di inchiostro di china. «All'amico Leopoldo Fumagalli», e sotto la firma: «Cap. (capitano) Vittorio Bottego», sottolineato.

Sette

Si svegliò di colpo perché le era mancato il respiro, all'improvviso, come se una mano le avesse afferrato la gola per strozzarla. Spalancò gli occhi, e la sensazione di smarrimento è cosí forte che le strappa un gorgoglio. Ebbe paura.

A ricordarle dov'è, prima ancora che la vista si sia abituata alla penombra, è il gracchiare dei corvi. Si era addormentata con quello, chiedendosi come avrebbe fatto a prendere sonno con quell'urlo intermittente, raschiante e acuto come un grido di sorpresa, che la faceva sobbalzare ogni volta. E invece era caduta subito in un sonno profondo, umido e nero.

Ci tornerebbe, si lascerebbe affondare rapidamente nel torpore, nonostante i corvi, se non fosse per il cuscino, caldo, pesante, e inzuppato di sudore dove la stoffa si era infilata tra la spalla e la guancia, premuta dal braccio che Cristina ci teneva sotto. Si ricordò della ragazzina che agitava il ventaglio, seduta dietro la porta chiusa, il mento appoggiato alle ginocchia ossute, tirava su e giú una corda, lentamente, muovendo avanti e indietro una stuoia di canne sottilissime attaccata a un perno sul soffitto della stanza. Aveva provato a dirle di non farlo, ma non era riuscita a farsi capire, e quando le aveva tolto la corda di mano lei aveva detto qualcosa come *ua-àa*, premendo sulle *a* con tono offeso, mentre si riprendeva la corda e ricominciava a tirare su e giú, avanti e indietro. Doveva essersi stufata da sola, perché adesso il ventaglio era fermo, piantato inutile in mezzo al soffitto. E lei, Cristina, deve essersi spogliata nel sonno, perché è nuda. Si alza a sedere sul letto, nella penombra soffocante. Un corvo gracchia lontano, roco, seguito da un altro cosí vicino che sembrava lí nella stanza, con lei.

Cristina rabbrividí. Anche se adesso sapeva benissimo dove si trovava, la casa di Leo, la camera da letto di Leo, il letto di Leo, e sapeva benissimo perché c'era venuta, il ricordo della sensazione di smarrimento provata prima, appena sveglia, la turbava ancora. Ebbe paura.

Alza d'istinto lo sguardo verso la trama della zanzariera che vela la finestra, e li vede. Due occhi che sembrano bianchissimi, soltanto bianchi e basta, tra le liste di legno della persiana. Non sono quelli di un corvo.

Cristina si alza in ginocchio, schiacciandosi il cuscino sulla pancia, per coprirsi. Le sfugge anche un gemito, soffocato. Gli occhi bianchi scompaiono da dietro la persiana. Tonfi di talloni nudi rimbombano veloci oltre la finestra.

C'era una veranda da quella parte della casa, un terrazzo di legno che correva lungo la facciata, sospeso all'altezza del primo piano, dove c'erano le camere da letto. Era perché il sole non battesse direttamente sul muro, ma si fermasse contro le curve appuntite degli arabeschi che foravano la veranda e lasciavano passare aria calda, sí, come se qualcuno ce la soffiasse dentro, ma non rovente. Quando Cristina riuscí ad aprire la zanzariera e ad affacciarsi, oltre la persiana spalancata non c'era piú nessuno, solo assi di acacia gonfiate dal caldo, disegnate dalle sagome nere degli arabeschi e dalle chiazze gialle del sole.

Qualcosa però c'è. Un riflesso piú chiaro, piú netto, sul pavimento della veranda. Qualcosa.

Un filo sottile di conchiglie bianche.

Cristina avrebbe voluto sporgersi di piú, socchiudere gli occhi per guardare meglio, e stava per farlo quando si sentí chiamare. O almeno, immaginò che stessero chiamando lei, perché il suo nome, anche se ci somigliava, ancora una volta non era quello.

– Chissi! Chissi signora!

Tonfi di piedi nudi, ma piú secchi e veloci. La ragazzina entra nella stanza di corsa, e Cristina si coprí il seno con un braccio, la mano aperta sul pube, ma lei sembrava totalmente incurante della sua nudità, affascinata soltanto da una voglia color caffellatte, proprio sotto l'ombelico. – Ua-àa, – fece di nuovo, ma questa volta il tono era stupito e non offeso, e quando allungò un braccio per toccarla proprio lí con un dito sudicio, dall'unghia spaccata, Cristina fece quasi un salto indietro. La ragazzina la prese per mano e cominciò a tirare, trascinandola verso la porta.

– Neà! Neà! Signore Leo! Keltif, neà!

Aveva capito solo Leo, ma le bastava.

– Aspetta, aspetta! Non posso venire cosí, sono nuda!

Si infilò la sottoveste caduta ai piedi del letto, e appena sentí il cotone tiepido che aderiva alla pelle sudata decise che non si sarebbe messa nient'altro. Cosí si lasciò afferrare la mano dalla ragazzina, che cominciò a correre portandola fuori dalla stanza, gridando: – Neà, keltif, signore Leo!

Leo, però, non era solo. Con lui, giú nel salotto, c'erano suo cugino Cristoforo e altri due uomini. Uno lo aveva già visto, era Cappa, e seduto sul divano, piegato in avanti, le braccia appoggiate alle ginocchia, sembrava ancora piú alto e piú curvo. L'altro è un ufficiale. Siede su una poltroncina di vimini, rigido, i gomiti spinti indietro sui braccioli, e fuma un sigaro sottile, tenendolo lento tra le dita. I baffi biondi e i capelli ricci, corti, sono cosí calcinati dal sole che sembrano bianchi. Anche gli occhi, azzurrissimi, sembrano scoloriti dal sole.

Meglio lui, pensa Cristina per un attimo. Meglio lui? si chiede.

Poi pensò: no.

La storia del tenente Amara

Non era il calore che ribolliva nell'aria, cosí forte da appannare la vista, a farlo impazzire. Steso a pancia in giú sotto un telo di iuta teso tra uno sterpo d'acacia e la fessura di una roccia, il tenente Amara doveva stringere i muscoli per non mettersi a vibrare come la corda di un violino. Ma non era per il caldo, non era per la sabbia che gli aveva smerigliato baffi e capelli fino a farli sembrare stoppa e lana di ferro, e gli scricchiolava tra i denti, salata, perché il mare non stava lontano, non era neanche per il sudore che gli scorreva a rivoli lungo tutto il corpo sotto quella tenda improvvisata, attraversata dal vento caldo del khamsin, che non era vento, era un alito di polvere che faceva bruciare la pelle. Non era per quello che il tenente Amara stringeva i pugni e digrignava i denti come un cane.

A farlo impazzire era l'immobilità. La stasi forzata. L'inazione. E il tenente di cavalleria Vincenzo Amara non era fatto per l'inazione.

Cosí un giorno non ci riesce piú a sopportare quella cosa che gli arde dentro lo stomaco e lancia scariche elettriche al suo sistema nervoso spingendolo al limite delle convulsioni, e allora era uscito da sotto la tenda e aveva strappato il pezzo di iuta dalla roccia, lasciandolo a sbattere nel vento contro l'acacia, come una bandiera. Sapeva che lo stavano fissando tutti, da sotto le pelli di capra e i teli di lana nera, cosí schiacciati sulla sabbia che se qualcuno fosse passato sulle dune che correvano verso il mare e avesse guardato da quella parte li avrebbe scambiati per rocce, rocce di lava scura che affioravano sulla sabbia bianca come chicchi di caffè sulla panna, anche se non sarebbe passato comunque nessuno, non in quel deserto, non a quell'ora, non con quel caldo, e infatti starsene stesi lí sotto serviva a ripararsi piú dal sole che dagli sguardi degli esploratori del negus. Ecco perché lo fissavano tutti, il tiliàn, l'ufficiale italiano, uno dei pochi che avessero accettato l'incarico di fare da collegamento con le bande degli afar e l'unico che si fosse spinto cosí avanti nel deserto della Dancalia.

Prende il fucile, si mette in spalla la sacca con l'acqua, dice: – Tegueàz, – in marcia, e comincia a camminare. Loro aspettano per vedere se torna indietro, poi il primo afar esce da sotto la tenda e rimane a guardarlo, in piedi, silul tiliàn, italiano matto, sotto quel sole, e non andava verso il mare, ma verso il deserto, teselilú, è impazzito, silul tiliàn, teselilú, ma andava avanti, la sabbia era una lingua chiara tra le pietre di lava nera, poi soltanto chiazze, poi piú niente, soltanto lava pietrificata e rovente, ma lui andava avanti, e si voltò anche, verso di loro, senza fermarsi. – Tegueàz, – ripeté, – tegueàz, – e andava avanti.

L'afar che era uscito da sotto la tenda prese il fucile e la sacca e lo seguí. Piano piano strisciarono fuori anche gli altri, come scorpioni, presero sacca e fucile e gli andarono dietro.

Se fosse stato per lealtà, o per sfida con quel ferengi, quello straniero che marciava nel deserto nonostante il sole, o soltanto per curiosità, per vedere dove stava andando, probabilmente non lo sapevano neanche loro, ma lo seguirono in quella distesa sterminata di pietre nere che tagliavano le suole dei sandali, e dopo un po' non c'è nient'altro che quello, pietre, sassi scuri come carbone, che riempiono la vista, tutto attorno, in un orizzonte nero che sembra quello dell'Inferno.

Ci misero tre giorni ad attraversarla, arrancando sul dorso di colline che franavano lente sotto i sandali e poi scendevano giú, dentro avvallamenti dove anche l'aria puzzava di bruciato come se avesse appena preso fuoco, e quando arrivarono avevano finito l'acqua già da un pezzo, e camminavano come se fossero morti, e se glielo avessero chiesto lui avrebbe detto che sí, sí, era morto davvero.

Nessuno aveva pensato di mettere delle sentinelle da quella parte dell'oasi. I soldati del negus dormivano ancora quando gli afar li strapparono dal sonno tagliandogli la gola. Lui sparò soltanto un colpo, poi si sedette su un sasso accanto alla riva della pozza, e mentre la sua banda si spargeva per le tende, bruciando e ammazzando tutto quello che trovava, lui si china sull'acqua e ci immerge dentro la testa.

Quando il maggiore Montesanto, a Massaua, ricevette da Assab il telegramma che raccontava dell'impresa, fece richiamare subito il tenente di cavalleria Vincenzo Amara. Perché da quel momento, ne era certo, i suoi afar lo avrebbero seguito dovunque, e ciecamente.

Ma appena avessero capito dove li stava portando, gli avrebbero subito tagliato la gola.

Otto

Fu solo quando il tenente si alzò di scatto, affrettandosi ad abbottonare la giubba aperta sul petto, che Cristina si ricordò che era scesa scalza e in sottoveste. Fece per tornare indietro, ma ormai Leo l'aveva raggiunta e l'aveva abbracciata per i fianchi, sollevandola, perché era alto, Leo, e aveva cominciato a girare su se stesso, veloce, facendole venire le vertigini.

Cin cin
che bel
ué ué ué.

Quando la rimise giú, Cristina dovette aggrapparsi al suo braccio per non cadere. Leo si chinò per baciarla e lei non fece in tempo ad abbassare la testa per dargli la fronte, come avrebbe voluto. Le schioccò un bacio sulle labbra chiuse, infantile e invadente, che le strappò una smorfia infastidita, poi l'afferrò per un polso e la trascinò in mezzo alla stanza, verso quegli uomini che l'aspettavano in piedi.

– Mia moglie, – disse Leo, con entusiasmo, – e cugina di Cristoforo, – che annuí, deciso. – Il tenente Amara, uno dei nostri eroi, – il tenente sorrise ma non disse di no, prese la mano di Cristina e si chinò, rapido, accennando un baciamano, – e il signor Cappa, funzionario coloniale di... mi perdoni, Vittorio, non ricordo la categoria.

– Non importa, – disse Vittorio.

C'era una poltroncina di pelle dai braccioli di legno, coperta da un drappo di stoffa leggerissima, ricamato sui bordi. Cristina andò a sedersi là, e per un momento, mentre passava davanti a Leo, ebbe l'impressione che lui avesse allungato le braccia per prenderla e tirarsela sulle ginocchia, come una bambina. Qualunque cosa volesse fare, anche solo accarezzarla, Cristina evitò le sue mani con uno scatto trattenuto, perché nessuno se ne accorgesse, e si sedette sulla poltrona passandosi il drappo attorno alle spalle. Era leggero, poco piú di una garza, ma sentiva che non l'avrebbe sopportato. Si accorse che Vittorio la stava guardando.

– Il tenente e io abbiamo fatto il viaggio assieme, – stava dicendo Leo, – o meglio, il tratto da Zula fin qui. Io da Assab, via piroscafo, lui... non lo so.

– Un posto qualunque, – disse il tenente. – Ho ancora addosso la polvere del deserto. Mi scuso per essermi presentato in questo stato, avrei dovuto prima cambiarmi.

C'è una bottiglia di vetro sul tavolino davanti al divano, piena di un liquido scuro che sembra tè. E un'altra, piú piccola, con un liquido chiaro, molto denso. E una caraffa d'acqua piena di ghiaccio. Cristina accennò a sporgersi verso la caraffa. Il tenente fece per alzarsi ma Vittorio fu piú veloce. Riempí un bicchiere e lo porse a Cristina, poi versò un po' d'acqua ghiacciata nel suo, poco piú di un dito, stando attento che cadesse giú anche un pezzo di ghiaccio. Prese la bottiglietta con il liquido denso e ne fece scendere un po' nel bicchiere, che agitò con un rapido movimento circolare, cosí da far tintinnare il ghiaccio contro il vetro. L'acqua diventa torbida e bianca, talmente densa che il ghiaccio non si vede piú, a parte una punta trasparente che affiora come un iceberg.

– *Arekí*, – disse Vittorio a Cristina, – è una specie di anisetta che con l'acqua fa un po' come il pastis di Marsiglia, non so se avete presente. Con questo caldo è l'unico alcolico che si può bere nella Colonia, a parte la birra.

Alzò la bottiglietta, ma Cristina scosse la testa. Bevve un sorso della sua acqua ghiacciata e si aggiustò il velo sulle braccia, come se avesse freddo, ma non era vero. Vittorio la guardava.

– Io sono pienamente d'accordo col barone Franchetti, – stava dicendo Leo, – questa terra può davvero diventare l'Eldorado in grado di dare sfogo alle plebi diseredate d'Italia che adesso sono costrette a emigrare all'estero. Le terre sull'altopiano, naturalmente, e non tutte. Domanda: perché siamo qui?

– Io sono qui perché mi ci ha mandato il re.

– Lei scherza sempre, Amara. Risponda alla domanda.

– Sono un soldato e non mi pongo domande. Ho i miei ordini e li eseguo. Io sono qui per l'Italia, e questo mi basta.

– Va bene. Cristoforo... tu che ne dici?

Del Re si strinse nelle spalle. Si versò un po' del liquido marroncino che sembrava tè e ne bevve un sorso, serrando le labbra in una smorfia quasi disgustata.

– Tutte le volte mi chiedo perché lo bevo...

– *Zua*, – disse Vittorio a Cristina. – Non piace a nessuno ma la bevono tutti.

Indica la bottiglia con un dito, ma di nuovo Cristina scuote la testa.

– Prestigio nazionale, – disse Cristoforo, – a parte la Svizzera, eravamo l'unica nazione civile a non avere una colonia oltremare. Missione morale, dobbiamo insegnare a questi selvaggi a portare le scarpe e a non andare in giro con gli attributi all'aria... oddio, Crissi, tesoro, scusami.

Cristina finse un sorriso, poi lanciò un'occhiata a Vittorio. La guardava.

L'OTTAVA VIBRAZIONE

– Io sono un imprenditore, – stava dicendo Leo, – e brianzolo, per giunta. Il prestigio nazionale e la missione morale dei popoli civili mi interessano, ma mi interessa di piú l'aspetto economico. Franchetti ha ragione, niente latifondi, distribuiamo la terra alle famiglie degli emigranti. L'avete visto cosa succede sull'altopiano dopo che ha piovuto... l'erba cresce subito, e ancora piú alta di prima. Diamo un pezzo di questa terra a una famiglia di bravi coloni, e non dico solo lombardi o piemontesi, ma siciliani, calabresi, romagnoli. Che ne facciano un giardino.

Cristina si muove. Stacca la pelle umida delle gambe da quella calda della poltrona con uno strappo che le fa quasi male. Vorrebbe tirare su le ginocchia, circondarle con le braccia e appoggiarci sopra il mento, ma ancora non osa. Poi però lo fa. Appoggiò i talloni sulla seduta della poltroncina e si tirò giú la sottoveste, che era abbastanza lunga da arrivare oltre le caviglie, lasciandole scoperte solo le dita dei piedi.

– Sono stato a Gura, a vedere la stazione di sperimentazione agraria, proprio con Franchetti, – disse Leo. – Mi hanno detto che hanno cavato un cavolfiore che pesava dieci chili.

– Io sono andato a Godofelassi per il ministero, – disse Del Re. – Al villaggio *Umberto I*. I coloni dicevano: «Cristo d'un Africa», il raccolto era stato un disastro e ne avevano dovuti rimpatriare otto.

All'improvviso dalle finestre aperte del salotto entrò un'aria pesante che sembrava odorasse di ferro. Era carica di elettricità, e a Cristina fece paura. Guardò Vittorio, che non se ne accorse perché si stava versando dell'altra arekí, sembrava che nessuno si fosse accorto che stava per succedere qualcosa. Poi la penombra luminosa del salotto diventa grigia di colpo, e un attimo dopo uno scroscio assordante che sembra un muggito fece trasalire Cristina, che si strinse le gambe, affondando il mento tra le ginocchia. Fuori dalle finestre la pioggia cadeva violenta e tutta insieme, come se qualcuno avesse rovesciato un secchio enorme.

– Scelta sbagliata, – disse Leo, alzando la voce per coprire il temporale. – La vita qua è dura, lo sappiamo tutti, e ci vuole gente che abbia voglia di lavorare, mica scansafatiche. Bisogna costruirselo, il paradiso.

Cristina si sentí una stupida a essersi spaventata per un temporale, come una bambina. Guardò ancora Vittorio, e dal suo sorriso capí che si era accorto del suo trasalire. Sorrise anche lei, per davvero, questa volta.

– Ma vorrei conoscere anche il suo parere, Vittorio, – disse Leo.

Vittorio si voltò di scatto, con un'espressione smarrita. A imbarazzarlo non era lo sguardo di Leo, che sembrava sinceramente interessato alla sua opinione, e neanche quello del tenente, che fumava tranquillo il suo sigaro, incurante degli schizzi di pioggia che rimbalzavano sul davanzale e gli bagnavano le spalle. A guardarlo strano, con una punta di sospetto, era Cristoforo.

– Chiedo scusa, non ho sentito... il temporale, – disse Vittorio.

– Chiedevo il suo parere sul futuro agricolo della Colonia. Non pensa anche lei che potrebbe accogliere degnamente i nostri emigranti?

– Tutti? – chiese Vittorio, poi ripeté: – Tutti? – perché l'aveva detto troppo piano.

– Be'... buona parte, almeno.

– E dove li mettiamo? Io non sono un agronomo, però mi dicono che la terra fertile non sia proprio tantissima. E poi ci sono gli abissini.

Leo fece una smorfia, come se lo avesse pizzicato un insetto.

– Andiamo, Vittorio! Questa terra ormai è nostra. Loro ci hanno vissuto sopra per secoli, e cosa ne hanno fatto? La terra è di chi la lavora, lo dicono anche i socialisti.
– Credo che intendano un'altra cosa, – rise Cristoforo.
– Mi riferivo agli scioani, – disse Vittorio, – all'esercito del negus.
– A quelli ci pensiamo noi, – disse il tenente. La pioggia era cessata di colpo, con un silenzio che per un attimo era sembrato piú assordante dello scroscio, tanto che Amara aveva parlato ad alta voce, quasi gridando. Poi però l'abbassò a un sussurro. – Non credo di violare nessun segreto se dico che si sta preparando una grossa offensiva. Ricacceremo gli scioani, espanderemo i confini della Colonia e li renderemo definitivamente sicuri.

Vittorio si tirò indietro, appoggiando le spalle allo schienale del divano. Dopo la pioggia era arrivata l'afa, ancora piú forte di prima, e anche se non indossava piú la giacca e la cravatta, ma solo una camicia e un paio di calzoni di lino chiaro, e finalmente i sandali, si passò lo stesso un dito dentro il colletto aperto, picchiando istintivamente con l'unghia del pollice contro la stoffa umida. Si era già disinteressato alla conversazione, che non lo aveva mai coinvolto. Guarda Cristina, appollaiata sulla poltrona, il mento rotondo appoggiato alle ginocchia, i capelli neri arruffati dall'umidità, le spalle nude che si intravedono sotto la tela dello zir zir che si era messa addosso come uno scialle. Avrebbe voluto dirglielo, si chiama nazalà, e si porta cosí, e alzarglielo sulla testa, come un velo.

– Il problema non è quello, – stava dicendo Cristoforo, – il problema sono gli investimenti. Non ci sono i soldi per fare tutto quello che dici.

Pensa che è carina, molto carina, e sensuale anche. Una sensualità ingenua, istintiva e smarrita, molto infantile.

– È l'unico punto su cui non sono d'accordo con Franchetti, – stava dicendo Leo. – Bisogna aprire ai finanziamenti privati. Evitare il latifondo, per carità, ma senza i soldi dei capitalisti non si va da nessuna parte.

Pensa che è l'unica novità interessante in quel momento a Massaua, a parte un paio delle ragazze di Madamín arrivate col piroscafo e alcune massauine che non aveva ancora conosciuto, ma sono tutte un'altra cosa.

– Prima però bisogna che ci siano i capitalisti disposti a rischiare il patrimonio sulla Colonia, – stava dicendo Cristoforo.

– Io lo sto facendo, – disse Leo.

Pensa che se Del Re immaginasse cosa ha in mente lo prenderebbe a pugni subito. Leo avrebbe dovuto sfidarlo a duello, ma non si usavano piú nella Colonia, e comunque Leo non è il tipo.

Pensa che deve smettere di guardarla cosí, perché anche se lo faceva con noncuranza, lasciando scivolare lo sguardo, veloce, come per caso, Cristoforo conosceva il metodo e prima o poi lo avrebbe beccato.

Nove

Guarda qua, mi suda anche la testa, pensa Branciamore passandosi la mano aperta sulla pelata. Dopo anni di Africa, nonostante il sole (maledetto), la fodera ruvida del chepí da ufficiale, e anche l'età, era ancora liscia e rosa come il sedere di un neonato, velata appena da un sudore morbido e caldo. A parte quattro peli schiacciati in avanti, i capelli li aveva persi da ragazzo, ma non gli dispiaceva, perché a giudicare dalla barba, che scendeva fino sul collo, rada e riccia come quella di una capra, sarebbero stati piú un problema che un ornamento.

Si stropiccia la mano bagnata contro quell'altra, per asciugarla, lo avrebbe fatto sui calzoni della divisa, ma sono freschi di bucato, e poi a casa Sabà chi la sente. Certo, in Colonia, a Massaua, niente resta fresco e pulito, ma almeno ci ha messo l'intenzione, in fondo va a trovare un maggiore, che per quanto debilitato dalla febbre è comunque un ufficiale superiore. Sempre che sia ancora vivo.

Sulle scale, è ancora al primo piano della palazzina, sente la risata da topo di Berè, e corruga la fronte, non solo perché quel ragazzino non gli piace, ma perché dove c'è lui c'è anche Cicogna.

E infatti il caporale era seduto su un lettino basso di corda intrecciata, dai piedi massicci di legno. L'aveva messo contro il muro del pianerottolo, proprio accanto alla porta della camera del maggiore, e a quello appoggiava la schiena, le gambe lunghe tirate su, il tacco delle scarpe agganciato al bordo del letto e gli angoli delle ginocchia ossute che sporgevano oltre le spalle, come punte di ali, ma alla rovescia. Ride anche lui, o meglio, sorride, soffia fuori il fiato col naso e tiene le labbra tese sui denti, chiuse abbastanza per non farsi scappare fuori dalla bocca il bolo di chat che gli gonfia la guancia.

Se non fosse il suo nome, Cicogna, Nicola Cicogna, lo chiamerebbero lo stesso cosí perché davvero assomiglia a un uccello, magro, altissimo e tutto angoli, il collo sottile che balla dentro il colletto della giubba, spezzato da un pomo d'Adamo che sembra uno spigolo, il naso a becco e la testa rotonda, spelacchiata da un ciuffo di capelli corti e dritti, come le piume di un uccello di nido. Era ligure, un genovese di piazza Caricamento, e parlava con una cadenza acida, strascicata e lenta.

Appena il capitano Branciamore spuntò sul pianerottolo, Berè smise di ridere e guardò il caporale, per vedere cosa faceva. Non faceva niente, continuava a sorridere come se l'ufficiale non fosse mai esistito, e cosí ricominciò a squittire, con quella sua risatina sguaiata, seduto per terra accanto al letto, una mano sulla ghetta bianca che copre la scarpa del caporale. Quanti anni ha Berè non lo sa nessuno, neppure lui. Ha la pancia rotonda di un bambino piccolo, ma è già magro come un ragazzo, i capelli ricci tagliati corti che gli coprono la testa come una calotta, le labbra sottili e gli occhi nerissimi, che sembrano obliqui. Quanti anni ha Berè? Dieci? Dodici? Quattordici?

– Che ci fai qui? – chiese Branciamore. Guardava Berè, ma parlava al caporale.

– Monto la guardia al maggiore, casomai avesse bisogno. Piú fedele di cosí, signor capitano... ho messo anche il letto davanti alla sua porta, come uno schiavo.

Sorride ancora, la lingua che trattiene la pallottola di chat e la aggiusta contro la guancia. Avrebbe bisogno di sputare, ma cosí, davanti al capitano, meglio non tirarla troppo, la corda.

– Ti avevo messo di servizio attivo. Avevo messo Perissinotto a fare da attendente al maggiore.

– Ah, sí? Non lo sapevo. Io ho eseguito gli ordini, il maresciallo mi ha detto di fare da attendente al maggiore nuovo ed eccomi qua. Si sarà sbagliato.

Sorride ancora. Una schiuma sottile di bollicine giallastre gli spunta da sotto le labbra. Deve proprio sputare, ma non è il caso, soprattutto non adesso.

Il capitano chiuse gli occhi e soffiò fuori l'aria in un sospiro corto, che voleva essere piú lungo, ma quel pianerottolo aveva solo una finestra e non si respirava. Berè aveva in mano un ventaglio di penne, ma lo teneva fermo, per coprirsi la faccia e riderci dietro.

– Va bene, – disse Branciamore, – lasciamo stare, per ora. Come sta il maggiore? È sveglio?

– Dorme. So che è ancora vivo perché ogni tanto mando Berè a guardarlo. Qualche volta si lamenta, ma sono i versi di uno che dorme.

– Mandi Berè a guardarlo?

– Mica sempre. Ci vado anch'io, naturalmente.

– E non è che a Berè gli resta attaccato qualcosa alle mani? Guarda, Cicogna, che se il maggiore si lamenta che gli è sparito anche solo un bottone...

– Per carità, signor capitano, – il caporale accarezzò la testa del ragazzo come fosse quella di un cane, poi gli appoggiò il polso sulla spalla, le dita della mano che sfioravano l'osso sporgente della clavicola nuda. – Berè fa solo quello che dico io.

– Appunto.

Il caporale sorride di nuovo, e molto di piú. Questa volta una goccia di saliva scura gli scivola all'angolo della bocca, e allora il caporale sputa, con discrezione, piano, e nelle mani aperte di Berè, che se le asciuga sui calzoni che porta larghi attorno ai fianchi.

– Lo so che scherza, signor capitano.

Le dita di Cicogna, quelle della mano abbandonata sulla spalla di Berè, si mossero leggere, sfiorarono la pelle sudicia tesa sulla clavicola del ragazzo, e scesero piú giú, ma poco, appena appena.

– Vabbe', non importa, – disse il capitano. – Quando si sveglia digli che sono venuto a cercarlo. Che quando è nel comodo, verso sera, venga al Serraglio, siamo al circolo ufficiali, il colonnello riceve là quelli nuovi.

– E se non si sveglia?

– Allora fai in modo che si svegli. Fa' rumore, chiamalo, fa' quello che vuoi ma portalo al Serraglio verso le sette –. Branciamore guardò Berè, poi guardò il caporale. – Chissà che tipo è questo maggiore nuovo... – disse, con noncuranza, come stesse pensando ad altro, ma non era vero, lo stava facendo apposta. – Magari è un bigotto, uno che si scandalizza, magari è uno di antica casta militare, tutto Dio, Patria e Famiglia, cos'è, un piemontese, mi pare... Va da sé che se non andate d'accordo te ne ritorni al reparto e te lo trovo io un incarico buono... Portalo al Serraglio. Uniforme d'ordinanza, niente fronzoli.

Il caporale continua a sorridere finché il capitano non se ne è andato. Poi guarda Berè, guarda la porta del maggiore e guarda di nuovo Berè. Gli tira uno scappellotto, piano, per farlo alzare, e poi un altro, piú forte, sul sedere.

– Kid, kid... via dalle palle. Resta in giro ma non farti vedere, ti chiamo io. E lasciami il ventaglio!

Allungò il braccio, ma la presa era troppo corta perché

non voleva staccarsi dal muro. Berè saltò via veloce sui piedi nudi, squittendo, e sparí dal pianerottolo, proprio come un topo. Il caporale ci pensò su un attimo, poi decise che era troppo caldo per corrergli dietro. Si slacciò i bottoni della giubba fino alla pancia, aggiustò la pallina di chat contro la guancia e sputò lontano, contro il muro, sul pavimento.

Fotografia

Lei è seduta, come è giusto che sia e come vogliono le convenzioni, la moglie su una sedia, uno sgabello o una poltrona e il marito in piedi, una mano sulla spalla di lei, ad appoggiarsi o ad abbrancarla, oppure rigido con le braccia lungo i fianchi come sull'attenti, o la mano giú, a raggiungere la sua, i palmi stretti uno sull'altro.

Branciamore e Sabà sono cosí, e le loro dita intrecciate sembrano la tastiera di un pianoforte, perché anche se il sole ha rosolato la sua pelle bianca da palermitano di città e lei, che a vivere in casa e a lavarsi via tutti i giorni la polvere di Massaua col sapone di sciampagna sembra quasi si sia schiarita, restano sempre un tiliàn e una bilena, lui tzadà, bianco, e lei tzellàm, nera.

La fotografia è formato Cabinet, 270x175, di quelle da mettere in salotto assieme ai ritratti di famiglia, ma la loro non è proprio una famiglia, perché Sabà non è la moglie del capitano, è la sua madama. Per questo quando il fotografo ha sistemato lo sgabello sullo sfondo del telone bianco e ha detto: – Prego, accomodatevi, – era rivolto a Branciamore, ma lui ha fatto sedere Sabà, le ha preso la mano e non l'ha piú mollata.

Sabà è bellissima. È una bilena dal volto rotondo e gli occhi grandi. Sugli zigomi, alti ma pieni, come le labbra, ha una pioggia sottile di macchioline nere, piú scure della pelle: è un tatuaggio che sua madre le ha fatto con l'henné, quando ancora era bambina, a Cheren, ma si vedono appena, e sembrano davvero lentiggini. Si è messa un vestito lungo, una bella zuria candida di sapone e lisciva, e mentre la inquadra nella macchina il fotografo già pensa che userà una celloidina, una carta al collodio lucida lucida, perché l'ossido di zinco lascia i bianchi puri e brillanti, e contro il telone, che proprio candido non è, il vestito di Sabà sparirebbe in un'ombra rossa e brunastra. Attorno alla testa ha un cordino di pelle, e attaccato al cordino c'è un gioiello, un sole pieno e rotondo che le scende sulla fronte. È d'argento, e gliel'ha regalato il capitano. Ai piedi ha un paio di pantofole ricamate. Non cammina piú scalza, Sabà, non è piú una ragazzina, e non è una selvaggia, è una donna, è la madama di un ufficiale italiano.

Fino a poco prima di scattare Branciamore la guardava, dall'alto, guardava le lentiggini nere attorno al suo naso piccolo e rotondo, non poteva farne a meno, e quando il fotografo ha detto per favore, signor capitano, lui ha alzato la testa, ma sulle labbra gli è rimasto quel sorriso incantato. Anche lei sorride. È un sorriso appena accennato, molto dolce, e il suo sguardo è dolce anche quello.

Dietro il cartoncino che incornicia la fotografia e le fa da supporto il capitano ha scritto alcune parole, ma non si leggono piú. Erano indirizzate a suo fratello, che sta a Catania, l'unico che abbia visto quella fotografia, di nascosto e senza dirlo a nessuno, perché in Italia il capitano ha un'altra moglie e un'altra famiglia.

Dieci

Non è un urlo, e se è un urlo non è umano. Non può averlo emesso un uomo un grido cosí. Non è roba da cristiani e neanche da selvaggi o da animali.

Questo è l'urlo del Diavolo.

Il caporale Cicogna non era mai stato coraggioso, anzi. Per questo, quando sentí quell'urlo che veniva dalla camera del maggiore e invece di correre fuori, giú dalle scale, si buttò contro la porta della stanza, spalancandola, fu solo per errore, perché si era mezzo addormentato anche lui e a svegliarsi cosí di soprassalto aveva perso il senso dell'orientamento.

Il maggiore è seduto sul letto e gli volta la schiena. È piegato in avanti, curvo come un uncino, e si tiene il volto tra le mani, ma quello il caporale non lo vede, non gli vede neanche la testa, coperta dall'arco molle e bianchiccio delle spalle. È nudo, le natiche schiacciate sul lenzuolo fradicio di un sudore giallastro.

– Si sente bene? – chiese il caporale.

– Apri la finestra, – disse il maggiore.

La stanza era un forno, e il caporale sapeva che a quell'ora e con quell'orientamento non sarebbe entrato un filo d'aria, ma corse lo stesso alla finestra perché c'era un odore forte che troncava il fiato, anche lí dalla soglia. Pareva aceto.

Zolfo, pensa il caporale, poi si dice: smettila, scemo.

Alla luce abbagliante del pomeriggio il maggiore sembrava fatto di cera. Era magro, cosí magro che sotto la pelle si vedevano le ossa dello sterno, e dietro anche quelle delle scapole, e i nodi della spina dorsale, ma pareva comunque morbido come un ricciolo di burro. Forse perché non ha un pelo, e a parte i capelli schiacciati sulla testa dal sudore, le sopracciglia e un ciuffo biondastro laggiú, tra le gambe, è glabro come un bambino.

Appena il maggiore si accorse che il caporale lo stava guardando diventò rosso fino all'attaccatura del collo.

– Fuori! – strillò acuto tra i denti, e bastò soltanto il ricordo dell'urlo di prima a far scattare Cicogna come mai gli era accaduto durante tutta la sua vita militare.

Quando uscí dalla stanza il maggiore sembrava un'altra persona. Non appariva neanche cosí magro. Indossava un'uniforme di taglio perfetto e la indossava con eleganza, nonostante il sudore che gli luccicava sul volto e all'attaccatura dei capelli. Non era l'uniforme d'ordinanza, era l'alta uniforme, quella da cerimonia, giubba e calzoni neri e camicia bianca sotto, abbottonata stretta attorno al collo, un filo appena che sporge oltre il colletto della giacca, come un collarino da prete. I bottoni, le torri da maggiore sui gradi, le stellette ai lati dello spacco a v del colletto, brillavano come se fossero appena usciti dalla fabbrica. Fascia azzurra di traverso al petto, da sinistra a destra, perché è un ufficiale superiore. Appena sotto, la tromba e la spada del distintivo del 19º Reggimento cavalleggeri guide. Aveva anche il casco di sughero col pennacchio dei Cacciatori d'Africa, in mano, e dentro c'erano perfino i guanti bianchi.

– Il capitano Branciamore ha detto che deve mettersi la divisa d'ordinanza, – disse il caporale.

– Da quando in qua un semplice capitano dà degli ordini a un maggiore?

Belín, pensa Cicogna, ho già fatto il primo errore. Non andremo d'accordo.

– Sei tu il mio attendente?
– Signorsí, signor maggiore.
– Ho un graduato come attendente? Di solito è un soldato.
– Non so, signor maggiore. Mi hanno comandato al suo servizio e io sono qui.

Il maggiore lo guarda. Lo fissa. Ha gli occhi piccoli, il maggiore, vicini al naso, e sono azzurri, chiarissimi, acquosi. Anche la bocca è piccola, e la tiene stretta, le labbra leggermente sporte in avanti, come se volesse un bacio. È biondo, il maggiore, biondo scuro, quasi castano, e i capelli sono radi, lisciati all'indietro, non era il sudore a farli cosí, è lui che è stempiato. Le guance sono lisce, né rotonde né scavate, dritte. Sembra che non si sia mai fatto la barba in vita sua, e forse è davvero cosí. Parla un toscano morbido e appena accennato, liscio come le guance.

– Va bene, – disse il maggiore. – Il mio nome è Marco Antonio Flaminio di San Martino, Marco Antonio, non Marcantonio, ci tengo... ma tu naturalmente non mi chiamerai per nome. E neanche signor conte, mi chiamerai signor maggiore, intesi? Cosa stai masticando?

Per un momento Cicogna ha la tentazione di inghiottire il pezzo di chat che sta succhiando, ma era troppo grosso, troppo amaro, e poi sapeva bene che effetto faceva masticarlo, ma non immaginava cosa sarebbe successo a mangiarselo.

– Tabacco, – disse.
– Sputalo. Ma non ora, non farti vedere da me. Ho orrore della gente che sputa. Non sei armato?
– No, signor maggiore, – biascicò Cicogna. Adesso che il maggiore glielo aveva proibito sentiva il bisogno irresistibile di sputare via tutto, come se la pallottola di chat fosse diventata enorme, all'improvviso, e non ci stesse piú tra i den-

ti e la guancia. – Non serve qui. Siamo a Massaua, è tutto tranquillo fino a Saati. Se c'è bisogno basta questo –. Tirò fuori da dietro la schiena il frustino di pelle di ippopotamo che teneva infilato nella cintura. – Due kurbashate risolvono ogni problema.

Il maggiore allunga una mano e con la punta delle dita sfiora il kurbash. Sente le nervature della pelle sotto i polpastrelli. Sul volto non ha nessuna espressione, come se davvero fosse fatto di cera.

– Andiamo, – disse. – Portami subito a rapporto dal comandante.

Il caporale annuí. Si affrettò a scendere le scale della palazzina, ma il maggiore lo richiamò indietro. Scese con lui, appoggiandogli la mano sulla spalla e tenendosi al muro. – Sono ancora un po' debole, – disse, in un soffio.

Fuori il sole era ancora alto, ma non picchiava piú con la ferocia del primo pomeriggio. C'era anche un po' d'aria che il maggiore respirò con la bocca spalancata e gli occhi chiusi, in un lungo sospiro di sollievo. Il caporale ne approfittò per sputare la palla di chat tra le mani, piano, per non fare rumore, e lanciarla lontano, nella polvere dello spiazzo. In fondo, c'erano alcuni uomini che stavano scavando vicino alle latrine, osservati da un caporale che stava seduto su una botte. Ce n'era uno, un piccoletto, che aveva smesso di scavare e sembrava stesse guardando proprio loro.

– Non ho un cavallo? – disse il maggiore, mettendosi il casco di sughero. – È cosí vicino da andarci a piedi sotto questo caldo? – Si lisciò il pennacchio con un colpo veloce della mano, come se si fosse tirato indietro i capelli.

Belín, pensa Cicogna, quanto rompe.

Sulla strada oltre lo spiazzo stava passando un carretto carico di botti, trainato da un cammello. Cicogna fece un fischio, alzando un braccio per farsi notare dal ragazzo che stava seduto sulla botte piú alta, con una canna lunga in mano, come se stesse pescando.

– Sei matto, caporale? – sibilò il maggiore. – Vuoi che mi sieda lí sopra? Non ci pensare neanche.

Belín, pensa Cicogna. No, non andremo d'accordo.

– Forse posso procurarle un muletto...

– Un mulo? Neanche per sogno. Mi sembra di ricordare che sono arrivato qui con un mulo, ma avevo la febbre alta, se no l'avrei rifiutato.

Il maggiore guardò il sole, poi guardò la strada polverosa, che velata dai vapori del calore sembrava ancora piú bianca. Si asciugò la fronte con il dorso di un guanto che teneva in mano.

– Facciamo cosí, – disse, piano. – Io monto sul carretto, ma prima di arrivare ci fermiamo dove non ci vede nessuno e scendo. Non ce la faccio a camminare molto.

Il ragazzo aveva fermato il cammello con un verso roco e stava aspettando. Cicogna porse il braccio al maggiore, che si resse di nuovo alla sua spalla per issarsi a sedere sul retro del carretto, stando attento a non appoggiarsi alle botti, le labbra strette in un'espressione schifata. Poi il maggiore allungò una mano e fermò il caporale che stava per fare un altro fischio al ragazzo.

– Senti un po', – disse, – cos'era quella roba che stavi masticando? Ti ho visto mentre la sputavi... era troppo gialla per essere tabacco.

Belín, pensa Cicogna.

– È... è una cosa che fanno qui... una cosa che serve a calmare i nervi.

Il maggiore guardò il caporale. Senza espressione. Poi annuí.

– Puoi procurarmene un po'? Ogni tanto anch'io ho bisogno di calmare i nervi.

– Ma certo... signorsí, signor maggiore, quanta ne vuole...
– Con discrezione, naturalmente.
– Con la massima discrezione, signor maggiore. È la mia qualità migliore. E posso procurarle qualunque cosa, se le servisse altro.
– Vedremo, – disse il maggiore.

Belín, pensa Cicogna mentre fischia al ragazzo e allunga il braccio perché il maggiore non gli caschi di sotto quando il carretto comincia a muoversi, belín, invece sí che andremo d'accordo, molto, molto d'accordo.

Dov'è Aicha

A Massaua, la notte, la gente dorme per le strade. È per via del caldo. In casa non si può stare perché si soffoca sotto un'aria immobile e spessa, densa di fiati e forte di odori, che pesa addosso come una coperta. Quando le finestre sono quelle grandi rivolte verso il mare, protette dal reticolo ad alveare delle verande che ne ha tenuto lontano il sole del giorno, allora si può portare il letto lí sotto e respirare, lasciare che la brezza leggera asciughi il sudore. Ma se le finestre sono quelle piccole dei vicoli, allora bisogna andare fuori.

A Massaua, quando si fa sera, la gente esce di casa con il letto in braccio. Anghareb, si chiama, ed è fatto di cinghie di pelle intrecciate, tese su un telaio di legno o di ferro, che appoggia su quattro piedi alti poco piú di una spanna. Sui balconi, sotto le verande, sulle terrazze piatte in cima alle case, fuori, accanto alla porta o in mezzo alla strada, dove c'è posto, coperti da un tappeto, da una pelle di vacca o soltanto da una futa, gli anghareb si stendono per tutta la città, lastricano i vicoli dalla moschea di Shaykh Hammali giú verso il bazaar e su fino al porto, passano la rada, arrivano alle baracche e al forte di Taulud, e al di là della diga, sulla terraferma, fino alle piane di Otumlo e di Monkullo, ma non oltre, perché lí ci sono le iene e non si può dormire all'aperto, neanche se fa caldo.

Se è ancora presto, allora tra i vicoli di Massaua si sente

parlare, piano, si sente mormorare, in un arabo aspirato e roco, in un tigrino largo, dalle vocali aperte, si sente sussurrare, nella lingua dei baria e dei kunama, nei dialetti di Bombay e di Madras dei mercanti baniani, in greco e anche in amarico, ma questo piano, pianissimo, perché è la lingua del negus e delle spie. Poi, quando la brezza finalmente arriva e l'aria diventa nera, le voci scorrono sempre piú lontano, sempre piú in fondo, e a Massaua restano soltanto i rumori del sonno.

Aicha cammina per i vicoli. Muta e silenziosa, scivola tra gli anghareb senza che nessuno la avverta. Passa come un'ombra tra le mani che penzolano sulla terra battuta, tra i piedi che sporgono oltre il bordo dei letti, tra bocche socchiuse che le soffiano aliti caldi sulle gambe nude. Sente sospiri, mugolii, cigolii, gemiti, rantoli, peti e lamenti.

Una volta, steso su un anghareb nel loggiato del porto, un braccio piegato sotto la nuca e l'altro allungato ad accarezzarle la schiena, il maggiore Montesanto le disse che era proprio quello che gli piaceva della notte di Massaua, che si potevano sentire i sogni degli altri. Ma lei non ascoltava e quindi non può ricordarselo.

Una mano calda le artiglia una coscia, un'altra le si posa su un fianco. Aicha ha fretta, ma vede una moneta che luccica alla luce delle stelle, e allora si lascia tirare giú, perché ha sentito il fiato pesante di arekí e sa che finirà presto. E infatti ha appena il tempo di stendersi sull'anghareb e di mettersi supina che già sente russare. Toglie le mani addormentate dal suo ventre, prende la moneta ed è già lontana, verso il fondo del vicolo.

Incontra uno sguardo, il bianco degli occhi che guizza rapido nella penombra, un attimo prima di sparire dietro la tenda di una porta. Lo conosce quel volto, l'ha già vista quella gellaba a righe sottili strappata su un fianco, quella voce

– Salam alekum – è quella di Ahmed, interrotta da un sospiro di diffidenza, quasi di paura, appena ha incrociato lo sguardo di lei, ma Aicha non si chiede perché, non si chiede con chi Ahmed stia parlando, in arabo, deve andare in un posto, ha qualcosa da fare, e comunque, anche se non avesse avuto da fare nulla, non se lo sarebbe chiesto lo stesso.

Quando arriva sulla spiaggia, lontano dal centro abitato, si toglie la futa dai fianchi, perché c'è un po' di luna e dalla caserma dei carabinieri, che non è lontana, potrebbero vedere la macchia chiara della stoffa. Invece cosí, nerissima e nuda, non la vede nessuno e i riflessi del sudore sulla sua pelle sembrano quelli della luna sul mare.

Dentro la futa ha qualcosa. La tira fuori dalla stoffa e la lascia cadere dentro il buco che ha scavato nella sabbia. Ci butta anche la moneta, meglio ancora, e intanto sussurra qualcosa in una lingua che non è fullah, non è tigrino e non è kunama. Poi si accuccia sulla buca, come una cagna, e ci piscia dentro.

Mentre la ricopre spazzando la sabbia con la mano a conca, pensa che sua nonna l'ainí hassàd per il malocchio lo faceva sempre sulla riva di uno uadi, un torrente in secca, o tra le radici di un baobab.

Ma quella è Massaua, non ci sono uadi e non ci sono baobab, e sulla spiaggia andrà bene lo stesso.

Undici

– Le unghie, – disse Serra, e fece il gesto di pulirsele sulla giubba, solo il gesto però, perché anche se le sue le aveva ripassate con la punta del coltellino, non si fidava a strisciarle sul cotone candido della divisa da riposo.
 – Zio can... – mormorò Pasolini guardandosi le dita. Si pulí le unghie con l'angolo della fibbia, sotto la giubba, poi se le lucidò sfregandole sul sedere, con forza.
 – Io? – chiese un soldato cosí piccolo che sembrava un bambino.
 – E io? – chiese un altro, tendendo le mani.
 – Vado bene io? – disse Barbieri.
 Serra gli accostò le punte del colletto, già cosí inzuppato di sudore che le stellette di panno bianco cucite sulla stoffa sembravano ritagliate nel cartone. Gli raddrizzò anche il copricapo di paglia da marinaio che gli schiacciava i capelli incollati sulla fronte bianchissima.
 – Te, sei te che non vai bene, – disse Serra. – Sembra che stai per svenire.
 – È tutto il giorno che ho la cagarella. Faccio su e giú dal cesso... Cristo.
 La mormorò l'ultima parola, stringendosi le mani sulla pancia con una smorfia che piú che dolorosa pareva disperata. Scappò via, facendosi largo tra la cerchia di soldati che si chiudeva attorno a Serra, e lo fece cosí in fretta che gli cadde il cappello e non si fermò a raccoglierlo.

– Oh, capo! – disse un soldato, allungandò le *o* alla bolognese. – Guarda qua, vado bene io?

C'era quasi un plotone attorno a lui, e Serra si divincolò, agitando le mani a mezz'aria. Il caporale appoggiato al palo della tettoia che copriva il portoncino del forte stava guardando nella loro direzione. Bisognava passare per forza di lí per andarsene in libera uscita.

– Io non sono capo di niente, – disse Serra, brusco. Ficcò le mani in tasca e si avviò verso il portoncino, lasciando che gli altri gli sfilassero davanti. Non voleva farsi notare. Non poteva.

In realtà il caporale che sta alla porta pensa ai fatti suoi e non guarda nessuno. È di picchetto, perché ha il cinturone attorno alla vita, e anche la baionetta giú lungo la coscia, ma sta sotto la tettoia a fumare una sigaretta sottile, dalla carta gialla, e si guarda la punta dei piedi. Solo quando passa Pasolini alza la testa e poi una mano.

– Tu no, – dice.

– Perché io no?

– Perché hai le unghie sporche.

Pasolini strinse le dita nei pugni, istintivamente, poi le distese, mostrandole al caporale.

– Non è vero.

– Il sergente De Zigno dice di sí.

Indicò in fondo al piazzale. Anche a quella distanza i baffi di rame del sergente sembravano luccicare al sole. Pasolini sospirò, curvandosi nelle spalle. Si tolse gli occhiali e si asciugò il naso col taglio di una mano, da una parte e dell'altra. Non disse niente, annuí, sorrise, come per far capire che non subiva cosí e basta, che aveva capito, e che se ne andassero a fare in culo con il loro esercito di merda, tutto in un sorriso, senza parole, perché in realtà la rabbia gli faceva venir voglia di piangere, e continuando ad annuire tornò indietro.

Serra ne approfittò per tirare dritto, le spalle rigide, le braccia lungo i fianchi, come se marciasse, il berretto calcato sulla fronte, anche i baffetti tesi sulle labbra strette, sull'attenti. Era quasi arrivato al portoncino quando sentí quella voce. La riconobbe, dura e bassa, prima ancora di sentire le parole.

– Dove te ne vai, coglione? – *cojone*. – Aspetta un po'...
Serra si irrigidisce.

No, pensa, non adesso, per favore.

– Che è tutta 'sta fretta? Guarda che se ti rimando dentro ti salvo l'uccello dallo scolo, mi devi ringraziare.

Gli girava attorno come un corvo, le mani dietro la schiena, piegato in avanti, il volto puntato come se lo stesse annusando.

– Mmm... vediamo un po' le mani. Come stanno le unghie? Vabbe'... Le ghette sono abbottonate, sí? Fa' un po' vedere le scarpe, coglione, – *cojone*. Il caporale abbassò la testa, e adesso piú che un corvo sembra un avvoltoio. Resta a lungo a guardare le scarpe di Serra chiedendosi come possano essere cosí lucide. Chiunque ad attraversare il piazzale si sporca le scarpe di polvere, almeno un po', un velo, un'ombra grigia. Come ha fatto, questo qui, ha volato?

– Ma vedi un po' 'sta faccia da culo...

– Chilletta, – dice il caporal maggiore alla porta. – Nella baracca comando c'è Branciamore. Se ti sente parlare cosí a un soldato, te lo fa a te il culo.

Serra represse un sorriso. Restò immobile, i baffi come un'unica riga tirata sulle labbra con un colpo di carboncino. Aveva lo sguardo fisso sull'infinito, come un eroe.

Cojone, pensò il caporale Chilletta. – E allora come lo

chiamo? Soldato? E mica è un soldato questo, è un pecoraio. Lo posso chiamare pecoraio? Mica è un'offesa, no? Dài, pecoraio, togliti dai coglioni, – *tojete dai cojoni*, – e vai a farti attaccare lo scolo. Però poi diglielo al sifilocomio che lo hai preso da un cammello!

Dodici

– Ce n'è uno in piú, – aveva detto Ahmed.

Vittorio non lo ascolta. Guarda Cristina, dalla finestra. Ferma sotto l'ombrellino bianco, sembra voler allungare una mano come per sentire se piove. E lo fa, stende le dita e le spinge fuori, le immerge nel sole e poi le ritira, sfregando assieme i polpastrelli.

Non pioverà. L'aria è ancora troppo secca per un temporale, pensa Vittorio, e d'istinto si infilò un dito sotto il colletto della camicia, anche se non portava la cravatta, anche se il primo bottone era slacciato e non aveva neppure tanto caldo, protetto dalle pareti spesse del magazzino e asciugato dal soffio ostinato della ventola che gli girava proprio sopra la testa. Il pollice sul colletto, comunque, lo batté lo stesso.

– Ce n'è uno in piú, – aveva ripetuto Ahmed.

Le persiane erano solo accostate. Avrebbero dovuto essere chiuse perché nessuno potesse guardare attraverso la finestra, ma Vittorio le aveva sempre viste cosí. La linea dei battenti disegnava una striscia luminosa sul vetro incrostato di polvere, e in quello spicchio di Massaua c'era Cristina, appannata come in una fotografia vecchia.

È in sottoveste, pensa Vittorio, non la stessa con cui l'aveva vista a casa di Leo, un'altra, pulita, ancora bianca, con un giro di pizzo sottile alle maniche sbracciate e sulla scollatura, ma una sottoveste, indubbiamente, lunga fino quasi alle caviglie, sí, ma sempre una sottoveste, inevitabilmente una

sottoveste, e Vittorio si chiede perché la trovi cosí, cosí sensuale, in mezzo a tante donne praticamente nude. Perché è bianca, pensa, poi si dice che no, non è per quello, è proprio per la sottoveste, perché le altre, tutte le altre, sono nude, mentre lei, invece, sembra spogliata.
– Hai capito, signore? Ce n'è uno in piú. Non uno in meno, uno in piú.
Vittorio si voltò. Finalmente aveva sentito.
– In che senso uno in piú?
– Dovevano essere due. E invece sono tre.
– Merda.
Ahmed reggeva il binocolo sui palmi aperti, con tutte e due le mani, come se lo offrisse. Vittorio lo guardò con una smorfia di disgusto. Lo sapeva cos'era successo. Il Cavaliere aveva fatto stanziare i soldi per acquistare tre binocoli di precisione con l'accordo di comprarne solo due, simulare la perdita del terzo e tenersi la differenza. E invece ne avevano comprati tre per davvero.
– Che cavolo, – mormorò Vittorio, – non sanno piú neanche fregare. Cosa abbiamo scritto, che si era perso?
– Rubato. Devi fare la Magia, signore.
– È una parola. Io sono bravo a far sparire le cose che non esistono, mica il contrario.
– Prendo un sambuco e vado a buttarlo in mare. Cosí non lo trova nessuno.
Vittorio prese il binocolo. Era pesante e nero, con lucide sfumature color ottone lungo le impugnature zigrinate, la cinghia di pelle nuovissima avvolta attorno alla rotella centrale. C'era scritto «Zeiss» e «Feldstecher 8x20», a lettere bianche, incise sul metallo, «1895». Nuovissimo. Doveva essere costato un sacco di soldi e gli scocciava buttarlo via.
– Allora lo rimettiamo nella cassa. Cosí l'esercito ne ha uno in piú.

– No. Quando si frega bisogna essere precisi. Dammi il registro, lo metto in carico e domani vai a dire ai carabinieri che l'hai ritrovato al mercato nero. Ci alleghiamo il verbale e cosí è tutto a posto.

Vittorio apre il binocolo e se lo appoggia sul naso, girando la vite delle diottrie perché credeva di averlo puntato sulla finestra per guardare Cristina ma riusciva soltanto a vedere un doppio disco bianco, sfocato e lattiginoso, bordato da un'ombra profonda. Allora lascia perdere, prende il lapis e aggiunge una curva al due, sul registro, abbastanza larga da prenderne la coda e farlo diventare un tre, ma il lapis è secco e scava un solco grigio sulla carta. Ne inumidisce la punta, sciacquandosi via con la lingua lo sbaffo viola che gli è rimasto tra le labbra con un sapore acido di cinabro, ma poi resta cosí, con la matita in mano, perché adesso l'ha vista, Cristina, ancora là fuori, immobile sotto l'ombrellino nel suo spicchio di fotografia vecchia. Batte con la costola del registro sul vetro, e siccome lei è fuori nel sole e lui quasi al buio, nel magazzino, nascosto anche dietro le persiane socchiuse, lei alza la testa e si guarda attorno, senza vederlo. E allora Vittorio appoggia il registro sulla cassa dei binocoli, col lapis in mezzo, senza scrivere niente, ed esce.

Là sí che fa caldo, e infatti comincia subito a sudare, ma si tira su le bretelle e si aggiusta la camicia nei calzoni e si chiede perché, con tutte quelle donne nude, tutta quella sensualità selvaggia e rovente che gli gira attorno, proprio lei gli faccia quell'effetto. E mentre si passa un dito sotto il colletto e si picchia la punta dell'unghia sulla stoffa umida, pensa che non è perché è bianca, e neanche per la sottoveste.

Poi Cristina lo vede, e gli sorride.

Tredici

Appena fuori dal portoncino della caserma, Serra si fermò subito. Lasciò che un gruppo di bersaglieri veneti eccitati dal caldo e dalla libera uscita gli sciamasse attorno e svanisse lungo la polvere della stradina – *zio can, fiòj* – fino in fondo alla spianata.

Alla sua destra c'è un gruppo di capanne basse e rotonde. Serra si chiede se sia il caso di infilarsi tra quelle stoppie bruciate e luride, e appena lo pensa sembra che dall'altra parte gli abbiano letto nella mente, perché a ogni soglia appare una donna, i fianchi appena avvolti nella futa e i seni nudi, che cerca di attirare la sua attenzione sibilando tra i denti, schioccando baci veloci e stretti sulla punta delle labbra, come per chiamare un gatto, e ce n'è anche una che sfrega assieme i polpastrelli, rasoterra, proprio come ai gatti, e tutte gli fanno cenno di avvicinarsi, tirandosi al petto le mani aperte, con forza, quasi che lo spostamento d'aria potesse aiutarle a trascinarlo piú vicino.

Serra si calcò il berretto sulla fronte, scuotendo la testa, e si girò anche, per metà, voltando le spalle alle capanne. Però doveva togliersi da quella spianata, non ci poteva stare fermo in mezzo alla strada fra i soldati che uscivano a gruppi dal portoncino, e per un momento pensò di andare a sedersi su un sasso, sotto un cespuglio basso e spelacchiato, ma anche lí era troppo visibile. Poi vide il vecchio che si sbracciava per indicargli lo sgabello davanti alla sua capanna, la cassetta di legno che ci aveva appena messo accanto, come un tavolino, sotto un telo di iuta teso tra due pali che faceva da veranda, e allora annuí, e sorrise, e si avvicinò deciso, camminando quasi di fianco per voltare le spalle alle donne che sibilavano sempre piú forte – *neà, signore, vieni, tzubúk, molto buono, shukòr, shukòr.*

Il vecchio aveva uno straccio sudicio attorno alla testa e con quello spolverò lo sgabello, tenendo Serra per la manica della giubba, come se avesse paura che gli scappasse, e continuò a tenerlo finché non si fu seduto. Sparí dentro la capanna e quando riapparve aveva un bicchiere di metallo che appoggiò sulla cassetta. Dentro fumava un liquido giallastro, dall'odore dolce. Quando Serra lo prese in mano per annusarlo, si accorse che il metallo scottava e si chiese come avesse fatto il vecchio a tenerlo cosí tra le dita.

– Shai, – disse il vecchio, – tzubúk... buono.

– Tè, – mormorò Serra, sentendone l'odore, e gli scappò da ridere. Pensò: quante volte. Seduto in un caffè ad aspettare, davanti a una birra, un bicchiere di barbera, anche una grappa, quante volte, davanti a un punch quando faceva freddo, un caffè, naturalmente, un tè mai però, quante volte, pensò, e pensò anche che da quando era arrivato in quel paese maledetto bruciato da quel sole infame, con quell'esercito di reclute raccolte a caso da tutti i battaglioni del regno, era la prima volta che si sentiva bene.

Cosí girò il bicchiere per trovare un punto meno sporco, ringraziò il cielo che l'acqua fosse stata bollita in qualche modo, e senza togliere gli occhi dal portoncino del forte bevve un sorso di tè rovente e zuccherato.

Era arrivato al secondo bicchiere quando lo vide uscire.

Aveva già pagato con una moneta appoggiata sulla cassetta (dalla quale il vecchio, fermo sulla soglia, accucciato sui talloni come per spiccare un salto, non aveva mai tolto gli occhi) cosí appena vide lo zaptiè apparire sul portoncino poté alzarsi subito e sfilarsi da sotto la veranda.

Quante volte, pensò. Si lasciò superare da due artiglieri in modo da potersi nascondere dietro le loro spalle bianche di cotone, si calcò ancora il berretto sulla fronte e cominciò a camminare, le mani affondate nelle tasche, regolando bene il passo per non rimanere troppo indietro.

Lo zaptiè procedeva in fretta. Dritto, la schiena rigida, tiene una cannetta sottile di traverso sulle spalle, le braccia sollevate come in croce, i polsi agganciati alle estremità del bastoncino. Il fiocchetto azzurro in cima al tarbush sobbalza a ogni passo, e ogni volta che i suoi sandali affondano nella polvere della strada è sempre piú avanti, perché ha le gambe lunghe, lo zaptiè, piú lunghe di quelle di Serra, che deve superare gli artiglieri, e affrettarsi, anche, per stargli dietro.

Quante volte, pensò Serra, lo mormorò addirittura, tra le labbra, aspettare, nascosto, pagare, in fretta, e seguire.

Passano davanti al resto del villaggio, accanto alla stazione, dietro il magazzino dell'artiglieria, attraversano l'odore di merda di cavallo che viene dalla scuderia e quello di pomodoro bollito della mensa sottufficiali, e Serra è costretto a fermarsi per un momento a salutare un ufficiale che sta uscendo dal comando di presidio, ma è solo un attimo, la mano che sfiora la visiera e un colpo di tacco che si pianta a terra. Poi riparte, lo sguardo fisso sulla lanugine nera che punteggia la nuca dello zaptiè, appena sotto l'orlo del tarbush. Uno dietro l'altro, il carabiniere nero davanti e Serra dietro, oltre il palazzo del governatore, dove finisce l'isola di Taulud e inizia il ponte che porta a Massaua.

Fotografia

Massaua ha tre nomi.
Per gli italiani è cosí, Massaua, con la *u* che picchia forte sui denti e va a schiacciarsi decisa su una *a* rotonda, che apre la bocca. Perché non è una sola, quella *u*, sono quasi due, ricordo della doppia *v* degli egiziani che la tennero per gli inglesi, Massawa, prima che arrivasse il colonnello Saletta a rigirarsela in bocca scivolando sulle *s*, alla torinese.
Per gli abissini della costa è Mitz'wāh, in arabo, spezzata a metà e soffiata fuori, alla fine, come una boccata di kif, o anche Met'suà, in tigrino, piú morbido e netto, all'africana.
Ma per chi c'è nato e ci vive dentro, nel cuore dell'isola che sta al centro della baia, Massaua è un'altra cosa, ha un altro nome e si chiama Ba'azè.
La fotografia è un'albumina formato Boudoir, 20x12,5: c'è tutta Ba'azè affacciata a semicerchio sulla rada, con il ponte che la taglia a metà e le si pianta dentro, dritto, come una coltellata. È tutta rossa, un rosso mattone che diventa malva sulle case e quasi rosa sull'acqua della baia, ma sempre vivo, come per i riflessi del sole che tramonta.
È solo un eccesso di cloruro d'oro che il tempo ha virato al rosso.
A quell'ora il sole è ancora alto, e Ba'azè è cosí bianca che acceca.

Quattordici

Si girò una volta sola, poco prima di imboccare il ponte. Ruotò lentamente sui fianchi, le gambe ferme, la schiena dritta, i polsi agganciati al bastoncino, e guardò indietro. Serra l'aveva intuito e aveva fatto in tempo a fermare un soldato per chiedere una sigaretta, e cosí, mezzo girato di spalle, si sentí lo sguardo dello zaptiè passargli addosso. Mentre avvicinava la sigaretta stretta tra le labbra al fiammifero del soldato, Serra lo studiò con la coda dell'occhio, alto, le braccia appese, il volto nero coperto da minuscole gocce di sudore che brillano sull'ombra scura del pizzetto. Lo aveva già osservato a lungo, in caserma, e quando lo aveva visto uscire dal comando dei carabinieri con un foglietto in mano era riuscito ad avvicinarsi abbastanza da capire che sapeva leggere. Era stato quello a convincerlo. Piú ancora del suo sguardo deciso e sicuro, dell'eleganza rigida dei suoi movimenti, della durezza forte di quel corpo snello.

Siccome non accennava a muoversi, fu Serra a farlo. Ringraziò il soldato e passò accanto allo zaptiè senza neanche guardarlo. Camminò lungo il ponte, resistendo alla tentazione di voltarsi, e quando fu quasi a metà si fermò, improvvisamente interessato all'acqua della rada – ma fingeva –, un piede appoggiato alla ringhiera della passerella di pietra e un gomito sul ginocchio. Sputò, anche, osservando la schiuma bianca della saliva che si asciugava sul mare immobile, e solo quando percepí l'ombra lunga dello zaptiè che gli passava alle spalle gettò la sigaretta nell'acqua e riprese a seguirlo.

Fu all'ingresso della piazza della moschea che lo perse. Era riuscito a stargli dietro mentre attraversava il mercato, scivolando tra ceste di pesce e piramidi di granaglie colorate, stordito dall'odore forte del berberè, aspro d'aglio, pungente di peperoncino e dolce di finocchio e di cipolla, e lí, sotto la volta di legno che copriva la strada, l'ombra afosa riuscí per un momento a fargli dimenticare il sole. Fece l'errore di togliersi il berretto, lasciando che il sudore gli scendesse denso e caldo a mordergli gli occhi, e quando uscí dal vicolo la piazza lo accecò con il riverbero violento delle sue mura bianche. Allora si passò una mano sulla faccia, ma fu peggio, perché aggiunse la polvere della strada che aveva sulle dita a bruciargli tra le palpebre assieme a sudore, sole e lacrime roventi. Barcollò per qualche passo, il braccio puntato avanti, come un cieco, tirando su col naso perché lo sforzo di tenere mezzo occhio aperto glielo aveva otturato come per un raffreddore. Aveva intravisto una macchia d'ombra nera sotto un albero, davanti alla moschea, ma non riuscí a raggiungerla. Perse l'equilibrio, trascinato indietro da qualcuno che lo aveva afferrato per un braccio e gli stringeva il colletto della giubba cosí forte da troncargli il fiato. Si ritrovò con la faccia schiacciata contro un muro, dietro l'angolo di un vicolo. La stretta attorno al collo si era fatta piú forte, e Serra capí subito che quello che gli premeva sotto il mento adesso era il bastone dello zaptiè.

– Cosa vuoi da me? Perché mi segui?

Serra cercò di infilare le dita sotto il bastone, e spalancò la bocca per parlare, ma non ci riuscí.

– È tutto il giorno che mi guardi. Cosa vuoi? Se cerchi una sharmutta hai sbagliato indirizzo, rogúm!

Stringeva, lo zaptiè, stringeva forte, schiacciandogli la te-

sta contro il muro con il petto. Serra cercò di colpirlo con un gomito, ma sfiorò soltanto la stoffa umida del camicione. Allora alzò la gamba piegandola all'indietro e sentí un gemito quando il tacco della sua scarpa schioccò contro qualcosa che sembrava un osso.
– Fammi parlare! – ringhiò Serra, staccando la guancia dal muro. Affondò di nuovo il gomito e questa volta la stretta che lo stava strangolando si allentò. Spinse indietro, sfilandosi da sotto il bastone, e sferrò un pugno che si perse nel vuoto. Lo zaptiè lo afferrò alla gola con una mano e lo schiacciò contro il muro, la canna alzata per colpirlo, dritto sulla testa.
– Sono un carabiniere! – gridò Serra, un attimo prima che le dita dello zaptiè gli troncassero la voce. – Sono un carabiniere, Cristo!
Serra chiuse gli occhi, ma non successe niente, niente bastonata, anzi. Lo zaptiè aveva abbassato il braccio armato e lo teneva lungo il fianco. Aveva ancora la mano sulla gola di Serra, ma non stringeva. Lo guardava senza sbattere le palpebre, nonostante il sudore che gli brillava sulle ciglia.
– Brigadiere Serra. Prima legione carabinieri reali. Compagnia di Firenze.
Lo zaptiè tolse la mano, e fece anche un passo indietro. Serra si staccò dal muro, spazzolandosi la giubba. Gli si era quasi sfilata una scarpa e si chinò a slacciarla, perché non bastava spingere il dito sotto la tomaia per ritirarla su. Si accorse anche che non aveva piú il berretto.
– Cos'è una *sharmutta*? – chiese.
– Una puttana, – disse lo zaptiè.
– E un coso... un *rogúm*?
– Il berretto lo avete perso. Lo hanno rubato i bambini.
Non gli aveva detto cos'era un rogúm, ma Serra notò che era passato al voi. E aveva anche irrigidito le spalle, non pro-

prio sull'attenti, ma quasi. Però continuava a stringere il bastone nel pugno, lo sguardo perplesso, sotto le palpebre immobili.

– E perché un brigadiere dei carabinieri è venuto qui a Massaua vestito da soldato?

Serra tirò su col naso, di nuovo stordito dallo sforzo di tenere almeno un occhio aperto.

– Ho un buon motivo, – disse. – Portami via da questo sole e te lo spiego.

Quindici

Le aveva detto vieni via da questo sole, anche se il tu era forse prematuro e il sole del pomeriggio non picchiava poi tanto forte. Ma l'aveva vista cosí bianca, candida di pelle e di sottoveste, e quello era comunque il sole di Massaua, che per chi non ci fosse abituato scottava anche quando non c'era. Le aveva preso l'ombrellino e aveva fatto il gesto di passarle un braccio sulla spalla, come per proteggerla, poi si era fermato, perché lei lo guardava distante, irrigidita sotto la sua ala bloccata come un artiglio, a mezz'aria.

– Sono... – aveva iniziato Vittorio, ma lei: – Lo so chi siete... Siete Cappa, l'amico di mio cugino.

Vittorio aveva abbassato il braccio sul fianco, quasi battendo i tacchi come un militare, ma aveva mantenuto la presa sull'ombrello, piú che altro per darsi un contegno e non subire l'imbarazzo di una ritirata totale. Cristina se ne era accorta e aveva sorriso. Poi aveva lasciato il manico dell'ombrellino, avvicinandosi a Vittorio per restare sotto il cerchio dell'ombra.

– Dove andiamo? – gli aveva chiesto, e per un momento a lui era mancato il respiro.

Cosí, seduto a un tavolino del caffè *Garibaldi*, Vittorio pensava: perché mi fa questo effetto? Cristina aveva insistito per restare fuori, sotto la tettoia di pietra del caffè. Vittorio glielo aveva detto che c'è un momento, a quell'ora del pomeriggio, in cui l'aria si ferma di colpo. Non che prima ci sia vento, no, ma all'improvviso diventa ancora piú immobile e pesante, come fosse caduta dall'alto, ed è allora che la ventola sul soffitto del caffè diviene un miracolo del cielo, il soffio stesso della vita, ma Cristina aveva insistito e il cameriere del *Garibaldi* era uscito a mettere fuori un tavolino, guardandoli come fossero pazzi.

Ma perché mi fa questo effetto, si chiese Vittorio. Cristina aveva tenuto l'ombrellino anche sotto la tettoia e lo faceva girare tra le dita, appoggiato a una spalla. Sembrava un disco bianco sospeso nell'aria, un'aureola candida che si confondeva col riverbero del sole sui muri delle case, segnata appena dalle linee piú scure delle stecche. Vittorio pensò che se avesse continuato a fissare quel disco bianco che girava veloce davanti ai suoi occhi ne sarebbe rimasto ipnotizzato.

– Cosa posso bere? – chiese Cristina. – Sarà possibile avere una menta?

– Tutto quello che volete, come in Italia... cioè, quasi.

– E ghiacciata, anche?

– Ghiacciatissima.

Chiamò il cameriere, e per sé ordinò una birra. Poi spinse indietro lo schienale della sedia, dondolandosi in equilibrio, e guardò Cristina. Ma perché, pensò. Perché.

Anche Cristina lo guardava. Vittorio si chiese cosa stesse pensando, ma non riusciva a immaginarlo. Si stava mangiando l'interno della bocca. La parte sinistra, dietro il labbro di sotto, una piccola smorfia appena accennata, che pareva un sorriso. Poi arrivò la menta e Cristina sorrise davvero, e da come schiuse la bocca, il labbro che si impigliava tra i denti, Vittorio vide che sí, se la stava davvero mangiando, e con voracità. Era nervosa, anche se non voleva sembrarlo.

– Avete ragione, è ghiacciatissima, – disse Cristina, prendendo il bicchiere. Poi immerse le labbra nel liquido verde, spinse quello di sopra tra i pezzetti di ghiaccio, giú, fino a lambire il vetro, a stringerlo per un momento, prima di tirarle fuori appena socchiuse, ad aspirare un soffio d'aria. Vittorio provò un desiderio fortissimo. Se fosse stata un'altra donna si sarebbe allungato sul tavolino per baciare quella bocca ghiacciata, anche lí, in piazza, e anche lui, commesso coloniale di prima classe, avrebbe infilato la sua lingua tra quelle labbra accese dal freddo per risucchiarle il pezzetto di ghiaccio che stava schiacciando tra i denti, ma si trattenne. E non perché Cristina fosse bianca, e neanche perché era la moglie di Leo o la cugina di Cristoforo, ma perché si vedeva benissimo che non lo aveva fatto apposta a lambire quel bicchiere in quel modo, e a dimostrarglielo c'era il suo sguardo distratto dal gusto della menta e il segno del bordo del bicchiere, quei due piccoli baffi arrossati sulla pelle umida sopra le labbra, come i bambini.

Fu in quel momento che l'aria cadde di colpo e Vittorio si sentí schiacciare come se qualcuno gli fosse saltato sul petto, in piedi sulla pancia, e gli premesse dentro con un peso enorme che non era soltanto quello del solito caldo afoso di Massaua. Pensò che se non l'avesse avuta non sarebbe piú riuscito a respirare.

– Ma come fate a vivere cosí? – disse Cristina con un filo di voce. Sembrava sbigottita, anche lei senza fiato, e da come guardò dentro il *Garibaldi* Vittorio capí che si stava pentendo di essersi seduta fuori.

– A qualcuno addirittura piace. A Montesanto piace... e anche a Branciamore, il capitano. A Leo piace.

– A voi piace?

Vittorio si strinse nelle spalle. – Non mi deve piacere, sono qui per lavoro, mica in villeggiatura. E poi non è il caldo la cosa peggiore, a quello ci si abitua... quasi. È la noia. Stessa gente, stesse facce, stessi discorsi, soldati, coloniali e... –

stava per dire *puttane*, ma si fermò in tempo, – e basta. Certo, è un posto esotico, ci sono tante persone strane, accadono tante cose strane, ma sempre da un'altra parte. Qui non succede mai niente... almeno a me.

– E allora perché non ve ne andate?
– E dove? Io sono un commesso coloniale. Non abbiamo altre colonie.
– Intendevo in Italia.

Il cameriere scattò, una ciabatta alzata sulla testa come per schiacciare una mosca, e un bambino nudo con la pancia rotonda come un cocomero schizzò fuori da sotto il tavolino. Cristina non se n'era accorta, e per un momento abbassò la testa di lato pensando che il cameriere volesse colpirla, ma lui girò dietro l'ombrellino urlando: – Kid! Kid! – e il bambino passò di nuovo sotto il tavolo, correndo via. Cristina raccolse l'ombrello e si toccò, istintivamente, anche se cosí in sottoveste non aveva nulla che si potesse rubare.

– No, no, – disse Vittorio, – non prendono mai niente... dànno solo fastidio, ma non rubano nulla.

Il cameriere si era rimesso la ciabatta ed era rimasto fuori dal caffè, a osservare il bambino che si era accucciato all'ombra, sotto un ramo d'acacia. Vittorio infilò una mano in tasca e lanciò una monetina nella polvere. Il bambino scattò come un fulmine e l'afferrò prima che toccasse terra. Il cameriere allargò le braccia e tornò dentro il locale.

– Volete un'altra menta? – chiese Vittorio.
– No.
– Andiamo dentro?
– No, andiamo via.

– Meglio, – fece Vittorio, – sta arrivando la Colonnella, – e da come lo disse Cristina capí che era poco meno di una minaccia. Lasciò che Vittorio le prendesse l'ombrellino, come prima, e si appoggiò al suo braccio. Vittorio abbassò la testa per sussurrarle all'orecchio, anche se in parte era una scusa per avvicinarsi ai suoi capelli e sentirne l'odore.

– La Colonnella è un'attaccabottoni micidiale, oltre che una pettegola... non dimentichiamo che io sono uno scapolo e voi... be', siete una donna sposata. Sto scherzando, naturalmente...

Di cosa sa, pensò Vittorio. Non era l'odore rancido del burro che le abissine si mettono sulla testa, naturalmente, ma neanche quello caldo di stoppa delle bianche. Era quello che si sarebbe aspettato, odore di capelli, di ricci scuri, e gli sembrava addirittura fresco, anche se non era possibile.

– Perché la chiamano la Colonnella?

– Perché è la moglie di un colonnello. Qui tutti hanno un soprannome, soprattutto le signore. C'è la Marescialla, la Capitana, la Dottora... Leo è Leo, appunto... Se no per cognome, come i militari, Branciamore, e anche noi, Del Re...

– E voi?

No, non era odore di fresco, lo sembrava perché non era acido e non era salato – perché sudava, Cristina, ne vedeva le gocce sottili raccolte sul labbro e avrebbe voluto leccarle con la punta della lingua, Dio come avrebbe voluto. Sí, sudava, Cristina, ma cosí senza acido e senza sale pareva acqua, ed era per questo che lo sentiva fresco, l'odore dei suoi capelli.

– Io? Io ho questo cognome corto, Cappa... vale da cognome e soprannome, come se fosse solo la lettera, *k*, con il punto dopo, anche.

– E a me? Lo daranno anche a me un soprannome?

– Be'... voi ce l'avete già. Siete la Moglie di Leo.

Cristina annuí. Lo sapeva, e in un certo senso lo aveva chiesto apposta. Però si morse lo stesso il labbro, dentro, e lo fece cosí forte che lo sentí sanguinare.

Sedici

Per portarlo a casa sua lo zaptiè lo aveva preso per mano. Serra si era irrigidito, attaccato a quell'abissino alto e nero, poi si era ricordato che è cosí che fanno a Massaua, giovani e vecchi camminano per strada con le dita intrecciate, come i bambini, e in ogni caso non aveva scelta, perché appena fuori dal vicolo il sole ricomincia a bruciargli negli occhi e lui non può fare altro che tenere lo sguardo a terra, giusto per non inciampare.

Cosí passa sotto le finestre di Ba'azè senza vederle. Non vede le liste sottili delle persiane blu, chiuse in alto da una volta rotonda che le fa sembrare lunghi buchi della serratura, non vede quelle verdi sotto un arco acuto come mani congiunte sulla testa, palmo contro palmo, non vede i cassoni di legno intrecciato come vimini che coprono i terrazzi e neanche quello rosso con la finestra ritagliata in mezzo, da cui due donne con i nasi e le orecchie traforati da grossi anelli alla bilena ridono, coprendosi la bocca con un lembo di stoffa, e lo chiamano – *Tiliàn, tzubúk, tiliàn* – e quelle non le vede, ma le sente.

Quando arrivò davanti alla casa era completamente cieco e sciolto di sudore, ma appena lo zaptiè lo spinse dentro cambiò tutto all'improvviso. Per la prima volta da tanto tempo sentí quasi freddo, e il buio che lo avvolgeva era cosí denso e nero che riuscí anche ad aprire gli occhi. Barcollò, privo di punti di riferimento, e qualcosa di morbido e fresco che non era la morsa ruvida dello zaptiè gli toccò il polso. Un miagolio sottile e dolce come quello di un gattino gli fece voltare la testa. Era una bambina. Serra la vide a mano a mano che i suoi occhi si abituavano al buio, una sagoma sottile nella penombra, una bambina, no, una ragazzina, una ragazza, occhi grandi e un sorriso sottile, sottile e dolce, come quel miagolio. Lo zaptiè disse qualcosa e la ragazza scivolò via in un fruscio veloce. Serra deglutí, la gola chiusa da una stretta improvvisa di sollievo perché aveva sentito la parola *mai*, e lo sapeva che voleva dire acqua. La fiutò, anche, come un cane, e seguí con gli occhi la ragazza che si era chinata a prendere una brocca da un buco scavato nel muro. Anche lei gli lanciò uno sguardo, Serra lo vide biancheggiare, come i denti, che scomparvero subito in un sorriso timido, nascosto dalla punta delle dita.

Per terra c'era un tappeto che copriva tutto il pavimento della stanza. Lo zaptiè si sedette, incrociando le gambe, e Serra fece lo stesso. La ragazza gli mise davanti un tavolino basso che sembrava uno sgabello e ci appoggiò sopra un vassoio con due bicchieri d'acqua, uno di vetro e l'altro di metallo, quello di vetro rivolto a Serra, che di nuovo si sentí strozzare dal sollievo. L'acqua era calda, ma lui non se ne accorse, perché la bevve tutta d'un fiato, ansimando per lo sforzo, come i bambini.

– Posso averne ancora? – chiese Serra alla ragazza. Lei lo guardò smarrita, senza capire, gli occhi ancora piú grandi, e Serra pensa che è bella, proprio bella, il volto affilato, felino ma dolce, il naso sottile, gli zigomi alti, e quegli occhi, leggermente ovali, leggermente obliqui, ma cosí grandi. Quanti anni può avere, pensò.

Lo zaptiè disse una parola, la sputò, aspra e raschiante, poi disse mai e aggiunse qualcos'altro, a voce piú bassa ma dura, come se fosse un ordine. La ragazza si allontanò in fret-

ta, e solo allora, a vederne la pianta piú chiara dei piedi, Serra si accorse che era scalza, e che anche lo zaptiè si era tolto i sandali, e che solo lui se ne stava su quel tappeto con le sue scarpe impolverate da soldato, e se ne vergognò, ma ormai era troppo tardi.
– È tua moglie? – chiese.
– È mia figlia.
– Come si chiama?
La ragazza tornò con il bicchiere pieno. Serra vide che si era coperta la testa con un telo di cotone che aveva fatto girare sotto il mento, per nascondere anche il collo, e dallo sguardo duro che lo zaptiè gli teneva addosso capí che anche se non gli aveva ancora risposto non era il caso di ripetere la domanda.
– Tu come ti chiami? – chiese invece, e indicò l'uomo con un dito, perché non ci fossero equivoci.
– Mi chiamo Dante.
– Dante? Davvero?
– No. Cosí mi chiamano gli italiani. Io mi chiamo Isaias, ma per voi sono Dante.
– E perché?
– Questo Dante... io credevo che fosse un guerriero, e che mi chiamavano cosí perché ero un buon soldato. Poi invece ho scoperto che è un azmarís, un cantastorie. Mi hanno chiamato cosí perché parlo bene la vostra lingua.
Fate sempre cose inutili voi italiani, disse Isaias, ma lo disse in tigrino, e cosí piano che Serra non se ne accorse neppure, impegnato a pensare che sí, in effetti doveva averla imparata da un toscano, la nostra lingua, perché aveva una cadenza morbida e pulita, e aspirava appena le *c* e le *t*, ma proprio appena. Gli invidiò quella mancanza d'accento e anche il timbro pastoso, da africano, lui che stava sempre attento a sciogliere le doppie e a controllare la tendenza al falsetto,

da cagliaritano, poi si ricordò chi era e cosa era venuto a fare, e allora allungò un dito a indicare la *v* rossa che lo zaptiè aveva sulla manica del camicione.
– Buluch basci, – disse Dante. – Sergente.
– Molto bene, sergente. Io sono il brigadiere Antonio Maria Serra.
Serra scacciò una mosca che gli stava volando davanti agli occhi. La mosca andò a posarsi su una guancia di Dante, che non si muove. Fissa il brigadiere senza dire nulla.
– Sono qui in missione. In incognito.
La mosca era quasi arrivata alle labbra di Dante, confusa con i peli neri del pizzetto. Per un attimo Serra ha la tentazione di scacciarla lui.
– Sono qui a Massaua per arrestare un assassino.
Dante alzò una mano, bloccando il brigadiere con la bocca ancora aperta. La mosca volò via. Disse qualcosa alla ragazza, che si alzò e uscí dalla stanza, veloce e silenziosa. Era quella parola che Serra aveva sentito prima, aspra e raschiante, e dal tono capí che quello era il nome della ragazza. Has'mreth, aspirato all'inizio e spezzato a metà, quasi senza vocali. Has'mreth.
– Un assassino? – chiese Dante, e Serra annuí.
– Sí. Un assassino di bambini.

La storia del brigadiere Serra

Appena entrò nella stanza e vide il bambino, il brigadiere Antonio Maria Serra scoppiò a piangere.

Non gli era mai successo prima. Qualche volta, soprattutto agli inizi, si era sentito male, e una, ma una soltanto, e quando stava ancora al deposito allievi carabinieri, era svenuto. Al maresciallo che comandava il suo corso era venuto in mente di portarli tutti all'istituto di Medicina legale, a vedere un'autopsia, e l'allievo carabiniere Serra era scivolato giú tra i banchi, bianco come se fosse lui il morto. Ma come, gli aveva detto il maresciallo quando lo avevano fatto rinvenire con l'aceto, ma come, proprio tu? Il figlio di un carabiniere?

Adesso invece se ne sta immobile, e fuori c'è tutto il quartiere, tutte le donne di San Frediano che urlano e che vorrebbero salire ma i carabinieri le tengono ferme, però lui non le sente neanche, guarda il bambino e piange, ma non se ne accorge nessuno. Dopo la prima botta che gli era venuta su dalla gola e che aveva nascosto con un colpo di tosse, le lacrime era riuscito a farsele scendere silenziose sulle guance, senza neanche tirare su col naso. E poi era cosí buio, in quella stanzetta all'ultimo piano, senza finestre, senza luce elettrica, solo con le lucerne dei carabinieri puntate sul bambino, che gli era bastato fare un passo indietro per sparire nell'oscurità. C'era già un appuntato nascosto nel buio a vomitare, una mano appoggiata al muro e l'altra sulla fronte, a tenersi il cappello schiacciato sulla testa, e a Serra ricordò la prima volta che era successo a lui.

Aveva sette anni e viveva nella stazione dei carabinieri di Bottanuco, perché suo padre era il maresciallo. Sua madre gli aveva detto di andare giú a prendere qualcosa, giú in cantina, non in ufficio, ma lui aveva frainteso perché Angiolina Zuddas si ostinava a parlare solo in sardo, e anche stretto, e lui che era nato lí, nelle campagne bergamasche, cresciuto tra carabinieri lombardi, siciliani e veneti, la lingua di famiglia cominciava a non capirla piú. Cosí era andato nell'ufficio di suo padre e mentre pensava che no, di olio laggiú non ce ne poteva essere, aveva visto qualcosa, un disegno sulla scrivania, la copertina di una rivista, che l'aveva fatto avvicinare. Normalmente non avrebbe avuto neanche il permesso di entrarci, in quell'ufficio, ma non c'era nessuno, e quella donna tratteggiata su quel foglio colorato era cosí strana. C'era una scritta sopra il disegno, «L'Illustrazione Italiana», ma era troppo lunga per coglierla con un colpo d'occhio, anche se sapeva già leggere bene, e poi c'era quella donna a distrarlo.

Era nuda, quello lo capiva. Quasi nuda. Ma strana. Cosí sollevò la copertina, che era stata diligentemente tagliata via dalla rivista, e guardò sotto, pagine scritte con il timbro dei carabinieri reali e la fiamma, e altri disegni strani, e anche una fotografia, e quando si rese conto di cosa stava guardando qualcosa gli strizzò lo stomaco, e prima ancora che se ne rendesse conto cominciò a vomitare. Lo seppe dopo che quella era la perizia di Cesare Lombroso su Vincenzo Verzeni, reo confesso dell'omicidio di due donne, e una è quella della fotografia, Elisabetta Pagnoncelli, strangolata, sventrata e mutilata proprio lí a Bottanuco. Suo padre aveva raccolto tutto in un fascicolo, anche gli articoli di giornale, perché era stato lui a mettere le catenelle ai polsi di Verzeni.

Quella volta Antonio Maria non le prese, sua madre si era già tolta una ciabatta, ma poi, a vederlo cosí bianco e sconvolto, si era impietosita. Suo padre gli dette solo uno scappellotto, secco, con la punta delle dita: ma come? E sei anche figlio di un carabiniere!

– Venga qui, Serra, – dice il capitano, richiamandolo dal buio, – guardi un po' lei. Mi dicono che è bravo in queste cose.

Lo era, bravo. Dal corso allievi carabinieri era uscito secondo in graduatoria, ma solo perché il primo era figlio di un colonnello. Si era preso i gradi di appuntato in Sicilia, contro i briganti, e si era guadagnato l'accesso al corso per vicebrigadiere dopo solo due anni. Ma non con le retate, i pattugliamenti e i servizi: batteva la campagna travestito da bracciante, muto, perché nessuno sentisse quel suo strano accento da bergamasco sardo, muto e anche un po' scemo, cosí che tutti gli parlassero vicino, senza ritegno. Quando uscí dal corso allievi sottufficiali – terzo, ma solo perché gli altri due erano figli di un generale e di un ammiraglio – era troppo giovane per comandare una stazione, e cosí lo mandarono a Firenze.

Per conto suo studiava l'antropometria segnaletica di Alphonse Bertillon, leggeva degli studi di Galton sulle impronte digitali, *L'uomo delinquente* di Cesare Lombroso; trovò anche un professore, all'università, che lo prese in simpatia e gli tradusse parti della *Psychopathia sexualis* di Krafft-Ebing, dove scoprí che per quanto strano, feroce o vergognoso potesse essere un pensiero, c'era qualcuno, da qualche parte nel mondo, che lo aveva messo in pratica. C'era anche Vincenzo Verzeni, di Bottanuco, caso 48, Sadismo, Uccisione per libidine.

Serra si avvicina al bambino, dopo essersi asciugato in fretta le guance con il dorso della mano. Se a fregarlo a Medicina legale era stato l'odore e a Bottanuco la vista, qui era stato il cuore. Ma non il suo. Non avrebbe mai immaginato che il cuore di un bambino di tre anni fosse cosí piccolo.

– Ha usato una lama, – disse, – lunga, tagliente e seghettata. Guardi qua, signor capitano, la ferita è profonda, e per squarciare il petto ha dovuto... – fece il gesto della sega. Dal suo angolo buio l'appuntato ricominciò a vomitare.

Serra respirò a fondo, per farsi coraggio, socchiuse gli occhi per un momento, poi allungò una mano e sollevò il bambino, tenendolo per le caviglie. Non era ancora rigido, ma cosí freddo e morbido che sembrava di gomma. Lo toccò dove doveva toccarlo e il capitano schiacciò un conato contro la mano guantata.

– Che sta facendo, Serra?

Lo sapeva cosa stava facendo.

Nessuna violenza sessuale.

Ucciso per il gusto di uccidere.

Al brigadiere Serra tornò in mente la bambina di Santo Spirito, sempre lí, a Firenze, la gola tagliata da parte a parte, cinque mesi prima. Gli venne un'idea: spedí telegrammi a tutte le stazioni della Toscana e aspettò le risposte. C'era stato un bambino quasi decapitato a Marradi, l'anno prima, e una bambina a Prato, aperta in due dal collo alla pancia, pochi mesi dopo. E adesso anche questo, a San Frediano. La sua idea era giusta.

Un assassino di bambini.

Che fosse un ufficiale, però, se ne era convinto soltanto dopo.

Un ufficiale dell'esercito.

Un maggiore.

Diciassette

Tra poco tutto comincerà a girare, pensa il maggiore Flaminio, e lo pensa in francese, la lingua di maman.
Bientôt tout commencera à tourner.
Vorrebbe prendersi la testa con le mani e tenerla forte. Piegarsi in avanti, tra le ginocchia, arrotolato come una palla, e stringersi testa e mani con quelle, ma non può. Sta immobile sulla sedia, seduto rigido contro lo schienale, i polsi rovesciati sulle cosce, i denti che combaciano dietro le labbra e le palpebre, piú che chiuse, appoggiate l'una sull'altra. Se solo qualcuno lo guardasse bene si accorgerebbe che le sue narici si arrotondano, veloci, perché lui lo sa, lo sente che tra poco comincerà a girare tutto.
Bientôt tout commencera à tourner.
Ma non lo guarda nessuno.
Visto da fuori il gazebo del circolo degli ufficiali sembrava una voliera, una gabbia cilindrica sospesa sull'acqua della baia come una palafitta, e dentro militari e civili parlano tutti assieme, vociando forte, perché l'aria che è arrivata all'improvviso attraverso le volte arabe dei finestroni sembra averli svegliati di colpo. Ma nessuno parla al maggiore, fermo sulla sedia, le ali del naso che si gonfiano e si sgonfiano, sempre piú rapide.
Bientôt tout commencera à tourner.
Era arrivato il caffè. Lo aveva portato un ascaro dentro due grandi cuccume d'argento tenute per i manici come pi-

stole, e lo stava versando dall'alto, all'eritrea, centrando le tazzine bianche di porcellana di Sciacca senza sprecarne nemmeno una goccia. Il maggiore Montesanto gli batté le mani, poi scosse la testa quando gliene porsero una e andò a prendere la bottiglia della zua dal tavolo dei liquori.

– Io preferisco il vermut, – disse un borghese seduto su uno sgabello, tendendo il bicchierino vuoto.

– Non ci parlo con i giornalisti, – disse Montesanto. Il giornalista sorrise, aprendosi la falda della sahariana per catturare un alito di vento.

– Neanche di liquori? – chiese.

– Soprattutto di liquori. Nell'ultimo articolo ha detto che sono uno dei piú grandi bevitori di Massaua.

Il giornalista sorrise ancora, poi, visto che il maggiore non gli versava niente, smise di farlo e si alzò per servirsi da solo.

– Era un articolo per il «Corriere Eritreo», – disse serio.

– Gira solo qui a Massaua e lo leggiamo noi. Lo sa che quando scrivo per il mio giornale la gente a casa legge ben altro.

– Appunto, – disse Montesanto, tornando a sedersi sul davanzale di un finestrone. – È proprio in patria che vorrei essere riconosciuto. Ma non come uno dei piú grandi bevitori di Massaua. Come il piú grande di tutta l'Eritrea.

Flaminio si irrigidisce, ma dentro. Fuori non si vede quasi niente, a parte il respiro che gli gonfia il naso. Abbassa le palpebre senza contrarle e serra le mascelle senza stringere i denti. Anche le mani è come se si chiudessero a pugno, ma senza muovere le dita. È abituato a fare cosí, piano, perché non se ne accorga nessuno. Cerca di controllare il torpore che gli addormenta le gambe e le piante dei piedi, e deglutisce per mandare giú quel nodo che gli blocca la gola, troncandogli il respiro, ma tanto lo sa che non serve a niente.

Bientôt tout commencera à tourner.
Adesso è arrivata anche la musica. Viene da sopra, ma non è proprio musica, sono prove, un pianoforte e una chitarra che si accordano. Il capitano Branciamore alza la testa e lancia uno sguardo al tavolato di legno che separa i due piani del gazebo.

– Non sarà mica Finetti, questo qui? Non glielo dice nessuno che non sa suonare?

Soffia sulla tazzina di caffè increspandone la superficie di ondine nere, sottili e dense come petrolio. Allunga le labbra e ne aspira una goccia, lavandola subito via con la punta della lingua. Sabà lo fa meglio, pensa.

Gli accordi diventano una canzone, una marcetta che accelera e si ferma di colpo e poi riparte, lenta, come se zoppicasse. E anche la voce, cosí incerta, si sente che legge dallo spartito.

I sacri martiri che ad Amba Alagi
caduti sono con gran valor
rammenteranno l'inique stragi
che il negro popolo sa fare ognor...

– Sí, è proprio Finetti, – disse Branciamore. – Questa è la morte della filodrammatica militare. Sono finiti i tempi del *Ballo Theodoros*. Se lo ricorda nessuno quello spettacolo? O c'ero solo io, in Colonia?

– Non fare il gradasso, Branciamo'... non sei l'unico *vecio* qui dentro. Le tette nude delle negrette del corpo di ballo me le ricordo anch'io.

Quando ha bevuto un po' Montesanto perde l'accento strascicato da palermitano della Kalsa e smette di allungare le vocali, schiacciandole in mezzo alle parole. La cadenza gli diventa piú dura, arrochita da un romanesco bastardo ricordo di cinque anni passati alla scuola centrale di tiro d'artiglieria di Nettuno.

Cari italiani, cari fratelli
vittime sante di un gran dover
o valoroso maggior Toselli
a voi ricorre mesto il pensier...

Anche Montesanto alzò la testa al tavolato di legno. Smise di succhiare la zua attraverso i baffi rossicci.

Mesto il pensier ma pur gioioso
pensando al vostro morir glorioso
e cotal gloria non ha mai fin
per l'immortale vostro destin...

– Ah, no! – disse Montesanto. – Basta con questa lagna! E saltò giú dal davanzale.
Maman diceva che erano tutte sciocchezze. Ce sont toutes des bêtises. Ma lui sapeva che non era vero.
Bientôt tout commencera à tourner.
– Ma è vero che c'è stato anche il Fregoli nella filodrammatica? Il trasformista... tanti anni fa, prima che diventasse famoso? – Il giornalista, invece, aveva un accento schiettamente milanese. E un volto rotondo, rosso di sole africano, incorniciato da una barbetta che ricordava i riccioli biondi di un putto. Era l'unico borghese in quel gazebo che sembrava una voliera, giallo nella sua sahariana di cotone, tra le uniformi bianche da riposo degli ufficiali, quella color bronzo di un capitano dei bersaglieri d'Africa ancora in servizio e quella nera di Flaminio, immobile sulla sua sedia a respirare in fretta. Il tenente Amara era vestito di bianco, il berretto con le spade della cavalleria calcato sulla fronte co-

L'OTTAVA VIBRAZIONE

me se dovesse ripararsi dal sole. Schiacciò il sigaro sottile che stava fumando contro il davanzale di un finestrone e lo tenne tra le dita, senza sapere dove metterlo.

– Scusate, signori... sarò antipatico, ma io non ce la faccio a stare qui a parlare di teatro come se fossimo al circolo cittadino. Se deve essere cosí, almeno che ci siano anche le signore da corteggiare.

– Il nostro tenente ha voglia d'azione. È comprensibile, è un eroe... lo abbiamo anche scritto.

Amara gettò il mozzicone fuori dalla finestra, nell'acqua della baia, e lo fece con rabbia. Il giornalista se ne accorse, ma non smise di sorridere. Amara era solo un tenentino.

Montesanto torna giú nella voliera, sorride soddisfatto, indicando il soffitto col dito alzato. *Donne in Africa*, annuncia, e infatti eccola.

O donne, o donne, se voi volete
voi le vittorie riporterete
andate in Africa e gli abissini
a voi faranno carezze e inchini.

– Vittoria! Finetti diceva che *Amba Alagi* era appena arrivata col postale, ma io ho fatto valere il grado.

Non indugiate piú un sol momento
o donne, unitevi in reggimento
ed invadete l'Africa intera
con quell'affabile, dolce maniera.

– Se il tenente ha voglia di azione, che si aggreghi alle compagnie che partono domani, – disse un ufficiale con i baffi all'insú. – Anticipano il resto dei battaglioni che vanno nel Tigrè per l'offensiva.

– Offensiva? E la chiama un'offensiva, questa qui? – Anche al giornalista adesso era cambiata la voce, ed era colpa del vermut. L'aria salata che entrava dai finestroni ingannava, era sempre troppo caldo per bere qualcosa che fosse piú forte della birra. – Il generale Baratieri se ne sta sulle alture di Sauriá e non si muove.

Forza, Adele, non t'avvilir
solo nell'Affrica puoi progredir
forza, Adalgisa, non indugiar
la tua fortuna laggiú puoi far...

– Non è vero. Manda un po' di reparti in ricognizione, e siccome gli scioani quando ci vedono scappano, ecco che il cosiddetto pattugliamento diventa una *ricognizione offensiva*, come si chiama adesso.

Era troppo caldo anche per la zua, ma Montesanto era uno dei piú grandi bevitori di Massaua. No, il piú grande di tutta l'Eritrea. L'ufficiale con i baffi all'insú lo guardò male mentre se ne versava un altro bicchiere.

– Non è il caso di scherzare su queste cose, – disse. – E poi il generale aspetta solo l'arrivo degli ultimi rinforzi per fare la guerra grossa.

– Posso scriverlo?

L'ufficiale scosse la testa e il giornalista annuí in fretta. Anche quello era solo un tenente, ma faceva parte dell'ufficio politico militare, ed era tutta un'altra cosa.

Avanti, donne, donne garbate
nell'Abissinia presto marciate
col grand'esercito di Menelicche
voi giocherete a cori e picche...

– No, mi interessa, – disse Amara. – Che compagnia parte? M'aggrego subito...

Flaminio sta tremando, non lo vede nessuno, non lo guarda nessuno, ma trema, ancora poco. A volte è una vampata calda che dallo stomaco gli sale in gola e gliela chiude, come un pugno di cemento, ma adesso è solo un nodo che lo stringe, e non serve respirare piú forte, perché l'aria non entra, si ferma salata sulle labbra e resta lí, come una mano aperta. Il cuore batte cosí tanto che tra poco gli scoppierà nel petto. Tra poco. Ancora non gira niente, ma è solo questione di tempo. Bientôt... bientôt...

– Sciocchezze, – disse l'ufficiale con i baffi, – nessun esercito indigeno, per quanto numeroso, è in grado di resistere a una formazione europea ben addestrata.

Prima Montesanto aveva detto: speriamo di non prenderle anche questa volta, e dopo stava per rispondere: ecco, quanto all'addestramento, ma l'ufficiale lo interruppe.

– E poi cosa significa questo *prenderle*? Sí, qualche volta ci hanno colto impreparati, ma poi... ad Agordat abbiamo battuto i dervisci del Mahdi, neanche gli inglesi c'erano riusciti. E Coatit, Senafè, Macallè...

– A Macallè le abbiamo prese. Abbiamo dovuto lasciare il forte.

– Sí, ma con gli onori militari.

– Ah, ecco... se farsi ammazzare eroicamente vuol dire vincere, allora ad Amba Alagi è stato un trionfo.

– Maggiore, – disse il giornalista, piano, – lei offende i morti.

– Non si intrometta, – disse Montesanto. – Il nostro amico della politica sta decidendo se sfidarmi a duello o farmi arrestare.

Il tenente dell'ufficio politico si era preso le punte dei baffi e le aveva torte con tanta forza che sembravano due uncini pronti ad agganciargli il naso. Nel frattempo si era calmato, si era appuntato mentalmente il rapporto riservato che avrebbe sottoposto al governatore quando fosse tornato dal fronte, «Oggetto: magg. Montesanto Giampaolo, si suggerisce Vostra Eccellenza rimpatrio immediato, eccetera eccetera», e aveva anche notato il sorrisetto provocatore che il giornalista, distratto dallo sforzo di memorizzare tutto quello che si stava dicendo, si era lasciato sfuggire.

– È freddo, – disse Branciamore versando il caffè al capitano dei bersaglieri, che glielo chiedeva tendendo la tazzina.

– Impossibile, – disse il capitano, – non c'è niente di freddo in questo pezzo di mondo –. E poi, piú forte: – Lasciamo stare i morti, che è meglio, ma appena spediamo su i rinforzi le proporzioni sono belle che fatte. È vero o non è vero che gli scioani sono solo piú quarantamila? – Era torinese, il capitano, del quartiere San Salvario. Guardò l'ufficiale dell'ufficio politico, che annuí, i baffi dritti come i denti di un cinghiale.

– Siamo sicuri? – disse Branciamore. – Sono quasi sei mesi che Menelik ha battuto il kitet... ormai avrà raccolto tutto il suo esercito.

Ci si mette anche Branciamore, pensò l'ufficiale, e che ti aspetti, ha la moglie abissina. – Appunto, – disse, – la leva generale è conclusa, quaranta, cinquantamila uomini al massimo. Come dice sempre il generale Dabormida? *Ai butuma quat granade e a l'è faita...* dico bene, capitano? – E il capitano rise, perché l'aveva detto malissimo, invece, tutto stretto e trattenuto. Ma di dov'era, quello? Mica piemontese.

– Per me sono di piú, – disse Branciamore.

E dài. – Bisogna contare i fucili, non le lance.

– Appunto. Ce li hanno i fucili, eccome.

– Regalo dei russi. E dei francesi, – disse il giornalista.
– E nostro.
Basta. – Montesanto, lei è ubriaco.
Montesanto vuotò il fondo della zua e fece schioccare la lingua. – È vero. Ma quando abbiamo portato le munizioni al negus no... ero ancora tenente e me li ricordo, seicentotrenta cammelli, quattro milioni di cartucce...
– Oh, bella, – disse Amara, – e perché?
– Politica. Allora eravamo alleati di Menelicche. È dall'81 che il conte Antonelli vende fucili al negus con l'intenzione di ingraziarcelo... adesso li userà contro di noi.

Basta. L'ufficiale si prese i baffi, ma questa volta non attese di calmarsi. La voce gli uscí acuta, quasi in falsetto. – Questi sono discorsi pericolosi... roba da disfattisti... per forza poi a Roma gli studenti scendono in strada a gridare *Viva Menelik* –. Guardò il giornalista, che annuí veloce e scosse la testa, come per scrollarsi dalla mente tutto quello che aveva memorizzato. – E comunque non è vero niente. Lo sappiamo com'è il maggiore, no? Il piú grande bevitore di Massaua.

– No, – rise Montesanto. – Di tutta l'Eritrea.

E poi, all'improvviso, tout commence à tourner. Prima piano, poi sempre piú forte, come un'onda circolare, un vortice zoppo, che va su e giú, e si risucchia fuori tutto, cuore e stomaco, come li strappasse dalla gola. Se apro gli occhi, pensa Flaminio, si j'ouvre les yeux, e vorrebbe allargare le braccia per fermare la voliera che gli sta girando attorno, lui immobile al centro, come un perno, e quel cilindro di arabeschi da lanterna magica che ruota velocissimo, ma la vertigine gli asciuga le forze come una centrifuga. Sa che non si fermerà, non questa volta, gli farà scoppiare il cuore nel petto, e morirà, e non servirà spalancare la bocca per aspirare aria, non servirà gridare, questa volta morirà, anche se maman diceva non, non, stupide, non.

Dice il proverbio: vince chi dura
non va alla guerra chi ha paura
voi donne belle con quel che frutta
sottoporrete l'Africa tutta
cosí la gloria per voi sarà
e Menelicche vinto sarà!

– Non sottovalutate gli abissini, – disse Amara, – sono stronzi come la sifilide. Vengono sotto anche se li mitragli, e quando prendono uno dei nostri... In Dancalia ho perso un caporale, bianco, intendo, era un amico... l'abbiamo trovato nudo e con la gola tagliata, prima però lo avevano castrato. Adesso le sue palle essiccate faranno da collana a qualche donna, alla maniera dancala.

Ecco, all'improvviso si ferma tutto. Non era mai successo cosí di colpo.

Flaminio spalanca gli occhi e solo allora gli altri si accorgono che esiste anche lui in quel gazebo che sembra una voliera, seduto rigido contro lo schienale della sedia, pallido come un morto.

– Maggiore... che c'è, non si sente bene?

Non era mai successo cosí di colpo.

Il rinculo è cosí forte che gli rovescia lo stomaco.

Cade in avanti, e tenendosi la testa con le mani vomita un fiotto di minestra sulle assi di legno del pavimento.

Fuori, dopo, in strada, accasciato sul collo del muletto prestato da Branciamore, Flaminio si volta verso il caporale Cicogna, che gli tiene una mano sulla schiena perché non cada giú.

– Ho bisogno di qualcosa per calmare i nervi, – dice Flaminio.
– Un po' di chat, signor maggiore? – dice il caporale, piano. E poi, piú piano ancora: – O qualcosa di piú forte?

Diciotto

Vittorio stava pensando che era da quando aveva diciotto anni, almeno, che non teneva piú la mano di una ragazza davanti a un tramonto. In realtà non è proprio cosí, il tramonto non è davanti, è attorno, sui muri delle case, nell'acqua, sulla pietra del ponte della baia, nella polvere, è dovunque, arrossa gli angoli degli occhi come il riflesso di un incendio e brucia il cielo fino a dove Ba'azè ritorna a essere Massaua, fino a Taulud, Gherar e Abd el-Kader. E anche la mano, a Cristina, non è che gliela stia tenendo, l'ha presa al volo, per evitare che cadesse, ma l'immagine è quella, mano nella mano nel rosso del tramonto, come a diciotto anni. Chi fosse la ragazza di quella volta Vittorio non se lo chiese, né, probabilmente, se lo sarebbe ricordato.

– Accidenti, – disse Cristina, appoggiandosi all'ombrellino chiuso per sollevare il piede nudo dalla polvere. Continuava a stringere le dita di Vittorio, che fece fatica a chinarsi per raccogliere la ciabatta che era rimasta un passo piú indietro. La striscia di pelle che doveva fermare il piede si era rotta, e penzolava da una parte, sfilacciata. – Le ho trovate in casa, – disse Cristina, – mi sembrava che m'andassero bene…

Si sedette sulla balaustra bassa del ponte, prese la ciabatta dalle mani di Vittorio e tirò la striscia fino alla suola, cercando di infilarla in un buco nel cuoio.

– E infatti, – disse Vittorio, – si vede che sono di un'abissina.

– Mica potevo andare in giro con le polacchine con cui sono venuta. E poi mi sembra che siano di moda, qui a Massaua... anche la Colonnella le aveva.
– La Colonnella portava un paio di pantofole alla turca, aperte dietro.
– E che differenza fa? Cristina infilò il piede nella ciabatta, stringendo la striscia di pelle tra le dita.
– Queste sono ciabatte, aperte davanti. Roba da abissine, appunto. Le signore di qui ritengono sconveniente mostrare le dita...
– Sconveniente?
– Non molto, solo un po'... non c'è mai niente di molto sconveniente a Massaua.
Cristina alzò la testa per guardare Vittorio. Si mise una mano sulla fronte, per schermarsi dai riflessi del sole che le arrossavano la pelle come se avesse la febbre.
– Potevate dirmelo. C'è qualcos'altro che ho fatto di un po' sconveniente?
– Siete in sottoveste.
Ecco, pensò Vittorio, adesso sembrava proprio una bambina, stupita, quasi sbigottita, una piccola ruga sulla fronte e gli occhi sgranati all'improvviso.
– Ma qui sono tutte in sottoveste! Quando non sono nude!
Vittorio scosse la testa e allungò un braccio verso la passerella di pietra. Guarda, sembrava che dicesse. Cristina guarda e vede una ragazza con una futa sudicia stretta attorno ai fianchi ossuti, il seno nudo, i piedi nudi che battevano nella polvere, una cesta in bilico sulla testa nuda, guarda e vede una donna, file sottilissime di treccine che le corrono strette lungo la testa per aprirsi in una nuvola crespa sulla nuca, un telo bianco annodato sul petto e aperto dietro a trattenere

un bambino piccolissimo, schiacciato a braccia aperte sulla schiena, vede un gruppo di ragazze che camminano svelte, l'una contro l'altra, le mani disegnate con l'henné a tenere fermi sul volto veli neri di cotone spesso, gli occhi che squittiscono ridendo sotto una corona di perline appese al bordo della stoffa sulla fronte, vede tre bambine con un tamburo, sottili come fili d'erba, vestiti lunghi fino alle caviglie e teli avvolti attorno al collo, alle spalle e sulla testa, aderenti come cappucci, uno verde, uno rosso e uno giallo, vede una vecchia, il sedere che ondeggia pesante dentro un vestito di garza sottile, una croce stinta dalle rughe tatuata tra gli occhi, solleva un lembo del velo e si copre la bocca senza denti perché ha visto che Cristina la sta guardando, e infatti continua a guardarle tutte, bilene, tigrine, rashaida e dancale, ma Cristina non sa che lo sono, le guarda e le vede allontanarsi dalla città nella luce rovente e polverosa del tramonto di Massaua, e all'improvviso si sente a disagio nella sua sottoveste, e si chiuderebbe il colletto con la mano, se lo avesse.

– Oddio, – mormorò, – sono ridicola.

– Tutti i bianchi sono ridicoli, in Africa, – disse Vittorio.

Cristina si alza, si appoggia all'ombrellino e fa un passo incerto. Allunga una mano e prende il braccio di Vittorio, perché deve camminare come se zoppicasse per non perdere la ciabatta.

– Questo è un po' sconveniente? Camminare a braccetto per le strade di Massaua?

No, pensa Vittorio, non è *un po'* sconveniente. È *molto* sconveniente, perché la Colonia ha la mentalità di un paesino, e quello diventerà subito un pettegolezzo da raccontare nei salotti, tra gli aliti caldi dei ventagli, avete visto Cappa con la moglie di Leo? Ma non glielo dice, sorride e scuote la testa, perché non vuole perderle quelle dita calde che gli stringono il braccio attraverso la stoffa della camicia. Cosí adatta il passo a quello di Cristina e pensa che davvero, è da quando aveva diciotto anni che non si sentiva cosí, e quando all'improvviso il muezzin comincia a cantare si sente struggere da una debolezza morbida che gli scioglie le gambe e lo fa appoggiare lui, alla mano di Cristina. *Allahu akbar, Allahu akbar,* lontano, ma arriva anche lí, sulla strada che porta via dalla città, modulato e lungo, *Allahu akbar, Allahu akbar,* Vittorio non sa cosa canta il muezzin, non è musulmano, non è neanche cattolico, sarebbe ebreo ma non è neppure quello, però tutte le volte che la sente, quella melodia lenta, prova una sensazione di improvvisa calma, qualunque cosa stia facendo, come se tutto attorno a lui si fermasse, ma non di colpo, piano piano.

Ashadu an la ilah illa Allah...

Con Cristina però è diverso, sente quello struggimento strano che gli tirerebbe fuori un sospiro doloroso e profondo, a bocca aperta, ma riesce a controllarsi.

– Non mi avete risposto, prima, – dice Cristina.
– Davvero? A proposito di cosa?
– Se vi piacerebbe tornare. Tornare in Italia.
– Prima di entrare nell'amministrazione coloniale facevo il ragioniere nella ditta di mio cugino, a Ravenna. Vino da tavola, non un granché ma onesto. Un lavoro noiosissimo e mal pagato. Ci tornerei, in Italia, ma a fare che?
– Amministrare le tenute di Leo. La sua fabbrica.

Vittorio sorrise.

Ashadu an la ilah illa Allah...

– Non credo che Leo abbia una grande opinione di me.

Cristina gli strinse il braccio, appena appena. Non si fermò, non lo guardò, non cambiò il tono della voce.

Ashadu anna Muhammadan rasul Allah...

– E se Leo non ci fosse piú?

Ancora la storia di Cristina

C'erano tutt'e due, la Milanese e l'Austriaca.
Cristina lo sapeva perché glielo aveva detto la domestica, ansimando forte dopo la corsa sulla ghiaia del vialetto che aveva fatto scappare tutte le anatre dalla riva del lago.
La Milanese teneva le mani infilate in un manicotto di pelo, perché in Brianza era sempre piú freddo che a Milano, e portava anche un vestito giallo color zafferano troppo vistoso per i suoi cinquantotto anni.
L'Austriaca sedeva curva e sottile sulla sedia a rotelle, la pelle bianchissima coperta di rughe come una statuina di porcellana antica, tutta vestita di nero dalla crinolina allo scialle e alla cuffietta, come sempre dal 1866, quando suo marito il colonnello morí nella battaglia di Custoza, combattendo, appunto, per gli austriaci.
Erano la zia e la nonna di Leo.
Si odiavano, e tutt'e due odiavano lei, la Parmigiana, e se erano venute assieme a Montorfano doveva esserci un motivo importante e misterioso, perché lo sapevano che da quando Leo se n'era andato in Africa c'era rimasta soltanto lei alla villa, da sola, a guardare le anatre galleggiare al tramonto sulle acque nebbiose del lago.
Se erano lí, nel salottino verde, davanti al camino, era per lei.
La Milanese aveva fatto il conto delle perdite che l'azienda aveva avuto fino a quel momento e di quelle che avreb-

be avuto in futuro, se era vero quello che suo figlio Cristoforo le aveva scritto sui progetti africani di Leo.

La Milanese elencò la fabbrica, le tenute, i vigneti, le ville, anche la casa di Milano che le era toccata per legittima dopo la morte di suo fratello Ambrogio, il padre di Leo, ma senza il vitalizio che il nipote le passava non era niente.

La Milanese sottolineò che anche la villa di Desio, dove stava la nonna, ma lo disse come se intendesse «la vecchia», con un cenno veloce del capo, era di Leo.

La Milanese aveva fatto anche il conto di quanto sarebbe costato a lei, a Cristina, se si fosse trovata all'improvviso con un marito sul lastrico.

L'Austriaca tagliò corto, con un vago accento germanico che non aveva ma che si sforzava di tenere.

Lei, Cristina, doveva andare a Massaua e impedire a Leo di buttare via il suo patrimonio.

A qualunque costo.

Diciannove

Hayya ala al-Salat... Hayya ala al-Salat...
– Dovrei essere a pregare.
– C'è tempo per pregare.
Ahmed pensò che il muezzin aveva una bella voce limpida, anche se un po' nasale, e salmodiava come se cantasse. Allungava le vocali, troncando il verso di colpo, con un sospiro, poi lo riprendeva e lo teneva lungo, lunghissimo, alzandosi e abbassandosi sull'ultima sillaba, come se non dovesse finire mai.
Hayya ala al-Falah... Hayya ala al-Falah...
Gabrè pensò invece che Ahmed sembrava davvero preoccupato di non poter rispondere all'invito del muezzin, quasi ne andasse concretamente della sua salvezza. Come si chiamava? Iniziava con la *a*...
– *Adhan,* – disse Ahmed. – È l'invito alla preghiera dei musulmani.
– C'è tempo per pregare.
– Dici cosí perché non sei musulmano. Dici cosí perché non sei niente.
– Non è vero che non sono niente. Sono cristiano copto. E sono Tsaggà Lig, un Figlio della Grazia, anche se non posso dirlo visto che ci hanno condannato come eretici. Ma ora sono soprattutto un nazionalista abissino e voglio solo la vittoria del mio paese.
Parlavano in arabo. Ahmed con le cadenze yemenite, come tutti gli arabi di Massaua, Gabrè con accento amarico,

aspirando appena le *h* e spingendo forte sulle *s* e sulle *c*, perché era scioano di Debra Berhan, e infatti per dire vittoria aveva detto *natsr*, come se la *s* fosse quasi una zeta.
– Cos'hai lí?
– Un regalo.
– Per me?
– Per la causa.
Gabrè era bello. Ahmed lo pensò ancora, anche se aveva promesso di non farlo piú. Quanti anni aveva, diciotto, diciannove, venti... A sentirlo parlare era un uomo fatto ma a volte sembrava quasi un bambino, giú dall'anghareb con un salto e di corsa sul tappeto fino a prendergli il fagotto di iuta che teneva tra le mani. Lo guardò tornare a sedersi, una gamba sollevata, il tallone agganciato al bordo del letto e il gomito appoggiato al ginocchio. Lo guardò, anche se aveva deciso che non l'avrebbe fatto, il sorriso che gli apriva le labbra sui denti bianchi, le dita sottili che frugavano tra la iuta e quella luce impaziente che gli brillava negli occhi. Continuò a guardarlo, i lunghi capelli ricci divisi in due dalla scriminatura che gli scendevano sul volto, il naso dritto e l'arco nero delle sopracciglia su quella pelle chiara, continuò a guardarlo anche se temeva quello che sarebbe successo.
Allahu akbar... Allahu akbar...
– È un binocolo, – Gabrè lo disse in italiano, *binocolo*, e lesse *Zeiss*, con le *s* forti, alla scioana. Si passò la cinghia attorno al collo e guardò Ahmed attraverso le lenti, il suo volto rotondo dalle labbra piene, il naso piccolo e quella pelle cosí piú scura della sua. Vide che Ahmed sembrava imbarazzato da quel suo sguardo ingrandito, e allora sorrise e abbassò il binocolo. Si tirò indietro scivolando sull'anghareb fino ad appoggiare la schiena sulla stuoia che copriva il muro, e lí rimase, una gamba piegata sotto l'altra, il polso sul ginocchio alzato e il binocolo a tracolla. Portava una ca-

micia bianca chiusa sul collo da un bottone, Gabrè, e calzoni larghi che gli scendevano fino alle caviglie. L'arco teso del piede nudo. Aveva il secondo dito piú lungo degli altri.
La ilah illa Allah.
– Questo lo mando ad Abatiè perché ci punti i suoi cannoni, – disse Gabrè toccando il binocolo. – Ma ne abbiamo già tante di armi. Ci servono di piú le notizie.
Ahmed si toglie le ciabatte e si siede sul tappeto. Appena lo aveva visto muoversi Gabrè aveva accennato a scostarsi per fargli posto sull'anghareb, ma Ahmed aveva sollevato l'orlo della gellaba ed era sceso giú lí dove si trovava, piegando le ginocchia. Il muro era abbastanza vicino da appoggiarci la schiena perché la stanza era piccola, poco piú di un basso nel cuore di Ba'azè. Per un attimo Gabrè sembrò deluso.
– Le notizie sono sempre le stesse. Domani all'alba parte una piccola avanguardia, e piú avanti un altro contingente. Grosso. 1°, 3°, 13° e 14° Fanteria d'Africa, con tutte le salmerie e un battaglione di ascari.
– Chi li comanda?
– Maggiori Rayneri e Salaro il 13° e il 14°. Branchi il 3°. Per il 1° c'è un maggiore nuovo che si chiama Flaminio.
Gabrè annuisce, con gli occhi chiusi, le labbra che si muovono appena ripetendo i numeri in silenzio. Prima in arabo, *awal, thalith, thalith ashara, rabi ashara*, aspirando forte tra una parola e l'altra, poi in amarico, piú veloce, *fitegnà, suostegnà, asra sostegnà, asra arategnà*, primo, terzo, tredicesimo, quattordicesimo. Ahmed lo aveva visto scrivere solo una volta, tracciare caratteri che parevano bastoncini, piccoli e nodosi, staccati l'uno dall'altro, sotto la copertina di un libro italiano.
– Saranno gli ultimi?
– Non lo so.
– Questo ci interessa, fratello, – *uènd'm*, in amarico. Di

L'OTTAVA VIBRAZIONE

piú, *uènd-miè*, fratello mio. – Quando smetteranno di arrivare con le navi e quando smetteranno di partire per l'altopiano, sapremo quanti saranno i soldati al fronte.
– Saranno sempre tanti.
– Mai abbastanza.
Fa cosí, Gabrè, quando c'è qualcosa che lo eccita. Gli brilla quella luce negli occhi, e anche se stringe le palpebre si vede lo stesso, filtra fra le ciglia socchiuse, e ad Ahmed torna in mente la prima volta che hanno incrociato lo sguardo, per la strada, era al tramonto anche allora, e Gabrè si è avvicinato per chiedergli qualcosa, anche se non saprebbe piú dire cosa, perché c'era quella luce e lui ricorda solo quella.
– Gli italiani neanche lo immaginano quello che sta per arrivargli addosso. Da quando i negarít hanno battuto il kitet nelle piazze del mio paese, lo sai in quanti hanno risposto alla chiamata alle armi? Duecentomila! Duecentomila, fratello mio, – *uènd-miè*, – questo è l'esercito del negus. Ketat sarawít! Meta negarít, – lo disse in amarico, abbassando la voce, radunate l'esercito, battete il tamburo, e poi in arabo, ancora piú piano, appena un sussurro in fondo alla gola.
– Uomo del mio paese! È arrivato a noi un nemico che rovina il paese, che muta la religione e che ha passato il mare datoci da Dio come frontiera! Questo nemico comincia ad avanzare scavando la terra come le talpe! Con l'aiuto di Dio non gli abbandonerò il mio paese!
– Lo sai a memoria, – disse Ahmed.
– Sí. Le so a memoria le parole del negus neghesti Menelik. Te l'ho detto, sono un nazionalista abissino.
Adesso sorride, Gabrè. Torna ad appoggiarsi alla stuoia sul muro, perché nell'eccitazione si era sporto in avanti, e inclina la testa di lato, su una spalla, quella piccola smorfia ironica che gli tende appena le labbra, quell'espressione da khai'n che non crede davvero a niente. Ahmed non ce l'ha

una parola in arabo per definirla meglio, quell'espressione, e gli viene in mente solo Shaytān, Satana, il Diavolo, ma non vuole neanche pensarci, perché Shaytān gli fa paura. Però quella luce che gli brillava negli occhi, a Gabrè, c'è ancora, nascosta dietro le ciglia.

– Gli italiani hanno i cannoni.
– Ce li abbiamo anche noi. Il liquemaquas Abatiè sa dirigere il fuoco meglio degli ufficiali del maggiore De Rosa. Abbiamo i fucili e abbiamo anche le mitragliatrici. Ributteremo gli italiani in mare. Mi dispiace, amico, – *sadiq*, in arabo, ma la *s* come una *z*, alla scioana, – perderai il lavoro.
– No, lo cambierò. Lavorerò per un fitaurari di Menelik invece che per un funzionario di re Umberto. Lo farò in un tukúl con pelli di vacca appese alle pareti invece che in una palazzina con la ventola, ma sarà lo stesso.
– Perché, tu ci vivi in una palazzina con la ventola? Non è meglio un tukúl pulito di questo buco?

Gabrè fece girare un dito in aria. Stesso sorriso ironico da khai'n sulle labbra e stessa luce negli occhi.

– Amministrerò le tasse che i barambarà del negus avranno razziato dai villaggi. E se mi fregherò qualcosa mi taglieranno la mano, oppure mi manderanno a morire di sete su un'amba.
– Perché, adesso cosa fai? – Luce e sorriso, ancora. – E non credo che finire in prigione sull'isola di Nokra sia meglio. Non conosco nessuno che sia mai tornato da quell'inferno, – *ghehannèm*, in amarico.
– Gli italiani fanno le strade e i ponti. Portano l'elettricità e il telegrafo.
– Guarda che l'ho capito che stai cercando di provocarmi. Ma non ci riesci. È facile risponderti che le fanno le strade, e anche i ponti, ma mica li fanno per noi, se li fanno per loro. E invece ti dirò: guardati attorno, guarda cosa hanno

fatto a questa terra. Massaua non è piú una città, è una puttana –. Lo disse in amarico, *galemuotà*, e poi lo ripeté in arabo, *sharmutta*, raschiando forte con la gola, e il sorriso era quasi scomparso.

– Era cosí anche con gli egiziani, – disse Ahmed.

– Sí... sí, certo. Non sono gli italiani, allora, sono i ferengi, gli stranieri. E sai chi sono, i ferengi? Sono tutti quelli che vengono in casa tua senza essere stati invitati e pretendono di fare quello che vogliono. Italiani, egiziani, inglesi... tutti ferengi, tutti stranieri, tutti a casa! Adesso il sorriso non c'è piú. Anzi, Gabrè è cosí eccitato che vorrebbe ripetere una frase del ras Maconnen, il cugino del negus, «Vi è chi cerca l'Abissinia ma l'Abissinia non cerca nessuno», ma si perde tra arabo e amarico, non se la ricorda piú e non la ripete.

– Smettila di provocarmi. Lo so che stai scherzando. Perché ci aiuteresti, se no? Lo sai? Non per soldi, perché non ne hai chiesti... lo sai perché mi aiuti, fratello mio?

Ahmed si irrigidí. Aveva detto *nī* e non *na*, *mi* aiuti e non *ci* aiuti. Perché, perché lo aveva detto? Non era la sua lingua, si era sbagliato? Shaytān, pensa Ahmed in arabo, e lo pensa anche in tigrino, Sheitàn. Scosse la testa, piú forte del necessario.

– Perché quando ti guardi allo specchio vedi che somigli piú a me che a quelle facce d'orzo degli italiani. Perché anche tu la pensi come me, fratello mio. Lo so che Menelik non è il sovrano piú illuminato del mondo e che l'Abissinia va cambiata, ma se una cosa è tua allora puoi cambiarla, se non è tua non puoi farci niente.

Usa'idu-nī, aveva detto, non *usa'idu-na*. *Mi* aiuti.

Ahmed annuí, disse anche che sí, era vero, ma lo sapeva che non era quello il motivo per cui li aiutava. *Lo* aiutava. Shaytān, pensò, Sheitàn.

– Dovevo andare a pregare, – mormorò. Alzò gli occhi e vide che Gabrè lo stava guardando. Niente sorriso e niente luce. Lo guardava e basta.
– Non sono un rogúm, – disse Ahmed. – E sono un buon musulmano.
– Neanch'io sono rogúm, – disse Gabrè. – E sono quasi un prete. Sono un dabtarà, un cantore, anche se eretico.
– E allora perché mi guardi cosí?
– Perché, come ti guardo?
– Non lo so come mi guardi! – Ahmed si alzò di scatto, impigliandosi nella gellaba. Allungò un braccio per appoggiarsi al muro, recuperò l'equilibrio ma non si mosse. Non si infilò neppure le ciabatte, restò fermo lí, in piedi, e lo sapeva che non doveva voltarsi, doveva soltanto fare un passo e uscire e non tornare piú, mai piú, e invece si volta e lo vede di nuovo quello sguardo, quella luce che filtra tra le sopracciglia, ed è lo stesso sguardo di quella sera, al tramonto, e gli fa male nello stesso modo, lo paralizza come la puntura di uno scorpione e lo riempie dentro di un veleno dolce e caldo, che gli fa tremare le labbra.

Shaytān, vorrebbe pensare, Sheitàn, ma non ci riesce, non fa in tempo. Giú dall'anghareb e di corsa sul tappeto, Gabrè è già stretto contro di lui, le labbra schiacciate sulla sua bocca, la mano che preme sulla nuca, in punta di piedi, perché Ahmed è piú alto. Per un momento pensa di spingerlo indietro, di afferrarlo per la cinghia del binocolo, strangolarlo e lanciarlo lontano, ma è anche meno di un momento, meno che pensare Sheitàn, rogúm o qualunque altra cosa.

E quando la mano di Gabrè lo stringe attraverso la gellaba in mezzo alle gambe, Ahmed geme dentro la sua bocca e cade con lui, sul letto, perché è piccola quella stanza, poco piú di un basso nel cuore di Ba'azè.

Venti

Mentre torna a casa il capitano Branciamore sospira e pensa a quello che gli ha detto il colonnello.

Non è una bella cosa, lo si capisce da come cammina, curvo, le mani in tasca, strascicando i piedi nella polvere come cercasse un sasso da prendere a calci. Un po' curvo lo è sempre, il capitano, e anche le mani le ha infilate sempre in tasca, poco militare, e pure il berretto lo porta come adesso, indietro, piú appoggiato alla pelata che calcato. Ma di solito va in fretta, piantando forte i talloni nella terra battuta, e infatti Sabà si lamenta perché ha sempre i tacchi da rifare.

Adesso però no, cammina piano, ed è piú curvo, le mani piú affondate nelle tasche e il berretto ancora piú indietro. Si ferma addirittura alla fontana e si versa un pugno d'acqua tiepida sulla testa, poi fa «no» sventolando il berretto a una ragazzina che si è alzata sulle gambe magre, il bicchiere di metallo già pronto sotto il becco dell'otre che tiene sulla schiena. Il sole se ne è andato, è rimasto solo il calore che traspira dai muri delle case, e l'aria scura gli fa venire in mente una canzone, com'era, com'era...

Sei come la luce del sole
mischiata a quella della luna,
sei bella come un lampo dell'oscurità,
sei dritta e snella come una lancia...

Il colonnello aveva allargato le braccia e poi aveva lasciato ricadere le mani sulle cosce, con uno schiocco pieno. Aveva solo due maniere per esprimere le emozioni, il colonnello Pautasso: o si tirava all'insú le punte dei baffi, e allora erano buone notizie, oppure allargava le braccia, e allora erano cattive. Lo schiocco sulle braghe era un sovrapprezzo.

– Eh, caro Branciamore... non li fanno piú i soldati di una volta. Se lo ricorda lei quando è venuto qui in Colonia?

Non era una domanda, Pautasso non ne faceva mai, non ci metteva neanche la pausa dopo il punto interrogativo, continuava, schiacciando le vocali e spingendo sulle sillabe, non solo perché era di Torino, ma perché era convinto che cosí avrebbe dovuto parlare un militare di carriera, fosse nato anche a Catania.

– Colpi di sole, febbre, dissenteria, anzi, con rispetto parlando, diarrea, diciamocelo pure, poi però si è ripreso e adesso quanti anni sono che sta qui? – Niente pausa. – Cinque, sei, sette, adesso neanche lo sente piú il caldo, non è vero?

Non è vero, aveva pensato Branciamore, ma non aveva detto niente. Aspettava il resto. Se no perché quelle braccia, e con lo schiocco, anche.

– E quel maggiore nuovo? Quanti anni ha, quarantatre, è anche giovane. Io la mia torre da maggiore l'ho presa a cinquanta, ma forse non avevo le sue conoscenze, quello là è sempre per terra, non ce lo mando fuori finché non si rimette a posto, ma mi sa che era cosí anche in Italia. Caro Branciamore, non li fanno piú i soldati di una volta!

– Sí, – disse il capitano, perché ogni tanto almeno un suono bisognava emetterlo, se no Pautasso se ne accorgeva di essere logorroico e si fermava di colpo. E invece lui voleva che continuasse. Quelle braccia. E anche lo schiocco.

– Eh, caro Branciamore, mi è rimasto solo piú un ufficiale per guidare il battaglione.

Di nuovo le braccia aperte, e questa volta alte, come per un abbraccio a mezz'aria. Niente schiocco, ma non ce n'era bisogno, perché Branciamore aveva capito. Si passò i nomi in rassegna dentro la testa, come per l'appello, resistendo alla tentazione di muovere le labbra. Rigoni e Bellati già fuori con l'avanguardia, Speciale rimpatriato. A parte Flaminio, c'erano rimasti solo lui e Montesanto.

– Il maggiore Montesanto in questo momento è, diciamo cosí, sotto osservazione. Cose di politica, che a noi militari non ci devono interessare. Solo piú uno, Branciamore, e quello è lei.

Sei leggiadra come le nuvole color perla del cielo, sei graziosa come il verde di primavera...

Non lo sa se è davvero una canzone, perché Sabà piú che cantarla la dice, anche se quando Sabà parla con quella sua voce dolce a lui sembra sempre che un po' canti. E non sa neanche se le parole siano davvero cosí, perché gliele ha dette in italiano.

Branciamore prende un'altra manata d'acqua e se la passa sulla testa, poi ci mette sopra il berretto. Appoggia il piede sul bordo della fontana e si fruga nella tasca della giubba. Tira fuori un portasigarette e se ne accende una.

Non è un vigliacco. Non ha paura di andare a combattere anche se sa benissimo che non sarà una ricognizione offensiva. Quella è guerra vera, ma è un soldato, e i soldati la guerra la fanno. Non sono le lance del negus a fargli paura, è Sabà, perché urlerà e piangerà, e lui non vuole che succeda, è per questo che perde tempo attorno alla fontana, a due passi da casa, con quella sigaretta.

È per questo che io ti amo.

All'improvviso ha una gran fretta di tornare a casa. Butta via la sigaretta, la butta a terra, non nell'acqua, cosí un vecchio che sta su un anghareb vicino alla fontana si getta a prenderla. E mentre pianta veloce i tacchi nella strada cerca di ricordarsi di un'altra canzone, come faceva, *dammi la carità*, no, *fammi la carità*, ecco, sí, *fammi la carità, dammi uno solo dei tuoi capelli, onde io possa cucirmi*, sí, *cucirmi le palpebre e conservare, non vedendo altre donne, eterna negli occhi la visione della tua bellezza*, e pensa che non gli è mai piaciuta molto, quella canzone, troppo sentimentale, troppo melensa, ma piace a Sabà, la canta sempre, e cosí, pensando a quello, arriva a casa.

Appena entra sente subito l'odore speziato del berberè e della cipolla, Sabà ha fatto lo zighiní e sa che a lui piace cosí, la carne annegata nel pomodoro. È già apparecchiato ma non va a sedersi a tavola, si lascia cadere nella poltrona e Sabà non capisce, crede che sia stanco, si inginocchia davanti a lui e comincia a slacciargli le scarpe impolverate, ma Branciamore la ferma e le prende il volto tra le mani.

*Eterna negli occhi
la visione della tua bellezza.*

Sabà alza lo sguardo su di lui, le lentiggini nere di henné attorno al naso, il mento rotondo da bilena, ma non sorride perché lo conosce, il suo capitano, è la sua madama da tanti anni e lo vede che quelli non sono gli occhi di quando è stanco.
– Porto il battaglione al fronte, – dice Branciamore. – Domani, adesso. Partiamo all'alba.
Le labbra piene di Sabà tremano. È cosí che comincia a piangere, e di solito serra i pugni come una bambina e urla, Dio, se urla, ma questa volta no, gli abbraccia le gambe e

affonda il viso tra le sue ginocchia, e al capitano gli si stringe il cuore cosí forte che gli fa male.

– Non sarà per molto, davvero... arriviamo fino ad Adua, ci facciamo vedere e torniamo indietro. Subito, una, due, tre settimane al massimo...

Sabà alza la testa. Cosí lucidi i suoi occhi sembrano ancora piú grandi, e le efelidi piú nere. Branciamore le asciuga le guance con le mani.

– No, – dice Sabà, – non è vero. Vai a fare la guerra. Le sento le voci che girano, vai a fare la guerra! Vai a morire!

La sua voce dolce sembra davvero che canti, pensa il capitano, anche quando le trema, cosí stridula, anche quando si strozza di pianto.

– Perché? – grida Sabà. – Perché? Perché proprio tu?

Branciamore le mette una mano sulle labbra, piano.

– Perché me l'hanno ordinato. Ci vanno i miei soldati e ci devo andare anch'io.

– Perché? – strilla Sabà, tra le sue dita.

– Perché sono un soldato anch'io. Sono un militare, Sabà, mica un commerciale.

– No! Tu non sei un soldato! – Gli morde la mano che gli schiaccia le labbra, piano, abbastanza forte da fargli male. – Tu non sei un soldato! Sei mio marito!

Branciamore alza la mano, ma non per picchiarla, non lo farebbe mai, anche se sulla pelle gli ha lasciato il segno arrossato dei denti. Di nuovo si sente spaccare il cuore, e questa volta è il senso di colpa, di piú, è dolore, perché stava per dire qualcosa che le avrebbe fatto piú male di uno schiaffo, stava per dirle: no, non sono neanche tuo marito, perché lei è la sua madama e lui ce l'ha già una moglie, in Italia, ma si è fermato in tempo. Allora le prende il volto tra le mani, le schiaccia le guance e bacia quelle labbra piene che sporgono, ci pianta dentro le sue e vede gli occhi di Sabà che sembrano enormi, spalancati sui suoi, e la spinge indietro, sul tappeto, e le scivola sopra, le apre il vestito e la bacia sul collo, sulle spalle nere, scosta la stoffa bianca della zuria e la bacia sul seno, e lei sfila le braccia dalle maniche e lo stringe contro di sé, sulla sua pelle calda e liscia di sudore, sapone e berberè. Lui resta avvolto dal suo abbraccio, le mangia il collo con le labbra, le sfila il vestito da sotto le natiche, giú, oltre le ginocchia e i piedi nudi, poi si slaccia la cintura, ma prima di abbassare i pantaloni si ferma a baciarla sulla bocca, piano e a lungo, perché capisca bene che quello non è desiderio ma amore. E appena lei lo sente lo stringe per i fianchi con le gambe, gli si aggrappa come una scimmia, lo spinge dentro premendogli i talloni sulle natiche bianche da europeo, gli serra la nuca con le braccia nere come se volesse soffocarlo.

Voce soave, canta per me, onde io, ascoltandoti, passi sereno la notte, vorrebbe pensare il capitano, e glielo direbbe se lo ricordasse, ma quel corpo caldo, quella pelle morbida, gli occhi grandi di Sabà e le sue efelidi nere gli spaccano il cuore, e non riesce a dirle altro che faremo un figlio, amore mio, moglie mia, faremo un figlio, e se sarà una femmina la chiameremo Amlesèt, che in tigrino significa *Sono tornato*.

E allora Sabà sorride, stringe le labbra tra i denti, e mentre le lacrime le scendono lungo le guance, si aggrappa al suo capitano e dice sí, amore mio, marito mio, sí.

Ventuno

– Si parte!
La camerata era quasi vuota, perché piú o meno tutti avevano portato fuori il letto per non morire soffocati in quel forno umido e rovente, ma l'urlo di De Zigno e gli schianti della baionetta che batteva sulle gambe di ferro dell'anghareb arrivarono fino in cortile, strappando dal sonno quei pochi che erano riusciti ad addormentarsi.

Ma che cazzo di ore sono, pensò Pasolini aprendo gli occhi nel buio, e stava per ripeterlo a voce alta quando vide che il sergente era uscito nel cortile e puntava dritto su di lui. Cercò di alzarsi, ma non fece in tempo. Rotolò nella polvere, sotto il letto che De Zigno aveva rovesciato con una mano sola.

– In piedi, coglioni! Fate lo zaino e poi in armeria per l'equipaggiamento! Tra un'ora si parte!

– Si parte? – chiese Serra. – E dove andiamo?

Forse perché era già in piedi, ma invece di dargli una piattonata sul sedere con la baionetta, come fece con un altro che gli passò vicino, il sergente gli rispose.

– Si va al fronte. A ripulire le retrovie.

Basta, era già sufficiente. Serra lo capí e non chiese altro. Corse assieme agli altri nella camerata e rimise a posto il letto, sbrigandosi ad aprire lo zaino. C'era qualcosa che lo preoccupava. No, di piú, che lo spaventava. Lo terrorizzava.

La compagnia partiva.

E il maggiore?

Uscirono sul piazzale e si ammassarono tutti attorno a un caporale che teneva alzata una lucerna perché la notte era senza stelle. Avrebbe dovuto metterli in riga e implotonarli, e invece disse: – Dài! Dài! – e si fece seguire fino all'armeria. C'era un tavolino sulla porta della palazzina, e il caporal maggiore che ci stava seduto dietro li fermò tutti premendo l'aria con le mani aperte, come se davvero li spingesse indietro, ringhiando: – Buoni, buoni, – ma senza le *u*, *bboni, bboni*, e con due *b*, perché era romano. Restarono tutti fermi, a semicerchio, illuminati dalla fiamma all'acetilene della lampada sulla porta che si rifletteva sui bottoni dorati delle divise, poi il primo si mosse, è Serra, e gli altri si misero dietro, piú o meno in fila.

Fucile Vetterli-Vitali modello 71/87, sciabola-baionetta, fodero di cuoio con riporti in ottone, dieci caricatori con quattro cartucce ciascuno calibro 10.4, casco coloniale di erbe del Nilo pressate foderato di cotone bianco. Serra il suo lo prova subito, prima ancora di allontanarsi dal tavolo, per vedere se gli sta, e allaccia anche il sottogola. E intanto vede che nel piazzale c'è anche un'altra compagnia, già pronta, e forse ancora un'altra.

Tre compagnie.

Bastava per scomodare un maggiore?

– Dài! Dài! – fece il caporale dalla penombra rossa della lanterna, e Serra corse a raggiungerlo. Dietro il tavolo dell'armeria, appoggiato allo stipite della porta, c'è un tenente. Alto, magro, biondo, il berretto col fregio della cavalleria abbassato sugli occhi, tiene un sigaro sottile stretto tra le labbra, sotto i baffi biondissimi.

– È quello l'ufficiale in comando? – chiese Serra al caporale con la lucerna.

– Che minchia te ne frega? – disse il caporale.

Serra cercò di pensare in fretta, ma non gli veniva in mente niente. Non ce ne fu bisogno.
– Perché, vuoi metterti a rapporto, coglione? – *cojone*. – Che ti vuoi lamentare che ti hanno dato il fucile invece del bastone per le pecore? – *Te voj lamendà, fugile e li peguri*. Chilletta stava da qualche parte, nel buio, Serra ne sentiva soltanto la voce. Poi lo vide, sagoma bianca nell'uniforme da riposo, aveva qualcosa che gli luccicava, nero, sul fianco. – Ci stava il maggiore nuovo al comando, – *ce stava*, – ma sta male e rinuncia all'onore di comandare il battaglione. Vi ci porta Branciamore al fronte, – *ve ce porta*. E poi piú piano: – E adesso, – *e mo'*, – state freschi, perché la compagnia vostra la comanda Amara, e quello è un fanatico che vi fa morire tutti, – *ve fa muri'*.
A Serra mancò il fiato. Amara alla compagnia, Branciamore al battaglione. Flaminio resta. Vide che De Zigno lo indicava al tenente, che annuí, gli occhi socchiusi per evitare il fumo del sigaro.
– Chilletta! – gridò De Zigno. – Dài il binocolo al sardo, presto!
Il caporale Chilletta si sfilò il riflesso nero dalla spalla e porse a Serra un binocolo. Feldstecher Zeiss 8x20, nuovissimo. Serra se lo passò attorno al collo, istintivamente.
– E bravo coglione, – *cojone*, – cosí da pecoraio sei promosso osservatore.
Continuava a mancargli il fiato. Cercava di pensare in fretta, ma non gli veniva in mente niente. Gli occhi fissi sulla fila di soldati davanti all'armeria, Vetterli, cartucce, baionetta, casco.
– No, lui no, – dice De Zigno, schiacciando con la mano il cappello di paglia sulla testa di Barbieri, – lui si tiene questo.
Se parto, addio maggiore, pensa Serra, in fretta. Se par-

to, addio indagine, pensa, ma non gli viene in mente nient'altro, solo: addio maggiore, addio indagine, addio. Non sa cosa fare.

– Dài! Dài! – disse il caporale, prendendolo per il braccio e spingendolo avanti. Si era accesa un'altra lanterna sulla soglia di un'altra baracca dove un altro caporale distribuiva mantelline e tascapani. Serra prese la mantellina arrotolata e se l'aggiustò a tracolla come una bandoliera, si infilò il tascapane e solo allora ricominciò a pensare.

Se parto addio, pensa di nuovo, ma poi va avanti, e allora non devo partire, pensa, e poi va avanti ancora.

Guarda il fucile, lungo, lunghissimo, il caricatore a piastrina inserito nella cassa, vuoto, la cinghia, e lassú, piantata in cima alla canna, la baionetta, infilata nel fodero.

– Dài! Dài!

Corrono tutti verso il caporale con la lanterna, che li sta implotonando nel buio in fondo al piazzale, casco in testa, mantellina a tracolla e fucile in spalla. Corrono tutti e corre anche lui, ma prima sfila il fodero dalla baionetta, rapido, e la sgancia dalla canna.

– Dài! Dài!

Ne aveva visti tanti di autolesionisti quando prestava servizio all'ufficio di leva. Li aveva scoperti tutti, perché non bastava farsi venire la febbre col tabacco, avvelenarsi con l'urina o rompersi un osso con uno straccio bagnato. Ce n'erano tanti di trucchi, ma non ne funzionava nessuno. Perché era il principio di base che non poteva funzionare. Perché se con un danno piú piccolo ne eviti uno piú grande, allora è ovvio che quel danno te lo sei procurato apposta.

– Dài! Dài!

A forza di mandare autolesionisti sotto processo aveva imparato che l'unico modo di farsi male per finta senza farsi scoprire era farsi male davvero, e tanto.

L'OTTAVA VIBRAZIONE   143

Il primo ad arrivare fu il sergente, che gli piantò il palmo di una mano tra le gambe in un gesto cosí deciso che sembrava osceno. Ruggí che gli portassero una corda mentre spingeva forte sulla coscia, proprio dove la lama a punteruolo della baionetta spuntava dalla carne, e intanto era arrivato anche il caporale a schiacciare Serra sul terreno, perché non si muovesse.
– Ma come cazzo ha fatto? – chiese qualcuno.
Ce l'aveva Chilletta, la corda. Il sergente gliela strappò di mano e la legò attorno alla gamba di Serra, in alto, quasi sull'anca, e poi ci infilò sotto il fodero della baionetta e lo girò, perché il laccio stringesse di piú.
– Ma come cazzo ha fatto? – chiese qualcun altro.
Anche il tenente era arrivato, facendosi largo tra i soldati che si ammassavano per vedere.
– Se si è tranciato la femorale non arriva all'infermeria, – disse, accendendosi un altro sigaro sottile. – Ma come cazzo ha fatto?
– È inciampato nel fucile, quel coglione, – *cojone*, – aveva tolto il fodero alla baionetta.
– E mi sembrava anche uno in gamba, – disse De Zigno, pulendosi le mani sulla mantellina. Guardò Serra che veniva sollevato come un Cristo in croce, la baionetta ancora piantata nella coscia, bianco bianco e molle molle, perché era svenuto. Raccolse il binocolo che era caduto a terra e pulí anche quello sulla mantellina, prima di darlo al tenente.
– Ce n'è ancora uno!
Si voltarono tutti verso l'armeria, e infatti ce n'era uno, fermo, le spalle curve e le braccia giú, lungo i fianchi, senza casco, senza fucile e senza mantellina. Era Sciortino, e cosí senza niente sembrava quasi fosse nudo.
– Cinquanta ne avevo e cinquanta ne ho dati, – disse l'armiere agitando il ruolino di marcia della compagnia. – O c'è

un rincoglionito che s'è preso due fucili, o c'è un soldato in piú.

– È scritto dietro il foglio, – sospirò De Zigno. – Vai, vai... dàgli un fucile, che si fa cinquanta pari.

– E dàgli anche questo.

Il tenente lanciò il binocolo a De Zigno, che lo guardò perplesso, ma poi andò ad appenderlo al collo di Sciortino, come fosse una collana.

– Dài! Dài! – gridò il caporale con la lanterna, perché Amara era già quasi sparito in fondo al piazzale, e allora tutti si mossero, e di corsa, dietro la brace sottile del suo sigaro che brillava nel buio.

Ventidue

Vittorio appoggiò la punta del naso ai palmi delle mani e aspirò appena – e con disgusto – l'odore forte del pesce. Il dancalo aveva insistito perché lo prendesse, tzubúk, tzubúk, diceva, buono, e fresco era fresco, per carità, gli erano rimasti i palmi lucidi di squame, ma lui non era sulla rada per fare la spesa. Cosí il dancalo se n'era andato offeso, lasciando Vittorio a pensare che non era bello averci per nemico un afar, anche se questo era un pescatore e non un guerriero, e a invidiargli la futa che gli copriva i fianchi, perché avrebbe potuto pulircisi le mani, o almeno inginocchiarsi sul molo per infilarle nel mare.

Aspettavano la barca che portava l'acqua da Archico, lui e Ahmed, almeno una volta al mese il governatore voleva che ci fosse un funzionario a contare i barili, ed era toccato a Vittorio. Ma si era dimenticato gli occhiali con le lenti affumicate, e il vento fresco della mattina che stava soffiando sulla rada non c'era piú, come se da qualche parte lo avessero finito, e aveva le mani che puzzavano di pesce. Guardò Ahmed e per un attimo pensò di chiedergli di fare cambio, di prendersi la sua gellaba e dargli camicia, calzoni, scarpe e bretelle. E anche le mutande.

– Vittorio!

Non si aspettava che la voce venisse dal mare, cosí prima si voltò verso l'interno, ma c'erano solo le facce annoiate dei cammelli attaccati ai carretti che avrebbero dovuto portare via l'acqua. Cristoforo era in piedi sulla tolda di un sambuco, si teneva agganciato alla cima della vela e agitava un braccio, senza ascoltare i richiami del ragazzo al timone, che non riusciva a manovrare e a un certo punto passò al remo per non andare a schiantarsi contro il molo.

Cristoforo ce li aveva gli occhiali, e anche il cappello, segno che si era preparato a stare in barca pure se Vittorio sapeva che odiava il mare, come lui, e infatti riconobbe la fretta con cui saltò a terra e il sorriso di sollievo. Poi notò l'ombrellino sotto il tettuccio di canne che copriva il retro del sambuco, e vide Cristina, che guardava da un'altra parte, verso i riflessi verdi della rada.

– Che seccatura, – disse Cristoforo, piano, – vuole andare su un'isola, ha piantato un capriccio come una bambina e alla fine mi ha incastrato.

– Perché non ce la porta Leo?

– Sí, Leo! È già ripartito per una stazione agricola sull'altopiano. Senti, Vittorio...

– No.

– E dài... io il mare lo odio, il sale mi dà fastidio alla pelle...

– Anche a me.

Cristoforo prese Vittorio sottobraccio e lo tirò ancora piú in disparte, anche se ad ascoltarli non c'erano altro che mosche e cammelli.

– Senti, Vittorio... te la dico tutta. Ci sarebbe una che mi aspetta, è la moglie di un maresciallo che è partito per il fronte in questi giorni.

– Bravo.

– Non dire cazzate, tu faresti lo stesso, soprattutto se la vedessi...

Cristoforo alzò le mani a coppa davanti al petto, aperte, molto aperte, poi si accorse che anche se non lo sentiva

nessuno, il gesto avrebbero potuto vederlo, e congiunse le braccia.
– La Rosina, – disse Vittorio.
– Bravo, la conosci anche tu... e allora mi capisci. Vacci tu sull'isola con Cristina, ti prego.
– E qui chi ci sta?
– Ci sto io.
– E cosa ti cambia?
– Che con Ahmed riesco meglio a imboscarmi che con mia cugina. Non ti preoccupare, ci penso io. Ti devo un favore.

Non sapeva perché gli avesse detto di sí. O meglio, lo sapeva fin dall'inizio, e per questo aveva deciso di non farlo. Perché anche lui odiava il mare, il sole e il sale. Perché sulle isole non c'era nient'altro che quello, mare, sale e sole. Ma soprattutto perché si era ripromesso di non vedere piú Cristina. Quella cosa che gli aveva detto di Leo, l'altro giorno, sulla passerella che da Ba'azè porta a Taulud, lo aveva spaventato. Non ne avevano parlato, dopo, lui aveva cambiato discorso e lei era rimasta in silenzio, ma anche adesso, quando ci ripensava, gli venivano i brividi. Aveva deciso di non vederla piú, almeno non da solo.

– Ti devo un favore, – disse Cristoforo, poi gli lasciò gli occhiali e anche il cappello, e corse a parlare con Cristina.

Vittorio salutò Ahmed con un cenno della mano. Si appoggiò al braccio del ragazzo al timone e saltò nel sambuco. Cristina continuò a non guardarlo, si aggrappò al bordo della barca che ondeggiava per il salto e l'ombrellino le scivolò dalla spalla. Vittorio lo raccolse.

– Grazie, – disse lei. Gli lanciò un'occhiata veloce, poi tornò all'acqua della rada, come se non ci fosse altro da guardare.

– Il cuginetto mi ha scaricato, – disse. – Mi spiace per voi.

– A me no, – disse Vittorio, e mentiva solo per metà. – E poi non vi ha scaricato. Aveva un impegno di lavoro. La barca che porta l'acqua, Ahmed, tutte quelle cose lí.

Cristina si girò sul bordo del sambuco, ancora di piú, adesso gli voltava proprio le spalle ed era scomparsa dietro l'ombrellino. Vittorio si spostò sulla prua per girarle attorno e cadde a sedere su una cesta, perché proprio in quel momento il ragazzo aveva tirato la cima della vela e il sambuco aveva preso vento per staccarsi dal molo e infilarsi veloce nella rada. Finse di averlo fatto apposta e restò lí, seduto, a guardarla.

Cristina aveva cercato di raccogliere i capelli in una coda, legandoli con un nastrino, ma il sole, l'umidità e adesso anche la salsedine avevano increspato le onde lunghe dei suoi ricci come quelli di un'abissina. La pelle le era diventata piú scura, sempre tzadà, certo, ma di un colore piú morbido e piú uniforme, abbronzata al limite di quanto la Colonnella avrebbe concesso a una bianca. Addosso aveva sempre una sottoveste, ma cosí, stretta in vita con una fascia e con quella nazalà di cotone sulle spalle, poteva davvero sembrare un vestito. E le ciabatte adesso erano pantofole alla turca, aperte soltanto dietro, e appaiate accanto ai suoi piedi nudi sul legno bagnato del sambuco. Aveva qualcosa alla caviglia, un filo sottile di conchiglie bianche, piccole e rotonde, come quello che aveva visto al piede di Aicha.

– È carino, – disse Vittorio. – Vi sta molto bene, sembrate davvero un'abissina.

– Non vi avevo chiesto di ucciderlo.

Vittorio lanciò un'occhiata al ragazzo del timone, un ragazzetto magro, con una futa sudicia e uno straccio acciambellato sulla testa. Forse non capiva neanche l'italiano, ma stava proprio sottovento e di sicuro le parole arrivavano fino a lui. Fece finta di non aver sentito.

– E vedo che anche le pantofole...
– Non vi avevo chiesto di ucciderlo.
Vittorio si alzò dalla cesta e si accucciò davanti a Cristina. Il sambuco filava veloce e bisognava tenersi. Si era alzato il vento.
– Parlate piano, il ragazzo può sentirci.
– Non capisce l'italiano.
– Di questi tempi capiscono tutti un po' di piú di quel che sembra.
– Non vi avevo chiesto di ucciderlo, – ripeté Cristina, a voce piú bassa. – È per questo che siete scomparso, no? Avete avuto paura. Avete avuto paura di me.
Vittorio si aggrappò al bordo del sambuco e si tirò su il colletto della camicia, perché il sole gli batteva proprio sulla nuca. Avrebbe voluto spostarsi piú indietro, sotto la tettoia di canne, ma là c'era il ragazzo del timone.
– Perché, cosa intendevate dire?
Cristina sorrise, scuotendo la testa.
– Siete proprio uno stupido. Dio, quanto siete stupido!
Non era sicuro di aver capito, perché lei lo aveva mormorato e lui era sopravento, ma non ebbe occasione di chiederglielo. Cristina aveva tirato a sé le ginocchia, le aveva abbracciate strette ed era scomparsa sotto l'ombrellino come un paguro dentro una conchiglia.
Arrivarono all'isola in meno di un'ora, perché il vento era proprio quello giusto. Vittorio era andato a poppa a parlare col ragazzo e aveva scoperto che di italiano, a parte ciao, signore e tante grazie, non sapeva altro, o almeno fingeva molto bene. Cristina non si era mossa, ma appena arrivarono in vista della spiaggia si alzò in piedi e chiuse l'ombrellino. Si stese sul bordo del sambuco e accarezzò l'acqua, lasciandosela scorrere sotto le dita.
– Voglio fare il bagno, – gridò.

Come aveva detto Cristoforo, pensò Vittorio, una bambina.

– Non credo sia il caso...
– E perché? Pensa che non sappia nuotare? A casa mia vivo su un lago. Ci sono i pescicani?
– No, siamo troppo vicini a riva... credo.

Vittorio aprí e chiuse le mani come se fossero fauci davanti alla faccia del ragazzo, che si strinse nelle spalle. Lasciò la cima e la vela scese sull'albero, fermando quasi il sambuco. Cristina sorrise, davvero come una bambina, si tolse la nazalà dalle spalle, la mollò sul ponte assieme all'ombrellino e saltò in acqua.

Era vero, nuotava come un pesce. Vittorio la guardò riemergere e tornare giú, e filare via sotto il pelo dell'acqua. Poi fece cenno al ragazzo di avvicinarsi di piú alla riva, andò a sedersi a prua e cominciò ad arrotolarsi i calzoni e a togliersi le scarpe.

Dovette chiamarla per farla uscire dall'acqua, proprio come i bambini. Non perché il bagno le facesse male, ma perché si era stufato di aspettarla piantato sulla sabbia come un palo, sotto il sole, e cominciava anche ad avere fame. Aveva la sua nazalà su una spalla, e quando la vide arrivare, la prese e la tenne aperta davanti a lei, come un asciugamano.

– Perché? – disse Cristina, strizzandosi i capelli. – Fa un caldo che si muore.

Vittorio alzò il mento in un cenno divertito, e solo allora Cristina si accorse che il cotone bianco della sottoveste le si era appiccicato alla pelle, trasparente d'acqua, e praticamente era nuda.

– Oddio! – urlò, e gli corse tra le braccia per farsi coprire.
– Piano, piano... non c'è nessuno.
– Ci siete voi! E c'è il ragazzo! Giuro che non immaginavo! Dio, che vergogna...

Restò sotto il telo, tra le braccia di Vittorio. Lui non le apre e lei non si muove, anzi, alza la testa e lo guarda, e lui sente di nuovo quello strappo dentro, umido e morbido, e la bacerebbe lí, chi se ne frega del negretto, e sta quasi per farlo, abbassa la testa verso di lei, ma lei la volta verso il ragazzo sul sambuco, e lui si ferma.

– C'è una capanna, qui vicino. Possiamo andare lí e farci portare del pesce dal marinaio... E magari potete... asciugarvi.

Non l'ha fatto apposta a metterci quella pausa. È che davvero ha avuto bisogno di deglutire, di prendere fiato, ma se è successo è perché c'è un motivo, e allora pensa che va bene cosí, sembra un doppio senso, sembra una proposta, o la va o la spacca, ma cosí almeno chiarisce, e se non va, dopo, davvero non la vede piú.

– Va bene, – dice Cristina. – Andiamo.

E anche lei, in mezzo, ci mette una piccola pausa.

La capanna piú che una capanna pareva un ammasso di rami d'acacia, storti e sbiancati dal sole come ossa di balena. Si capiva che ci potesse stare dentro qualcuno perché c'era una porta, un'asse stretta da barca, ancora un po' dipinta di blu. E infatti dentro ci stava un vecchio, ma Vittorio aveva mandato avanti il ragazzo, glielo aveva spiegato a gesti, gli aveva messo in mano una moneta, e prima che arrivasse con Cristina il vecchio stava già uscendo, la futa appena allacciata attorno alla vita.

Vittorio c'era già stato e lo sapeva dentro com'era. Raggi di sole che filtravano dai buchi tra i rami e un anghareb di corda e nient'altro.

O la va o la spacca.

Cristina entrò dopo di lui e si fermò sulla soglia. Vittorio allargò le braccia in un gesto circolare, poi le lasciò cadere lungo i fianchi.

- Eccoci qua, - disse, ed era talmente teso che non si accorse neppure che avrebbe potuto dire di meglio.
Cristina annuisce. Poi solleva la nazalà dalle spalle e la lascia cadere sulla sabbia.
Vittorio la guarda, vede che anche lei lo guarda, lui chiude gli occhi, li riapre e vede che lei lo guarda ancora, e allora si getta in ginocchio e la abbraccia, la prende, schiacciando il volto su quella pelle di cotone, che cosí, bagnata e trasparente, la fa sembrare ancora piú nuda che se fosse nuda davvero.

Ventitre

*Con le teste dell'abissini
alle bocche vogliam giocar
fuoco, sempre fuoco
vogliam vincere o morir!*

La conosceva soltanto lui quella canzone, e infatti la voce del sergente era l'unica che si sentisse, ancora piena e impostata, con le *c* che diventavano *h* espirate con forza come un colpo di tosse.
Prima si voltava, urlava: – Animo, cantare! – e qualcuno almeno lo seguiva, un po' in ritardo, per sentire le parole, ma poi non lo faceva piú nessuno, e nemmeno il sergente si voltava piú. Anche Pasolini aveva smesso di cantare già da un pezzo, piú piano e tra i denti però, perché la sua canzone era diversa.

*Su, fratelli, pugniamo da forti
contro i vili tiranni borghesi
ma come fece Caserio e compagni
che la morte l'andiede a trovar.*

Non c'era soltanto la 1ª Compagnia. Appena fuori da Taulud si erano riuniti al resto del battaglione e avevano puntato a sud, fino quasi alla costa. Non l'avevano visto, il mare, perché era ancora buio, lo avevano solo sentito, un sospiro lontano, come qualcuno che russasse in un'altra stanza, e un filo di vento salato. Avevano marciato nella penombra di un cielo fitto di stelle, gli occhi che si abituavano alla luce della luna quasi fosse giorno. Vicino ad Archico si erano aggiunti alle compagnie di altri battaglioni e avevano disegnato una linea bruna di soldati, muli e cammelli in mezzo alla piana spinosa che cominciava a diventare rossa nella luce dell'alba.

Avevano marciato per una trentina di chilometri, attraversando torrenti asciutti dal fondo spaccato e cotto. – Non si beve! – urlano i caporali, attenti che nessuno toccasse le borracce, perché adesso il sole picchiava forte, dritto sui caschi di sughero, e anneriva sotto le ascelle le uniformi color bronzo, sotto la mantellina a tracolla e anche sotto la cinghia del fucile, e sul sedere, dove batteva il tascapane.

Si erano fermati solo verso mezzogiorno. Branciamore avrebbe voluto farlo prima, appena il terreno cominciava a salire, ma il colonnello che comandava la colonna aveva fatto no col dito, senza voltarsi, ritto sul cavallo, e il capitano si era stretto nelle spalle, girando il muletto per tornare alle sue compagnie.

– Si può bere! – avevano urlato i caporali, anche se lo sapevano che erano in parecchi ad avere le borracce quasi vuote. Stravaccati sull'erba secca della piana accanto alla strada, si erano fatti superare da una compagnia di ascari, li avevano guardati saltellare veloci sui sandali, il moschetto in mano, a bilanciarm, lungo il fianco, il collo lucido di sudore dentro il camicione bianco.

– Guarda là i negretti, – aveva detto un caporale, *negrètti*, con la *e* aperta, perché era romagnolo, e aveva anche aggiunto *ciò*, con la *o* chiusa, perché era di Faenza.

– Almeno noi abbiamo le scarpe, – aveva detto Pasolini.

– Sta' zitto, fava... e lo vedi come ragioni a cazzo? – con due *c*, perché i toscani mica le aspirano sempre, quando stanno tra due *a* le raddoppiano. – Aspetta d'arrivare alle rocce e poi me lo dici che fine fanno le tue scarpine da passeggio.

Pasolini guardò i piedi del sergente. Dalle ghette abbottonate spuntava la suola dentellata di un paio di scarponcini.

– E quelli vanno meglio?

– Vanno meglio sí, bischero. Sono gli scarponcini da montagna che ci hanno gli alpini. Ma tra le scarpe della fanteria e i sandali degli ascari scelgo i sandali.

– E perché non li usiamo anche noi?

– Perché siamo soldati, mica selvaggi.

Pasolini scosse la testa, guardandosi le scarpe impolverate.

– E come mai non ce li abbiamo anche noi gli scarponcini degli alpini?

– Ecco, – disse il caporale di Faenza, – bella domanda. Chiedilo all'intendenza militare. Anzi, no, già che ci sei… – *ci scei*, alla romagnola, – chiedilo al ministro della Guerra.

– Forse perché costano troppo, – disse Pasolini, – e al governo se ne fregano di come stiamo noi pur di farci la cresta.

– Basta con questi discorsi, – disse il sergente. Se avesse avuto la baionetta gliel'avrebbe data di piatto sulla testa, *su 'i ccapo* pensava, ma l'aveva sostituita con un guradè dalla lama ricurva, e quello tagliava come un rasoio. Guardò gli uomini, quello stronzo di un anarchico che si pulisce gli occhiali, quello che non si capisce niente quando parla e se ne sta tinco a guardarsi le scarpe, e tutti gli altri, buttati sull'erba come sacchi, già distrutti dalla prima marcia seria da quando sono arrivati e sono ancora a poco piú di metà strada da Ua-à, che è la prima tappa, e a dieci, undici giorni dal fronte. Ne manca uno, pensa il sergente, uno dei suoi, poi lo vede, laggiú, dietro un'acacia, il cappello di paglia della marina che spunta tra i rovi.

Accucciato oltre il ciglio della strada, i calzoni a ciambella attorno alle caviglie e le mani sulle ginocchia per tenersi in equilibrio, il soldato Barbieri aspira l'aria con le narici aperte e pensa che quell'odore gli piace. Non c'è niente di suo, ormai la dissenteria che gli serra l'intestino spruzza fuori soltanto uno schizzo che non sa piú di nulla, si sente solo l'aria secca e polverosa, ma Barbieri pensa che non importa, gli piace anche quel sole che picchia sul suo cappello di paglia.

Lui, di andare in Colonia, lo ha proprio scelto. Volontario, non sorteggiato a caso tra i reggimenti, e neppure *spintoneo*, come Pasolini. Lui è *spontaneo*, mano alzata davanti all'ufficiale arruolatore e passo avanti fuori dai ranghi. Certo, non è il solo, di volontari ce ne sono tanti, soldi, avventura, carriera, ma il suo no, il suo motivo è un altro, è diverso. Aveva cercato di spiegarlo, una sera, in camerata, ma non l'avevano capito, e soprattutto non avevano capito la fotografia che si portava dietro fino dall'Italia.

Era un cartoncino sgualcito, 9x13, e sarebbe stato anche piú grande, ma ne aveva tagliato un pezzo inutile perché stesse nella tasca della giacca da cui lo tirava fuori per farlo vedere agli amici del caffè *Mazzini*, a Bologna, e anche loro non capivano. Una ragazza, «Ritratto di indigena» diceva la didascalia scritta a penna sul bordo inferiore del cartoncino, ma quella lui l'aveva tagliata con le forbici. Nera, quasi nuda, una futa a righe sui fianchi rotondi, un filo di perline al collo e altri due attorno alle braccia piene. Le braccia conserte, ma basse, per scoprire il seno nudo, che puntava in su.

A Bologna, di solito, fischiavano quando la vedevano, e anche in camerata si erano messi a ridere, e ne erano saltate fuori altre dalle cassette militari o dai tascapani – una ragazza di Gura completamente nuda che ride con le braccia dietro la testa, appoggiata a una capanna, tre massauine tutte nude, fili di perle attorno alla vita e appesi al collo, come catene, un'altra stesa su un anghareb, di fianco, come una

Maya, la testa sollevata da una mano, nuda, assolutamente nuda. Ma no, non era per quello, non era per le tette al vento che si portava dietro la fotografia e l'aveva guardata per tutto il viaggio sulla *Polcevera*, quattordici giorni di mare, da Napoli a Massaua, anche se sí, certo, tante volte, pure a casa, pure a Bologna, chiuso in camera o al gabinetto, se l'era preso in mano con un piacere che sembrava risucchiargli fuori l'anima fino da dentro il midollo delle ossa.

No, non era per guzzare, ficchiare, trombare, ciavàr o fòtte' che era andato in Colonia, era per quello sguardo e quella bocca, e qui Pasolini aveva detto: per forza, sei di Bologna, e poi si era spinto il pugno davanti alla faccia, gonfiandosi la guancia con la lingua, tutti si erano messi a ridere e lui se ne era andato con la sua fotografia.

No, davvero, era per quello sguardo cosí netto, cosí limpido. Guardava da una parte con le pupille nere e il bianco dei suoi occhi era cosí bianco. E poi il taglio delle labbra piene, ma piegate all'ingiú, piú che imbronciate, decise. E quel mento rotondo come una pallina. Era bella, bellissima, sensuale, ma non era solo quello. Era ciò che le sentiva attorno, che le vedeva dietro, anche se nella fotografia c'era soltanto lo sfondo chiaro di un lenzuolo da fotografo. Cosa fosse non lo capiva bene neanche lui, e forse era per questo che non riusciva a spiegarlo agli altri. Solo una volta c'era andato molto vicino, quando aveva sentito il maggiore Montesanto parlare di qualcosa che non sapeva e dire: questa è una storia d'amore, una storia d'amore tra l'Italia e l'Africa.

Cosí è partito, è andato a cercare quello che aveva visto sull'«Illustrazione Italiana» e in «Guerra d'Africa», e non solo lei, ma i paesaggi, i tramonti, gli animali, gli uomini e le donne tratteggiati a mina fitta nei disegni, e solo adesso cominciava a trovarli. Da quando era arrivato a Massaua aveva passato tutto il tempo nel forte, soprattutto alle latrine, e se non fosse stato per quel risucchio doloroso che gli strappava i visceri si sarebbe goduto ogni passo di quella marcia, polvere e sudore compresi.

Per questo sorride quando gira la testa e vede il babbuino. Fermo sul ciglio della strada, proprio sotto l'acacia, se ne sta accucciato come lui, il sedere rosso che sfiora la terra. Lo guarda con gli occhi spalancati e il naso aperto, e Barbieri capisce che è una femmina perché attaccato alla pancia, lo vede solo adesso, c'è un cucciolo, abbracciato, aggrappato al pelo rado della scimmia. Poi il sergente urla: – Primo e secondo plotone, in piedi! – Barbieri si muove e il babbuino scappa tra i rovi con il suo piccolo.

Per tutto il tempo della sosta, invece, il tenente Amara non è mai stato fermo. È andato avanti e indietro sulla strada, nervoso come il suo cavallo, e un paio di volte si è anche avvicinato a Branciamore, seduto su un sasso, con una mano bagnata sulla testa. Sembrava che volesse dirgli qualcosa, ma non lo ha mai fatto, e quando sono passati gli ascari di corsa si è proteso verso di loro, come se volesse seguirli. A un certo punto è sparito, Branciamore non se ne è neanche accorto, e poi eccolo che arriva di corsa.

– Il colonnello mi fa l'onore di darmi la compagnia da guidare in avanscoperta. Partiamo subito, prima che finiate la sosta.

Branciamore si portò la mano alla fronte per fare da schermo agli occhi, perché Amara se ne stava in controluce. Il tenente lo scambiò per un saluto militare e rispose battendo i tacchi. Poi montò sul cavallo con un volteggio da ginnasta e si spostò piú avanti, ad aspettare De Zigno, Barbieri, Sciortino, Pasolini e tutti gli altri.

– Passo di corsa! – gridò quando li ebbe vicini, spronando il cavallo. – Via! Come gli ascari!

Ventiquattro

Vittorio sfrega le mani con la sabbia, perché anche se cotto sulla brace alla maniera dancala il pesce puzza lo stesso, specie se lo mangi con le dita. Il ragazzo l'ha lasciato davanti alla porta della capanna, sapeva che erano ancora impegnati perché ha sbirciato dentro per quasi tutto il tempo, Vittorio lo ha visto muoversi silenzioso dietro i rami d'acacia.
Cristina non se ne è accorta, e adesso spizzica una lisca, succhiandosi dall'indice i pezzettini di pesce. Lo guarda, le labbra che si tendono attorno al dito unto, e lui si avvicina e le abbraccia le gambe. È nuda, Cristina, la sottoveste insabbiata appallottolata in un angolo della capanna, lanciata lontano quando lui non ce l'ha fatta piú a sopportare quella pelle di cotone e ha voluto tra le mani quella vera, chiazzata di sabbia e macchie di luce, e a vederla muoversi cosí, tra i raggi che filtravano attraverso i rami della capanna, gli è sembrato davvero di fare l'amore con un riflesso di sole.
Sapevano di sale, le sue gambe. Cristina aveva sollevato i piedi sul bordo dell'anghareb e Vittorio le baciò una caviglia, quella con il filo di conchiglie, e pensò che non sembrava quello di Aicha, *era* quello di Aicha, c'era anche la conchiglia con la macchia scura proprio dopo il nodo del cordoncino, Vittorio lo rivede in un lampo il piede della cagna nera che gli sfrega ruvido sul cavallo dei calzoni.

– Chi te lo ha dato, questo? – chiese, agganciandolo con la punta del dito.

– Nessuno. L'ho trovato a casa, fuori, sul terrazzo. L'hai detto anche tu che mi sta bene. Non sarai mica geloso.
– No, no... è che mi chiedevo come... ma no, lascia perdere.
– Non saresti geloso?
– No, io... sí, invece. Sí, lo sarei.

Cristina gli infila le dita tra i capelli della nuca, lo stringe, piano, gli scuote la testa, come un gatto. Vittorio chiude gli occhi, gli viene in mente Leo, gli vengono in mente i mariti delle altre, tutte le donne che si sono scambiati lui e Cristoforo, però pensa che stavolta è diverso, e non gli basta dirsi che tanto Leo è sempre fuori, che la vede quando vuole, come vuole, gli dà fastidio solo che ci sia, Leo, e questo di nuovo gli fa paura, e siccome è ancora tutto cosí debole, cosí sottile, anche quel pensiero, forse è meglio troncarla lí, ma solo a immaginarlo si sente male e deve stringerle le gambe ancora piú forte, come se volesse staccargliele.

Cristina lo sposta. Scende dall'anghareb e va a prendere il suo vestito. Lo scuote e lo attacca alla parete della capanna.

– Guarda che io non volevo chiederti di ucciderlo, – disse. Poi si sedette davanti a lui, sulla sabbia, nuda com'era, e gli raccontò tutto, Leo, il patrimonio, le perdite africane, la Milanese e l'Austriaca, tutto.

– È per questo che sei qui? – chiese Vittorio.
– Sí. Per fermare Leo.
– No... qui, in questa capanna, con me.
– Sí.

Vittorio avrebbe voluto alzarsi, ci provò, ma Cristina gli afferrò le gambe, lo tirò giú per la stoffa dei calzoni, gli serrò la camicia, schiacciandolo a terra sotto di lei.

– Sí, sono qui perché voglio fermare Leo, e voglio farlo con te, voglio tornare in Italia con te, voglio stare con te e l'ho pensato dal primo momento che ti ho visto, ho detto sí, questo è quello giusto...

– No, no... – disse Vittorio, e avrebbe voluto scappare, ma Cristina gli si arrampicava sopra, lo schiacciava nella sabbia, la bocca vicinissima alla sua.

– Io ti amo, Vittorio, ti amo, ti amo, è per questo che voglio farla con te questa cosa, voglio stare con te, andare via con te, ti amo, Vittorio, ti amo, ti amo...

Aveva la bocca dentro la sua, lo diceva dentro di lui ed era come se fosse lui stesso a dirselo, e se lo ripeté tanto che alla fine capí di crederci, perché lo voleva, e perché ci aveva sempre creduto anche lui.

– Ti amo anch'io, – le disse dentro, e lei sorrise sulle sue labbra.

Dopo la tenne stretta, anche se faceva molto caldo, perché lei voleva cosí. Gli stava seduta in grembo, le ginocchia sollevate circondate dalle braccia di lui, rannicchiata come un feto, il sudore che scorreva caldo tra la sua schiena e il petto di Vittorio.

– Se non volevi chiedermi di ucciderlo, cosa volevi chiedermi? Voglio dire... come pensavi di fermarlo?

– Con uno scandalo.

– Con un cosa?

Cristina voltò la testa su una spalla, ma era una posizione troppo scomoda. Baciò Vittorio sul naso e si girò come prima.

– Uno scandalo. Trovarlo con una donna, a letto, e proprio quando a Massaua ci sono anch'io, sua moglie. Costringerlo a tornare a casa per la vergogna.

– Sei matta.

Cristina si voltò ancora, anche se lo scatto le fece male al collo. E ci restò, tesa a guardarlo in faccia, cattiva.

– Perché? Non ci sono gli scandali in Colonia?

– No... cioè, sí, ma non si sanno mai. O meglio, non si dicono.

– È cosí anche in Italia, cosa credi? Nessuno sa niente finché qualcuno non lo dice. E se lo dice bene, e al momento giusto, allora scoppia lo scandalo.

Tornò a guardare avanti, ma prese le braccia di Vittorio e l'obbligò a stringerla piú forte. La pelle di lui aderí alla sua schiena come una ventosa, ma non le dava fastidio, anzi.

– È proprio qui il problema, – disse Vittorio, piano, le labbra sull'orecchio di lei, – il momento giusto. Questo non è il momento giusto. In effetti, Leo è un personaggio pubblico. Se la cosa uscisse sulla stampa e arrivasse fino in Italia... e forse so anche chi potrebbe essere il giornalista, ce n'è uno che... forse.

– E allora?

Sposta le mani sulle ginocchia di Cristina, gli scivolano giú, lungo le sue cosce, ma lei le ferma e le rimette sulle ginocchia. Vittorio non se ne accorse, perché adesso stava davvero pensando.

– Certo che se qualcun altro come... – stava per dire: «come me», ma si fermò in tempo, – uno come tuo cugino, per esempio, venisse trovato a... be', nessuno si stupirebbe, ma uno come Leo, sí, farebbe colpo. Se poi lo trovi tu, magari con una negra, una bella, selvaggia, impresentabile negrotta... niente di strano per tutti... quasi tutti, ma non per Leo. Scandalo, scandalo. Avrei anche la persona giusta.

Lanciò un'occhiata alla caviglia di Cristina, al filo di conchiglie di Aicha. Aicha, la cagna nera.

– E allora? – disse Cristina, e lo ripeté, stringendo le mani di Vittorio sulle sue ginocchia. – E allora?

– E allora lo hai detto tu. È questione di momento giusto, e questo non lo è. C'è la guerra, le corrispondenze sono tutte su manovre e movimenti di soldati, figurati se a qual-

cuno gli frega che il cavaliere Leopoldo Fumagalli si è fatto una negretta. In tempo di pace, forse, ma adesso proprio no.
Le mani di Cristina serrano le sue. Forte, gli fanno male.
– Allora un'altra cosa. Uno scandalo finanziario... Tu sai come fare... ci inventiamo che ruba e lo facciamo rimandare in Italia.
– Impossibile!
Vittorio cercò di staccarsi, ma Cristina se lo tenne addosso, si fece anche indietro per schiacciarsi contro di lui.
– Impossibile, – ripeté Vittorio. Soltanto l'idea era cosí pericolosa che si dimenticò anche di quel *tu sai come fare*. Pensò: indagini, commissione d'inchiesta, tutto il sistema a puttane. Ma disse solo: – Leo in galera, il patrimonio sotto sequestro... non è questo quello che vuoi.
Cristina gli lasciò le mani, e solo allora Vittorio si accorse che gli stava facendo male, aveva ancora le dita bianche e le vene gonfie, dietro le nocche. Ma non si staccò da lui. Gli restò appiccicata addosso e tirò indietro la testa, appoggiandosi alla sua spalla.
Sospirò, e a Vittorio quel gemito sottile fece piú male delle mani.
– Forse... – disse, – forse, a pensarci bene, qualcosa si trova.
– Lo farai? – chiese Cristina, ed era ancora quel sospiro, quel gemito sottile, in piú c'erano solo le parole.
– Non lo so. Forse.
Perché lo aveva detto? Per coerenza con se stesso, con la sua idea di essere un vigliacco. Perché non gli importava niente di quello che succedeva a Leo, e riuscirci significava lasciare la Colonia, andarsene da Massaua, tornare in Italia con Cristina, ma lui non era mai stato uno da prendersi dei rischi cosí, d'impeto, con un sí deciso. Era venuto oltremare per calcolo, non per avventura, per un molle, debole, me-

schino calcolo, e sapeva di non essere un eroe, neanche nel male.

– Va bene, – disse Cristina. – Ma non pensarci troppo. Ogni milione che Leo perde avvicina il mio ritorno in Italia. Io qui, da povera, non ci resto.

Venne il ragazzo a chiamarli perché in cielo adesso c'era qualche nuvola, e se avesse cominciato a piovere sarebbe stato un guaio. Corsero fuori dalla capanna, Cristina fasciata dalla sottoveste infeltrita di sabbia e di sale e lui con le scarpe in mano. Per fortuna c'era il vento giusto anche al ritorno, e il sambuco filò veloce fino alla rada di Massaua.

Ma prima di arrivarci, ancora al largo, incontrarono un branco di delfini che nuotava saltando parallelo alla barca. Cristina fissò a bocca aperta le schiene d'argento che uscivano dall'acqua, poi si mise a ridere e a urlare, battendo le mani. Dio, pensò Vittorio, proprio come una bambina.

E in quel momento capí che avrebbe fatto qualunque cosa lei gli avesse chiesto, mettere Aicha nel letto di Leo, far scoppiare uno scandalo, mandare tutto a puttane.

Anche ammazzarlo.

Forse.

Fotografia

Le quattro ragazze nude, in piedi sull'impalcatura, quasi non si vedono, già schiarite piú dal sole che dal tempo. E infatti la macchia di luce ha cancellato le loro facce e quelle delle donne in bianco, piú sotto a destra (per chi guarda), e c'è una chiazza chiarissima, come nebbia, che cancella anche tutte quelle a sinistra. Ma è stato il controluce, perché piú in basso, dove i corpi facevano ombra a se stessi, donne, ragazze e anche bambine si vedono tutte e nettamente.
Anche delle quattro in piedi si vedono i corpi, le curve dei fianchi, la rotondità della pancia, il seno, sono proprio nude, a parte uno straccio arrotolato che scende tra le gambe a quella di mezzo. Le quattro sotto, sedute sul bordo dell'impalcatura a far penzolare le gambe, invece sono vestite, hanno la futa attorno ai fianchi e un velo sulla testa, e una (quella piú a destra) se lo tiene avvolto attorno al corpo, scopre solo le caviglie ornate da una collanina, e i piedi nudi, come tutte. Le altre, quelle che stanno sotto l'impalcatura in una piramide da foto ricordo (piú in alto, in piedi, sedute) sono tutte vestite con un camicione bianco, probabilmente una dotazione dell'ospedale. Ce ne sono sei in primissimo piano, sedute su una stuoia, vestite di collane colorate (forse sono nara, oppure kunama) e un'altra poco piú lontano, anche lei a seno nudo come loro, ma con una fascia attorno alla testa. Ha l'aria imbronciata, e in effetti, a guardarle bene, non ce n'è una che sorrida veramente.

La foto è grande, è un'albumina 218x268, formato Artiste, perché se no tutte le ragazze del sifilocomio di Massaua non c'entrano.

In fondo, sulla sinistra, si vede la tettoia di un padiglione di legno, e là c'è Serra. Lui non ha la sifilide, ha rischiato di morire dissanguato per la ferita alla gamba, ma il medico che ha arrestato l'emorragia non si è fidato delle proprie capacità e lo ha fatto portare al sifilocomio, dove c'era un dottore piú bravo. Cosí ha rischiato di ammazzarlo, perché sballottato nella lettiga aveva ricominciato a perdere sangue, ma il dottor Martini era davvero il piú bravo, ed era riuscito a ricucirlo. Poi lo aveva fatto mettere nel letto in fondo alla corsia, sotto la zanzariera: – Se si sveglia allora ce l'ha fatta, se non si sveglia vuol dire che ha perso troppo sangue. Amen.

Si era svegliato.

Prima aveva socchiuso le labbra, le aveva strappate una dall'altra, spinose di pelle secca, la gola spalancata in un sospiro arido. Aveva detto acqua, o sete, non se lo ricordava già piú, ma tanto non l'aveva sentito nessuno.

Allora aveva aperto gli occhi, e girato la testa sul cuscino, e lo aveva visto.

Il caporale che sembrava una cicogna. L'attendente del maggiore che prendeva una boccettina dalle mani del medico e l'avvolgeva in uno straccio, perché era bravo il dottor Martini, il piú bravo di tutti, ma anche corrotto, e si vendeva la morfina del sifilocomio. Ma questo Serra non lo sapeva, e anche se lo avesse saputo non gliene sarebbe importato niente.

C'era il caporale.

E se c'era il suo attendente, allora a Massaua c'era anche il suo maggiore.

Venticinque

Quando pensa, il maggiore Flaminio, lo fa in francese. Ma quando pensa qualcosa di male lo fa in italiano, perché il francese è la lingua di maman e gli sembra quasi che lei possa sentirlo. Maman lo capisce l'italiano, ma non le piace, non risponde neanche quando le parlano in italiano, e se proprio deve farlo dice non, qualunque cosa le chiedano.

A maman non piacerebbe quello che sta facendo, ma maman sta a Firenze, e non può vederlo. Però non le piacerebbe neppure quello che sta pensando, ed è per questo che lo fa in un'altra lingua, anche se cosí è piú lento.

Il caporale Cicogna, invece, pensa in genovese, un genovese stretto dei caruggi, e a sua muè, se fosse ancora viva, di quello che gli passa per la testa non gliene importerebbe un belino. Tra l'altro non sta pensando niente di male, almeno rispetto a quello che ha in mente di solito. Pensa che da quando è nell'esercito, e soprattutto in Colonia, ha passato piú tempo seduto o sdraiato su qualcosa che in piedi. E lo pensa ora, al centro di una v in equilibrio perfetto, la nuca puntata contro il muro, le gambe posteriori di una sedia inclinate all'indietro, i tacchi delle scarpe appoggiati al davanzale della finestra di fronte, sospeso a mezz'aria come su un'amaca. Non si muove neppure quando Shamila gli chiede: – Ma perché non è andato da Madamín, lei ce l'ha una stanza per certe cose –. In effetti basterebbe il minimo spostamento a infrangere quell'equilibrio, costringendolo a scendere sulle gambe davanti della sedia e a ritrovarsi nei piedi tutta la faticosa pesantezza della gravità. Cosí risponde: – Non voleva farsi vedere da nessuno, – muovendo appena anche le labbra per non scostare neppure il bolo di chat che gli gonfia la guancia, non si sa mai, e poi: – Non sei contenta, cosí ci guadagni anche tu.

Ma lei scuote la testa. – Sí, però... Però quello lí ha qualcosa che mi fa paura.

– Paura?

– Sí, non mi piace. Non mi piace come guarda.

Il caporale Cicogna lanciò uno sguardo a Shamila, girando appena gli occhi. Era piccola, Shamila, gonfiava la zuria con un culone sformato e portava sul volto tutti gli anni che ancora non aveva. Anche l'henné con cui si era tinta le piante dei piedi aveva perso colore in fretta.

– Non ho detto che guarda me... Ha qualcosa negli occhi, ma non solo negli occhi, nella voce, come si muove... Non so, ha qualcosa *attorno*.

Se avesse potuto, il caporale Cicogna si sarebbe stretto nelle spalle, ma ha paura di rompere l'equilibrio e allora dice solo: – Sciocchezze, – e pensa che finché il suo servizio consiste nello starsene seduto a fare la guardia a una porta chiusa, in quel cortiletto nascosto e quasi rinfrescato dall'aria del mare che passa attraverso le stuoie umide stese ad asciugare, il signor maggiore può averci attorno quello che vuole, che a lui va bene.

Il maggiore è nudo. Si è spogliato piano, un capo alla volta, e adesso le losanghe del graticcio che copre il buco della finestra gli disegnano un reticolo di quadrettini grigi sulla pelle bianca. I panni borghesi stanno ammucchiati sul pavimento polveroso della stanza, e normalmente il maggiore non lo avrebbe fatto, di buttarli per terra cosí, ma era ancora vestito quando il caporale gli ha fatto l'iniezione di morfina, la manica della camicia arrotolata sul braccio, e dopo non ci aveva fatto piú caso, sentiva solo quel caldo che gli bruciava dentro.

Adesso sta bene. Il sudore che gli vela la pelle si è rappreso in una ragnatela di brividi ghiacciati, ma lui non ha freddo. Non sa dove è seduto. C'è una sedia, nella stanza, un letto, anche uno sgabello, ma lui non è seduto lí, forse è per terra, ma non gli importa. È tutto cosí morbido, e cosí lento, maman è lontana e non lo sente, e lui può pensare al sangue senza che gli manchi il respiro e la testa cominci a girare.

Piú che pensare al sangue, ne sente il sapore, dolce, ma già freddo, del primo schizzo che aveva ricevuto sulla bocca. Non credeva che il sangue potesse raffreddarsi cosí in fretta. Si ricorda anche la consistenza vischiosa sulla punta della lingua, quando si era leccato le labbra, istintivamente. Se non fosse per la morfina. Però deve muoversi, perché tiene le gambe strette, è seduto sul pavimento, ora se ne rende conto, tiene le gambe troppo strette e l'erezione che ci preme dentro gli fa quasi male. Allora le allarga e l'erezione scatta, libera, strappandogli la pelle del pene da quella delle cosce sudate, e anche quello fa quasi male, ma poco, ed è piacevole quell'afflusso di sangue elastico laggiú, senza che batta il cuore, come quelle tensioni fisiologiche che vengono a volte, al mattino, appena svegli.

È vera la musica che sente? Ovattata, lontana, gracchia come se fosse un disco, e forse è davvero un disco, perché c'è una tromba che suona come se avesse la sordina, archi che sembrano sgranati, e anche un pianoforte, e una voce acuta, quasi in falsetto, ma è un uomo. Cos'è? Sarebbe un valzer se non fosse cosí lento, perché le battute si stendono lunghe, una dietro l'altra, come onde, uno... due... tre... uno... due... tre...

Flaminio muove la testa seguendo la musica, e tutta la stanza comincia a girare, ma poco, e non è fastidioso, è piacevole, come quell'erezione senza affanno, come il ricordo del sapore del sangue. In realtà non è seduto per terra, ma sullo sgabello, perché appena abbassa le mani non sente niente, non c'è il pavimento sotto la punta delle dita, continua ad abbassare le braccia e non c'è nulla, soltanto aria vuota, e cosí si sente sospeso, come se volasse, sospeso sulle onde di quel valzer lentissimo.

Fuori dalla porta anche il caporale è sospeso nell'aria, e sta pensando che è proprio la precarietà della sua posizione, quell'equilibrio innaturale e magico, a farlo sentire cosí leggero, come se davvero fosse senza peso, poi però deve allargare le braccia per mantenerlo, quell'equilibrio, perché la musica lo ha quasi fatto sobbalzare. Non se l'aspettava, cosí improvvisa e cosí veloce, un-due-tre, un-due-tre, è un fonografo, è il fonografo della filodrammatica militare. – Che succede? – chiede, e Shamila scosta la tenda che copre la finestra sul muro del cortile. Infila fuori la testa, poi dice: – È Madamín che ha messo la musica sulla finestra, – e il caporale pensa che sí, se il maggiore si fosse fatto accompagnare al bordello, che ha una stanza apposta per morfinomani e fumatori d'oppio, adesso lui sarebbe lí ad ascoltare la musica, va bene, seduto da qualche parte, forse anche sdraiato, ma non cosí, cullato da quella sospensione assoluta e perfetta. – Per carità, – pensò a voce alta, e poi: – Ma tu la sai fare la mossa? – a Shamila, perché la voce allegra della sciantosa che cantava gli aveva ricordato la compagnia di giro che era venuta dall'Italia, l'anno prima, e quello strano e sensuale movimento del bacino e delle anche che aveva cercato di insegnare a Berè, ma non c'era riuscito.

– La che? – disse Shamila.

– Lascia stare, belín, con quel culone...

Si aspettava una risposta cattiva, ma Shamila non disse niente. Guardava in fondo al cortile, verso la porta chiusa della stanza che aveva affittato al maggiore.
– Non portarlo piú qui, – sussurrò.
– E perché? In due ore hai guadagnato quello che tiri su in un mese. Quanto sale devi vendere per fare cinquanta centesimi?
– Non portarmelo piú, per favore.
– Ma perché?
Shamila scosse la testa, le labbra grigie strette assieme.
– Perché ha quella cosa attorno.
– E cosa?
– La morte.
Un brivido attraversa la schiena del caporale, e di nuovo deve allargare le braccia, per restare in equilibrio. Ma appena, perché è un brivido piccolo. Shamila è un po' strega, dicono, ma lui a quelle cose non ci crede, non abbastanza.
– L'unica cosa che ci ha attorno, – dice, – è tutta quell'acqua di colonia che si mette quando va al circolo ufficiali –. Poi pensa che a proposito di morte, il maggiore prima si è masticato il solito chat, poi si è fumato quel kif speciale arrivato da Gibuti, e alla fine lui gli ha fatto anche la morfina, e visto che ormai è un pezzo che è lí dentro e non si sente niente, va' un po' a mettere l'orecchio sulla porta, dice a Shamila, ma lei scuote la testa e non si muove.

Il maggiore, invece, sta benissimo. Pensa alla ferita e la sua erezione cresce, ma senza che il cuore batta, che la testa giri, che manchi il fiato, è solo uno strappo lento in mezzo alle gambe, un solletico piacevole, dentro la pancia, e cosí può tornare a vederlo, quel foro rotondo, slabbrato in fuori come la bocca di un vulcano, e anche tutto quel sangue che gli scorreva sulle mani sembra un'eruzione.

Il sangue rosso sulla pelle bianca. Quel buco nero sulla pelle bianca. Le sue mani. Cosí giovane.

Il maggiore abbassa una mano, la fa planare nell'aria come un gabbiano finché non arriva a sentirsi, e si accarezza, piano, ma poi il solletico diventa un languore profondo, troppo profondo, e il cuore batte un po' di piú, il respiro si fa un po' piú forte, e allora il maggiore pensa che forse ci vorrebbe altra morfina, e sta quasi per chiamare Cicogna quando lo vede.

Un movimento dietro il graticcio che chiude la finestra.

Chissà perché lo nota, è un movimento lontano, fuori nella strada, eppure lo avverte nella coda dell'occhio, si volta e lo vede, tra i fori a losanga del graticcio, nient'altro che un movimento.

Si alza, o almeno crede di farlo, e si avvicina alla finestra.

Fuori c'è la luce del giorno, bianca e accecante come un lampo al magnesio, ma si accosta lo stesso, chiude un occhio, come se dovesse prendere la mira, e spinge l'altro contro il foro.

C'è una bambina che balla.

Il movimento, quel riflesso oltre il graticcio, era lei, sporca, scalza, con addosso una camiciola corta di un colore indefinibile. Balla al ritmo di quel valzer lentissimo, uno… due… tre… le braccia sollevate sopra la testa, i polsi che ruotano, i piedi nudi che battono nella polvere, piano, pianissimo. Gira su se stessa, è di spalle, poi di fianco, adesso è di fronte, a testa bassa, come se guardasse per terra. Ma poi la alza, solleva la fronte, lentamente, e quando il suo sguardo arriva alla finestra, lí si ferma, e punta dritto sull'occhio del maggiore.

Flaminio fa un passo indietro, crede di farlo, forse lo fa davvero, perché barcolla, poi spalanca la bocca, afferrando l'aria con le mani, e spinge la lingua fuori per urlare ma non ci riesce, ghiacciato da un brivido di terrore che lo irrigidisce come se fosse in croce.

Perché lo vede.

Vede l'occhio della bambina sporgere nel foro del graticcio.

Un occhio rotondo, aperto, sgranato, fisso su di lui.

Che lo guarda.

L'urlo del maggiore fa perdere l'equilibrio al caporale, che scende di colpo, in avanti, battendo le suole delle scarpe cosí forte sul pavimento del cortile che il contraccolpo gli informicolisce le gambe.

Shamila lo guarda sgomenta. – Portalo via, – dice, – portalo via, – ripete e lo urla ancora mentre il caporale corre alla porta e la spalanca.

Il maggiore era fermo in mezzo alla stanza, nudo, fradicio di un sudore pesante che nella penombra sembrava nero. Si voltò a guardare il caporale, e per un momento anche Cicogna fece un passo indietro, perché davvero negli occhi del maggiore ci aveva visto la morte. Ebbe la tentazione di chiudere la porta, d'istinto, poi fu il maggiore a ordinarglielo: – Chiudi la porta! – con un ruggito che non aveva niente di umano, come quell'urlo. Il caporale richiuse la porta e indietreggiò fino in fondo al cortile.

– Non ho mai sentito nessuno urlare in quel modo, – disse Shamila.

– Sta' zitta.

– Non ho mai sentito...

– Sta' zitta!

Shamila si avvicinò al caporale e gli mise in mano la monetina da cinquanta centesimi che le aveva dato, gli strinse le dita a pugno, anche, perché se la tenesse.

– Portalo via, – disse, e scappò dal cortile, veloce, sui suoi piedi nudi arrossati dall'henné.

Il caporale ci mise un po' di tempo prima di accorgersi che era fermo sotto il sole. Si spostò all'ombra di una stuoia appesa, poi si avvicinò alla porta e ci appoggiò sopra un orecchio.

Non si sentiva niente.

Bussò, piano, con la punta delle nocche.

– Signor maggiore... tutto bene? Devo entrare?

Aveva detto aspetta? Aspetta fuori, aveva capito bene?

– Aspettami, che arrivo!

Sí, aveva capito bene. Tornò alla sedia, ma non si mise a sedere. Appoggiò le mani allo schienale e aspettò, come aveva detto il maggiore. Mentre attendeva, il valzer finí e ne cominciò un altro. Finí anche quello, e cominciò un tango. Poi una romanza. Poi una canzone. Poi una marcetta militare.

Trentacinque minuti.

Fu a metà della marcetta che il maggiore uscí nel cortile.

La camicia bianca abbottonata sul collo, la cravatta annodata, anche la giacca era chiusa. Era bagnato di sudore fino all'attaccatura dei capelli ma si muoveva quasi non se ne accorgesse, impeccabile come un gentiluomo appena vestito per uscire a passeggiare. Se avesse avuto i guanti, si sarebbe infilato anche quelli.

Il caporale non disse niente. Lasciò che il maggiore lo superasse e poi lo seguí, ma quando furono sulla porta del cortile Flaminio si fermò e con un movimento lento e naturale lo prese a braccetto.

Cicogna si irrigidí, ghiacciato da un altro brivido, perché un gesto del genere, dal signor maggiore, non se lo sarebbe mai aspettato.

Invece Flaminio piegò la testa verso il caporale, le labbra sempre sporte in avanti, come se volesse un bacio, e gli fece cenno di abbassarsi.

– Senti, – gli sussurrò all'orecchio, – ho bisogno di un favore. Devi fare una cosa per me.

Poi lo lasciò, riprese la posizione eretta e uscí fuori dal cortile, da solo.

La strada era deserta. Soltanto la luce, bianca e accecante come un lampo al magnesio.

Ventisei

In tigrino quella parola non c'è.
Sí, certo, si dice rogúm, ma significa un'altra cosa, strano, strambo, anche maledetto, Ahmed non se lo ricorda piú, perché tanto la usano tutti per quello. Però quella parola, proprio quella parola, non c'è.
Non c'era neanche una fascia grigia tra la parte della spianata coperta dalla moschea e quella aperta alla luce del sole. L'aveva cercata, girandoci attorno, attento, con gli occhi fissi a terra, e si era anche chinato, ma la polvere della piazza passava dal nero al bianco, dall'ombra alla luce, di colpo, senza sfumature.
Era un confine che non si sentiva di attraversare, cosí si era seduto su un sasso al limite della zona d'ombra, ma fuori si era tirato il bordo della gellaba sulle ginocchia, scoprendo le gambe, e aveva anche sfilato i piedi dalle ciabatte, tenendoli sulla tomaia però, per non appoggiarli nella polvere. Ma anche cosí il sudore gli scorreva lungo la schiena, giú tra le spalle e sui fianchi, fino alle caviglie. Il sole bruciava sulla testa, come le fiamme dell'Inferno.
In arabo quella parola c'è.
Ahmed non vorrebbe pensarla ma si obbliga a farlo, anche se lo fa star male. Ma'būn, pensa, poi scuote la testa, no, pensa, no, mormora, è sotto il minareto, a un passo dall'ombra della moschea di Shaykh Hammali, se allunga un braccio se la sente sulla mano, nera e fresca, non può mentire.

Non è ma'būn, quella parola. Ma'būn significa depravato, è uno che le cose le pensa soltanto, lui no, lui è un'altra cosa.

Lui è lūtī, e lo mastica tra le labbra, allungando le vocali e spingendo forte quella *t* contro i denti stretti, ma poi si nasconde la bocca con la mano, perché adesso si vergogna di averlo detto, anche solo di averlo pensato, lí, sotto la moschea. Però lo fa di nuovo, lūtī, proprio perché gli fa male, come quel sole che gli brucia sulla pelle, lūtī, se lo fa risuonare nella mente, e intanto stringe le mani sulle ginocchia bagnate, la testa china come se volesse pregare, ma no, pregare no, si vergogna soltanto per averlo immaginato, pregare, no.

Lo sapeva che avrebbe pensato a Gabrè, ma non cosí all'improvviso e con quell'ansia struggente. Soprattutto non si aspettava quel desiderio che gli si attorcigliava dentro come un nodo, cosí stretto da fargli male.

Perché, si chiese, limhādā, perché.

Ma lo sapeva, perché, lo sentiva. Era il suo odore. Il suo, di Ahmed, quel sole che gli bruciava sulla schiena come le fiamme dell'Inferno e gli scaldava il sudore, glielo faceva bollire sotto le narici, cosí aspro e cosí forte, come il corpo di Gabrè stretto al suo nell'aria rovente di quella stanza da amanti nel cuore di Ba'azè. – Miele nel vino, – gli diceva Gabrè, il volto schiacciato sulla sua pelle, – sei come miele nel vino.

Ahmed alzò la testa e aspirò una boccata di sole. Inarcò le narici per inalare aria pulita, ma le gocce salate che gli scendevano sul viso gli entrarono nel naso, facendolo starnutire.

No, pensò, lā, no, cosí era troppo facile. Dare la colpa a Gabrè, Shaytān, troppo facile. Alzò la testa al minareto, schermandosi gli occhi con la mano per poterne intravedere la sagoma tozza, contro il sole. Sotto la moschea non si può mentire. Non c'entra niente Gabrè. È lui, Ahmed.

Lūtī.

Però questa volta non lo pensò in arabo, ma in italiano. Sodomita, pensò. Non lo fece apposta, ma cosí gli suonò diverso, meno vergognoso, meno pesante. E allora gli venne in mente una cosa che aveva letto a casa del mercante arabo per cui lavorava prima che arrivassero gli italiani: «Colui», o «quello», non se lo ricordava bene, ma piú o meno era cosí, «Colui che afferma di non provare alcun desiderio quando guarda ai bei ragazzi è un bugiardo». Sí, era cosí, «e se gli credessimo lo vedremmo come un animale e non un essere umano». Era un filosofo, o un giurista, che lo aveva detto. Sí, però c'era un hadīt del profeta, c'era Maometto che diceva: «Colui che ama e rimane casto e nasconde il suo segreto e muore, muore da martire», e questo lo ricordava bene, perché lo aveva imparato a memoria.

Colui che ama e rimane casto. Troppo tardi. Troppo tardi.

Ahmed alzò il cappuccio della gellaba per ripararsi la nuca dal sole, perché si era tirato indietro lo zucchetto sulla testa rasata, ma non bastava. Restò ancora seduto su quel sasso sotto le fiamme dell'Inferno, ma gli sembrava che bruciassero meno, e questo gli dispiaceva. Troppo facile, cosí.

Di alzarsi, però, attraversare la soglia dell'ombra per andare a lavarsi alla vasca coperta davanti alla moschea, non se la sentiva. Salire i gradini fino alla porta ed entrare. No, si vergognava. Meno di prima, adesso che si pensava sodomita in italiano e non in arabo, ma ancora abbastanza.

Pensò che avrebbe voluto qualcuno con cui parlare, musulmano, o cristiano, o anche ateo, qualunque cosa. Chiunque, a parte Gabrè.

– Sei diventato matto? Che ci fai qui al sole?

Visto cosí, dal basso e in controluce, anche Cristoforo sembrava alto e nero come il minareto. Ahmed non fece in tempo a chiedersi se fosse la persona giusta con cui parlare, di qualunque cosa.

– Guarda qua, sembra che hai fatto il bagno vestito.

Cristoforo prese Ahmed per un braccio e lo fece alzare, e poi lo tenne anche, perché barcollava. C'era un caffè al bordo della piazza, o almeno sembrava un caffè perché aveva un'insegna verde, ma quando ci arrivò davanti Cristoforo si accorse che era soltanto un buco dalle pareti di terra battuta, pieno di mosche, con due sedie attorno a quello che sembrava un tavolino.

Roba da abissini, pensò, e poi: vabbe'.

– Birra ne avete? Ah, no, chiaro... troppo vicino alla moschea, Allah ci vede. Zua neanche, quindi... allora acqua, maî... e shai, tè.

Cristoforo guardò la bambina che si allontanava veloce sulle ciabatte, aggiustandosi il velo sulla testa, la guardò per abitudine perché avrà avuto sí e no dieci anni, ed era troppo giovane anche per lui. – Che begli occhi, – disse, senza malizia, arrotolandosi sulle braccia le maniche della camicia, poi spazzò l'aria davanti alla faccia con la mano aperta, veloce, per scacciare le mosche.

– Cos'era, una penitenza? Ti stavi punendo per qualche cosa?

Ahmed si strinse nelle spalle. La stoffa bagnata della gellaba gli si appiccicò alla pelle e dovette staccarla tirandosela dai fianchi, con fastidio. Prese uno dei bicchieri di metallo che la bambina era venuta ad appoggiare al tavolo e lo vuotò d'un fiato, ansimando. Acqua, maî, mā.

– Ce ne abbiamo tante anche noi, di penitenze, – diceva Cristoforo, e intanto si sganciava il colletto della camicia, lo staccava dalla stoffa, restando a collo nudo.

– Sei un buon cristiano, signor Del Re?

– Io? No. E tu, sei un buon musulmano?

Ahmed scosse la testa. Vuotò anche l'altro bicchiere, dato che Del Re non lo aveva toccato.

– Volevo esserlo. Ma non lo sono.

– Come si chiama quella moschea là?

Cristoforo allungò il braccio, indicando la piazza che brillava nel sole. Ahmed si voltò a guardare, e pensò che dentro quel buco umido di mosche stava immerso in un'ombra piú densa di quella che i muri della moschea proiettavano sulla spianata.

– Voi la chiamate la moschea di Shaykh Hammali, – e calcò la *i* finale, all'italiana, – ma sarebbe in onore di Shaykh Omar ibn Shaykh Tzaddiq el-Ensari, detto Hammal. La moschea di Shaykh Hammal. Senza la *i*.

– Lo vedi che sei un buon musulmano?

Ahmed sorrise.

– Bastasse questo. È la moschea piú grande di Ba'azè, e io qui ci sono nato.

– E allora? Io sono nato a Monza e neanche mi ricordo chi è il santo patrono.

Cristoforo fermò la bambina che era tornata per appoggiare sul tavolo un vassoio rotondo con due bicchierini di vetro e una teiera di coccio. Glielo rimise in mano, spingendola indietro.

– Cambiato idea, piccola. Niente shai. Caffè, bun… bere shai a quest'ora è roba da inglesi o da finocchi –. Del Re rise, le gridò dietro: – Oh! Però all'italiana… bun tiliàn… vabbe', chissà cosa ci porta, – poi si voltò e si accorse che Ahmed lo guardava serio.

– Quante parole ci sono per quello?

– Quello cosa?

– Quello che hai detto. Finocchio. Quante parole ci sono in italiano?

– Per finocchio? Vuoi scherzare... – Del Re cominciò a contare sulle dita, rapido. – Frocio, busone, checca... a Napoli dicono ricchione, – si schiaffeggiò l'orecchio con la punta delle dita, – in italiano pederasta, da noi culattone...

Si fermò solo perché una mosca gli era finita tra le labbra. Ahmed non chiese altro. Si era accorto che insistere su quel discorso lo infastidiva.

Cristoforo si passò una mano sul collo sudato, dietro la nuca e sotto il mento, strofinando assieme i palmi per asciugarli.

– Invece voi come dite traditore?

Ahmed spalancò gli occhi.

– Perché? – chiese, ma lo aveva detto cosí piano che non era sicuro di averlo pronunciato davvero.

– Traditore. Uno che tradisce la tua fiducia. Che fa una cosa che non ti saresti mai aspettato. Insomma, un traditore.

– Chedài, in tigrino. In arabo, kha'in.

L'aveva detto davvero? Gli era uscita davvero la voce? Probabilmente sí, perché Del Re ripeté chedài, annuendo, chedài. Poi: – Lo sai che il signor Cappa se la fa con mia cugina Cristina?

Ahmed si lasciò sfuggire un gorgoglio che sembrava un rutto. Aveva la gola strozzata dall'ansia, perché per un momento si era visto nell'inferno delle prigioni di Nokra, o a penzolare dalla forca al forte Ras Mudur, assieme a Gabrè.

– Non so neanche perché lo racconto a te. Sarà che ho bisogno di parlare con qualcuno...

La bambina aveva capito, perché portò lo stesso vassoio di prima, con gli stessi bicchierini, ma con una caffettiera al posto della teiera di coccio. E neanche una jemenà, ma una napoletana, proprio. Cristoforo le prese il vassoio e la allontanò con un gesto della mano, come se scacciasse una mosca.

Versò in fretta il caffè nei bicchierini, perché non vedeva l'ora di continuare.

– Ti rendi conto... mia cugina, la moglie di Leo! Oddio, Leo è un coglione e chi se ne frega delle sue corna, però... Cristo, Ahmed, è mia cugina! E glielo avevo anche detto: occhio, Vittorio, che te lo taglio! – Bevve un sorso di caffè e strinse le labbra in una smorfia. – Porco cane... ma come fate a metterci tanto zucchero? E già nella napoletana, anche. Ma tu l'avevi notato?

– Lo zucchero?

– Ma no, scemo. Vittorio e mia cugina.

– No –. Sí, invece. Mentiva. – Le ultime volte che l'ho visto con una donna era sempre la cagna nera.

– Ecco, infatti! – Del Re sbatté la mano aperta sul tavolino. La bambina arrivò di corsa, ma Ahmed la fermò scuotendo la testa. – Cristo, Aicha! Chissà cosa gli ha attaccato, quella troia! – Era cosí arrabbiato, Del Re, che vuotò il caffè senza una smorfia. – Io sí che l'ho notato. Eh, certo che l'ho notato! Dico, Vittorio è bravo, ma non si ruba ai ladri, e io certi sguardi... certi atteggiamenti... – Sollevò la stoffa della camicia per soffiarci dentro, ma l'alito era ancora tiepido di caffè. La sbottonò fino alla piega della pancia e si appoggiò all'indietro, contro lo schienale della sedia. – Lo vedi perché? Cioè, ripeto, Leo è un coglione e di corna ne ho seminate in giro anch'io, e piú di Vittorio, ma è proprio per questo! Cioè, noi, Vittorio e io, siamo due bastardi... e chi ce lo vuole un bastardo in casa sua? Sarebbe incazzato anche lui se gli facessi lo stesso, per Dio! – Sollevò il bicchiere di metallo gridando: – Mai, veloce! – e fece schioccare la lingua tra le labbra troppo dolci. – Ah, ma un giorno lo faccio davvero, – mormorò.

Cosa, avrebbe chiesto Ahmed, se lo avesse ascoltato. Ma era distratto. Cercava di agganciare un ricordo, una sensazione che aveva provato prima, cosí forte e cosí intensa da non dimenticarla, ma anche cosí confusa da non ricordarla.

– Un giorno lo faccio davvero, – ripeté Cristoforo, anche se Ahmed non aveva chiesto niente, perché neppure lui lo avrebbe ascoltato comunque, visto che parlava per se stesso.

– Un giorno prendo su e me ne vado. Ma non in Italia, sapessi la nebbia che c'è in Brianza. Vado nel deserto. Non ce la faccio piú a sopportare tutto questo casino. Il rumore, le cazzate, tutti questi odori, – arricciò il naso, – li senti tutti questi odori? – Aspirò l'aria, lui li sentiva tutti, quello bruciato del caffè, quello amaro del tè, la polvere che gli grattava il naso, il berberè, cosí aspro e cosí dolce, anche quello di Ahmed e pure il suo, cotone caldo e sudore, li sentiva tutti e gli facevano schifo. Prese il bicchiere che la bambina gli aveva portato e quasi ci mise il naso dentro. – Ecco, anche l'acqua puzza. Nel deserto no. Gli odori sono quello che sono, uno alla volta, e c'è una ragione se ci stanno. Non restano lí, sono, e basta. E anche i rumori. Li senti tutti questi rumori qua?

Non era una vera domanda neanche quella, ma Cristoforo si era sporto sul tavolo, la faccia rossa e sudata protesa verso Ahmed, che cercò di ascoltare ma non sentiva niente. Solo il fruscio del velo della bambina, lo schioccare leggero della ciabattina che usava per scacciare le mosche, e il loro ronzio, quello sí, ma nient'altro. Non c'era nessuno in quel buco, a parte loro, e nessuno neanche fuori, sulla spianata della moschea.

– Nel deserto, quando sei solo, l'unico odore è il tuo, e gli unici rumori li fai tu. Mi spiego?

Cristoforo vuotò il bicchiere d'acqua, poi scacciò le mosche dal bordo appiccicoso del bicchierino e si versò un altro caffè. Ahmed non gli aveva detto se si era spiegato o no, e a Del Re non importava saperlo.

– Che devo fare? Lo ammazzo? Lo sfido a duello? Gli spacco la faccia a schiaffoni?
– E se fosse innamorato?
Perché l'aveva chiesto? C'era quella sensazione, quel ricordo confuso, era tutto preso a cercare di riportarlo a galla, a dargli corpo, e invece gli era venuta quella domanda.
– E se fosse innamorato?
– Chi, Vittorio? Impossibile.
– Ma se lo fosse? Cambierebbe qualcosa?
Del Re non disse nulla. Restò in silenzio cosí a lungo, le labbra strette in una smorfia pensosa, che Ahmed si era già dimenticato della domanda, perso nella ricerca di quella sensazione che era tornata, per un momento, si era fatta sentire, e poi era svanita di nuovo. Dov'era? Cos'era?
– Sí, – disse Del Re, all'improvviso. – Sí, cambierebbe tutto. Cioè, lui resta un bastardo impestato e lei resta mia cugina e la moglie di quel coglione di Leo... però cambia. Per amore le cazzate si fanno. Se non si fanno per amore...
Ad Ahmed sfuggí un sorriso, un soffio forte dal naso che diventò una risata a bocca aperta, le guance rotonde sollevate sugli zigomi, a socchiudere gli occhi e a scoprire i denti bianchi, cosí sonora che fece ridacchiare anche la bambina.
– Che cazzo ti ridi, scemo? E io che mi metto a parlare con te.
Ahmed si coprí la bocca con le mani, scuotendo la testa. Non riusciva a trattenersi. Rideva perché all'improvviso si era ricordato di quella sensazione forte. Era un'immagine, l'immagine di Gabrè allungato sulla forca, ed era una cosa che soltanto a pensarci per un attimo, soltanto a vederla, per un momento, breve come una scintilla, lo stringeva dentro come una mano ghiacciata e lo faceva tremare di paura e di

dolore. E infatti non era una risata di felicità, la sua, era sollievo, perché finalmente, finalmente aveva capito.

Cristoforo si frugò in tasca cercando una moneta. La lanciò alla bambina, le disse: – E ripassa tra qualche anno, occhioni, – e ad Ahmed: – Non hai da lavorare? – scortese e sbrigativo.

– Sí, – disse Ahmed, – ora vado, – e uscí nella piazza, sotto il sole.

Era ancora troppo facile, pensò, facile – sahi, sussurrò – e infatti si tolse lo zucchetto, lasciando che le fiamme dell'Inferno gli bruciassero la testa.

Ma facile o difficile, era cosí, e adesso, grazie a quello stupido tiliàn, lo aveva capito.

Ventisette

Le pale avevano due velocità, una lenta, inutile, che serviva appena a tagliare l'aria lassú in alto, e un'altra piú veloce, che un po' riusciva a muoverla e a farla venire giú. C'era una catenella per regolare le velocità che pendeva al centro dell'elica gialla appesa al soffitto, aperta come i petali di una margherita.

M'ama, non m'ama.

Vittorio la guardava girare, era la prima velocità, quella inutile. Spinto sullo schienale della poltroncina girevole, cosí indietro da far gemere le giunture di legno, i piedi allungati sulla scrivania e le mani intrecciate sotto la nuca, tra i capelli bagnati, l'aveva pensato davvero.

M'ama, non m'ama.

E la cosa che lo aveva sorpreso di piú era che non si fosse sentito ridicolo.

Allungò una mano per raggiungere la catenella, anche se sapeva che cosí sdraiato sulla sedia non ci sarebbe mai arrivato, un gesto stupido, che serví soltanto a farlo sudare ancora. Era talmente caldo, pensò, che se pure fosse riuscito a far girare la ventola piú forte, le pale gli avrebbero soffiato addosso un alito rovente come lo sbadiglio di un cammello.

Ahmed lo vide, la mano alzata che ricadeva lenta sul bracciolo. Tirò lui la catenella, e le pale cominciarono a roteare piú velocemente, con un ronzio intenso.

– Voglia di lavorare, saltami addosso, – disse Ahmed.
– Ohé, – mormorò Vittorio, – cos'è 'sta confidenza?
– Parlavo per me. Devo andare a controllare quanti fucili sono stati distribuiti ai reggimenti che partono.
– E perché? È di competenza dei militari.
– Sí, ma poi da Roma ci chiedono quanti ne sono rimasti nei magazzini, e l'unica maniera per non sbagliarsi è vedere quanti ne sono usciti.

Vittorio piegò la testa all'indietro per offrire il volto all'aria smossa dalle pale. No, non era rovente come temeva, anche se sembrava che colasse giú, piú che soffiare, solida e vischiosa.

– Se non ci fossi tu, – disse, a occhi chiusi. – Mi fai un piacere? Mi passi l'arekí? Non ho intenzione di muovermi per il resto della vita.

Ahmed sorrise, e quando sorrideva la sua faccia sembrava ancora piú tonda. Prese una bottiglia bianca e sottile da un tavolinetto contro il muro e l'appoggiò sulla scrivania, accanto ai piedi incrociati di Vittorio. Aggiunse un bicchiere.

– Vado a prendere l'acqua in ghiacciaia.
– No, non importa.
– Ma quella che sta qui è calda.
– Non importa. La bevo cosí.
– Sono le due del pomeriggio e fa un caldo infernale.
– Va bene cosí. Devo pensare.

Perché l'aveva detto? Già si era pentito di averlo fatto. Devo pensare, deve pensare a cosa, si starà chiedendo Ahmed, e lui non ha né il tempo né la forza per inventarsi una scusa plausibile. Devo pensare.

Deve pensare.

– Va bene, – disse Ahmed. – Io vado, allora.

Vittorio aspettò di sentire la porta che si chiudeva, e solo allora aprí gli occhi. Rimase un po' a guardare la ventola, poi tolse i piedi dalla scrivania e si rimise dritto. La camicia bagnata si staccò dallo schienale di legno della sedia con un fruscio morbido. Vittorio si passò un dito dentro il colletto della camicia, anche se era già largo e slacciato, e ci batté contro un colpo con l'unghia del pollice. Si versò un dito di arekí, poi due. Devo pensare. E tornò ad allungarsi all'indietro, contro lo schienale.

Deve pensare.

Pensa a Cristina.

Le aveva detto: forse a pensarci bene qualcosa si trova, lo aveva detto, sí, ma cosa? Infilare Aicha nel letto di Leo, che già non era facile, farli trovare a Cristina, lo scandalo che finisce sulle bocche di tutti, magari anche un articolo sul «Corriere Eritreo», ci aveva pensato bene e restava della sua idea: tutto inutile. Il giorno dopo l'esercito nostro incontra quello del negus e nessuno parlerà d'altro che di battaglie e di eroi.

Pessima anche l'idea di uno scandalo finanziario. A parte che con tutti i soldi che Leo ci metteva, nel suo progetto coloniale, magari saltava fuori che il derubato era lui, a parte che con le sue amicizie sia in Italia che in Colonia – dal capitano Bottego, esploratore intrepido, al barone Franchetti, illuminato imprenditore – anche se avesse rubato davvero forse non gli avrebbe detto niente nessuno, a parte tutto, era meglio non tirarle fuori certe storie, e lui era il primo a saperlo.

Deve pensare.

Si porta il bicchiere alle labbra e si accorge che è già vuoto, anche se non riesce a ricordarsi di quando abbia bevuto. Si vede che pensava molto intensamente. Torna giú, il tempo di versarsi altre due dita di arekí, tre. Devo pensare. Si apre la camicia e di nuovo si stende, i piedi sulla scrivania, lo sguardo sulla ventola che disegna un disco piú chiaro sul soffitto grigio, non una striscia compatta, no, le pale non girano cosí forte da scomparire nel movimento, restano visibili, a intermittenza, come i raggi di un ombrellino, o come i petali di una margherita.

M'ama, non m'ama.

Deve pensare.

Aspettare, sperare in un colpo di fortuna, non basta. L'ha fatto sempre, ed eccolo lí, commesso coloniale di prima classe, due lire e centosessanta centesimi di stipendio, ventola sul soffitto, arekí e già due trattamenti preventivi al sifilocomio di Massaua. Assurdo sperare che Leo cambiasse idea: era troppo entusiasta e troppo ottimista per mollare un'avventura prima di averci consumato tutte le sue risorse. E assurdo sperare che si ammalasse o gli succedesse qualcosa, perché come tutti i pazzi entusiasti e ottimisti aveva una salute di ferro e una fortuna sfacciata.

Di nuovo si accorse che il bicchiere era vuoto, e anche questa volta non ricordava di aver bevuto. Succhiò l'ultima goccia di arekí dal vetro caldo e poi se ne versò ancora, tre dita, quattro, cinque, e non solo perché doveva pensare. Aveva già pensato qualcosa che non gli era piaciuto.

Si passò la lingua sulle labbra che sapevano di anice, troppo, c'era un motivo se l'arekí si allungava con l'acqua, e non era solo perché ubriacasse meno in fretta. Ma non aveva voglia di alzarsi, di staccarsi da quella scrivania a cui stava aggrappato come a uno scoglio, nascosto dietro le cartelline piene di documenti, pratiche e dispacci. Si sbottonò il resto della camicia, la sfilò dai pantaloni – le bretelle se le era già abbassate – e se la tolse, se la strappò quasi, cosí umida e attaccata addosso che gli fece male alla pelle. Avrebbe voluto togliersi anche i pantaloni e le scarpe, ma per un attimo gli sembrò di aver sentito la porta che si apriva, la guardò, ma era chiusa.

Bevve un sorso di arekí, e anche questa volta non se ne accorse, perché era distratto.

Sí, aveva pensato qualcosa che non gli era piaciuto.

Quando si era detto che era assurdo sperare che si ammalasse o gli succedesse qualcosa, una parte della sua mente era andata avanti, oltre la coscienza, si era fermata sul bordo di quella frase, «gli succedesse qualcosa», come un tuffatore al limite del trampolino, ma senza saltare. Per dimenticarsene, per non sentire piú quel tintinnare sinistro di sibilanti che gli vibrava nella testa – *succedesse, succedesse, succedesse qualcosa* – fece retromarcia, una corsa, un balzo all'indietro, pensò: lascia perdere. Pensò: lascia perdere tutto.

Ma cosí, all'improvviso, gli piomba addosso una tristezza insopportabile, che gli si gonfia dentro come una palla umida e pesante, lo schiaccia sulla sedia e gli strappa anche un gemito tra le labbra aperte.

Lasciar perdere.

Perdere tutto.

Cristina.

No, non è possibile. Deve pensare qualcosa.

Deve pensare qualcosa.

Devo pensare qualcosa.

Adesso anche la bottiglia è vuota, e lui continua a non ricordarsi di aver fatto il gesto di bere. Ce n'è un'altra sul tavolino appoggiato al muro, ma quando si alza per andarla a prendere è costretto ad aggrapparsi alla scrivania, perché le gambe non lo reggono. Gli scappa da ridere, e all'improvviso se la sente tutta l'arekí che ha bevuto, tutta in testa, anche se gran parte la butta fuori subito in un'ondata di sudore che dall'attaccatura dei capelli gli scende sul volto come sotto la pioggia.

Cazzo, pensa Vittorio, che è quello che dice sempre quando si accorge di essere ubriaco.

Adesso vorrebbe un bicchiere d'acqua. Lo zucchero dell'alcol e dell'anice gli impasta la bocca e gliela secca come una mano di intonaco fresco sotto il sole. Dell'acqua. O una birra fresca. O altra arekí, a quel punto non importa.
Deve pensare.
Cosí, in piedi, l'aria della ventola arriva a toccarlo e gli gela il sudore. Vittorio si muove piano, le mani che scorrono lungo il bordo della scrivania, ma ha fatto un errore, ha guardato le pale che girano, e adesso gira un po' anche tutta la stanza, piano, si ferma subito, ma intanto ha messo una mano su una cartellina, che è scivolata via e gli ha tolto l'appoggio, e se lo tira dietro sul pavimento assieme a tutta la contabilità della ditta Finetti e figlio, importazione prodotti coloniali (mai arrivati).

Non si fece male, cadde sulla schiena, il colpo attutito dal tappeto, e gli venne da ridere. C'era un foglio uscito dalla cartellina, un promemoria scritto a mano dal Cavaliere, a Roma, che volteggiò sulle assi del pavimento, come un aquilone, passò sotto la scrivania e andò ad appoggiarsi lontano, e fu seguendolo che Vittorio la vide.

Aicha era seduta per terra, contro il muro, tra il tavolino dell'arekí e un baule da viaggio, su cui appoggiava un braccio mentre si puliva i denti con un bastoncino di adaï. Era nuda, a meno che dietro le cosce e le ginocchia sollevate contro il petto non nascondesse la futa che ogni tanto si metteva addosso. Doveva essere entrata quando Vittorio aveva creduto di aver sentito aprire la porta, questo se lo ricordava, e lui non l'aveva vista. Lei gli sorrise, stringendo il bastoncino tra i denti bianchissimi.

– Che ci fai qua? – disse Vittorio. Cercò di alzare la testa ma lo sforzo gli faceva male al collo e riappoggiò la nuca sul pavimento, esausto, le braccia e le gambe aperte, come in croce. Di alzarsi del tutto neanche a parlarne.

Aicha sorrise ancora. Allungò una gamba e con le dita del piede nudo gli prese il pollice di una mano e glielo strinse. Disse qualcosa che Vittorio non capí, nessuno lo avrebbe capito, e poi disse sí, come faceva sempre.

– Sei nuda, – disse Vittorio, adesso lo vedeva. – È orario di ufficio. Che succede se qualcuno entra e mi trova qui, ubriaco fradicio, con una negra completamente nuda?

Che succede se. Gli venne in mente Cristina. Cercò di alzarsi di nuovo, ma lo scatto gli fece male alla schiena con una fitta acuta come una coltellata.

– E lasciami il dito, dài…

Sollevò un braccio e indicò la porta dell'ufficio, il chiavistello di metallo, sopra la serratura.

– Almeno chiudila, – mormorò.

Lui invece chiuse gli occhi, e solo allora la sentí, la musica. Veniva da fuori ed ebbe la sensazione che ci fosse da sempre, anche se non si ricordava di averla sentita prima, come per l'arekí. Il pulsare lento del koboro, quasi che invece di batterci sopra le dita ce le strisciassero, e il miagolio dei mossonko, lento anche quello. Erano i tre vecchi con il fez rosso, quello col tamburo e i due con le chitarre dai lunghi manici, e ci doveva essere anche la bambina, ne era sicuro, sentiva i suoi piedini scalzi frusciare nella polvere, e ogni tanto le dita che schioccavano, seguendo un tempo tutto suo, diverso.

Shaytān, aveva detto Ahmed, una volta.

Sheitàn.

Il Diavolo.

Devo pensare, si dice Vittorio, ma quello che gli viene in mente non gli piace. Eppure non riesce a pensare a nient'altro, si sforza, cerca di cambiare direzione, un'idea, un'altra idea, poi la musica gli entra nella testa, gliela riempie, si per-

de dietro il koboro, il miagolio lento, il fruscio della bambina, Shaytān, Sheitàn, e pensa: se gli succedesse qualcosa.
Se gli succedesse qualcosa.

Aicha ritorna, ha chiuso la porta, si ferma accanto a lui e lo guarda da lassú, in piedi, succhiando il bastoncino. Vittorio non si muove, la guarda anche lui, sembra altissima da laggiú, lei alza una gamba e gli appoggia un piede nudo sulla pancia, lo muove avanti e indietro e lo fa rotolare sulla schiena, come un cane, e infatti ride, Aicha, e dice: – Ey, – che vuol dire cane, poi scuote la testa e dice: – Ne gite'-be.

Vittorio cerca di alzarsi, il piede di Aicha gli pesa sulla pancia, quel piede ruvido e nero sulla sua pelle liscia e bianca, pensa: se qualcuno ci vede dalla finestra. Ma tanto ci sono le persiane accostate per il caldo. Pensa: Cristina. E di nuovo cerca di alzarsi, ma il piede di Aicha è pesante, e lui resta giú.

Aicha ride, poi toglie il piede, getta il bastoncino lontano, sul pavimento e scende su Vittorio, si siede su di lui, si tira indietro con le ginocchia, le natiche che si aggiustano sul cavallo dei suoi pantaloni. Lo cerca, muovendo i fianchi, e lo trova, e Vittorio sospira no, mormora no, dài, Aicha, no, ma non può farci niente. Le mette le mani sulle cosce, che cosí accucciata sono dure come il legno, vorrebbe spingerla via ma non fa niente, e quando lei gli slaccia la cintura dei calzoni lui inarca la schiena, istintivamente, perché lei riesca a sfilarglieli.

Pensa: devo pensare. Ma si sente ridicolo.

Aicha socchiude le labbra piene sui denti bianchi quando se lo sente dentro, gli appoggia le mani sul petto e comincia a muoversi come sa che gli piace.

– Aicha, – dice Vittorio, e lei: – Sí.

Poi Vittorio si porta le mani alla testa, se le schiaccia sul volto, preso, catturato, rapito, da quel movimento, dal caldo di Massaua alle due del pomeriggio, dalla ventola che gira troppo lontana, dalla pelle sudata della sua schiena che si graffia sul tappeto, dalle due lire e centosessanta centesimi, la Magia e il Cavaliere, il sifilocomio, da quella musica lenta fuori dalla finestra, il koboro, la bambina, Shaytān, Sheitàn, e Aicha, che lui non voleva, giuro, non voleva, doveva pensare, pensare a Cristina, e invece la cagna nera gli si accuccia sopra e se lo prende, e lui non può farci niente, non può scappare da lei, da Massaua, dall'arekí. A meno che.

A meno che.

Cosí Vittorio si toglie le mani dagli occhi, guarda il volto sudato di Aicha, guarda il suo sorriso bianco, e mentre si contorce in uno spasmo che sembra risucchiargli fuori anche l'anima, pensa che sí, ucciderà Leo.

Ucciderà il marito della donna che ama, e lo farà proprio per non doverla tradire piú.

E il fatto che questa decisione l'abbia presa abbracciato a una donna di cui non gli importa niente, aggrappato alle sue natiche, col volto affondato nel suo ventre nero, gli sembra cosí assurdo che gli viene da ridere.

Cazzo, dice forte, mentre ricade sulla schiena, devo essere proprio ubriaco.

Ventotto

Aveva ragione il sergente.
Finché avevano marciato sulla terra battuta del sentiero, anche se la salita tagliava le gambe e troncava il fiato, era andato tutto bene, ma appena la strada era diventata una mulattiera che si arrampicava sui monti saltando tra le rocce come una capra, le scarpe avevano cominciato a spaccarsi e bisognava stare attenti per non rimanere scalzi come barboni. Cosí salivano piú lenti, badando a dove mettevano i piedi, attaccati alla giberna di quello davanti, o spingendosi su col calcio dei fucili, perché quel fanatico d'un tenente, quando vedeva che la strada girava attorno a un costone, tagliava tra le rocce per fare prima, il cavallo tenuto per le briglie, a mano, perché non scivolasse sui ciottoli o non si sgarrettasse contro gli spuntoni di pietra, taglienti e protesi come banchi di corallo.
– Dài, dài! – gridava appena arrivato in cima, montando sul cavallo, e agitava anche il berretto, perché il casco se lo era tolto quasi subito, attaccato al pomo della sella. – L'avanguardia deve stare avanti, se no che avanguardia è?
Viaggiavano sempre da soli, lui e i cinquanta uomini della compagnia. Arrivavano prima e ripartivano appena il resto del battaglione li raggiungeva con i muli, i cammelli e le batterie di cannoni. Le sorgenti di Ua-à, il campo di Illalià, il passo di Majo, il tempo di lasciarsi cadere a terra, riempire le borracce, mangiare le razioni di viaggio, dormire un po'

e via, di nuovo dietro quel fanatico, *ch'i ffanatiho* diceva De Zigno, tra i denti, sotto i baffi rossi come fili di rame, perché anche lui non ce la faceva piú. E ogni volta che arrivavano al comando di tappa il tenente si guardava attorno, come se cercasse qualcosa, chiedeva degli ascari, ma erano già passati.

Fu appena dopo Majo che dovettero fermarsi. Ma non perché Amara avesse cambiato idea o Pasolini, come stava già pensando da un pezzo, gli avesse sparato nella schiena. Fu per il temporale.

All'improvviso l'aria diventò di ferro, grigia e densa di un odore elettrico. – Dài! Dài! – gridò il sergente, e corse dietro Amara, e lo superò anche, arrampicandosi tra le rocce che costeggiavano il sentiero. Per fortuna c'era il piano, una decina di metri piú sopra, oltre una barbetta rada di cespugli spinosi, e quelli che furono piú lenti a seguire il sergente – come Barbieri, pallido e sfiancato dalla dissenteria, e un napoletano sfregiato a cui nessuno ordinava niente perché dicevano che fosse della camorra, e anche un soldato di Milano che zoppicava per una brutta storta – capirono subito il perché di quella corsa appena la pioggia cominciò a picchiare sulle rocce e a incanalarsi nel sentiero, trasformandolo in un fiume.

– Cazzo! – disse il soldato di Milano, aggrappandosi alle rocce per non scivolare nell'acqua che gli arrivava già alle caviglie e non farsi trascinare giú assieme ai sassi. – Cazzo! – ripeté arrivato al piano, la giubba zuppa e incollata alla pelle. – Cazzo, cazzo, cazzo!

Sul piano ci sono tre sicomori dall'ombrello fitto e largo come una capanna, sorretto da rami lunghi come braccia contorte dall'artrite, le braccia di un gigante, perché il primo sicomoro, dove corsero quasi tutti, aveva un diametro di almeno venti metri, e un altro poco meno. Lí sotto praticamente non pioveva, e i primi che arrivarono si schiacciarono contro il tronco, quasi abbracciati, si arrampicarono sulle forcelle dei rami o si sedettero sulle anse delle radici che spuntavano da terra come viscere di legno. I meno veloci si accucciarono nell'erba, vicino al bordo dell'ombrello, voltando la schiena agli schizzi di pioggia che rimbalzavano sui sassi, come il soldato di Milano, che cominciò a togliersi le scarpe bagnate e a sfilarsi le fasce umide che gli strizzavano i piedi, ripetendo: – Cazzo, cazzo, cazzo!

Fuori dalla cupola del sicomoro la pioggia batteva cosí forte e cosí fitta che non si vedeva niente, e sembrava davvero la parete di una capanna, un tukúl fatto d'acqua, di legno e di foglie, senza finestre e buio, come se qualcuno avesse spento la luce. Scrosciava cosí violenta che non si sentivano neanche i tuoni del temporale.

– Possiamo? – chiese un soldato agitando il pacchetto delle razioni da viaggio. Lo urlò, per superare la pioggia. Il sergente guardò Amara, che se ne stava seduto su un ramo, la schiena appoggiata al tronco del sicomoro, il sigaro sottile tra le dita.

Il tenente si strinse nelle spalle e De Zigno gridò: – Chi vuole può mangiare! – anche se lo stavano già facendo quasi tutti.

È arrivata all'improvviso, la pioggia, ma non se ne vuole andare, e il tenente Amara mordicchia il fondo del sigaro, nervoso come il suo cavallo. La guarda, quella parete di pioggia, la vede diventare piú sottile e trasparente come la trama di una tenda, una tenda di lino dalla grana rada, poi un velo di garza, leggero, e poi di nuovo una cortina spessa, che oscura la vista. Se fosse solo per l'acqua, col caldo secco che c'è anche lí dove sono arrivati, a piú di mille metri d'altitudine, non sarebbe un problema. Ma non si vede a un palmo dal naso e la strada è davvero un torrente, e allora bisogna starsene fermi ad aspettare, come in Dancalia, sotto le tende di iuta, a respirare l'aria rovente del khamsin, mordere il sigaro, mangiarlo di rabbia, e aspettare.

In un momento in cui la pioggia era diventata di nuovo un velo di garza, Pasolini finí di asciugarsi le lenti schizzate dalle gocce e si rimise gli occhiali. Gli altri due sicomori stavano a una decina di metri di distanza, e uno era come quello sotto cui era lui, grande, largo, infestato di soldati aggrappati al tronco come funghi color bronzo scuro, inzuppato d'acqua, e facce bianche come larve, mentre l'altro, invece, era vuoto. Certo, era piú lontano, ed era anche piú piccolo, ma là sotto non c'era andato nessuno.

Pasolini si alzò e arrivò sul bordo dell'ombrello di foglie, mentre la pioggia si era fatta ancora piú sottile, abbastanza da vederlo meglio, quel sicomoro piccolo, laggiú, sul piano. C'era qualcosa lungo i rami, tagli piú scuri, corti, dritti, segni, ecco, sí, segni, incisi sul legno, linee, lettere, frasi lunghe scolpite sulle braccia dell'albero.

– Sono preghiere, – disse Barbieri, – versetti del Vangelo, roba religiosa.

Pasolini gli lanciò un'occhiata. Seduto tra due radici, afflosciato tra i gomiti puntati sul legno come due braccioli, Barbieri aveva le labbra tirate e gli occhi lucidi di febbre, ma lui non se ne accorse.

– Ah, sí? – disse. – E come lo sai?

– L'ho letto sull'«Illustrazione Italiana». È una specie di luogo sacro, dove si riuniscono... Una specie di chiesa, insomma.

– E perché non c'è andato nessuno, là sotto?

– Non lo so. Non credo che gli altri lo sappiano che è un luogo santo... sarà per le scritte. Rispetto istintivo.

Pasolini annuí, poi prese il fucile e partí di corsa sotto la pioggia che ricominciava a scrosciare forte.

– Dove va quella testa di cazzo? – chiese il sergente che lo aveva visto sparire.
– Ha cambiato albero, – disse Barbieri.
Il sergente abbassò gli occhi sul volto di Barbieri, che aveva chiuso i suoi e stava respirando a fondo, come se volesse aspirare l'odore della pioggia. Aveva la faccia bagnata di sudore giallastro.
– Che ti senti male?
– No, no. Sto benissimo.
Pasolini superò la cortina nera che picchiava sul casco come dita di ferro e arrivò dall'altra parte, sotto il sicomoro piccolo. Lí si tolse il casco, e anche gli occhiali, perché erano bagnati, e stringendo le palpebre vide tutte quelle scritte, bastoncini dritti che si chiudevano in occhielli stretti, si gonfiavano in anse spigolose, tagliati a metà da code oblique. Sembravano disegni, ma si vedeva bene che erano lettere scavate con cura nel legno, dai bordi lucidi e netti. Correvano lungo tutti i rami dell'albero, seguendone le curve.

Pasolini si rimise gli occhiali e restò a guardarle, poi si infilò il fucile a tracolla e si arrampicò sul sicomoro, un piede su una radice, un altro su un rigonfiamento del tronco, la mano sulla gobba di un ramo, si tirò su e si sedette proprio sopra una scritta.

Lasciò penzolare le gambe sulle lettere pensando che certo, se doveva starci da solo là sopra, senza che nessuno lo vedesse, la sua azione perdeva un bel po' della sua forza dimostrativa. Che fosse ateo e che odiasse con tutte le sue forze ogni forma di religione, che non era soltanto l'oppio dei popoli ma molto peggio, lo sapeva anche da solo, senza bisogno di ricordarselo. Sperò che la pioggia calasse, che qualcuno di là gli dicesse qualcosa, magari quella merda di sergente, o quello stronzettino d'ufficiale che li stava ammazzando per fare l'eroe, che ci provassero a tirarlo giú di là, e si aggiustò anche meglio sul ramo, a cavallo, le gambe strette attorno alle lettere scolpite nel legno. Ma non venne nessuno e nessuno lo vide, coperto dalla pioggia.

Poi, all'improvviso, si accorse che non era solo.

Sotto l'albero, fermo al bordo del tetto di foglie, c'era un vecchio, piccolo, magro, il gabí di cotone incollato al corpo dalla pioggia come se glielo avessero disegnato sulla pelle. Agitava un bastoncino e gridava qualcosa, la gridava a lui, ma Pasolini non lo sentiva neppure perché biascicava tra le gengive nude, coperto dal rumore del temporale. Ma che fosse arrabbiato lo si capiva dalla bocca e dagli occhi spalancati, e da quel bastone che frustava l'aria.

Poi si avvicinò, e Pasolini lo vide meglio, ciuffi bianchi di barba sulle guance, radi come quelli di una capra vecchia, un occhio schiarito da una cicatrice che gli abbassava l'angolo di una palpebra, e lo sentiva, adesso, gridava qualcosa come *Chelbi, gna-à ghez* e *Terewai*, lo ripeteva, agitando il bastoncino. Quando arrivò sotto il ramo lo colpí sulla punta di una scarpa, e Pasolini alzò le gambe, rischiando di perdere l'equilibrio.

– Oh... ma sei scemo? – disse, e fece anche il gesto di togliersi il fucile da tracolla, solo il gesto, ma il vecchio non si spaventò e continuò a colpirlo, e lo prese su un malleolo, sotto la ghetta, e gli fece anche male.

Smise solo quando vide Pasolini che si muoveva sul ramo come per scendere, e infatti scese, saltando a terra, e alzò anche le mani dicendo: – Me ne vado, me ne vado, – perché si era fermato un momento, rintronato dal salto, e quello aveva ricominciato ad agitare il bastone perché pensava che volesse risalire.

Il vecchio indicò l'erba tra le radici del sicomoro e disse qualcosa, troppo piano e nella sua lingua, ma annuiva con la testa, poi indicò il ramo del sicomoro col bastone, e allora invece la scuoteva. Toccò anche Pasolini con la mano, e toccò l'erba, e poi fece per prenderlo per la giubba e si sedette anche lui su una radice, ma Pasolini si era già divincolato ed era corso nella pioggia.

Arrivò all'altro sicomoro, quello piú grande, e per un momento restò smarrito, vedendo facce nuove.

– Che c'è? – gli chiese il caporale di Faenza, allarmato.
– Niente. Un errore di valutazione.
– Che valutazione?
– Politica.
– Mo vet fe'de' in te' cul, – disse il caporale di Faenza, vatti a far dare nel culo, in dialetto.
– Senti un po', – disse Pasolini, – da quanto tempo è che stai qua?
– Quattro anni.
– E la conosci la lingua loro?
– Un po'.
– Che vuol dire *chellibi*?
– Chelbi. Cane... bau bau, – lo fece con una mano, pollice sotto e le altre dita sopra, ad abbaiare.
– Mmm. E *gniaghez*?
– Non lo so... Aspetta... gna-à ghez, cosí? Faccia di niente.
– Ed è un'offesa?
Il caporale si strinse nelle spalle, con un sorriso. – Fa' un po' te...
– E *torvai*?
– Terewai... Quello che ti ho detto prima io, vet fe' de' in te' cul... vaffanculo, in tigrino.

Smise di piovere come aveva cominciato, di colpo, lasciando un silenzio che rombava fastidioso nelle orecchie e un odore di ferro che toglieva il fiato.

Ripartirono subito, e lo fecero volentieri, perché ormai si

erano abituati a muoversi e quella pausa forzata in mezzo all'acqua li aveva stancati. Però si pentirono appena scesero nel vallone, dove l'umidità stagnava in una nebbia calda e appiccicosa, che si attaccava alla pelle e si infilava in gola. Lí le rocce erano piú scure, coperte da ciuffi d'erba morbida come peluria giovane, c'erano alberi, uno ogni tanto, dal fusto sottile e poche foglie, lassú, e anche grumi di cactus, gonfi e verdissimi, senza spine.

– Chi spara a qualcosa l'ammazzo! – gridava il sergente, e lo ripetevano i caporali, forte, perché a volte si vedeva un asino selvatico che strappava a morsi un cespuglio, su un costone, capre immobili, come incastrate fra le rocce, a guardare, o una famiglia di babbuini che attraversava la strada. Agli insetti, però, gli avrebbero sparato tutti volentieri, alle zanzare e a quelle moschine piccolissime, che ronzavano sulla faccia, si infilavano nel naso, bucavano il sudore come punte di spillo.

Arrivarono al campo di Addí Cahièh che stava facendo buio, e fu una fortuna, perché come mappa Amara aveva solo uno schizzo che il colonnello gli aveva fatto fare su un pezzo di carta e i punti di riferimento che si era segnato cominciava a non trovarli piú. Lí mangiarono sul serio, maccheroni al sugo e anche stufato di capra, con pane vero, fatto con la farina bianca, e non gallette. E dormirono davvero, senza la giubba e le scarpe, e neanche le fasce, sotto le tende.

All'alba Amara era già pronto per ripartire, ma dovette aspettare il resto del battaglione, perché se no, a forza di andare cosí avanti e cosí lontano, come gli disse ridendo il capitano Branciamore, finisce che vi fucilano per diserzione. Poi però dovette attendere che anche il battaglione mangiasse e si riposasse, gli uomini, i muli, i cammelli e i cavalli, anche i cannoni sembrava che dovessero riprendere fiato. Alla fine restavano tre ore di luce, e Amara temette che il colonnello volesse fermarsi ancora per passare la notte, ma poi arrivò un dispaccio, col telegrafo, dal fronte, che gli metteva fretta, e allora se il tenente era già pronto che partisse subito, perché l'avanguardia deve stare avanti, se no che avanguardia è?

Cosí salirono lungo la carovaniera per Senafè, tagliando per le rocce dove si poteva, marciando su un sentiero che si stendeva volta dopo volta tra i costoni della valle e si arrampicava sulle ambe, seguito dai dorsi dei monti che correvano paralleli, curvi come onde o piatti come denti, e piú di una volta Barbieri si ferma a guardarli, appoggiato al fucile per non farsi rapire dalla vertigine dello strapiombo, ansimando di debolezza, e pensa che corrono fino al mar Rosso, uno dietro l'altro, ispidi come dorsi di bufali o lisci come schiene di delfini.

– Ce la fai? Ti senti male?

– No, no... va tutto bene.

Avrebbero voluto fermarsi appena buio, sfilarsi la mantellina e accucciarsi tra le rocce, ma il tenente non diede l'alt. Poi, quando il sole se ne era andato da un pezzo, videro un bagliore rosso dietro l'angolo di un costone, che ne incendiava il bordo, come un tramonto postumo o una ferita aperta.

– Che succede là? – disse il tenente, alzando il braccio per fermare la compagnia. Si torse sul cavallo, per voltarsi verso il sergente.

– Si va a vedere? – chiese De Zigno.

– Ovvio che si va a vedere, ci mancherebbe. Mi chiedevo cosa fosse.

– Il tramonto no di certo. Fiamme, direi...

– Lo dico anch'io. Abbastanza lontane da non sentire il fumo. Meglio, cosí ci arriviamo preparati. Colpo in canna e avanti.

Risalirono la strada piú cauti, coi fucili in mano. Dopo un paio di curve, quando il vento cominciò a portare anche il fumo, li imbracciarono, e il tenente scese da cavallo, lasciandolo indietro a un soldato, e tirò fuori la pistola dalla fondina. Erano fiamme, ne vedevano i riflessi sulla parete del costone, rossi e sottili come pitture preistoriche fatte con la punta delle dita, ma in movimento. Adesso ne sentivano anche il rumore, ancora lontano.

C'era una strettoia che girava dietro un roccione. Lí il sergente, che stava davanti, si fermò di colpo, gettandosi a terra, perché aveva visto qualcosa, sagome di uomini contro il chiarore della luna, muoversi dietro le rocce.

– Alt! Chi va là? – gridò qualcuno. L'accento era strano, le parole tossite fuori, troncate nella gola, ma erano italiane, e il sergente aveva fatto abbastanza Colonia da riconoscere subito la pronuncia roca di un ascaro sudanese.

– 1° Battaglione, 1ª Compagnia... siamo l'avanguardia.

L'ascaro si alzò, il tarbush che si ritagliava contro la luna come nelle sagome di una lanterna magica, *Meraviglie d'Oriente*.

– Vi vedo, – disse un caporale in piedi sulle rocce, bianco come un fantasma nella divisa chiara del battaglioni indigeni. – Venite su.

Dietro il costone c'è una conca, un'ansa scavata nella montagna, che brilla rossa come un rubino incastonato nel carbone. Le fiamme si riflettono insanguinate sulle rocce e sui sassi, sulla pelle lucida di sudore degli ascari, dentro gli occhi bianchi dei soldati e su, fino al cielo. L'aria è quella rovente di una fornace, e sembra voglia strappare la carne della faccia a morsi. Tre tukúl stanno ancora bruciando, tra schegge di paglia incendiata che si alzano roteando, come in un camino, e un altro ha appena preso fuoco. C'è anche un edmò di terra battuta, e gli ascari lo avevano già riempito di paglia e ci stavano gettando dentro le torce, lanciandole attraverso le finestre.

Il tenente che comandava il distaccamento aveva lunghi baffi castani che gli sporgevano ai lati della faccia, e il colletto della giubba aperto per lasciar scorrere il sudore. Teneva in mano un frustino da cavalleria, e con quello salutò Amara, battendone la punta contro il bordo del casco.

– Emanuelli, 7° Indigeni, – disse. – Bel falò, vero?
– Che è successo?
– Rappresaglia. Diamo una lezione ai ribelli.

Allungò un braccio, e col frustino indicò un gruppo di uomini schiacciati contro il costone. Erano una decina, stretti l'uno contro l'altro, mezzi nudi, a parte il gabí annodato attorno alle gambe come un pannolino. Non stavano fermi, urlavano e agitavano le braccia, ma non si muovevano, tenuti sotto tiro da un gruppo di ascari, tutti alti e robusti, tutti sudanesi, in camicione bianco, con la fascia rossa e nera stretta attorno alla vita.

L'altro tenente fece un cenno con la testa, e Amara lo seguí.

C'è una carretta in mezzo al villaggio, una slitta fatta di corde e di rami d'acacia legata al basto di un mulo con le cinghie basse, perché stia meno inclinata. Sopra la slitta c'è un lenzuolo bianco, che sembra il telo di una tenda. Sotto il lenzuolo c'è qualcosa, ma non si capisce cosa sia, tutto onde e spigoli che gonfiano la stoffa. Sembra anche che si muova, ma è solo il riflesso delle fiamme sul telo.

Quando il tenente sfila il lenzuolo con un colpo secco, nessuno capisce. Amara fa un passo avanti, e anche il sergente, e Pasolini, e il caporale di Faenza, sembra una scultura antica scavata in un tronco di legno d'ebano, e tinta con la lacca, perché è nerissima e lucida, poi però si vede il bottone di una giubba risparmiato dal fuoco e una fila di denti bianchi che spuntano da mezzo sorriso storto, e poi si sente subito l'odore, e allora il tenente Amara dice: – Cristo! – e il sergente bestemmia, e Pasolini si fa ancora piú avanti, perché non ha capito, mentre il caporale di Faenza si schiaccia una mano sulla bocca, per non vomitare.

Erano due soldati, legati a un palo che ancora spuntava da dietro le loro teste come se gli venisse fuori dal collo, bruciati, rattrappiti e contorti dal fuoco che li aveva quasi fusi assieme. Uno aveva allungato un braccio, le dita tese come artigli, quasi avesse voluto aggrapparsi al cielo per strapparsi fuori dalle fiamme.

– Telegrafisti, – disse l'altro tenente, asciugandosi con la mano il sudore dalla faccia. – I ribelli li hanno sorpresi mentre riparavano la linea e li hanno bruciati vivi.

Adesso capisce anche Pasolini. Si morde il labbro di sotto fino a farlo sanguinare. Non riesce ad allontanarsi, né a distogliere lo sguardo.

– E sono stati loro? – disse Amara, indicando gli uomini sotto tiro.

– Fose sí, forse no, che importa? – l'altro tenente si strinse nelle spalle. – Era una banda di qui, loro li conoscevano di sicuro, magari li hanno anche aiutati. È giusto cosí, bruciamo villaggi per non farci bruciare noi.

Amara guardò gli uomini, poi le capanne che bruciavano. L'edmò continuava a non voler prendere fuoco. Gli ascari stavano portando altre fascine, prese dai tukúl in fiamme.

– Non c'erano anche donne e bambini? – chiese.

– No, – disse l'altro tenente, secco.

– È un villaggio. Dovrebbero esserci anche donne e bambini.

– No, – disse l'altro tenente, ancora piú secco. – Ci sono i ribelli. Da queste parti sono ancora pochi, ma piú avanti il negus ha fatto un bel lavoro, ci ha sollevato contro i villaggi dell'Agamè. Le bande ci tagliano le comunicazioni, assaltano le carovane, ci sparano nella schiena. Da Guna Guna in poi bisogna stare attenti. E se non diamo una lezione... mica possiamo fare la guerra al fronte con questo problema in retroguardia, no?

– No, – disse Amara, slacciandosi il bottone del colletto.
– Bande di ribelli... spero di incontrarne. Finora sono quattro giorni che corriamo e abbiamo visto solo somari e babbuini.

– Se volete vi lascio fucilare questi.

Amara si irrigidisce. Stringe i denti, e i muscoli della mascella gli spuntano da sotto la pelle. Lo sguardo diventa cosí gelido che gli occhi azzurri sembrano bianchi, anche con il riflesso delle fiamme. Stava per slacciarsi un altro bottone, visto che l'altro tenente si era aperto la giubba bianca quasi fino al petto, ma riabbottonò anche il primo, rabbrividendo per il colletto bagnato.

– Grazie, – sibilò, – ma non sono un boia, – e il tono era cosí teso che in un altro posto e in un altro momento ci sarebbe scappato un duello, ma non lí, e non adesso. L'altro tenente si stringe ancora nelle spalle, si tocca la tesa del casco col frustino e se ne va.

– Copri quei disgraziati, – dice Amara a Pasolini, ma lui non si muove. Non riesce a staccare lo sguardo dalla slitta, da quella statua nera scolpita dal fuoco che odora di carne bruciata, vorrebbe prendere il lenzuolo e farla sparire sotto la sua ala bianca, ma non può, cosí si volta e corre via, a raggiungere gli altri.

Quando la colonna passa accanto all'edmò, finalmente il fuoco ha preso e dalle finestre di terra pressata comincia a uscire il fumo. In fondo alla conca, prima che la strada esca dal villaggio e si perda tra le rocce, vedono tre ascari che finiscono di coprire una buca, pestando la terra con i piedi.

Il tenente si torce sul cavallo, guarda gli uomini del villaggio, sono ancora tutti là, sotto il tiro dei fucili, guarda i tre ascari con le vanghe, si chiede: ma allora là sotto, poi si ricorda il tono del tenente, cosí secco, *donne e bambini, no*, e allora pensa: oh. Annuisce, sospira e si stringe nelle spalle.

In fondo alla colonna, Pasolini si volta ancora per guardare la slitta, ma non la vede piú, ci sono soltanto i riflessi delle fiamme che gli danzano sugli occhiali, velati dal sudore, cosí si gira, e segue gli altri.

Ventinove

Lui sa come fare.
È già successo tante altre volte, con le ragazze di Massaua, soprattutto agli inizi, quando credeva di doverlo fare veramente di nascosto. Aspettare che diventasse buio, attendere il segnale, fermo nell'oscurità di un vicolo di Ba'azè, e infilarsi in fretta dentro una porta o anche un buco nel muro. Erano bassi dalle pareti umide e il pavimento di terra battuta, dentro cortili afosi che puzzavano di orina e berberè, cosí bui che a volte la ragazza che aveva sotto non riusciva neanche a vederla. Ci andava quando si era stancato del bordello o delle sharmuttine che lo chiamavano dietro i graticci delle terrazze, e a volte lo fa anche adesso che ha imparato a farle venire in casa, basta solo che passino da dietro e non diano troppo nell'occhio.
Con le bianche però è diverso. Se non sono le ragazze di Madamín sono tutte cosí sposate o cosí nubili da non poter essere compromesse, ed è per questo che si è messo d'accordo con Ahmed. Non può certo portarsele a casa, o peggio ancora in un basso, tra le mosche e gli scarafaggi.
Lei l'ha fatta accompagnare da un ragazzo fino alla passerella che porta a Ba'azè, una gellaba addosso, si è raccomandato, lunga fino ai piedi e su il cappuccio, per carità. È andato a prenderla sul ponte, lo zaptiè di guardia distratto a fissare l'acqua della rada, il pugno stretto attorno alla moneta che gli aveva dato, e l'ha fatta voltare nel primo vicolo,

quasi ancora sull'acqua. L'ha tenuta per le spalle, perché tra il buio della notte e il cappuccio calato lei non vedeva quasi niente.

C'è una porta di legno, nel vicolo, piccola, dietro c'è un cortile, piccolo anche quello ma pulito, odora di sapone perché ci sono lenzuola stese ad aspettare il sole di domani. Sono quelle della missione francese, le mandano a lavare lí, e riempiono tutto il cortile, come sipari. Vittorio ce la porta in mezzo e lí la bacia, ma senza toglierle il cappuccio perché non è ancora il momento, potrebbe vederla qualcuno, anche Ahmed, quella è casa sua.

Sempre tenendola per le spalle la guida tra le lenzuola bagnate dall'umidità della notte, le fa salire una scala di mattoni che gira attorno al muro di un palazzo, e solo allora la lascia, le toglie il cappuccio e la bacia di nuovo.

È una casa araba, quella, non ha tetto, solo un grande terrazzo chiuso da una balaustra di pietra traforata, cosí bassa che Cristina vorrebbe affacciarsi di piú, ma non lo fa, perché ha paura. Oltre la balaustra, cosí vicino e cosí nero da sembrare sullo stesso piano del cielo e del terrazzo, c'è il mare. È immobile, perché non tira un filo d'aria, ma un po' la risacca si sente, il muro del palazzo è quasi a filo con la battigia, e ogni tanto si vede biancheggiare qualcosa in quella massa nera, anche se non c'è luna, saranno i pesci, pensa Cristina.

Vittorio la prende per le spalle, ma lei si divincola, si avvicina alla balaustra, vuole guardare giú anche se ha paura, soffre di vertigini, e in quel buio riesce solo a vedere dove finisce il terrazzo, una linea un po' piú chiara della notte, perché la pietra è bianca.

Lui allunga le mani ma non la tocca.

– Ho pensato a qualcosa, – dice.

Cristina si volta a guardarlo. Non può vederlo in faccia,

ci sono due candele che bruciano sopra un tavolino basso, ma stanno indietro, alle spalle di Vittorio, e lui è soltanto una sagoma alta e un po' curva.

– No, – dice lei.

Lui la vede, invece, i suoi occhi sono piú abituati al buio, e i riflessi delle fiammelle e il chiarore della pietra del terrazzo gli bastano per immaginare la sua espressione sgomenta, quasi disgustata.

– Non ti chiedevo questo.
– È l'unico modo.
– Non ti chiedevo questo!
– Va bene. Allora niente, facciamo finta di niente, dimentichiamo tutto.

E come si fa, pensa Vittorio, lo sa che non è possibile, e lo sa anche lei, perché il suo volto lui lo vede e adesso non c'è piú disgusto, c'è terrore.

Cristina afferra il bavero della gellaba e lo stringe. È un camicione da uomo, è di Leo, e anche se è di cotone leggero le arriva fino alla punta delle ciabatte e ha dovuto rimboccarsi le maniche. Ha caldo, lí sotto, vorrebbe toglierselo e sentire sulla pelle il respiro appena piú fresco del mare, ma non indossa niente altro, è nuda, e sa che appena Vittorio la vedrà cosí la prenderà tra le braccia e sarà come dire sí, sí, va bene.

Ma lei non voleva ucciderlo, Leo. Davvero, non era quello il suo progetto, o almeno cosí crede, perché adesso piú ci pensa e meno le sembra tanto impossibile e tanto incredibile, ed è una sensazione che non la spaventa, no, non piú, la lascia in uno stato di naturale indifferenza. È come quando era bambina, quando era Tina, Titti o Crissi, tesoro, e combinava un guaio, rompeva qualcosa o disobbediva, e finché non ci pensava, finché riusciva a non pensarci, era come se non fosse accaduto mai, e il senso di colpa se ne stava là, ad aspettare. Ecco, ora era lo stesso, solo che invece di succedere per qualcosa che era già accaduto, succedeva per qualcosa che doveva ancora accadere.

Cristina si voltò verso il mare, e l'aria appena un po' piú fresca le accarezzò la faccia. A destra, oltre la rada, c'erano le luci dell'isola di Taulud, ma se guardava a sinistra, verso il mare aperto, allora non vedeva piú niente, soltanto un biancheggiare di schiuma ogni tanto – saranno i pesci – e un puntino luminoso, che non sapeva se fosse in cielo o in mare.

– È una stella, quella laggiú?
– No, è un vecchio faro. L'hanno fatto con un fanale della *Garibaldi*, dieci anni fa, ma ora non serve piú.

Vittorio le mette le mani sulle spalle, e lei lo lascia fare. Ma lui non si muove, e allora lei gli prende le dita e le fa scendere fino ai bottoncini di stoffa che le chiudono la gellaba sul collo. Vittorio slaccia il primo, il secondo, poi si ferma. Lei slaccia il terzo, e anche gli altri, è grande quel camicione, è da uomo, è di Leo, le scivola subito dalle spalle e lei resta nuda. Rabbrividisce nell'aria appena un po' piú fresca e Vittorio l'abbraccia, da dietro, la stringe, la bacia sotto un'orecchio.

– E come facciamo? – chiede lei.
– Non lo so.
– Dovremo farlo in qualche modo. Come facciamo?
– Non lo so. Non è facile.
– Ma un'idea dobbiamo farcela venire…
– Sí, però… cioè, noi non siamo degli…

Non riesce a dirlo, lo dice lei, lo sussurra, piano: – Degli assassini, – ma con voce chiara, serenamente indifferente.

– Ecco, brava, non lo siamo. Voglio dire che non dobbiamo farci sospettare. Se qualcuno comincia a pensare a noi, a farci delle domande, finisce che noi ci confondiamo e siamo fregati.

Si staccò da Cristina e andò a sedersi sull'anghareb che aveva fatto lasciare da Ahmed accanto al tavolino basso. C'era una bottiglia di arekí, assieme alle candele, con due bicchieri e una ciotola di datteri.

– A noi non ci devono neanche sospettare, – disse da laggiú.

Cristina restò a guardare il mare, poi lo raggiunse. Si accucciò ai piedi di Vittorio, la pelle nuda sulla pietra del terrazzo ancora calda del sole del giorno.

– Leo va a caccia, – disse. – Potremmo farlo cosí... potrebbe sembrare un incidente.

– Un incidente di caccia? Cioè, io dovrei spargli? Con un fucile? – Ci pensò, per un momento, lui che alza la doppietta, Leo oltre la punta del mirino, il contraccolpo sulla spalla. – No, non è possibile. Intanto dovremmo andare a caccia insieme, noi due soli, e non è mai successo prima. Anzi, io a caccia non ci sono mai andato, e magari finisce che è Leo che spara a me.

Per un attimo Cristina si chiede se sia davvero lui quello giusto, se non abbia sbagliato. Ma poi lo guarda, seduto sul bordo del letto, la fiamma delle candele che gli brilla sul volto, e pensa che vorrebbe fare l'amore con lui, strappargli la camicia, sfilargli via i calzoni, anche i sandali, vuole le sue mani sulla pelle che sta tornando calda di sudore, e allora sí, è lui, deve essere lui.

– Il veleno, – dice. – Ho letto che ci sono veleni che non lasciano tracce.

Questa volta Vittorio ride, anche se non è una risata vera, e lei si arrabbia: – Perché? Perché? L'ho letto!

Ha arrotato le *r* alla parmigiana, non lo fa spesso, e Vittorio smette di ridere perché l'ha trovata cosí sensuale, quella *r* che le si è sciolta sulla lingua, arrabbiata, furiosa, che è come se si accorgesse soltanto adesso che è nuda, accoccolata accanto a lui come una sirena, le spalle lucide come se fosse appena uscita dall'acqua, anche le onde dei capelli appiccicate alla pelle, dal sudore. Vorrebbe stringerla, e invece le parla piano, come si fa ai bambini, perché vuole calmarla.

– Non esistono veleni che non lasciano tracce, sono solo nei romanzi d'avventura. Sí, certo, potremmo usare il cianuro, l'arsenico, anche il curaro, passano tutti dai nostri magazzini, ne ho finché vuoi. Ma poi il dottor Levi gli fa l'autopsia, e il capitano Colaprico, da bravo carabiniere, va subito a cercare la mogliettina infedele e l'amico fedifrago.

– Ma qui siamo in Africa. Ho letto che ci sono veleni africani...

– Sí, nelle storie di quello là, come si chiama, quello che legge tuo cugino... Salgari. No, lascia stare, le conosco le megere che fanno le fatture a morte... usano il topicida e quando le beccano finiscono a Nokra, in catenelle.

Incrociò i polsi, e solo il gesto gli dette un brivido.

– E pagare qualcuno?
– In che senso?
– Un sicario.
– Un abissino, intendi? Scordatelo. Ammazzare un bianco non è come regalare una collanina alla tua servetta perché faccia finta che sei a dormire. O farmi prestare il terrazzo da Ahmed per... – stava per dire: per portarci le mie donne, ma si trattenne in tempo e disse: – per te. Questi ci vendono ai carabinieri appena svoltato l'angolo.

– Un bianco, allora. Un soldato.

– No, io non mi fido. Noi non siamo nessuno, Cristina... Leo è Leo, e invece io sono solo un coloniale senza arte né parte... e tu soltanto la moglie di Leo.

Le fece male come uno schiaffo, e infatti contrasse il volto come se l'avesse colpita, le labbra strette, risucchiate in

dentro. Le uscí pure una lacrima, una sola, che le scese su una guancia e brillò alla luce della candela, in bilico sul mento.
– Dobbiamo ammazzarlo, – mormorò.
Vittorio scese dall'anghareb e la prese tra le braccia. Scottava come se avesse la febbre, ne sentiva la pelle attraverso il cotone sottile della camicia, la guancia calda sul suo petto. Guardò il mare oltre la balaustra del terrazzo, la lucina del faro che brillava, inutile e lontana. Dobbiamo ammazzarlo, pensò, e lo fece con la voce di Cristina, la sua intonazione disperata e decisa, e trovò sensuale anche quella, incredibilmente sensuale, lei nuda tra le sue braccia a pensare come ammazzare il marito con tanta naturale determinazione, perché ormai terrore e sgomento erano svaniti, e lui a seguirla, come se il suo fosse solo un capriccio ostinato, da bambina viziata, che vuole una cosa e sa che finirà per ottenerla. Perché gli faceva quell'effetto sapere che quella ragazza minuta dalla pelle rovente era già un'assassina, anche solo col pensiero, e lui il suo complice? Era desiderio, un desiderio che gli premeva forte dentro lo stomaco, e gli toglieva il fiato, e non vedeva l'ora che saltasse fuori un'idea, una qualunque, e non tanto per risolvere il problema di Leo, quanto per far l'amore con lei, perché sarebbe successo appena avessero trovato qualcosa.
– Leo non sa nuotare, – disse Cristina. Schiacciata sul suo petto, lo ripeté, e a lui sembrò di sentirlo direttamente nel cuore.
– Sí?
– Leo non sa nuotare. Sa fare tutto benissimo, ma quello no. Lo prendevo sempre in giro anche a Montorfano, io sguazzavo nel lago come un pesce e lui seduto sulla riva con un muso...
Vittorio le mise una mano sulla bocca perché era cosí eccitata che stava quasi urlando.

– Sí, potrebbe essere un'idea... – mormorò.
– Usciamo in barca. Tu, io e lui. La barca si capovolge e lui annega.

E lui annega. Lo aveva detto con semplicità, come fosse una conseguenza naturale. Vittorio non se ne era accorto ma lo aveva sentito, e il desiderio si era fatto ancora piú forte.

– Potrebbe essere un'idea. Dobbiamo pensarla meglio, ma potrebbe essere un'idea. A parte il problema che Leo è sull'altopiano e a Godofelassi non solo non c'è il mare, ma neanche un fiume abbastanza profondo da...

Adesso è lei a mettergli la mano sulla bocca. – Tornerà, – gli sussurra tra le dita, – adesso che so che lo faremo posso aspettare –. Poi toglie la mano e la sua bocca è su quella di Vittorio, gli stringe un labbro fra i denti, strappandogli un gemito, e ride, lo spinge indietro, sull'anghareb, le mani nella sua camicia. Lui la solleva, la prende da sotto le cosce e se la tira addosso, ma quando abbassa la mano sulla sua gamba il pollice gli resta agganciato a qualcosa. È il filo di conchiglie che porta alla caviglia, Cristina solleva la gamba per farglielo vedere.

– Toglilo.
– Perché?

Era di Aicha. Gli fa venire in mente lei, la cagna nera, l'ha cacciata a calci l'altro giorno, quando è tornata, le ha detto di non farsi vedere piú e vuole dimenticarsela, soprattutto ora che sta per fare l'amore con Cristina. È anche per questo che si è deciso a uccidere Leo.

– Toglilo, dài...
– Aspetta, – dice lei, perché lui sta tirando come se volesse strapparglielo, e le fa male. Appoggia il piede al suo ginocchio e piano piano, con la punta delle unghie, la lingua tra le labbra per lo sforzo della concentrazione, scioglie il nodo che lega il cordino.

– Sei contento, adesso?

Poi, all'improvviso, si alza e corre verso il mare. Corre cosí forte sui piedi nudi che lui pensa che non vedrà la balaustra e cadrà di sotto, e allora si alza di scatto e le va dietro, e la afferra per la vita, sollevandola, mentre lei getta il filo di conchiglie nel buio della notte, giú nel mare.

– Mi terrai sempre cosí, – dice lei voltando la testa su una spalla, le labbra vicinissime alle sue, – anche quando cado?

– Sí, – dice lui, – sí. Sempre.

E guarda giú, in quel buio silenzioso dove non si vede piú niente, neanche la schiuma bianca delle onde.

Trenta

Chi conosce il nome dello spirito lo possiede.

T-là, l'ombra, cellemà, il buio, e cerrecà è la luna. E lui è budà, l'uomo che la notte si trasforma in iena. Lo sussurra piano, senza voce. Chi conosce il nome dello spirito lo possiede. Budà, l'uomo iena. Sotto la luna la sua ombra si muove silenziosa nel buio.

Gabrè ha paura. Rannicchiato dentro il guscio di una barca tirata in secco, si ascolta respirare e guarda i riflessi della rada muoversi sull'acqua come fiammelle, anche se la notte è nera perché la luna non c'è. Ma lui li vede lo stesso, come ha visto le ombre scivolare sulla polvere chiara della strada che corre lungo la banchina, curve come iene. Forse le fiammelle sono pesci e l'ombra quella di un cane, ma non importa, Gabrè ha paura perché non è un soldato. Non è neanche un prete, quello non lo è mai stato, e forse neppure piú un credente, almeno da quando si è accorto che pensa a Iesús soltanto quando teme qualcosa. Cosí adesso non gli resta altro che il cordino azzurro che porta al polso, perché tiene il Diavolo a quaranta passi, il coltello infilato sotto la camicia e la sua nuova fede. Quella in Sahle Maryam Menelik II, negus neghesti d'Etiopia, il Leone di Giuda, il Prediletto di Dio che farà la sua patria grande, forte e libera dagli stranieri. Perché non è un soldato e neppure un prete, Gabrè, ma è una spia del negus.

L'uomo che deve incontrare si chiama Embaiè. Non l'ha

mai visto, ma sa che è un vecchio senza denti con una barbetta bianca compatta come la lana di un agnello, che finge di essere scemo per ingannare zaptiè e soldati. È cosí che entra ed esce da Massaua, barcolla cantando lungo la passerella di Ba'azè, attraversa tutta Taulud e nessuno lo perquisisce mai al posto di blocco sulla diga. Da lí in poi c'è la piana di Otumlo e almeno cento strade per uscire dalla Colonia italiana d'Eritrea.

Embaiè però è in ritardo.

E Gabrè ha paura.

Chi conosce il nome dello spirito lo possiede, anche gli spiriti cattivi. – Ferengi, tiliàn, zaptiè, – Gabrè li sussurra, avvolto nel gabí come se facesse freddo. Stringe il tascapane con il binocolo, c'è solo quello dentro: le informazioni, i battaglioni, il numero dei fucili e dei cannoni, quante munizioni nelle salmerie, i nomi degli ufficiali, quelli li dirà a voce a Embaiè e glieli ripeterà finché non li avrà imparati a memoria, perché fa finta di essere un vecchio scemo, Embaiè, e invece è un poeta, un cantastorie, – Azmarís, – lo soffia tra le labbra, per possederne lo spirito. Ecco, quando la guerra sarà finita non sarà piú né un prete né una spia, Gabrè. Sarà un cantastorie.

C'è dell'acqua sul fondo della barca, e Gabrè solleva le ginocchia al petto per non bagnarsi i piedi. Il coltello gli preme contro il fianco e deve aggiustarselo attraverso la stoffa, se lo toglie anche, lo sfila dal collo, lo impiglia nel cordino di cuoio con la piccola croce di Aksum che porta sul petto, non è un soldato, Gabrè. Lo mette nel tascapane, col binocolo. Lo riprenderà dopo, quando avrà visto Embaiè. Intanto, per distrarsi, appoggia indietro la testa, sul bordo della barca, e cerca di distinguere le stelle, ma non ci riesce perché il cielo è troppo nero. Allora pensa ad Ahmed, ma non basta, pensa a Menelik, negus neghesti. – È arrivato a noi un nemico che rovina il paese, che muta la religione, che ha passato il mare che Iddio ci ha dato come frontiera, – sussurra, e pensa anche a san Giorgio, protettore dell'Etiopia, che marcia sul cavallo assieme all'esercito del negus. – Con l'aiuto di Dio non gli abbandonerò il mio paese, uomo del mio paese! – E cerca anche di vederlo, Ghiorghís, la lancia con la croce sul pomello, il drago allungato sotto gli zoccoli. – Oggi tu che sei forte aiutami secondo la tua forza, – Ghiorghís, Ghiorghís, il volto dal naso dritto e gli occhi grandi, pennellate color ocra sulle guance e attorno al mento, compatte, per dare profondità all'affresco sulla parete della chiesa. – Ma se per negligenza rifiuti di seguirmi, stai in guardia! Tu mi dovrai odiare, perché non mancherò di punirti –. Però non basta, non basta ancora, Gabrè ha paura.

Fràt. Paura.

Chi conosce il nome dello spirito lo possiede.

Ha sentito un rumore, un fruscio, sembrava un sussurro. Gabrè si è alzato di scatto tra le assi umide della barca, ha infilato una mano nel tascapane, troppo in fretta, e fortuna che il coltello ha un fodero di pelle, se no se lo sarebbe piantato fra le dita. Sta pensando che questo non è il luogo adatto per incontrarsi. Perché sí, è buio. E sí, in riva al mare è troppo umido perché qualcuno ci vada a dormire, meglio dentro Ba'azè, appena oltre la strada, fra le case. Ma non è vero che laggiú non c'è mai nessuno, ogni tanto passa una pattuglia, perché anche se quella è la parte piú estrema della rada di Massaua, è sempre porto, sempre banchina, e quello è un errore.

E infatti il rumore che ha sentito era davvero una voce, neanche un sussurro – a Gabrè è parso un sussurro. La voce di un tiliàn, arrochita dallo stare in silenzio, ma una voce, un ordine: – Altolà!

Fràt. Paura.

Gabrè pensa: abbèt, Maryam. Maria, abbi pietà.

In fondo alla strada, illuminati da una lucerna, ci sono due zaptiè e un carabiniere. La lucerna la tiene uno degli zaptiè, la tiene su come un lampione perché è un sudanese alto e grosso, e nella bolla di luce c'è un appuntato dei carabinieri, i riflessi della fiammella a olio che si specchiano lucidi sulla visiera del suo berretto rotondo, sotto la fiamma di stoffa dell'Arma.

Non sono lí per lui. Guardano da un'altra parte, all'altro zaptiè che sta tirando sotto la luce un vecchio dalla barba bianca come la lana di un agnello, che barcolla e ride.

Embaiè, pensa, hanno preso Embaiè.

Gabrè abbassa la testa, gli occhi a filo del bordo della barca, il naso schiacciato contro il legno salato. Non ci pensa neanche a prendere il coltello. Ha paura.

Fràt, lo sussurra col pensiero.

Embaiè barcolla e ride, mentre lo zaptiè lo strattona per tenerlo fermo. Gabrè non sente quello che dice, biascica tra le gengive, e comunque sarebbero parole senza senso, è bravo Embaiè a fare lo scemo.

– Ma vaffanculo, – dice il carabiniere e poi: – Kid, kid! – spazzando l'aria con la mano, e già si è dimenticato di quel vecchio che barcolla via nel buio.

Gabrè si abbassa quando il carabiniere si volta dalla sua parte, si abbassa inutilmente, perché non può vederlo laggiú, cosí lontano dalla luce, e poi ha fatto come il gatto nella cesta, che nasconde gli occhi ma lascia spuntare le orecchie. Ma cosí accucciato non riesce a starci, la tensione gli fa tremare le ginocchia, e allora si alza e scivola fuori dalla barca, leggero, quello lo sa fare, è Budà, l'uomo iena.

– Altolà!

Questa volta è per lui. La voce del tiliàn lo blocca a metà passo come una bastonata tra le spalle. Gabrè non sa cosa fare. Abbèt, Maryam, abbèt, Iesús. Stringe contro il ventre il tascapane che ha a tracolla e intanto preme con la punta del piede dentro la ciabatta. Scappare, girarsi, rimanere fermo. Abbèt, Maryam, abbèt, Iesús. Alle sue spalle qualcuno fa scorrere l'otturatore di un fucile, spingendo il colpo in canna. Gabrè si volta, spostando il tascapane sul sedere.

– Chi sei? Cosa ci fai qui? Come ti chiami?

Glielo ha chiesto in tigrino, il carabiniere, men semka, come ti chiami, per fortuna, se no, forse, teso com'è, gli avrebbe risposto in amarico, che è la sua lingua, la lingua di una spia del negus. Ma lui il tigrino quasi non lo parla, cosí gli risponde in italiano. Capisce poco anche quello, ma gli è venuta un'idea, perché non è un soldato, Gabrè, però era quasi un prete e conosce bene gli uomini.

– Cos'hai detto? Non ho capito.

Il carabiniere fa cenno al sudanese di avvicinare la lucerna a Gabrè. Guarda quell'abissino dal volto chiaro, i lunghi riccioli divisi in due dalla scriminatura, raccolti dal cordino che gli gira attorno alla fronte. Ha detto «pescatore», ma è troppo raffinato per passare la giornata su un sambuco in mezzo al mare. Sarà un mercante.

– Cos'hai detto?

Il carabiniere segue la direzione indicata dal dito di Gabrè e si perde tra le case oltre la strada, che si intravedono nel buio. Si distrae a guardare il cordoncino azzurro che porta al polso e pensa che forse glielo ha regalato la fidanzata, ha detto cosí, gli sembra, *fidansata*, qualcosa del genere, è troppo stanco per cercare di capire, fa troppo caldo anche lí sulla rada, la brezza del mare è caduta e lui ha ricominciato a sudare. O se lo porta via per accertamenti o lascia perdere e va a bersi una birra, tanto il giro di pattuglia è finito.

Gabrè guarda il volto del tiliàn, le guance arrossate, i baffi lucidi di sudore, quegli occhi azzurri che sembrano cosí stanchi, e reprime un sorriso pensando che sí, conosce gli uomini.

– Ma vaffanculo anche te, – dice il carabiniere. Gabrè non lo capisce, ma lo vede girarsi e andarsene via, seguito dal sudanese con la lucerna.

Ma l'altro zaptiè era rimasto lí, a guardarlo. Lo zaptiè col fucile.

Gabrè gli voltò le spalle. Fràt, pensò, abbèt, Maryam e anche Budà, tutto assieme, mentre si allontanava troppo in fretta, e appena arrivò al primo angolo girò tra le case, cercando il primo posto in cui nascondersi. Ma c'era solo un porticato di pietra che correva lungo la banchina, e le colonne erano troppo sottili per coprirlo. Si tolse le ciabatte perché il cuoio non gli schioccasse contro il tallone e camminò a piedi nudi, in fretta e silenzioso, fino all'arco di un portone, schiacciando la nuca contro il legno della porta chiusa. Anche senza sporgersi, però, lo vedeva lo stesso, lo zaptiè, fermo all'inizio del porticato, col fucile in mano, e poi eccolo, doveva aver visto la sua camicia da fantasma.

Gabrè infilò la mano nel tascapane. Uscí dal portone e sorrise, piú che poteva.

Lo zaptiè gli disse qualcosa, in tigrino. Indicava il tascapane con la punta del fucile. Gabrè mostrò le ciabatte che teneva in mano, ma lo zaptiè continuava a scuotere la testa, e intanto allungava una mano verso il tascapane. Cosa dicesse Gabrè non lo sentiva, non sentiva piú niente, guardava quell'uomo magro, con il tarbush schiacciato sul cranio e una barbetta rada come quella di una capra, gli guardava il collo che usciva secco dal camicione, nero e lucido di sudore, e quando lo zaptiè gli afferrò il tascapane lui tirò fuori il coltello e lo colpí proprio lí.

– Ghèddele, – disse Gabrè, a voce alta, se conosci il nome dello spirito, – ghèddele, – ripeté, uccidere, ma non era un soldato, Gabrè, il secondo colpo deviò sul dorso della mano dello zaptiè e il coltello cadde lontano, perdendosi nel buio. Allora lo prese per un braccio, perché lo zaptiè voleva scappare, e se lo tirò contro, cercò di togliergli le mani che si tamponavano la ferita sul collo, piegandogli le dita, ma scivolava sul sangue. Gli passò un braccio sotto il mento e strinse per tenerlo fermo, gli afferrò la faccia, graffiandolo sulle guance, lo schiacciò contro il muro, gli montò sopra, quasi a cavallo, una gamba sul fianco e il piede nudo che premeva sulla coscia per farlo andare giú sulla terra battuta del porticato, e quando ci riuscí lo avvolse come se volesse possederlo, e intanto stringeva con tutte le sue forze, la fronte contro la testa calva dello zaptiè per spingergliela giú e schiacciare quel gorgoglio che gli pulsava impazzito tra le braccia serrate, strozzarlo, soffocarlo, spegnerlo, quel rantolo ringhioso che si gonfiava come per esplodere e sembrava non finire piú.

Quando si accorse che era un pezzo che lo zaptiè non si muoveva e non faceva piú nessun rumore, Gabrè si tirò in piedi, aggrappandosi a una colonna come per arrampicarsi. Appoggiò la faccia all'arenaria, che gli sembrò di ghiaccio contro la sua guancia rovente. Le mani, le braccia, le spalle, tutti i muscoli irrigiditi gli facevano male come per la febbre.

Se conosci il nome dello spirito lo possiedi. Ma Gabrè non riusciva a pensare a niente, nessun nome e nessuno spirito, cosí si stacca dalla colonna, arriva in fondo al porticato e si immerge nel sonno della gente che dorme, passa silenzioso tra gli anghareb, in mezzo alle case, dove nessuno può vedere le sue mani e le sue braccia, il suo volto pallido e la sua camicia, rossi del sangue dello zaptiè.

Trentuno

Belín, pensa il caporale Cicogna, e si pente di non aver preso la pistola. Il kurbash ce l'ha, è infilato nella cintura, e c'è anche Berè davanti al muletto, con la lucerna accesa, ma non si sente sicuro.

Non gli è mai piaciuto andare a Otumlo. Non c'è niente a Otumlo, solo polvere, cespugli di tamerici ruvidi come filo spinato e morti di fame. Nuvole di mosche ronzanti. Aria pesante e puzzo di carogna sia di giorno che di notte. Ci sono anche le iene, a Otumlo, e quando la luna non c'è arrivano a sghignazzare anche tra i tukúl, che qui sono soltanto capanne di paglia annerita dal sole, ammassate l'una sull'altra come per sostenersi. Tranne quelle del Greco.

Belín, pensa il caporale, e intanto si sfila il frustino dalla cintura e lo fa sibilare un paio di volte perché ha visto due ombre, due uomini magri come scheletri, uscire da dietro un cespuglio tra la polvere e fermarsi a guardarlo. Si pente di aver lasciato in caserma la pistola, e si pente di aver preso invece il muletto, perché anche se non può vedergli lo sguardo, infossato nelle orbite nere degli occhi, sa che è proprio quello che stanno fissando. Poteva venirci anche a piedi, ma non aveva voglia di farsi tutta la diga di Taulud, poi un pezzo della baia e alla fine la polvere della piana, e comunque non è sicuro che anche senza mulo non sarebbero usciti lo stesso dal cespuglio a fissare lui. I morti di fame, a Otumlo, è proprio di fame che muoiono.

Fa sibilare il kurbash un'altra volta, e i due uomini spariscono quasi senza muoversi, come fantasmi. Berè urla, agitando la lucerna, e un gruppo di bambini nudi scappa lontano, si ferma a guardare e poi scappa ancora piú in là quando Berè accenna a corrergli dietro. Belín, pensa il caporale, e si aggiusta sul muletto. C'è una mosca che lo sta tormentando, e a momenti si tira una frustata da solo per scacciarsela dalla faccia. A Otumlo ci sono solo mosche, bambini dalle pance gonfie, puttane da poco, sfollati dalla città, braccianti coatti per il lavoro del serbatoio, e iene. Tutti morti di fame. Tranne il Greco.

Berè si ferma ad alzare la fiamma della lucerna. Lo fa per il caporale, perché se fosse per lui camminerebbe anche al buio, come ha sempre fatto. Intanto perché è come i gatti, di notte ci vede come di giorno, e poi perché c'è nato, a Otumlo, e un po' ci ha vissuto, e ci sarebbe anche morto presto se un giorno non fosse arrivato quel tiliàn magro e curvo e con il naso come un becco. E pensare che gli aveva fregato il berretto. E quello aveva detto: – Belín, fregare ai ladri, – e poi invece di ammazzarlo a kurbashate se l'era portato in città.

È una notte senza luna. È una notte da iene, e il caporale ha paura. Stringe il frustino perché le sue dita sudate scivolano sulla pelle di ippopotamo. La mosca gli cammina sulla fronte, vola via appena lui scuote la testa ma torna. Poi Berè tira il mulo tenendolo per il basto e lo dirige verso una luce che filtra fra le sagome scure di un gruppo di capanne che sembra galleggiare sulla polvere nera della piana. Il caporale sospira e pensa: belín. Ma lo fa con sollievo, perché quelli sono i tukúl del Greco.

Il Greco lo aspettava sulla soglia. A torso nudo, con addosso un paio di calzoni larghi alla turca e in testa un piccolo fez rosso schiacciato da una parte, sorrideva, le braccia aperte come se aspettasse di abbracciarlo. Il caporale guardò con disgusto le goccioline di sudore che gli brillavano tra i peli bianchi del petto, e il Greco dovette accorgersene, perché non lo abbracciò, gli afferrò una mano con le sue e gliela strinse, senza cambiare sorriso.

– Kalò itharte, selà, benvenuto. Entra, amico mio, e fatti togliere la polvere della strada. Hai visto com'è diventata bella la mia casa?

Cicogna entrò e lasciò che una ragazzina magrissima e nuda gli spazzolasse il fondo dei calzoni con le mani, ma l'allontanò con un piede quando cercò di slacciargli le scarpe. Pensò che sí, infatti quello non era piú il tukúl di paglia in cui era stato l'anno prima, ma un edmò con le pareti di fango pressato e anche il tetto di legno. Voleva sedersi su uno scalino che sporgeva dal muro, coperto da una pelle di capra, ma il Greco si era già accucciato su un tappeto al centro della stanza, davanti a un cuscino. Continuava a sorridere, e solo quando il caporale si fu sistemato, le gambe lunghe piegate prima da una parte poi dall'altra, smise di colpo, assumendo un'espressione lugubre.

– Le cose non vanno bene, amico mio, – disse.

Alé, ci siamo, pensò Cicogna.

– Con la guerra non si fanno affari. Tutti i soldati, tutti gli ufficiali al fronte, tutti quelli che venivano qui da me non vengono piú. Arrivano solo i negri che cacciate fuori dalla città, tutti morti di fame.

Cicogna cambiò di nuovo posizione alle gambe e sospirò.

– Vuoi parlare di politica o vuoi parlare di affari?

– In un altro momento potrei favorirti, amico mio, ma ora... le cose non vanno bene, non vanno bene...

Il Greco si prese la testa tra le mani e la scosse come se volesse staccarsela. Cicogna aspettò. C'era una mosca, ce n'erano tante, ma ce n'era una in particolare che sembrava avercela proprio con lui. Forse era la stessa di prima. La scacciò con una manata.

Intanto la ragazzina era tornata. È sempre nuda, a parte uno straccio arrotolato attorno alla testa. Ha sottobraccio una latta di pelati tagliata a metà e tiene in mano un involto di iuta. Agganciata a un dito per l'anello che fa da manico ha una brocca di coccio nero. Cicogna sospirò perché la conosceva quella brocca panciuta dal collo lungo: era una jemenà, una caffettiera. Stava per cominciare il rito del caffè. La trattativa minacciava di essere molto lunga.

– Senti, Greco, – disse, – io non ci voglio stare tutta la notte. Spara la cifra e ci mettiamo d'accordo.

– Cento lire.

– Cosa? – Sí, sarebbe stata una trattativa lunga. – Tu sei matto –. Accennò ad alzarsi, ma sapeva che non l'avrebbe fatto. Il Greco gli mise una mano sul ginocchio.

– Amico mio, amico mio...

– L'ultima volta che sono venuto stavi in un tukúl con le iene alla porta. Adesso vivi in una casa vera e con le iene ci stanno i ragazzini che battono per te.

– Amico mio, amico mio... hai visto fuori? Tutti morti di fame. Sí, io vivo qui, – allargò le braccia in un gesto circolare, – e qui mi chiamano ailú, il sindaco, – gli sfuggí un sorriso compiaciuto, ma solo per un attimo, – sí, ma sindaco di cosa? Lo sai come lo chiamano, questo posto?

Certo che lo sapeva. Da quando lo aveva detto un muratore di Torino la chiamavano tutti cosí la piana di Otumlo. Meschinopoli.

– E sai chi ci vive a Meschinopoli? Tutti meschín, tutti morti di fame, anche ailú, il sindaco.

La ragazzina sceglie i chicchi di caffè dall'involto di iuta e li getta dentro la latta di pelati. Intanto ha acceso il fornellino e ci mette sopra la latta. Quando i chicchi cominciano a tostarsi, si toglie lo straccio dalla testa e con quello prende la latta. Si avvicina, e con la mano spinge il fumo amaro di caffè verso il caporale, che allontana la testa. Il Greco invece se lo getta contro con i palmi aperti, aspirandolo a fondo. Poi fa un cenno alla ragazza, che torna al fornellino e con un pestello schiaccia i semi dentro la latta, versando la polvere dentro il beccuccio della jemenà che ha messo a bollire sul fuoco. Canta piano, la ragazzina, mugolando a bocca chiusa, assorta. Sembra una ninna nanna.

Cicogna guardò il Greco, che aveva ricominciato a sorridere. La storia degli affari che vanno male ormai era finita. Adesso iniziava la trattativa vera.

– Dieci lire.
– Amico mio, amico mio...
– Dieci lire.
– Abbiamo fatto tanti affari assieme...
– Appunto. Pensa un po' se i carabinieri venissero a sapere cosa vendi.

Il sorriso del Greco si offuscò, appena appena, ma restò fermo sulle labbra, solo un po' piú stretto.

– Pensa un po' se venissero a sapere cosa compri, amico mio, – disse. – E poi sono finiti i tempi delle livragazioni. Ora anche gli italiani stanno alle regole.

Sí, Cicogna sapeva anche questo. Non c'era piú il tenente Livraghi a far sparire nel deserto spie del negus, ribelli e concorrenti in affari. E del resto, non era mica sicuro che non ci sarebbe finito anche lui sotto la sabbia, se ci fosse stato ancora Livraghi. Cercò di ignorare la mosca, di lasciarsela camminare sulla faccia come faceva il Greco, ma quando gli si infilò nel naso scosse la testa come un mulo, soffiando fuori tutta l'aria come per uno starnuto.

– Cinquanta lire, proprio perché sei l'amico mio.

Il caffè gorgoglia nella jemenà. La ragazzina toglie il tappo di crine che chiude il beccuccio e ne versa un po' nella latta. Lo fa girare sul fondo, per controllarne la densità, poi aggiunge un po' d'acqua da una borraccia militare e rimette la jemenà sul fuoco. Mugola, piano piano, tra sé, assorta.

– Venti lire.
– Cinquanta.
– Cinquanta lire sono troppe per un maialino da latte.
– Ma tu non vuoi un maialino, amico mio, tu vuoi un capretto, io l'ho capito.

Il Greco scatta, e battendo assieme le mani schiaccia la mosca, che cade sul tappeto, dove resta a vibrare finché non si ferma. Il caporale solleva le gambe. Le tira verso di sé e le ginocchia ossute gli superano le spalle. Appoggia il petto sulle gambe, il collo piegato in avanti, e adesso piú che una cicogna sembra un avvoltoio.

– Va bene, – dice, – cinquanta –. E intanto pensa: venti di cresta. E al maggiore dirà settanta.

Il caffè è pronto. La ragazzina lo toglie dal fuoco, lascia il tappo di crine a fare da filtro e lo versa dentro due tazzine con lo stemma dell'esercito regio. Una è sbeccata sul bordo e la dà al caporale, ma il Greco scuote la testa e la prende lui. Cicogna prende la sua, tenendola con la punta delle dita perché scotta. Soffia, poi beve un sorso di caffè, con una smorfia. Non gli è mai piaciuto, il bun. Aspetta che si raffreddi un altro po' e si sforza di finirlo in un sorso. Ma è inutile, perché ha visto che la ragazzina ha aggiunto altra acqua e ha rimesso la jemenà sul fuoco. Il rito del caffè. Belín, pensa.

– Dove vuoi che te lo faccia portare?
– Non importa, lo prendo io sul muletto.
– Ma io posso fartelo portare dove vuoi, amico mio. Tu mi dici dove, e vengo io personalmente.
– Lo prendo io sul muletto.

Il Greco fa un cenno alla ragazzina, che si alza ed esce dalla stanza. Prima però si fa dare la caffettiera e versa altre due tazze. Cicogna chiude gli occhi, con un sospiro. Gli fa male la schiena e ha ancora in bocca il sapore amaro del caffè. Il secondo è sempre meno forte, ma il cuore comincia a battergli lo stesso. Tira fuori dalla tasca della giubba il rotolo di banconote che gli ha dato il maggiore. Ne conta cinquanta e lo tiene in mano, lontano dal Greco.

– Prima fammi vedere cos'ho comprato.

– Va bene, – dice il Greco. Si allunga verso la borraccia e versa dell'altra acqua nella jemenà.

– No, basta bun. Voglio andarmene.

– No, amico mio, no... il terzo giro è berekèt, quello della fortuna, ci vuole...

Cicogna si inginocchia sul tappeto e prende la jemenà dalle mani del Greco. Si versa il resto del caffè nella tazza e lo beve cosí, freddo, annacquato e polveroso, mentre il Greco scuote la testa e dice: – No, no, amico mio, cosí porta male, porta male.

– Adesso fammi vedere cos'ho comprato.

Il Greco sospira, senza sorridere piú. Batte assieme le mani e chiama: – Maryam!

La ragazzina torna. Tiene un bambino per la mano, un bambino molto piccolo, dalla pancia rotonda come un melone. Anche le guance sono rotonde, e nonostante la polvere e il moccio che gli incrosta la faccia, si vede lo stesso che è un bel bambino. Ha una macchia piú chiara sul polpaccio, ma è solo una voglia, e non dà fastidio.

– Quelli magri magri, morti di fame, li trovi dove vuoi e non li paghi niente, – dice il Greco. – Un bambino cosí bello per cinquanta lire è regalato, amico mio, regalato.

Il Greco prende il bambino in braccio, gli fa il solletico

sotto il mento e il bambino ride. Non deve avere piú di due anni.

Il caporale consegna le banconote al Greco, che le bacia e le infila nei pantaloni. Poi mette il bambino in braccio a Cicogna, che lo prende per le ascelle, per tenerselo lontano.

Il bambino guarda il caporale e sorride.

Dov'è Aicha

Quando si muove cosí, Aicha non ha parole, non ha neppure pensieri, solo sensazioni.

Quando si muove cosí, silenziosa nella notte, Aicha è un animale, è una iena, un gatto nero, che filtra il mondo attorno soltanto con i sensi e ai sensi lo restituisce perché il corpo reagisca come deve.

Sotto i palmi delle mani, il legno ruvido della veranda, le assi d'acacia sotto le ginocchia, le orecchie tese a sentire il rumore del suo peso sul tavolato, i muscoli della schiena, delle natiche e delle anche che guizzano trattenuti sotto la pelle perché il passo sia piú leggero, piú morbido, come quello di un gatto, appunto, un gatto nero. Guarda davanti a sé, Aicha, gli occhi che raccolgono tutti i riflessi del buio, le narici inarcate a sentire quello che non si vede, anche le labbra aperte per assaporare sui denti il sapore di lei, l'odore di quell'altra che viene da dietro la grata della persiana chiusa.

Veloce e silenziosa come il raggio nero di una luna che non c'è, Aicha percorre la veranda e si ferma davanti alla finestra della camera di Cristina. Si accuccia sui talloni e passa la punta di un coltellino tra le ante, sollevando il chiavistello.

Quell'altra non c'è, lo sa, l'ha vista uscire molto prima, cauta e nascosta come lei, ma è come se ci fosse lo stesso, Aicha la sente, è tra le pieghe dei vestiti che tocca nell'armadio, sulle lenzuola del letto in cui affonda le narici aperte, nella spazzola davanti allo specchio della toilette.

Aicha si guarda, un'ombra nel buio, ma si vede lo stesso, e sempre di piú a mano a mano che i suoi occhi si abituano all'oscurità della stanza. Il sudore che le luccica sulla pelle, il bianco delle unghie quando si tocca il ventre riflesso nello specchio, è nuda, Aicha, non ha neanche lo straccio che le ha dato Vittorio, solo un cordino attorno al collo, con un sacchetto di iuta che le pende tra i seni.

Sul comodino ci sono un bicchiere di vetro e una caraffa d'acqua. Aicha la assaggia, è calda e polverosa, cattiva anche per lei. Ma non importa, non è l'acqua che le interessa. È il vetro.

Di nuovo si accuccia sui talloni, il bicchiere e la caraffa sul pavimento, sopra la stuoia di canna accanto al letto, come una tovaglia. Scioglie il cordino che lega il sacchetto e lo apre sul palmo della mano. Dentro c'è una pallina di pasta bianca, sembra mollica. Aicha la schiaccia tra i polpastrelli, preme col pollice fino a farne un disco. Ci versa sopra l'acqua della caraffa, poca, appena per scioglierla, poi ci sputa anche, perché vuole che sia qualcosa di suo. Nel palmo adesso ha una schiuma densa come la bava di una lumaca, ci intinge dentro le dita e la spalma sul bordo della caraffa, ne dipinge il becco di vetro, accarezzandolo con i polpastrelli. Fa lo stesso con il bicchiere, fuori, sul bordo, dove si appoggiano le labbra, e dentro, come se lo lavasse con la sabbia.

Nella stanza è buio, neanche la luna quella notte, ma Aicha non si arrischia ad accendere la candela, potrebbe vederla qualcuno, e la luce elettrica non sa neanche cos'è. Gira il bicchiere davanti agli occhi e i riflessi che percepisce le sembrano quelli di prima, lo avvicina al naso e l'odore che sente è quello di prima, vetro caldo e acqua vecchia nella caraffa. Allora rimette tutto a posto, torna sulla veranda e richiude la finestra, abbassando il chiavistello con la punta del coltellino.

Adesso è di nuovo sensazioni, niente parole, niente pensieri, neanche ricordi, come se quello che ha appena fatto, la pasta bianca, il bicchiere, la caraffa, non l'avesse fatto mai. Soltanto i muscoli che si tendono sotto la pelle per non fare rumore mentre si muove nella veranda, lenta e sinuosa, spingendosi avanti con le spalle nude.

Solo una volta pensa. Quando sente il sudore che le scivola sulle tempie e scende fastidioso all'angolo della bocca, e sta per asciugarlo con la mano ma si ricorda della pasta bianca che le brilla tra le dita come bava di lumaca, e allora pensa: tone, che significa no, lo sussurra tra le labbra mute, e forse è la prima volta che la dice, quella parola.

Arre, l'altra: lei deve morire. Gitè-bò.

Un attimo dopo non pensa piú a niente.

Quando si muove cosí, Aicha non ha parole, non ha pensieri, solo sensazioni, come una iena o un gatto nero.

Trentadue

Sarò avventato, ma non sono mica scemo, io là dentro non mi ci infilo, pensa Amara. Alza un braccio, agitando una mano come se volesse salutare qualcuno. La compagnia si ferma alle sue spalle, e anche il caporale di Faenza, che camminava un po' piú avanti, l'avanguardia dell'avanguardia, Dio bono, sente il fischio del sergente e si ferma.

La strada scende, e di parecchio, si stende dritta tra cespugli ruvidi e spiagge di ciottoli color grigio ferro, ma poi si infila tra due pareti di roccia che strozzano la valle in un canyon angusto, che si allarga subito e subito si schiaccia in un'altra gola. Poi continua, la strada, la si vede biancheggiare polverosa tra i costoni, sparire nelle zone d'ombra, dove la gola sembra cosí stretta che non ci passa neanche il sole, e poi riapparire piú avanti, verso un'amba dalla cima quadrata, dietro due torri di roccia appuntite come le guglie di una cattedrale gotica.

Basterebbero una decina di uomini armati di fucile appostati piú in alto, tra le rocce, e loro sarebbero tutti morti, colpiti uno dopo l'altro mentre passano la gola, e poi anche tutto il resto del battaglione.

Il battaglione.

Amara si tolse il berretto e si passò una mano tra i capelli corti, cosí calcinati da tutto il sole preso in Dancalia da sembrare bianchi.

Il battaglione.
No, non era per prudenza che non si infilava in quella strettoia. Lo avrebbe fatto, di corsa magari, e con la baionetta in canna, anche se sui ciglioni di roccia ci fosse stato tutto l'esercito del negus. Non era per quello che adesso si arricciava la punta di un baffo, riflessivo come non era mai stato prima, così pensoso che il sergente si avvicinò, accarezzando il petto del cavallo per farlo stare fermo, e glielo disse, gli sussurrò: – Ci siamo persi, tenente?
Ci siamo persi?
Non aveva neanche uno schizzo su un pezzo di carta, solo i punti di riferimento detti a voce da un capitano del vettovagliamento che faceva sempre avanti e indietro, e da un centoundici che giurava di conoscere bene la zona. Certo, c'era la strada tracciata dagli zappatori, scavata dagli ascari e battuta in quei giorni dai battaglioni che andavano al fronte, con i soldati, i cannoni e anche le salmerie, ma lui l'aveva abbandonata tutte le volte che gli sembrava di vedere una scorciatoia, e poi ripresa, più o meno, sempre, forse.
Ci siamo persi?
No, se quella era la gola di Guna Guna e avevano il battaglione dietro.
Ma se non è così?
Per la prima volta in vita sua il tenente di cavalleria Vincenzo Amara si sente incerto. Se fino a quel momento qualcuno gli avesse chiesto qual era la prima qualità di un giovane ufficiale, lui avrebbe detto l'impeto, o anche l'ardimento, ma erano la stessa cosa. Non di un ufficiale anziano come Branciamore, o Montesanto, o Flaminio, di uno come lui: ventiquattro anni e pochissimo tempo ancora per diventare un giovane eroe, ed era curioso come nel suo personale mondo i giovani avessero un futuro brevissimo prima di diventare vecchi e avere invece tutta la vita davanti.

Adesso, però, non aveva il tempo per rifletterci sopra, e non lo avrebbe fatto comunque, perché non era il tipo.

Ci siamo persi?

– Perché è un pezzo che non incontriamo piú nulla, signor tenente... prima almeno qualche carcassa di mulo, un bischero che si era alleggerito il tascapane... adesso invece niente, soltanto sassi.

Lo aveva detto piano, il sergente, una mano sullo stivale di Amara infilato nella staffa, per tenersi vicino il cavallo che tendeva a scartare. Non voleva che sentissero gli altri.

Amara scosse la testa, e da come sorrise, rapido, socchiudendo gli occhi, il sergente capí che sí, si erano persi. Scese da cavallo. Si asciugò le mani sui calzoni, poi si avvicinò all'imbocco della gola. Appoggiò un piede a una roccia e si accese un sigaro sottile, nonostante le labbra secche di polvere. Soffiò il fumo verso il canyon, come se volesse sfidarlo.

– Ci accampiamo qui, – disse, – è una pietraia ma là sotto c'è ombra –. Indica una nicchia scavata nella roccia, quasi una grotta. – Mandiamo una squadra in avanscoperta, giú, fino in fondo alla gola... Quanti saranno, un paio di chilometri? Tre?

Piú o meno, fa il sergente, con la faccia.

– E poi... non avevamo un osservatore?

No, pensa il sergente, d'istinto, poi invece si ricorda e annuisce. – Sí, sí... ce l'abbiamo... è quello là, quello che non si capisce niente quando parla...

Rinunciò a farsi venire in mente il nome e andò a cercarlo tra le file della compagnia, che era ancora incolonnata in formazione di marcia, a sudare sotto il sole.

– Vai, tutti all'ombra, ci s'accampa qui... te vieni con me. Ce l'hai ancora il binocolo? Se l'hai buttato via t'ammazzo.

Il soldato Sciortino non l'aveva buttato via il suo Zeiss

Feldstecher 8x20. Ce l'aveva nel tascapane, la cinghia ancora arrotolata con cura attorno alla rotella centrale, i tappi di cuoio a proteggere le ottiche, lucido e nero, con le scanalature d'ottone lungo le impugnature zigrinate. Lo tirò fuori e lo mostrò al sergente, e anche al tenente, che per un attimo ebbe la tentazione di prendersela lui, quella meraviglia della tecnologia militare tedesca, arrampicarsi in cima a un'amba e cercarsi il battaglione, fosse pure per tutta l'Abissinia.

– Che si trovi un buon posto, in alto, all'inizio della gola, – disse il tenente. – Terrà i contatti con la squadra, a vista, e ci segnalerà quello che succede.

– Hai capito, fava? – gridò il sergente. – Noi si va avanti e ti si segnala quello che si vede, e tu lo segnali al tenente. Ce l'hai uno specchio?

Sciortino annuí, ma il sergente non era sicuro che avesse capito, cosí si fece aprire il tascapane e vide che lo specchio non l'aveva. Gliene procurò uno, un pezzo di latta tagliato da una borraccia con la baionetta, e gli fece vedere come si usava schizzandogli un raggio di sole dritto negli occhi.

– Lo conosci il morse? – chiese il tenente, e Sciortino annuí.

– Signor tenente, questo qua è già tanto se conosce l'italiano. Dia retta a me, mandiamo su qualcun altro.

– Se l'hanno fatto osservatore un motivo ci sarà. Avrà la vista buona... Hai la vista buona, soldato?

Sciortino annuí, e il sergente si strinse nelle spalle. Scelse la sua squadra, poi disse: – Andiamo, – e si mosse verso la gola, ma poi si fermò e tornò a prendere Sciortino, che era rimasto fermo lí, il binocolo in una mano e il pezzo di latta nell'altra.

Amara andò a sedersi su un sasso, davanti alla grotta, si sfilò la fascia azzurra da comandante che teneva a tracolla e si slacciò la giubba. Anche i peli che aveva sul petto magro erano cosí biondi da sembrare bianchi. Tirò fuori un altro sigaro ma non lo accese, lo tenne tra i denti, a mordicchiarne il fondo, nervoso.

Ci siamo persi?

Ci siamo persi?

Intanto il sergente si addentra nella gola con la sua squadra. C'è il caporale di Faenza, che tanto stava davanti anche da prima, Dio bono. C'è Pasolini, perché dove vado io vieni anche tu, testa di cazzo, e ti voglio tener d'occhio, sovversivo dei miei coglioni – stronzo, pensa Pasolini. E c'è un veneto che è bravo col fucile. Di piú, per farsi sparare sulla testa, nel caso, non c'è bisogno.

All'inizio camminano due per parte, contro il costone di roccia, Sciortino in mezzo, finché il sergente non gli fa un fischio. Hanno il colpo in canna e il Vetterli puntato sul ciglio opposto, il sergente ha detto di sparare immediatamente appena vedono qualcosa, qualunque cosa, anche solo un luccichio, ma non vedono nulla. Quando la gola si stringe non c'è piú modo di stare divisi, e il sergente pensa che non serve neanche il fucile, basta un pietrone, un bel masso grosso e li spiaccica tutti quanti. C'è una spaccatura nella roccia, un sentiero da capre che sale. Il sergente lo indica a Sciortino e lui annuisce, e questa volta si muove senza farselo dire una seconda volta, si infila nella spaccatura e va su.

In realtà non è che non capisse, Sciortino: non capiva tutto, e per il resto aveva imparato che ad annuire sempre, e poi a fare quello che facevano gli altri, piú o meno ci prendeva. E quando non ci prendeva, se ne stava fermo ad aspettare che passasse il cazziatone, e tutto finiva lí.

Chiúde la vòcche e strígne li dinde, mànne abbàlle lu medicamènde, chiudi la bocca e stringi i denti, e manda giú la medicina.

Capiva le cose da contadino, capiva le cose da pastore, capiva le cose da montanaro anche – lui pensava *cuntadine, pasture, muntanare* – ma le cose da soldato, *li cazz' da suldate*, quelle no. Se gli dicevano prendi il fucile, scava una buca, gira a sinistra, lo capiva e lo faceva, ma se dicevano Vetterli, trincea di contenimento o sinistra-marsch, allora no, e doveva aspettare gli altri, per vedere cosa facevano. Parlare era un'altra cosa. A quello aveva rinunciato da un pezzo.

Cosí, quando vide il sentiero che si infilava su per il costone, piú o meno come quello che c'era da lui a Sant'Elia per andare a pasculà li pécure agli alpeggi delle vacche, cominciò a scarpinare, piegato in avanti, il fucile per la canna, come un bastone, e dopo un po', quando il sentiero sparí tra i sassi, prese ad arrampicarsi, a volte con le mani a terra e la schiena curva, come i gatti – *gne na hatte*, pensava. L'ultimo pezzo prima di una roggia che si affacciava sulla valle come un terrazzo lo fece col fucile a tracolla, aggrappato ai massi, attento a non scivolare per non finire di sotto.

Sulla roggia c'era un cespuglio che spuntava da una crepa e faceva una bella ombra scura. Sciortino si tolse il casco e si sfilò il fucile, si tolse anche la giubba, le spalle magre che sporgevano bianche tra le bretelle della canottiera. Guardò di sotto, riparandosi gli occhi dal sole con la mano aperta, il sergente e gli altri che sparivano oltre la strettoia della gola da una parte, il tenente e il resto della compagnia fermi dall'altra. Il binocolo lo lasciò nel tascapane, perché non sapeva neanche cosa fosse.

Sotto il cespuglio c'era ombra, ma non tirava aria, e poi gli sembrava che il costone salisse ancora e si potesse andare piú in su, anche se a convincerlo veramente fu una famiglia di scimmie dai basettoni bianchi che stavano appollaiate su una roccia vicina. Una aveva un piccolo aggrappato al petto, e quando vide Sciortino spalancò le fauci in un urlo muto, le narici dilatate e i denti sguainati come sciabole. Allora lui si rimise il casco, si infilò fucile, mantellina e tascapane, la giubba se la allacciò attorno alla vita, e ricominciò ad arrampicarsi.

E infatti in cima al ciglione c'era una spianata, e anche se la gola non si vedeva piú, l'aria sembrava piú fresca, e c'era anche un albero, un'acacia *tutte storte*, pensava lui, appoggiata a un masso, come se volesse tenersi su.

La donna non si è accorta che lui la sta guardando, altrimenti scapperebbe, anche se a Sciortino non passa neppure per la mente de fa' paure a qualcuno. Si è affacciato dal masso perché l'ha sentita cantare. Una vocina sottile, tutta di testa, che però si spegne subito in gola, soffiata come una ninna nanna. All'inizio credeva che fosse il verso di un animale, c'era un falco che planava nel cielo, ma poi, cosí modulata e continua, era una voce, la voce di una donna che cantava a un bambino.

C'è – avvolto in un telo sporco che la donna si è aperto sulla schiena, annodato sotto il petto nudo, e che avvolge come un bozzolo – un piccolo bambino nero e irsuto proprio come una scimmietta, i pugni stretti e la bocca socchiusa tra le spalle della donna, addormentato.

Ma lei non stava cantando per lui. Inginocchiata sulla terra, versava acqua da un coccio su qualcosa che Sciortino non riusciva a vedere, *na piandine*, una piantina, sembrava. Non era vecchia ma non era neanche giovane, non si riusciva mai a capire, da un certo punto in poi, con le donne di là. Scura – *scure*, pensa Sciortino – piú che nera, dello stesso colore del telo che si teneva legato attorno, e che era anche l'unica cosa che indossava. Sicche sicche, i muscoli lunghi che le disegnavano la pelle, i piedi scalzi, larghi, imbiancati di polvere, come le mani. Aveva una nuvola di capelli terrosi e crespi, che le avvolgeva la testa *gne nu sciame d'ap'*, pensa Sciortino, come uno sciame d'api.

Mentre finiva di versare l'acqua, la sua canzone divenne un suono mugolato in gola, senza le parole. Sciortino non le avrebbe distinte comunque, ma capiva bene che quel miagolio era soltanto musica. Poi la donna allunga una mano, come per accarezzare la piantina, ma non la tocca.

Quando la vide sparire oltre il suo angolo visuale, Sciortino tornò a prendere il fucile che aveva lasciato accanto all'acacia. Fece scorrere l'otturatore, mettendo il colpo in canna, e si affacciò di nuovo oltre lo spigolo del masso. Piú in fondo c'era un *tukúl* di paglia, piccolo, e anche un po' storto, e la donna doveva esserci entrata, perché non si vedeva piú.

Sciortino esitò. Non era di lei che aveva paura, e non le avrebbe mai fatto neanche del male, p' carità, ma se ci fosse stato un uomo. Se ci fosse stato un *omme* armato.

Uscí da dietro il masso, col fucile imbracciato, appoggiato al fianco, puntato sulla casa. Fece un passo di lato, per guardare meglio, e vide che non era soltanto una capanna, era una specie di veranda di paglia che si appoggiava a un corpo di rami di legno, piú solido e squadrato, come una stalla – *na stalle*, pensò Sciortino con quella *s* che diventava *sh* e la *a* allungata, perché a volte quasi balbettava anche col pensiero –, e davvero gli ricordava gli alpeggi del suo paese, ce n'era uno quasi uguale in fondo alla ferrata che portava su alla Maiella. Sentí anche belare, ma era una capra, mentre le sue erano *pécure*.

Però non è la casa che lo interessa. Sí, la tiene d'occhio e ci punta anche contro il fucile, ma lo incuriosisce quella piantina che la donna annaffiava con tanta cura, *nghe tutte lu core*, come se fosse *nu bardasce*, un bambino. Per questo ci si avvicina, camminando di lato, e quando ci arriva abbassa il fucile e si dimentica della casa.

È una piantina di fava. Sciortino la riconosce subito dal bocciolo che sta tra le foglie, che col sole che c'è dovrebbe già essere un fiorellino bianco e invece è piccolo e vizzo come il pistolino di un bambino – *gne la celle de nu bardasce*, pensò. È perché sta nel posto sbagliato, la piantina, perché la terra è troppo sicche e l'acqua se la beve subito, e infatti la tocca con la punta di un dito, dovrebbe essere ancora bagnata e invece è già polvere. Ma quando si guarda attorno vede che un posto giusto non c'è, in quella spianata brulla, è tutta troppo asciutta, la terra, e quella piantina cosí debole, anche se la annaffi, non fa in tempo ad attecchire da nessuna parte, prime che s'armore de sete.

Poi, però, gli viene un'idea.

Nascosta nel buio della sua capanna, la donna guardava quel tiliàn magrolino e storto vicino alla sua piantina di abalönguà. Non portava la giubba, ma era sempre un soldato, un ferengi col fucile, che adesso aveva tirato fuori anche la baionetta. La donna se ne stava accucciata a terra davanti alla porta, e in mano stringeva un falcetto dalla lama larga e il manico rotto, ma chebid, pesante, e avrebbe voluto colpirlo con quello, sgozzarlo – arredè, pensò, raschiando con le *r* sul fondo della gola, ed era un ringhio e non un miagolio – quando vide il tiliàn chinarsi sulla piantina con la baionetta e scavarla fuori dalla terra, ma aveva quell'hissan stretto sulla schiena, che dorme ancora, e restò dentro, acquattata nel buio, a stringere il manico rotto cosí forte da piantarsi le schegge nella mano.

Sciortino aveva messo da parte il fucile e stava scalzando con cura la terra attorno alla piantina, con la punta della baionetta, spaccandola in zolle che piú che zolle erano sassi. Ne sbriciola anche qualcuna tra le dita e scuote la testa lasciandosi scorrere sui polpastrelli quella polvere asciutta come sabbia. Prende il casco, e con la baionetta ne taglia via la fodera, lasciando scoperto soltanto il rivestimento di foglie pressate, e ne allarga anche i buchi delle prese d'aria, sui lati. Poi fa una buca lí vicino, usando la baionetta come una zappa – *na zappe*, pensa Sciortino. Una fossa abbastanza grande da poterci infilare dentro il casco, giú, fino al bordo. Lo riempie di terra e ci mette la piantina, sollevandola tra le mani aperte, piano, chiane chiane, le dita infilate tra le radici come nei capelli di una bella donna.

La donna lo guarda, la mano stretta attorno al falcetto. Ayeterede-anem, pensa: non capisco.

Sciortino si alzò in piedi, annuendo forte, le mani sui fianchi della canottiera. Prese la borraccia e ne versò metà sulla terra attorno alla piantina, circoscritta dall'ovale del bordo del casco interrato, poi si strinse nelle spalle e ne versò ancora, tanto, a quanto aveva capito, da quelle parti l'acqua c'era. Ne bevve anche un sorso, una lunga boccata che tenne fra le guance e spruzzò sulle foglie della piantina, soffiandola fuori dalle labbra socchiuse in una nuvola di goccioline.

Freghete cumpà, p' la Maiella, pensò soddisfatto. Raccolse le sue cose e tornò dietro il masso.

Se anche sentirà belare la capra, ancora, nella stalla, non si sporgerà a guardare. Se ne starà seduto sotto la sua acacia tutta storta (*tutte storte*), dalla sua parte del sasso, e penserà a quella donna, sí (*chilla femmene*, nella sua testa), e anche al suo seno nudo (*le sise*, per lui, *le sise nude*), ma non ci andrà. Ci sono confini, in montagna, che nascono da soli e non si possono attraversare senza essere invitati, p' carità. Mangerà le sue razioni da viaggio con la punta pulita della baionetta, berrà il resto della sua acqua, e col buio si coprirà le spalle con la mantellina. Solo per un momento, nella notte senza luna, penserà che è un soldato, e che qualcuno, un uomo, il marito (*lu marite*) di quella donna, o lei stessa, potrebbe tagliargli la gola nel sonno, e allora prenderà il fucile da tenere sotto la mantellina, come nelle cartoline: «La guardia veglia ma non dorme».

Solo per un momento, perché poi se ne dimentica e si addormenterà.

Non è nu suldate, Sciortino, è nu cuntadine.

Trentatre

Nella stanza c'è un bambino.
È un bambino molto piccolo, è nudo, sta seduto per terra e gioca con l'ombra che il graticcio della finestra proietta sul pavimento. Tocca i quadretti piú scuri con il palmo delle mani come se volesse prenderli, e ride quando non ci riesce. Piegato in avanti, le gambe aperte come quelle di un bambolotto, dice qualcosa, la squittisce, la miagola, la ripete come un verso che vorrebbe essere una parola ma ancora non lo è. Ha mangiato, è pulito, e non sta sotto il sole. È tranquillo.
Nella stanza c'è anche un uomo.
È fermo in un angolo.
È nudo e ha una baionetta in mano.
Guarda il bambino.
Il bambino si allunga sul pavimento, tra le gambe aperte, e batte col palmo di una mano sull'ombra, ripetendo quel verso ma piú forte. Si è stancato. Accanto al muro c'è una fila di formiche. Il bambino la vede, e velocissimo, sulle mani e sulle ginocchia, va a sedersi lí. Cerca di prendere le formiche con le dita ma sono troppo piccole, sia le formiche che le dita, e non ci riesce. Si arrabbia.
Nella stanza c'è uno sgabello.
L'uomo lo prende, lo mette vicino al bambino e ci si siede sopra.
Il bambino guarda l'uomo e sorride perché si è seduto pro-

prio in mezzo all'ombra del graticcio e adesso i quadretti scuri sono tutti sulla sua pelle bianca. Allunga la mano verso l'uomo, poi si accorge che ha una formica sulla punta di un dito, cerca di prenderla ma lei si arrampica sull'unghia, scende sulla nocca, scompare dietro il polso e non c'è piú. Il bambino stringe le labbra e fa quel verso, ma piano, con un filo di voce.

L'uomo lo prende in braccio, perché sa che sta per mettersi a piangere e non potrebbe sopportarlo. Lo tira su da terra con una mano e cerca di metterselo su un ginocchio, ma è il bambino ad aggiustarsi da solo, un braccio stretto attorno al suo fianco e le gambe agganciate alla sua coscia.

È rigido, l'uomo, sul momento non la sente la pelle calda del bambino, sente soltanto il legno umido sotto le sue natiche e il ferro tiepido dell'elsa della baionetta che gli scivola tra le dita.

Poi lo sente. Sente nella mano il calore gommoso della sua schiena, il peso morbido del suo corpo sulla sua gamba, sente il pulsare del cuore contro il fianco e all'improvviso tutto comincia a girare.

Tout commence à tourner.

Perché, si chiede Flaminio, e nella fretta se lo chiede in francese, pourquoi, poi si corregge, perché non senta maman. Mette a terra il bambino, si alza in fretta e torna nel suo angolo, la fronte contro l'intonaco polveroso della parete. Gli viene da vomitare. Prova a respirare piú lentamente. Picchia sul muro con la punta della baionetta, piano, un colpo dietro l'altro ma piano, trattenendo il fiato tra un buco e l'altro, sempre piú piano. Cosí si calma e la stanza smette di girare.

Il bambino adesso è in piedi. Si è tirato su aggrappandosi allo sgabello e allarga le braccia per stare in equilibrio sulle gambe. Non ce la fa e cade sul sedere.

Flaminio si china tra le ginocchia e si prende la testa tra le mani, la baionetta che gli spunta dal pugno come un lungo corno sottile. Poi si alza di scatto e afferra il bambino, lo mette sottobraccio come un pacco, a pancia in giú, e lo porta fino al letto. Il bambino non ha il tempo di reagire, non fiata neanche, e quando sente sulla pelle il cotone fresco del lenzuolo squittisce e cerca di scappare. Flaminio lo prende per un piede e se lo tira contro, e lui ride, strisciando sulla schiena, come per un gioco. Ha una macchia piú chiara sul polpaccio, che gli arriva quasi fino al ginocchio.

Flaminio gli mette una mano sulla pancia.

Le dita aperte, come un ragno bianco sulla pelle nera.

Si abbassa per sentirne l'odore già forte sotto il sapone, lo aspira con le narici spalancate.

Ma non succede niente.

Flaminio si alza e si tocca in mezzo alle gambe la tensione inutile, appena accennata, come sempre quando è nudo. Pourquoi, pensa, in francese, dimenticandosi di maman, perché. Guarda il bambino che si è addormentato sul letto, le gambe e le braccia aperte, come un pollo. Lo guarda in mezzo alle gambe, lo scroto minuscolo come un palloncino, il pene appuntito come una matita, e tutto comincia a girare, tout commence à tourner, le orecchie gli si chiudono, il respiro si tronca, sente la nuca che comincia a tremare, e allora ritorna nell'angolo e pugnala il muro con la baionetta, un colpo dopo l'altro, ma non si calma. Tutto quello che aveva tra le gambe non c'è piú, anche il pene raggrinzito, lo scroto rattrappito come quello del bambino, pourquoi, pourquoi!

Guarda la baionetta. La lama è triangolare, solcata per tutta la lunghezza da tre scanalature. Servono a far scolare il sangue. La cima è acuminata come quella di un punteruolo. Non taglia, ma quando si pianta entra tutta fino in fon-

do e passa da parte a parte qualunque cosa. Il sangue sprizza dal buco lungo le scanalature, fino al manico.
Eccola.
Flaminio la sente di nuovo la tensione tra le gambe, la stanza non si ferma, continua a girare, ma adesso la sente, una piccola erezione.
Per un attimo pensa di piantarsi la baionetta nella mano, ma il solo pensiero lo fa star male.
No, non è questo.
È il sangue, è la ferita che sputa fuori il sangue come da una bocca, il sangue che schizza lungo la lama, il sangue sulle mani, chiude gli occhi e ricorda, era una baionetta cosí, appuntita cosí, è entrata nella carne della gola e la ferita era un buco, era una bocca che l'inghiottiva, l'orlo come labbra che scorrevano sulla lama, una bocca che sputava sangue rosso sulle sue mani bianche, freddo come il ghiaccio.
L'erezione è cosí forte che gli fa male.
Ma non si tocca.
Si gira e guarda il bambino.
Tutto gira piú forte.
Pourquoi, pourquoi.
Nella stanza c'è un bambino, che dorme in un letto.
E c'è un uomo, nudo, con una baionetta in mano.
Flaminio ripensa al sapore dolciastro del primo schizzo di sangue che aveva sentito sulla bocca, e come allora, anche adesso, istintivamente, si lecca le labbra.

Trentaquattro

C'era un caporale che suonava la fisarmonica, ma la suonava male. Appollaiato sullo sgabello, il berretto tirato indietro sulla nuca, piú che altro dava aria al mantice, premendo troppo a lungo le dita sui tasti. Sembrava masticarle, le note, biascicarle lentamente, e infatti muoveva le labbra sotto i baffi spioventi, come se succhiasse qualcosa. Almeno suonava piano, pensò Cristoforo, che seduto sul divanetto teneva la schiena rigida e le gambe accavallate, scomodo come nella carrozza di un treno, e di terza classe.

Il bordello di Madamín non aveva mai brillato per comodità. Pulizia sí, su quello non c'era niente da dire, era la sola casa di tutta Massaua in cui si sentisse sempre cosí forte l'odore del lisoformio, giú nell'atrio o anche su, nelle stanze, e quando non faceva bruciare gli occhi, pizzicando la gola con quel sapore aspro di limone, era anche piacevole perché sembrava odore di fresco. Ma comodo, con quei divani di legno da sala d'aspetto, i tappeti ruvidi, gli sgabelli troppo bassi e addirittura gli anghareb di corda nelle camere delle ragazze, comodo no. C'era un solo letto vero, con un vero materasso, ed era quello della stanza in cima alla scala, dove si era infilato Vittorio. Era un letto con le molle, e quando lo usava qualcuno di solito si sentiva cigolare, se non c'era la musica e le ragazze non parlavano troppo forte, ma adesso le ragazze sonnecchiavano, il caporale suonava piano, eppure lassú non si sentiva niente.

Se non avesse avuto quel dubbio glielo avrebbe chiesto direttamente. Di' un po', com'è 'sta storia di te e mia cugina? Anzi, neanche: Di' un po', com'è? E basta. Vittorio avrebbe capito, avrebbe detto che «ma no, per carità, figurati, le malelingue», e basta anche lui. Fine storia con Cristina.

Ma Ahmed aveva parlato d'amore, gli aveva messo in testa quel dubbio, e lui a questo tipo di cose non c'era abituato. E nemmeno Vittorio. Cosí non sapeva come prenderlo. Amore. Vittorio innamorato. E Cristina?

Era per questo che l'aveva portato al bordello, cosí all'improvviso e di mezzo pomeriggio, con quel caldo. La scusa era buona, c'era una ragazza nuova da provare, appena arrivata, una bolognese. Normalmente Vittorio non avrebbe detto di no, anzi, e infatti non l'aveva detto, ma era proprio per questo che Cristoforo aveva cominciato a pensare male. Perché si vedeva benissimo che non ne aveva nessuna voglia, e invece di provare a schermirsi, ma dài, ma su, ma va', si era alzato subito dalla scrivania dell'ufficio, si era messo la giacca e lo aveva seguito. Come se avesse voluto dimostrare che non c'era niente di diverso dal solito, niente di nuovo, niente di strano.

La porta in cima alle scale si aprí e ne uscí una ragazzotta in sottoveste, piccolina, dalle guance rotonde e le labbra piene. Scese di sotto senza aspettare Vittorio, che rimase sulla porta ad allacciarsi le bretelle, la giacca sul braccio, e venne giú solo quando ebbe finito. Cristoforo la seguí con lo sguardo mentre andava a consegnare la marchetta a Madamín, stravaccata in una sedia da ufficio, di quelle con i braccioli, a farsi aria con un ventaglio. Avrebbe voluto guardare Vittorio, invece, ma si trattenne, e gli lanciò un'occhiata solo mentre gli passava davanti, seguendo la ragazza su per le scale, perché era il suo turno.

Vittorio andò a sedersi su uno sgabello accanto a Madamín, che batté il ventaglio sul palmo della mano: – Dè mòra!

Una ragazzina con un camicione lungo fino ai piedi arrivò con una birra che Vittorio sorseggiò in fretta, immergendo le labbra nella schiuma bianca finché era ancora fresca. Madamín le faceva vestire cosí le sue servette abissine, come orfanelle dell'istituto, e le sceglieva piú brutte che poteva. C'è troppa concorrenza con le negre fuori, aveva spiegato un giorno a Vittorio, perché me la debba portare anche in casa.

Vittorio chiuse gli occhi, appoggiando la nuca contro la parete calda, impregnata di lisoformio. A lui quell'odore aspro non piaceva, gli sembrava che entrasse anche nella birra e se lo sentiva pizzicare fino nel naso. C'era questo soffiare assurdo di fisarmonica, ipnotico e lento, e se nessuno aveva ancora detto niente forse era proprio per quello, perché erano tutti ipnotizzati. Vittorio aprí gli occhi, guardò il caporale con i baffi spioventi, guardò le ragazze che dormivano sedute su un divanetto, le teste appoggiate l'una contro l'altra, poi girò il collo e guardò anche Madamín, minuta e vestita di scuro come una monaca, il crocchio di capelli grigi sgonfiato dal caldo e una ciocca che ondeggiava, lenta, per il soffio del ventaglio.

Pensò che voleva andarsene da lí, che *doveva* andarsene da lí, da Massaua, dalla Colonia, da Aicha e Madamín, pensò a Leo, pensò al piccolo sambuco con il fondo marcio che aveva affittato, pensò allo schizzo che aveva fatto su un pezzo di carta, la costa di Dissei descrittagli da un pescatore dancalo, il punto in cui la barriera corallina affiorava quasi davanti all'isola, mancava soltanto una scusa per lasciare a terra il pilota del sambuco e andarci da soli, lui, Leo e Cristina. Ma a lei non volle pensarci, non lí, in quel bordello che puzzava di limone, davanti a Madamín e alle sue ragazze, e anche al caporale dai baffi tristi, un po' perché gli sembrava di sporcarla, di umiliarla, e un po' perché sapeva che il piano avrebbe funzionato soltanto se nessuno li avesse messi in relazione, lui e Cristina. No: lui e *lei*, astratta, senza volto, neanche un pensiero dentro la sua testa.

Per questo non l'aveva piú vista in pubblico, ed era stato attento a farlo solo di nascosto, e sempre meno.

Potevano scamparla soltanto se nessuno avesse neanche immaginato che tra loro due c'era qualcosa.

– Posso farti una domanda? – disse Cristoforo alla ragazza che gli stava sbottonando i calzoni.

– Ma sí che sono di Bologna...

– No, non questo... un'altra cosa. E aspetta, dài!

Del Re le prese le mani e gliele tenne ferme, allontanandole dalla patta già mezza aperta. La ragazza sospirò e si sedette sui talloni, chinando la testa su una spalla per guardarlo, diffidente.

– Ti ricordi il mio amico, quello che è salito prima?

La ragazza incrociò le braccia e piegò ancora di piú la testa sulla spalla. Piú che diffidente, adesso, era proprio sospettosa.

– E allora?

– Avete fatto... cioè, è andato tutto bene? Insomma, voglio dire...

– Io non parlo dei clienti con gli altri clienti.

Non è di Bologna, pensò Cristoforo. Ma solo per un momento.

– Ti piacerebbe a te se lo facessi con un altro?

Dio, che amore. Pensò a vederla cosí, con le labbra sporte in fuori, ma anche questo durò solo un momento.

– Non voglio sapere i dettagli. Voglio solo che mi dici cosa avete fatto. Cioè, se avete fatto qualcosa. Ti pago la doppia...

– No...

– E dài, bolognesina...

– No. Non abbiamo fatto niente –. La ragazza si sedette sul pavimento perché era stanca di starsene in ginocchio davanti al letto per nulla. – Si è sdraiato lí dove stai te a fumare una sigaretta, senza dire una parola, poi, quando ha finito, si è alzato e siamo venuti giú. Non sono riuscita neanche a sbottonargli i pantaloni.

Ecco, pensò Cristoforo, questa era la prova.

Definitiva.

Vittorio era innamorato.

Per questo, quando scende le scale assieme alla ragazza e non lo vede piú sullo sgabello, Cristoforo si sente sollevato. Perché lui, di queste cose d'amore, non se ne intende, lo mettono in imbarazzo e un po' anche in soggezione.

Perché sí, sono tutti e due bastardi, ladri e puttanieri uguali, ma Vittorio si è fumato una sigaretta pensando a Cristina, mentre lui, che è preoccupato per sua cugina, e anche un po' arrabbiato per quello che considera il tradimento di un amico, ha fatto un cenno alla ragazza, prima, e ha lasciato che ricominciasse a sbottonargli la patta dei calzoni.

Trentacinque

– Oh, vigliacca boia! – *vigliàca*, con una sola *c*, e *buoja*, con la *o* che scoppiava come un acino d'uva schiacciato tra le dita, perché il caporale era romagnolo, e di Faenza.

Piú o meno nello stesso momento in cui il soldato Sciortino stava annaffiando la sua piantina di fava, il sergente De Zigno e i suoi erano arrivati in fondo alla gola. Il sergente aveva appena detto: – Quando si torna vi faccio arrestare tutt'e due, – a Pasolini e al veneto bravo col fucile, ma non per scherzo, o tanto per cazziare qualcuno, sul serio, e con rabbia, perché prima, mentre procedevano in fila indiana nello stretto dei roccioni, Pasolini si era fatto avanti e gli aveva detto: – Sergente, voglio che sia chiaro, io non sparo a nessuno.

– Sta' zitto, bischero, e guarda in alto.

– No, non ci siamo capiti. Io non combatto. Io non ammazzo nessuno.

– Te ammazzi chi ti dico io, se no io ammazzo te.

– Per adesso dietro lei ci sono io.

De Zigno si era voltato di colpo e Pasolini si era trovato il fucile puntato sul naso. Lui, il suo, ce l'aveva addirittura in spalla, e aveva anche tolto il colpo dalla canna.

– Se non vuoi ammazzare nessuno, cosa ci sei venuto a fare quaggiú? – aveva chiesto il veneto, che parlava con una specie di lisca che gli faceva strisciare le *s* e le *z*, ma appena appena.

– Non ci sono venuto, mi ci hanno mandato. Fosse per me non ci sarebbero soldati italiani in Africa, né da nessuna altra parte. E non ci sarebbero neanche i soldati. Sono anarchico internazionalista.

– E io sono socialista, – dice *mi* invece di io, *e mi son socialista*, con la seconda *s* che gli schiuma tra i denti di dietro, – e neanche io ci sono venuto, mi hanno sorteggiato. Ma se devo salvarmi la pelle io sparo a chiunque, can de l'ostia!

– Piantatela con queste cazzate! Aspettate che vi saltino addosso per tagliarvi i coglioni... – Si stava arrabbiando, il sergente, si era mangiato tutte le *c* per parlare piú in fretta.

Avevano ripreso a camminare, ma poi Pasolini aveva rallentato il passo per avvicinarsi al veneto, che gli stava dietro, e aveva detto, piano: – Questa non ce la trovi nel tuo libro *Cuore*, – e aveva cominciato a recitare: – No, non è patriottismo, no, per Dio, al massacro mandar nuovi soldati... né tener là quei che si son mandati, perché dei vostri error paghino il fio... ma non capite, o branco di cretini, che i patrioti sono gli abissini? – E avrebbe aggiunto anche: *Ribellione*, di Ulisse Barbieri, un grande, ma il sergente si era fermato di colpo.

– Che cazzo dici, stronzo? I patrioti siamo noi, questi sono selvaggi! – E visto che anche il veneto sorrideva aveva ringhiato: – Quando si torna vi faccio arrestare tutt'e due, – e allora il caporale di Faenza aveva detto: – Oh, vigliàca buoja.

Dietro l'ultimo costone, in fondo alla gola, la strada si stringeva tanto che per passarla bisognava arrampicarsi su una sella di ciottoli caduti e scavalcare una roccia che la tagliava in diagonale, come una ghigliottina alla rovescia. Restarono tutti a guardarla, ma gli unici due che avevano capito erano il caporale di Faenza e De Zigno, che bestemmiò, forte, sputando per terra.

– Che significa? – chiese Pasolini, socchiudendo gli occhi dietro le lenti.

– Sta' zitto, – disse il sergente, poi al caporale: – Questa non può essere la strada per il fronte... che ci fai passare di qui? Neanche i muli, cazzo...

– Che significa? – ripeté Pasolini.

– Significa che quel patàca d'un tenente s'è perso, – disse il caporale di Faenza, – e ora siamo chissà dove, in Abissinia, una compagnia sola, e noi siamo l'avanguardia della compagnia, e io sono sempre l'avanguardia dell'avanguardia, Dio bono.

Era piccolino, il caporale di Faenza, digrignava i denti in un volto secco, sotto un paio di baffetti radi. Piccolino ma tosto, nervoso, sempre, il collo rugoso e mobile come quello di una tartaruga. Sfilò la baionetta dal fodero e l'inastò sulla punta del fucile, e fu soltanto allora che si accorsero tutti del guerriero che sta in cima alla sella di sassi.

È un ragazzo, i capelli crespi sulla testa come un colbacco e sembra nudo, ma è solo perché il gabí che tiene attorno alla vita è coperto da uno scudo rotondo di pelle di rinoceronte. Ha due lance in mano, una piú piccola, dalla punta lunghissima, e l'altra piú grande e robusta. È giovanissimo, e anche inesperto, e infatti è lí che li guarda, stupito, e ancora non sa bene cosa fare.

Il sergente è il primo a muoversi. Lascia cadere il fucile e corre sulla sella, spingendo forte sulle gambe. Il caporale è il secondo, e solo allora il ragazzo si scuote, si volta e scappa, ma è troppo tardi, perché il sergente gli salta addosso, lo prende per le spalle e lo fa cadere a terra. In mano ha già il suo guradè e con quello gli taglia la gola, da dietro, e gli schiaccia giú la testa con una mano aperta sulla nuca, e anche un ginocchio sulla schiena, finché il ragazzo non smette di sbattere le gambe come se nuotasse, e i suoi piedi nudi restano immobili sui sassi.

Oltre la roccia ci sono altri due soldati abissini. Uno ha un fucile a tracolla, che non deve essere carico, perché preferisce affrontare il caporale con la lancia, ma non fa in tempo neppure a tirarla. Il caporale di Faenza gli pianta la baionetta in gola, lo investe di slancio, se lo trascina dietro nella corsa e quasi lo decapita.

Il terzo soldato ha una pelle di leopardo sulle spalle e una collana di cartucce da caccia appese al collo. Ha un fucile anche lui, ma è nel fodero attaccato alla sella di un cavallo, ne tiene tre, per le briglie, che molla subito, si aggrappa al primo che ha sottomano e cerca di salire, saltellando su una gamba sola, le mani affondate nella criniera. Ci riesce, ma il cavallo scarta proprio verso la sella di roccia, va a incastrarsi lassú e Pasolini se lo ritrova addosso, gli zoccoli davanti che gli scalpitano contro e l'abissino che tira forte nell'impugnatura di una grossa siet dalla lama dritta, impigliata nel fodero, per tirarla fuori e colpirlo con quella. Pasolini alza il fucile, istintivamente, ma è inutile, perché non ha neppure il colpo in canna, e già si sente con la testa spaccata in due dalla spada. Ma non succede, perché il veneto e il caporale afferrano l'abissino per le gambe e lo tirano giú, e lui urla: – Wâq, lakki, lakki, – che significa Dio, no, no, ma loro non lo capiscono, e anche se lo avessero capito gli avrebbero comunque spaccato la testa con il calcio dei fucili.

– Porca puttana! – ringhia il caporale di Faenza, ansimando ancora per l'adrenalina. – Porca puttana, porca puttana!

Il sergente non parla. Va su e giú per la sella, la bocca aperta sotto i baffi di rame, come un leone. Guarda i cavalli che si sono calmati e se ne stanno fermi come se non fosse successo niente, guarda i soldati morti, li tocca con la punta ricurva della sciabola, poi va a sedersi sul roccione, si toglie il casco e fa cenno agli altri di avvicinarsi.

– Venite qua e ascoltate tutti, ma per bene, perché se si fa si deve essere d'accordo tutti quanti. Questi tre stronzi qua sono cavalieri galla, e normalmente sono in tanti e sono di parecchio cattivi. Se li abbiamo sorpresi cosí vuol dire due cose, – punta dell'indice, – primo, ci siamo proprio persi, ma proprio molto, perché non si aspettavano di trovarci qui. Secondo, – punta del medio, – da qualche parte c'è tutto il resto.

– Cazzo, – disse il caporale di Faenza. Aveva staccato la baionetta dal fucile per pulirla dal sangue con la polvere, ma la rimise subito a posto.

– Ora, chi non ha paura di morire muore una volta sola.

– Una basta e avanza, – disse il veneto, ma non era uno scherzo, gli era anche sparita la lisca, e infatti il sergente annuí e continuò.

– Paura di morire per il re e per la patria non ce l'ho avuta mai e non ce l'ho neanche adesso. Ma non mi va di morire per l'anima del cazzo, – *pe' ll'anima d'i kazzo*, e neanche con due *c*, con la *k*, proprio.

– Credo di aver capito, – disse Pasolini. – Se andiamo a dire a quello stronzettino di un tenente che abbiamo incontrato gli abissini, quello, che non vede l'ora di menare le mani, manda all'attacco la compagnia, fossero anche l'avanguardia di tutto l'esercito del negus. E io non vorrei morire né per la patria né per quella faccia da culo del re, ma ancora meno per l'anima del cazzo.

– Va bene, ci sto anch'io, – disse il veneto (*E ben, ciò, ce sto anca mi*).

– Io pure, – disse il caporale di Faenza, anche se si sarebbe preso volentieri la pelle di leopardo e una croce copta di metallo traforato che il terzo abissino aveva ancora al collo.

Il sergente non disse niente. Soltanto: – Basta! – duro e secco, come un colpo di tosse, quando il veneto si avvicinò a Pasolini, di nuovo nello stretto della gola, in fila indiana, per sussurrargli: – E comunque io sono socialista di Andrea Costa e non di De Amicis.

Quando arrivarono alla grotta in cui stava la compagnia trovarono il tenente seduto sul suo sasso, le braccia dentro la fascia azzurra, a tenerle su come fossero rotte, e il berretto calato sugli occhi. Sembrava che dormisse, ma fumava. Ascoltò il sergente, poi annuí, riabbottonandosi la giubba.

– Ci ho pensato, e credo di aver capito dove abbiamo sbagliato strada. Se ci muoviamo in fretta, riprendiamo il battaglione e non si accorgerà di niente nessuno.

Si mossero in fretta. E al momento di ripartire il sergente si voltò verso la gola e si spinse anche indietro il casco, per grattarsi la fronte con le unghie ancora sporche del sangue del giovane abissino.

Aveva l'impressione di essersi dimenticato qualcosa.

Poi pensò che era solo la cattiva coscienza, si mise il fucile in spalla e seguí gli altri.

Trentasei

'*Ngule*, pensa Sciortino, e vuol dire in culo, ma non è una parolaccia. Dalle sue parti serve a esprimere la sorpresa, come la sua adesso, perché non si aspettava certo di trovare la piantina di fava cosí forte e dritta, con quel fiore bianco che solo ieri sembrava la cillette de nu bardasce (cosí si ricordava di aver pensato), e invece adesso è aperto e gonfio come il sesso di una donna matura. Lo diceva lui che l'aria lassú era buona. La terra no, sicche sicche, ma l'aria era grassa, e la respirò con la bocca aperta, per sentirla giú fino in gola.

C'era qualcosa di diverso, quella mattina. Lo ha notato subito appena è uscito dalla sua parte del masso, ma poi è andato a vedere la piantina e per un attimo se ne è dimenticato. Ma qualcosa di diverso c'è. Stessa piana, stesso cielo aperto, stessa capanna, no, la capanna no, è diversa.

Silenziosa, buia, non si vede oltre la porta e adesso non si sente niente, neanche il belare della capra, ma c'è un sasso contro il muro, che prima non c'era. Un sasso rotondo, piatto come uno sgabello, e sopra il sasso c'è il coccio che la donna aveva usato per annaffiare la sua piantina di fava, e anche un altro, che sembra una scodella di terraglia nera. Sono coperti di mosche, che lui scaccia con la mano.

Dentro il coccio c'è un liquido bianco e denso che sembra latte – lo assaggia: è latte, latte di capra – e dentro la scodella c'è qualcos'altro – assaggia anche quello: purea di ceci, ma la parola purea Sciortino non la pensa, perché non la conosce, pensa solo *li cice*, ma senza *e* alla fine, come si dice da lui – e sotto, sul fondo della scodella, una sfoglia morbida e spugnosa, che sembra un pane sottile, sembra la scrippelle che si fa dalle sue parti, ma questa non gli piace perché è troppo acida. Si siede sul sasso, i cocci sulle ginocchia, e mangia la pasta di ceci prendendola con le dita, che si infila in bocca, poi beve il latte e si asciuga le labbra sulla manica della giubba. Quando ha finito stacca un pezzo di sfoglia spugnosa, ma proprio non gli piace, cosí la usa per pulirsi le dita e la lascia lí, nella scodella, sul sasso, assieme al coccio vuoto.

Si alza, e per un po' resta fermo davanti alla capanna, voltando le spalle alla porta, senza pensare a niente. Non ha molti pensieri, Sciortino, sensazioni sí, emozioni, stati d'animo che quando diventano pensieri scorrono via velocissimi e non si articolano in parole dentro la testa, ma in tronchi di sillabe, che si fanno subito azioni. Per esempio, adesso, mentre guardava la terra screpolata e polverosa della piana, si è ricordato della donna che annaffiava la piantina e si è chiesto *'ndo sta lu pozze*, ma le parole si sono impastate l'una sull'altra, sicche, femmene, l'immagine veloce delle sue *sise* nude, e la domanda gli è morta nella testa che già sentiva la voglia di immergere le mani in una pozza d'acqua fresca. Girò attorno alla capanna, dietro il muro di rami d'acacia ammassati l'uno sull'altro, e lí portò la mano alla baionetta, perché gli venne un altro pensiero (*l'omme*, *lu marite* e *'ndo sta*, ma neanche adesso arriva fino in fondo).

C'era odore di cacca di capra là dietro. La sentí anche muoversi, la crape, senza la *e* alla fine, e la vide guardando tra due rami, un'ombra piú scura, che si muoveva nel buio della stalla.

Vide il pozzo poco lontano e l'immagine che aveva in mente, mattoni umidi disposti a cerchio, un secchio, nu pozze insomma, svaní davanti a quel buco storto scavato nella terra e alla sua acqua fangosa.

Restò fermo ancora un po' senza pensare a niente, soltanto veloci immagini di attrezzi che non aveva, soprattutto uno, il vanghettino degli zappatori, e lí gli morí il pensiero, infilato nel fodero di un cinturone, il manico di legno levigato e un largo dente di metallo, dal bordo affilato. Poi, il sole del mattino cominciò a mordergli le spalle, anche sotto la giubba, e allora si mosse e corse di nuovo davanti alla capanna, sperando che il coccio ci fosse ancora, e sí, eccolo là.

Tornò al pozzo, si inginocchiò e cominciò a scavare, affondando il coccio nell'acqua, e tutto il fango che tirava fuori lo impastava sul bordo o lo schiacciava forte con il palmo delle mani sulle pareti della buca, che si allungava, tanto che dopo un po' non riuscí piú a stare in ginocchio e dovette stendersi sulla pancia. Non lo fece troppo fondo, l'immagine del secchio era già svanita dalla sua testa, trasfigurata in un concetto astratto e impossibile, scavò solo finché ci arrivava con le braccia, ma abbastanza perché l'acqua fosse piú chiara.

Quando ebbe finito si sciacquò la faccia e le mani e si alzò, grondante di sudore, il davanti della giubba coperto di un fango spesso e scuro che lo faceva sembrare un grembiule.

Dova sput'ij, facce na fonde, dove sputo io, faccio una fontana, pensò con un orgoglio che non aveva mai avuto prima, ma non era arrivato neanche a metà dello sputo che la crape che belava dentro la stalla lo distrasse. Sentí che c'era qualcos'altro dietro i rami di acacia, qualcuno che lo osservava, ne avvertiva gli occhi sulla schiena, fissi e silenziosi. Lo prese come un segnale e se ne tornò al suo masso, lasciando il coccio, pulito, sul sasso davanti alla capanna.

Sotto il suo albero tutte storte, abbracciato al fucile ma solo per sostenersi, Sciortino si addormentò, in canottiera, perché la giubba se l'era tolta e l'aveva lasciata per terra, rappresa di fango e rigida come un monumento al milite valoroso. Sudato di fatica e di caldo, fece un sogno erotico come quelli che faceva lui, molto di immaginazione e niente di ricordo, perché Sciortino non l'aveva fatto ancora, mai, neanche al pascolo, con le pecore.

La prima cosa che sognò, nel dormiveglia – o almeno cosí gli sembrava – fu una sensazione di calore nella pancia, come se un dito rovente gli fosse entrato nella carne, tra lo stomaco e il cuore (ma senza far male, solo spingendo), e si fosse infilato dentro, frugando e mescolando a cerchi lenti, e densi, che colavano come formaggio fuso, come crema liquida, da leccare sulla punta delle dita, e lí, su quell'idea di leccare qualcosa che pendeva, il pensiero diventò parola, le sise appise, le tette nude della femmena, prima solo sillabe e suono, poi immagine, quel seno nero, con quei capezzoli larghi e scuri, piú neri della pelle sudicia, e pensare alla pelle gli fece fare un salto con l'immaginazione, perché da lui fare l'amore si diceva cosí, *mi facesse na pelle*, e allora sentí male sotto la pancia, perché la celle, cosí pensò appena si mosse, ma poi pensò lu cazze, gli si era piantato contro la cucitura – dura – dei pantaloni, e premeva mentre le sise diventavano la fregn', – ma questa davvero solo una parola, perché sul serio non l'aveva vista mai, e mancando l'immagine a fargli il cazzo duro, *la celle ndoste*, pensava lui nel sogno, erano la top', la cocc', la ciucc', solo parole, che si fermavano lí. E allora quella sensazione di dolorosa e bruciante durezza si fece una forma, arrotondata e nera, e diventò un odore, prima un odore di capra, di cacca di capra, come dietro la stalla, poi no, cosí no, un odore selvatico ma buono, cosí forte e cosí ricco che gli riempí la bocca di saliva, ma questa per davvero, non in sogno, e si svegliò con un singhiozzo soffocato che sembrava un grido.

L'odore c'è davvero, Sciortino se lo sente dentro il naso,

è aglio, è cipolla, è qualcosa di fresco che sembra finocchio, e punge in gola, è quell'odore che ha sentito dovunque, a Massaua, anche a Taulud, nelle cucine del forte, lo sa come si chiama, berberè. La scodella e il coccio sono lí, sotto il suo masso, la femmene deve averli appena posati a terra, perché ancora non ci sono le mosche. Se si alzasse adesso e le corresse dietro la vedrebbe, ma Sciortino non lo fa, anche se il desiderio è cosí forte che gli si impiglia nei calzoni, quando si muove, e gli fa male, e lo fa alzare tutto storto, aggrappato al fucile.

Nella scodella ora c'è un pezzo di carne, e anche se l'annusa Sciortino non capisce cos'è, coperta com'è da quel sugo giallastro che gli fa prudere il naso. È una gallina bollita, dura e piccante, ma buona.

E mentre la mangia staccando a morsi la carne dall'osso, la celle gli resta 'ndoste contro la pancia (pensa solo quelle due parole, Sciortino, *la celle* e *ndoste*), ma lui non si muove, rimane dalla sua parte del sasso, sotto la sua acacia, a leccarsi le dita gialle di berberè.

Trentasette

... di Parma ma guarda un po' ma allora conoscerete sicuramente il Bottego il nostro ardito esploratore l'è di Parma anca lü gran bel omm cosí sicuro con quei baffi sapete come diciamo noi a Milan a l'è inscí un bel tocch de fioeu ossignur sono arrossita come una tusètta fortuna che c'è questo sole vabbe' pensaran che l'è el calur...

(Il volto di Cristina non è una maschera. Una maschera sarebbe immobile, invece lei si acciglia, si distende, si aggrotta, sorride anche. Ma non per quello che dice la Colonnella, no, non l'ascolta neppure. Da quando si è seduta sotto il porticato del caffè *Garibaldi* assieme alle altre donne, non ha sentito neanche una parola. Parla, la Colonnella, ininterrottamente, abbastanza piano per non disturbare la musica della banda dell'incrociatore *Aretusa* che suona nella piazza, ma forte abbastanza da riempire le orecchie a chi le sta vicino. E Cristina le sta proprio a fianco).

... perché anche se tutti dicono che oggi fa un po' piú fresco a mi me par no sarà che noi del Nord siamo abituati a la nèbia l'è inscí anche a Parma oddio per il Colonnello mio marito tutto quello che sta sotto il Po l'è minga pü Nord ma lü l'è esagerato il Federico sapete come si dice da noi a Milan...

(Sí, lo saprebbe come si dice a Milano, la zia di Leo è milanese, ma a parte che con Cristina non ha mai parlato molto, lei la Colonnella proprio non l'ascolta. Ha imparato a Montorfano, con la nonna austriaca di Leo, la vecchia seduta su una poltrona con la coperta sulle gambe, muta a guardare il lago, un colpo di tosse ogni tanto, il tintinnare del campanello quando voleva che la serva le portasse qualcosa. Cristina se ne stava sul divano a ricamare, o a leggere un libro, immersa in un silenzio che ogni istante le faceva sentire la sua presenza. Bisognava imparare a ignorarlo, quel silenzio, distrarsi ascoltando le voci dentro, quelle del libro che teneva in grembo, o i suoi pensieri. Per questo il suo volto non è una maschera, perché ascolta, Cristina, e anche con interesse, e passione. Ma non la Colonnella).

... *signur che calur...*

(E neanche la marcetta che i marinai dell'*Aretusa* stanno suonando con tanto impegno, sudando sotto il sole di Massaua. Vestiti di bianco, gli spartiti a semicerchio attorno a un capitano che agita a tempo la bacchetta, le braccia alzate a scoprire mezzelune scure sotto le ascelle. Perché non sente, Cristina, ma guarda e vede tutto).

... *ma si può minga andà in gir tücc biott come fan chi...*

(Le signore sotto il porticato, tutte attorno alla Colonnella, lei è la piú vicina. Sottane lunghe, colletti di pizzo, cappelli e ombrellini. Anche lei si è messa una camicia, ma le scarpe no, pantofole, alla turca).

... *siamo gente civile noi mica negher abbiamo delle responsabilità...*

(Fuori dal portico, sotto l'ombra grigia di un muretto, gli ufficiali. Quelli che conosce: Montesanto che fuma, il braccio appoggiato al ginocchio e il piede sollevato su un sasso, il berretto in mano che batte a tempo sulla coscia. E ora che lo vede sente anche la musica, *daghela avanti un passo, bellezza del mio cuore*, è *La bella Gigogín*).

... *e tücc quej con la sottana magher signur magher somigliano a un gatt che gh'ha mangiàa i lüsert le lucertole lo capite il milanese sí...*

(Quelli che non conosce: un tenente con i baffi all'insú che guarda male Montesanto e scuote la testa come se disapprovasse; un capitano dei bersaglieri che suda sotto il cappello piumato e muove le labbra sulle parole della canzone, *la dís, la dís, la dís che l'è malada*; un altro maggiore, no, quello lo conosce, si chiama Flaminio, è l'unico seduto su una sedia e ha l'aria assente, come se ascoltasse le voci, anche lui. Accanto, in piedi, c'è un caporale che sembra una cicogna).

... *signur el calur el calur e le mosche...*

(Solo un borghese, piccolo, grassottello, la barba bionda come i riccioli di un putto. È un giornalista, le aveva detto Vittorio. Vittorio non c'è).

... *e meno male che ogni tanto arriva una nave con la banda e fa un po' di musica ma cusa l'è questa canzoncina* Addio mia bella addio*?*

– Sí.

Non ha imparato solo a stare zitta nel silenzio, Cristina. Sa come fare per chiudersi dentro ad ascoltare soltanto le sue voci anche quando qualcuno le parla come la Colonnella. O come Leo. Perché parlava, Leo, quando erano fidanzati e passeggiavano mano nella mano per i giardini di Maria Luigia, a Parma, con dietro mamma, papà e nonna a sorvegliare Crissi, Tina e Titti, *cin cin, che bel, ué ué ué*. Parlava quando andavano in giro sul carrozzino per tutta la Brianza, parlava quando guardavano il tramonto sul lago, aveva parlato tanto prima di chiederle di sposarlo, e anche dopo, finché non era partito per la Colonia. Parlava sempre, Leo, e non c'era bisogno di ascoltarlo, bastava dire «sí, davvero» e «già» ogni tanto, quando il brusio lontano della voce si interrompeva, che fosse per una pausa o anche una domanda. Perché chi parla cosí, come Leo o come la Colonnella, si sta già ascoltando da solo, e gli basta il conforto di sapere che c'è qualcuno, sempre lí, presente, su cui far rimbalzare la voce.

Ecco mi per esempio se il Federico fosse il governatore farei una bela ordinanza che proibisce alle donne di qua di vestirsi come noi come le madame di certi ufficiali senza pudore signur che vergogna quegli sciagurati lí ha presente le madame col capèll e la veletta e poi son scalze perché non sopportano i scarp ridicole allora meglio nude no gh'ho ragione?

– Davvero.

Che poi chissà cosa ci trovano certi uomini in quelle donne là che solo andarci vicino si prendono tutte le malattie sporche negher e puttane oddio l'ho detta grossa ma quando ci vuole ci vuole no?

– Già.

La colpa però l'è degli scapoli perché l'omm si sa è cacciatore non dico di no e poi qui in Colonia l'astinenza le tentazioni per carità però l'è un scandul quel Montesanto là per esempio terun sí vabbe' ma l'è anca un ufficiale e i coloniali il Cappa anca lü il Vittorio son mica militari ma han di bej responsabilità rappresentano l'Italia anca lor non ho ragione oh ma non è il Va' pensiero del Verdi questo qua?

No. Cristina lo conosceva il *Va' pensiero*, era anche di Parma, e quella marcetta allegra, «Fratelli d'Italia, l'Italia s'è desta», era un'altra cosa. Ma a strapparla alle sue voci dentro, a farla tornare all'improvviso sotto il porticato del caffè *Garibaldi*, a sentire le gocce di sudore che le rotolavano dietro le orecchie, quella mosca, sempre lei, che le si posava sul naso, il bersagliere che non andava a tempo, le voci delle altre che bisbigliavano sotto la musica e sotto la Colonnella, *nell'elmo di scipio belàn dio stradòra solo piú o'anema diàmine ciò*, era stato il nome di Vittorio.

– Vittorio Cappa?

Le era scappato. Non avrebbe dovuto dirlo cosí, con quella fretta e tutto quell'interesse.

– Sí, quèll giuinott alto, on bel fioeu, ma chiacchierato.

Parlava piano, la Colonnella, sussurrava quasi, perché non parlava piú a se stessa, ma proprio a Cristina. Le aveva anche messo una mano sul polso, calda e morbida, come lo sguardo che le rivolgeva di traverso.

– È solo un amico di mio cugino.

Perché, perché quel *solo*, perché?

– Anca el sò cüsín, quel Cristoforo, l'è molto chiacchierato anca lü... senza offesa, naturalmente, son giovani. Sapete come si dice da noi a Milan?

– No. E non mi interessa. So come si dice a Parma quando qualcuno dovrebbe farsi i fatti suoi.

Ecco, sí, lo aveva detto nel modo giusto, ma aveva sbagliato lo stesso. Perché lo aveva soffiato tra le labbra in un sorriso morbido come quello della Colonnella, e adesso lei sapeva che la Cri, come aveva pensato di chiamarla, non era una che si faceva mettere i piedi sulla testa. Lo stesso sguardo di traverso, ma in piú un lampo cattivo tra le palpebre socchiuse, perché davvero avrebbe voluto ucciderla, saltarle al collo e strangolarla con le sue mani, non tanto per quello che aveva detto di Vittorio, ma perché lei, Cristina, stava facendo l'errore di risponderle, in quel modo, confermando tutte le sue insinuazioni.

– Oh, ma non è la *Marcia reale* questa qua?

– No. È la *Marcia trionfale* dell'*Aida* di Giuseppe Verdi.

La Colonnella tolse le dita dal polso di Cristina, ma piano, come una carezza, e senza smettere di sorridere.

– Attenta, tusa... mi sarú anca una vèccia carampana ficcanaso, ma per ti, mi a sun semper la Colonnella.

– E io la moglie di Leo.

Adesso sí che vorrebbe ucciderla. Perché glielo ha fatto dire, e a lei stessa, non l'ha detto un altro, è stata lei, proprio lei a scegliere quelle parole, non «Cristina», non «la signora Fumagalli», ma «la moglie di Leo», perché non aveva altro modo per definirsi, per esistere, se non quello.

L'odio le brucia lo stomaco e le fa venire le lacrime. Deve voltarsi per non mettersi a piangere di rabbia. Se ne va, senza guardare la Colonnella, che subito si china a bisbigliare alle altre, le teste che scattano verso la sua come attratte da una calamita. Cammina veloce, via dalla piazzetta davanti al caffè, via dal corso, davanti ai portici, agli uomini fermi davanti ai negozi, «Forniture per la marina» e «Deposito e vendita vernici e colori», contadini in gilet e camicia senza colletto, soldati in divisa bianca da riposo, massauini con la futa, tutti che la guardano, perché ora le lacrime le rigano le guance, lacrime che bruciano, lacrime di odio. – Signora, serve qualcosa? – E lei: no, no, con la mano, sempre piú veloce, e appena imbocca la passerella di pietra che porta via da Ba'azè, si toglie le ciabatte e comincia a correre.

Quando arriva a casa ha i piedi neri e le guance incrostate di polvere. Ha smesso di correre non perché si fosse calmata, ma perché con quel caldo non ce la faceva piú. Ha tenuto le ciabatte strette in mano, come se fossero armi, piantando forte i piedi scalzi nella terra battuta. A un certo punto ha anche guardato il cielo, stringendo gli occhi, perché l'avrebbe voluto davvero un bello scroscio di pioggia, un temporale fitto d'acqua nera per spegnere quel fuoco che le mangia il cuore. Rabbia che soffoca. Odio che strozza. Pensieri che si accavallano come serpenti.

Ce n'è uno che riguarda Vittorio. È fatto di gelosia e di delusione, di amarezza, di schifo. Debole, le viene in mente, debole, debosciato, meschino. Pensa: cosa aspetta? Pensa: non lo farà mai. E se lo vede nudo e pallido abbracciato a una negra, ma deve smettere, deve ricacciarla indietro quell'immagine, giú, nel groviglio di pensieri, se no si rimette a piangere, e ormai è troppo vicina a casa.

Poi, all'improvviso, lo vede.

Non Vittorio, Leo. È sotto il patio di legno, la giacca da caccia ancora impolverata dalla terra rossa dell'altopiano. Ha il cappello in mano, e con quello fa segno a due ragazzi che stanno scaricando un baule da un carretto. – Piano, piano, – e: – Portatelo dentro, ma piano.

Quando la vede, sorride, ma non fa in tempo a muoversi che è lei a saltargli in braccio.

– Ehi, ehi… piano, sono appena arrivato. Guarda che piedi… e sei tutta sudata, come un monello. Ma che hai fatto?

– Niente, – mormora Cristina, – niente, – e non si stacca da lui, che davvero deve prenderla in braccio se non vuole finire per terra.

– Sei contenta di vedermi? – chiede.

Sí, solo con la testa, sí, sí.

– Anch'io. Dovevo stare via ancora parecchio, a Godofelassi vengon su dei cavolfiori che sembrano ruote di carro, dovresti vederli. Ma poi è arrivato un telegramma, stiamo per attaccare, e Baratieri ha fatto sgomberare gli insediamenti agricoli, cosí, per sicurezza. E allora eccomi qua.

Eccolo qua, pensa Cristina, eccolo qua. Finalmente.

– Però poi ci torno. Presto, appena battuto il negus. E ci vieni anche te. Si dorme in tenda, ma non è mica cosí scomodo, vedrai.

Poi gira su se stesso, tenendola stretta, *cin cin, che bel, ué ué ué*.

Lui dice: – Tesoro, quanto mi sei mancata, – e Cristina lo abbraccia stretto e lo bacia sulla bocca.

Lei pensa: il bacio di Giuda. E capisce che ormai è diventata davvero un'assassina, perché non prova nessun rimorso, neanche un po'.

Trentotto

Siccome la gamba gli faceva male nonostante il bastone di canna a cui si appoggiava, ci mise di piú a entrare in casa di Dante, ed ebbe tempo per abituarsi al buio. Cosí la vide subito, e non era soltanto una sagoma scura, ma già lei, con quegli occhi grandi, felini, e quel sorriso sottile. Doveva averlo visto arrivare dalla strada, perché si stava aggiustando sulla testa il telo di cotone bianco che le copriva le spalle e il collo.
– Dante non c'è? – chiese Serra. – Dante... tuo padre, come si dice? Isaias...
No, fece lei, con la testa, poi lo disse con la voce: – Lalai, – e alzò il braccio verso la porta, picchiando in aria con la punta del dito. Non c'era, non era ancora tornato.
Serra pensò che forse avrebbe fatto meglio ad aspettarlo fuori, ma c'era il sole fuori, faceva caldo, avrebbe dovuto trovare un posto all'ombra, e la gamba cominciava a fargli davvero male. Lí invece era fresco, era buio, e c'era lei. Cosí si massaggiò la coscia con una mano, appoggiandosi ancora di piú al bastone, e fece una smorfia che non era del tutto vera ma neanche del tutto falsa.
– Posso aspettarlo qui? – chiese, inutilmente, perché lo sapeva che la ragazza non capiva. – Dante non si offenderà... primo, sono un carabiniere, e dell'Arma ci si può sempre fidare, e secondo... – prese il tavolino che sembrava uno sgabello e si sedette lí, stendendo la gamba rigida, – secondo,

sono anche un suo superiore, per cui muto e rassegnato lo zaptiè.

In realtà non era per niente sicuro che Dante non si sarebbe offeso, ma non voleva andarsene. E non solo perché lí era fresco e buio.

La ragazza lo guardò, e sembrava piú preoccupata per lo sgabello che per la sua presenza. Si strinse nelle spalle e miagolò qualcosa con quella sua voce dolce da gattino, poi si avvicinò e iniziò a slacciargli le scarpe, e lui non riuscí a tirarsi indietro perché aveva cominciato dalla gamba ferita. Lei portò le scarpe vicino alla porta e tornò con un bicchiere d'acqua che Serra accettò con un sorriso timido, perché si sentiva imbarazzato dalle sue calze macchiate di sudore.

La ragazza gli si sedette accanto, sul tappeto, le gambe piegate da una parte, aggiustandosi il vestito per coprirsi i piedi nudi. Gli sorrise, e Serra dimenticò il suo imbarazzo.

– Mai? – disse, indicando l'acqua.

– Mai, – ripeté lei, – mai, ue-è, – sí.

Ma guarda, pensa Serra, sembro un militare di leva che abborda le ragazze in piazza della Signoria. Però insistette, si toccò il petto e disse: – Io Antonio Maria, il mio nome, Antonio Maria...

– Toniò. Maryam.

– Sí, Toniò, alla francese... va bene. E tu? – la indicò. –
– Tu As... As...

– Has'mreth.

– Asmaret, – ripeté lui, o almeno credeva di averlo fatto perché lei sorrise, scuotendo la testa.

– Has'mreth.

– Asmarèt.

– Has'mreth.

– As-merèt.

Lei rise, coprendosi la bocca con le dita di una mano, poi

si alzò sulle ginocchia e avvicinò il viso al suo per soffiargli il suo nome sulla guancia, Has'mreth, come un sussurro o un singhiozzo, Has'mreth, e quando lui provò a ridirlo, aspirando forte prima della *a*, come se tossisse, lei si tolse la mano dalla bocca e la schiacciò sulla sua per fermarlo prima che dicesse il resto, appena un secondo, per fargli sentire dove la parola doveva essere troncata, ma lui avvertí soltanto il calore delle sue dita morbide, e ancora umide, gli sembrò, delle sue labbra. Non lo disse neanche, il resto, si voltò a guardarla e lei sorrise, il volto vicinissimo al suo, e Serra pensò che poteva essere malizia o ingenuità, straordinaria, irresistibile malizia, o incredibile ingenuità. Non se lo chiese, qualunque cosa fosse stava per baciarla di slancio, e lo avrebbe fatto se lei non si fosse girata di scatto verso la porta, come se avesse sentito qualcosa.

Un attimo dopo Dante era sulla soglia e Asmareth era già lontana nella penombra, accanto al buco scavato nel muro, dall'altra parte della stanza. Accecato dalla luce della strada, Serra ne vedeva soltanto la sagoma nerissima, ma da come stava fermo poteva immaginare che lo stesse fissando, che vedesse che aveva deglutito, rigido, che si fosse accorto anche della goccia di sudore ghiacciato che gli stava rotolando giú lungo la schiena.

Dante si sfilò i sandali e li lasciò accanto alle scarpe di Serra. Poi andò a sedersi sul tappeto. Non aveva lanciato neppure un'occhiata ad Asmareth, ma era andato a mettersi esattamente tra lei e lui.

– Sei arrivato presto, – disse.

Serra si batté una mano sulla gamba ferita.

– Libero dal servizio. Sono in convalescenza. Mi hanno assegnato alla fureria, roba da imboscati.

– Hai rischiato di morire. E se ti avessero scoperto?

– È proprio perché ho rischiato di morire che non mi han-

no scoperto. Non potevo farmi mandare al fronte. Finché Flaminio resta qui, ci resto anch'io.
– Secondo me sei pazzo.
Non si era accorto che Asmareth si fosse mossa. Lo immaginò perché Dante stava bevendo da un bicchiere di metallo, ma non l'aveva vista né arrivare né tornare nel suo angolo in penombra. Stava guardando lo zaptiè per capire se avesse parlato sul serio o per scherzo, ma sul suo volto scuro non c'era nessuna espressione. Pensò: non si capisce mai cos'ha in testa, questa gente.
– Io brigadiere Serra, tu buluch-qualcosa Dante. Tu zaptiè, io carabiniere. Un po' di rispetto per i superiori.
Dante si asciugò la bocca con la mano aperta, lisciandosi i peli crespi del pizzetto.
– Non sono sicuro che sei un mio superiore. Perché sei qui a Massaua vestito da soldato?
– Me l'hai già chiesto. Sono qui per prendere un assassino di bambini.
– E i *tuoi* superiori lo sanno?
Asmareth aveva cominciato a cantare, pianissimo, a bocca chiusa, una canzoncina dolce che sembrava una ninna nanna, ma Serra non se ne accorge. Il suo corpo si era abituato al fresco della penombra e aveva ricominciato a sudare, ma neanche di quello si accorge. Guarda Dante dritto negli occhi e intanto stringe i denti sotto i baffetti neri, che sono diventati una linea netta come un tratto di carboncino. È lo stesso sguardo che filtrava duro sotto la tesa del berretto quando se ne stava allineato e coperto nel plotone allievi della scuola di Roma, lo stesso che spazzava le campagne di Corleone a caccia di briganti, che studiava le fotografie dei criminali nei libri di Lombroso e quelli in carne, ossa e catenelle seduti sullo sgabello in camera di sicurezza. Lo stesso sguardo, e Dante fece come facevano tutti, sottoposti,

sospettati e delinquenti, e una volta pure un colonnello, abbassò gli occhi, e voltò anche la testa da un'altra parte.

– Non importa, – disse. – Voi siete mio superiore e io obbedisco –. Era passato al voi, ma neanche di quello Serra si accorse, perché subito dopo Dante aveva detto: – Mi è arrivata una voce.

– Che voce?

– Una delle mie spie. Le ho messe tutte al lavoro, come mi avete chiesto.

– Discretamente...

– Non so cosa vuol dire.

– Discretamente vuol dire di nascosto, in segreto... senza dare nell'occhio.

– Discretamente, sí. C'è una donna che vive fuori città, nella piana di Otumlo. È una delle mie spie.

Serra si mosse sul tavolino. Avrebbe voluto alzarsi per sgranchire la gamba indolenzita, ma non lo fece.

– Vai avanti.

– Questa donna ha una nipote, una ragazzina che si chiama Maryam e lavora per il Greco. Il Greco è un mercante che vende l'unica cosa che si può trovare laggiú. Lo sapete come la chiamano Otumlo?

– No.

– Meschinopoli, la chiamano.

– Va bene. E cosa vende questo Greco?

– Le persone. Vende sharmutte... puttane, ragazzini, braccianti... una volta anche gli schiavi, quando c'erano gli egiziani. Maryam ha detto alla mia spia che l'altra sera è venuto un soldato italiano a comprare un bambino. Questa non è una novità, a volte succede... però il Greco ha detto al soldato italiano che quello non era un maialino da latte, ma un capretto.

– E cosa significa?

Dante piegò il busto per avvicinarsi a Serra, ma non era abbastanza, cosí scivolò col sedere sul tappeto, tirandosi piú avanti. Abbassò anche la voce.

– È un modo di dire. Un maialino significa per… – Lo sapeva solo in tigrino e non voleva che Asmareth capisse, cosí lo mimò, velocemente e di nascosto, muovendo le mani aperte a coppa sul cavallo dei calzoni.

– E un capretto cosa significa? – chiese Serra.

Dante si strinse nelle spalle. – Non lo so. Però so cosa si fa ai capretti –. Alzò una mano e si passò la punta del pollice sulla gola, sotto il mento.

Serra strinse le labbra, e quando le allentò sentí il sapore salato del sudore che gli si era raccolto tra i baffi.

– Un bambino come?

– Piccolo. Due anni, forse meno.

Si leccò via il sudore dalle labbra e aspirò l'aria con la bocca aperta. Cominciava a sentire qualcosa, qualcosa che gli tremava dentro, trattenendogli il fiato.

– E il soldato?

– Un graduato, – Dante si tracciò una *v* sulla manica del camicione, con un dito. – Un caporale. Maryam non lo conosceva, ma lo ha visto bene e ha detto com'era fatto.

– Aspetta, – Serra chiuse gli occhi, allungando una mano verso Dante, – te lo dico io com'era… Alto, magro e curvo, e pareva una cicogna. È cosí? – Aprí gli occhi. – È cosí?

– No, – disse Dante.

– No?

– Non ha detto cicogna, ha detto amuorà… avvoltoio.

Serra restò un attimo in silenzio, ancora bloccato dal ricordo di quel «no», poi pensò: ma vaffanculo, avvoltoio, cicogna, era lui, il caporale, l'attendente del maggiore Flaminio. Batté le mani con uno schiocco che troncò il canto di Asmareth e ringhiò: – Sí!

Adesso lo sentiva forte il dolore alla gamba, e sentiva anche il sudore che gli inzuppava la giubba. Ma ancora di piú sentiva quella smania, quell'agitazione che lo faceva tremare dentro, come per la febbre.

– Voglio parlarci.
– Con Maryam?
– No. Col Greco. Voglio sapere a chi ha venduto quel bambino e perché. Poi penseremo al caporale. Com'è questo mercante? È protetto da qualcuno? O è uno che si spaventa?
– È solo un mercante greco di Meschinopoli. È furbo, ma ha paura della sua ombra. E dei carabinieri.

Serra strinse il pugno e lo agitò in aria. – Sí! – ringhiò ancora. – Sí! – Si alzò sullo sgabello spingendo sulla gamba sana e allungò la mano per prendere il bastone, ma Asmareth fu piú veloce, lo raccolse dal pavimento e glielo porse. Serra accennò un sorriso, ma fu solo un attimo, ed era poco piú di una smorfia leggera, perché stava pensando al Greco.

– Fammi parlare con quel mercante.
– Va bene.
– Discretamente.
– Va bene.

Si avvicinò alla porta per infilarsi le scarpe. Asmareth alzò la mano per salutarlo, ma lui si era già messo gli occhiali affumicati e non la vide. Uscí nel sole di Massaua, un soldato italiano in tenuta bianca da libera uscita, un sardo piccolo e nervoso, con gli occhiali rotondi dalle lenti nere, appoggiato a un bastone di canna, un carabiniere in incognito, che tremava di entusiasmo, dentro.

Dante lo guardò allontanarsi. Discretamente, pensò, e intanto si chiedeva come si dicesse in tigrino, bihiyawinet o magari bisinesirat, con la *a* allungata.

Discretamente, sí, sapeva lui come fare, come aveva già fatto.

Poi chiuse la porta, prese un sandalo e con quello cominciò a picchiare Asmareth, forte, sulla schiena.

Trentanove

Chissà perché quella donna ci teneva cosí tanto alla sua piantina di fava. L'orto stava dietro la capanna, vicino al pozzo, giustamente. Sciortino aveva passato tutta la mattina ad ararlo con un vomere di legno tutto storto che aveva trovato tra i rami d'acacia, appoggiato lí, come fosse anche lui un sostegno per il tetto di paglia. Davanti alla capanna c'era solo quella piantina, bella e forte adesso, e anche protetta da un cerchio di rametti che la donna ci aveva piantato attorno. Ma perché l'avesse messa proprio lí, isolata e in vista come un altare, o un monumento, Sciortino non riusciva a capirlo. Forse la fava aveva un significato particolare per la gente di quelle parti, dalle sue si mangiava e basta, buona con l'olio e col pane, e gliene venne anche voglia, in quel momento. Forse le ricordava il marito, che magari era morto, dal momento che lui, lí attorno, non l'aveva mai visto. Forse era sepolto proprio lí sotto, e quella piantina era davvero un altare.

Di tutto questo, però, Sciortino pensò solo poche parole, *chille femmene, bbone 'nghe l'olije, lu marite s'a morte*, poi immagini, pensieri e sensazioni passarono via veloci, asciugandosi nella sua testa come una manciata d'acqua su quella terra secca e lasciandolo lí, seduto sui talloni, le mani aperte sulle ginocchia, a fissare quel fiore bianco in mezzo alle fogliette verdi, finché le gambe non gli fecero male.

Quando si alzò, facendo scrocchiare le ginocchia, e si

voltò, già lo sapeva che se la sarebbe trovata davanti, perché ne aveva visto l'ombra allungarsi alle sue spalle e coprire la piantina.

Era diversa dalla prima volta che l'aveva vista. Aveva sempre il seno nudo e quell'età indefinibile sul volto, ma adesso attorno ai fianchi porta un telo bianco, lungo come una sottana, e c'è anche un ciondolo che le scende sul petto, appeso a un cordino sottile. Sulla fronte si è legata i capelli in due lunghe treccine strette che le girano attorno alla testa, e il resto di quell'alveare crespo se lo è schiacciato e lisciato in una calotta compatta e lucida, con qualcosa che dall'odore unto e forte sembra burro.

Si è fatta bella per lui, ma questo Sciortino non lo pensa. Subito pensa soltanto alle sue sise appise, e anche a quella striscia sottile di peli neri che da sotto il bordo del telo le salgono sulla pancia come formiche, fino all'ombelico, *li pili de la fregne*, pensa Sciortino, e per un po' resta fermo senza pensare a niente.

La donna fa un passo avanti e allunga una mano, pure se è cosí vicina che lo sfiora, ma lui non si muove. Lei piega la testa e accenna alla capanna, e anche lí c'è qualcosa di diverso, non se ne era accorto prima, ma c'è un letto basso, di legno e corde intrecciate, appoggiato al muro, sotto l'ombra del tetto.

Sciortino deglutisce, gli manca il fiato per trovare una parola su cui fermare il pensiero, alza una mano e se la lascia prendere, ma non si muove anche se lei lo tira, piano, e intanto dice: – Neà, neà, neà, – tante volte, con quella *a* soffiata tra le labbra che gli si infila dentro piú sensuale delle sise e dei pili, e anche se lui non lo sa, e non lo immagina nemmeno perché non ci pensa, che *neà* vuol dire vieni, finalmente si muove e la segue sull'anghareb. Ma lí di nuovo si blocca – non l'ha mai fatto, Sciortino, neppure con le pecore, e adesso ha dentro cosí tante sensazioni e stati d'animo e pensieri che gli si ingolfano nella testa e gli gonfiano il cuore. Resta sospeso sulla donna, curvo come un ponte, mentre lei si tira indietro sull'anghareb spingendo sul bordo con i talloni, e poi si toglie lo straccio dai fianchi, e resta nuda.

– G'berenní, – gli dice, – g'berenní, g'berenní! – gli urla. Significa prendi, ma lui non lo sa, non sa niente Sciortino, e allora lei gli si raggomitola sotto come un gatto, veloce, e gli sfila la cintura, gli abbassa i calzoni della divisa, che vanno giú subito tanto gli erano larghi, e con quelli anche le mutande, e la celle, cosí libero, all'aria, è come una freccia che buca quel pallone di pensieri, immagini e sensazioni, e lo fa scoppiare. Sciortino crolla sulla donna, la schiaccia sull'anghareb, e per un attimo si ferma di nuovo perché a lei è sfuggito un gemito, come un sospiro, un risucchio trattenuto, e lui sta per pensare che forse le ha fatto male, ma non è vero, quel sospiro è solo un modo che le donne di laggiú hanno per dire sí, se lo sapesse sarebbe un incoraggiamento, ma non importa, perché ci pensa lei a prenderglielo con la sua mano ruvida e infilarlo dentro, lu cazze, pensa Sciortino, e poi dentr' e fore, ma solo per un momento, perché poi non riesce a pensare piú a niente. E non gli importa di quell'odore di burro rancido – puzza anche lui, come na crape, di sicuro –, non gli importa di quei segni lungo la bocca che le allungano il viso o di quei piedi scalzi che gli grattano le cosce come carta vetrata. E neanche della curva dolce delle sue spalle, delle sise nude che cosí stesa sulla schiena sembrano ancora piú piene e dritte e nere, di quei denti bianchi che brillano tra le labbra socchiuse. Il ciondolo le è sceso giú dietro una spalla, e il cordino di pelle le disegna una linea sottile alla base del collo, proprio lí dove il sudore pulsa tra le clavicole, ma Sciortino non lo vede, tiene gli occhi chiusi e i denti serrati, senza parole, senza immagini, senza niente, solo sensazioni, finché all'improvviso non si svuota, smarrito in una vertigine cosí forte, piú forte delle altre, che per un momento gli fa pensare: Ddie, m' so' morte.

Per tutto il tempo, da quando lo ha sentito dentro, anche la donna ha tenuto gli occhi chiusi, e li riapre solo ora che si sente schiacciare dal suo peso inerte, abbandonato, il fiato umido e caldo che le arroventa la pelle del seno.

Non ha mai sorriso, neanche una volta. Non è che non le sia piaciuto, è un sebai – con la *s* che le scoppia sotto la punta dei denti –, un uomo, è cosí che succede sempre. È perché aveva paura, föhörat, pensa lei, con quelle *o* che si chiudono come voragini nere. Paura, paura prima, che lui non la volesse, e paura adesso. Perché va tutto bene, lui accetta tutto, kullu, tutto, il suo cibo (mighbi, dice lei), sega-èy' (il mio corpo). Ma mancava ancora qualcosa. La cosa piú importante.

Gli mise una mano sulla testa, le dita tra i capelli bagnati di sudore, per sentirselo ancora respirare addosso. Poi lo sposta, piano, dolcemente, si stacca da lui e gli scivola sotto, giú dal letto.

Entra nella capanna e ne esce subito, con un bambino in braccio. Si siede sull'anghareb, in punta, rigida, e sotto, di nascosto, appoggia a terra il falcetto col manico rotto.

– Weddey, – dice, le *e* chiuse di paura.

Mio figlio.

Sciortino si alza a sedere sul letto. No, non l'ha vista nascondere il falcetto sotto l'anghareb, era troppo preso a guardare quel bambino nudo e ossuto che le si aggrappa al collo come una scimmietta. E pensa che sí, davvero, cosí nero e con quei peli ricci sopra la testa, sembra proprio na cimmie, e sorride, Sciortino, ride facendogli il solletico sotto la pianta di un piede, che si raggrinzisce sulle sue dita come se volesse prenderle, p' la Maiella, cumpà, na cimmiette, proprie!

La donna guardò Sciortino che rideva, e solo allora sorrise anche lei, rise, forte, raschiando via tutta la sua paura con una risata roca che diventava acuta come un grido di vittoria.

– Sebai, – gli disse lei, marito, indicandolo con la punta del mento, e poi: – Sebeiti-kà, – toccandosi il petto. – Sebeiti-kà, – ripeté, insistente, convinta, – sebeiti-kà.

Voleva dire tua moglie, ma Sciortino non lo sapeva, e per tutto il tempo che stette con lei la chiamò Sebeticca, convinto che fosse il suo nome.

Quaranta

Dice: cavolfiori come ruote di carro, dovreste vedere.
Dice: quando riprenderemo l'avanzata, tutte le terre fertili dell'altopiano.
Dice: bisogna costruirselo, il Paradiso.
Negli occhi di Leo c'è lo sguardo di un uomo che sogna. Anche quando si fermano su qualcuno, su Cristoforo, o Vittorio, o il giornalista dalla barba riccia come i capelli di un putto, seduti come lui sulle poltroncine di vimini sotto il patio, a fumare sigari e bere vermut, anche allora sembra che guardino qualcos'altro, qualcosa che sta piú lontano. Sarà per questo, perché stanno cosí aperti per vedere sempre oltre, che gli occhi di Leo sono cosí luminosi. Dovrebbero essere castani, ma lí, nel cortile sul retro della casa – lui lo chiama giardino, ma giardino è troppo per qualunque posto, a Massaua – prendono i riflessi delle bougainvillee che ha fatto piantare, e sembrano verdi.
Gli occhi di Vittorio, invece, sono quelli di un uomo che vorrebbe. Non che sogna, o vuole, vorrebbe.
Pensa: Leo, devo trovare il modo.
Pensa: Cristina, devo vederla.
Pensa: vorrei che fosse già finito.
Anche lui quando incrocia gli occhi degli altri guarda da un'altra parte, ma non oltre, piú sotto o di lato, perché è solo per sfuggirne lo sguardo. Annuisce, risponde: – Sí, certo, è naturale, – e poi si nasconde nel suo vermut, a pensare:

Leo, Cristina, devo trovare il modo, vederla, vorrei che, tutto già finito. Ma lo sguardo che teme di piú è quello di Cristoforo. Ce l'ha seduto di fianco e ogni tanto sente che lo fissa di traverso, insistente, come se volesse dirgli qualcosa. È per questo che negli ultimi giorni ha fatto di tutto per evitarlo, cercando di non rimanere solo con lui e di parlare solamente di lavoro, che con Cristoforo non è poi cosí facile. Cristoforo lo guarda anche adesso, mentre si china verso il tavolino per prendere la bottiglia del vermut, e Vittorio fa finta di niente, anzi, per stornare i sospetti sorride e gli porge il bicchierino, per farsene versare un po' anche lui.

Gli occhi del giornalista, invece, ridono sempre. Un po' perché gli sta tornando la febbre per la malaria che si è preso l'anno prima – ma non in Africa, nell'Agro pontino, dove il giornale lo aveva mandato a seguire un altro tentativo di bonifica della palude – e un po' per i tre bicchierini, a digiuno e sul chinino. Ma soprattutto perché ride sempre un po', il giornalista con la barbetta da putto, ride dentro perché è convinto di essere piú brillante e intelligente di chiunque, a Massaua e in Colonia, forse anche in Italia, e quindi lo fa ridere tutto.

Leo soffiò sulla punta del toscano che teneva tra le dita, poi tirò fuori una scatolina di fiammiferi dalla tasca della sahariana.

– Ma parlo sempre io, – disse, – guarda qua, ho fatto spegnere anche il sigaro. Manco da un po', in città ci saranno notizie piú interessanti dei miei cavolfiori, no?

Cristoforo guardò Vittorio, che guardava a terra. Sembrava molto interessato a una mosca che gli camminava sulla punta di una scarpa impolverata. Il giornalista si versò un altro vermut.

– L'intrepido capitano Bottego prosegue con successo la sua esplorazione del fiume Omo –. Rise, perché stava scherzando, non era quella la notizia del giorno. Ma rise da solo, perché Cristoforo non aveva capito, Leo era un uomo pratico che voleva subito arrivare al sodo, e Vittorio era distratto e pensava al sambuco fradicio che aveva noleggiato.

– I giorni del governatore sono contati, – disse il giornalista, sottovoce, come se ci fosse qualcuno nascosto dietro le bougainvillee. – Il presidente del Consiglio Crispi invierà a Massaua il generale Baldissera in sostituzione di sua eccellenza il Baratieri. Dicono anche che sia già partito.

– Davvero? – disse Leo, riprendendo la scatolina di fiammiferi. Il sigaro doveva essere umido, perché non riusciva a tenerlo acceso. Ma in quel momento gli interessava di piú il giornalista.

– Davvero? – ripeté Vittorio, d'istinto, e di riflesso anche Cristoforo: – Davvero?

– Sí. Pare che il decisionismo autoritario del vecchio garibaldino che regge le sorti della nazione a Roma non trovi piú un interlocutore adeguato nel confuso e indeciso generale Baratieri, se mai ce l'ha avuto. È arrivato un telegramma del Crispi, lo so perché ho un amico a Massaua all'ufficio telegrafico, – il giornalista abbassò ancora la voce, ma dovette rialzarla per fare il tono autoritario che immaginava fosse del presidente del Consiglio. – «Codesta è una tisi militare, non una guerra». Piccole scaramucce, sciupio di eroismo, Crispi ordina qualunque sacrificio «per salvare l'onore dell'esercito e il prestigio della monarchia», – e mica solo la voce autoritaria, anche il gesto della mano, che tagliava l'aria. – Per questo al prossimo contingente che va al fronte mi aggrego anch'io. Stavolta si fa sul serio. Spinto da Crispi e col successore in arrivo, il Baratieri cercherà lo scontro, e per salvare il suo d'onore, mica quello dell'esercito!

Ci stava un altro bicchierino, e il giornalista se lo versò. Leo spense il sigaro dentro un portacenere di coccio. Ne tirò fuori un altro dalla tasca e lo tagliò a metà con un coltellino. Lo accese tenendolo tra i denti, i baffetti sottili che diventavano una riga dritta sulle labbra tese.

– Delle imprese militari mi importa poco, – disse. – L'unica cosa che voglio è tornare sull'altopiano.

– Agli esperimenti agricoli, – disse il giornalista.

– Sono piú che esperimenti. Ci sto investendo il patrimonio e non lo faccio avventatamente, ve lo assicuro. Là c'è l'avvenire della Colonia, e anche quello dell'Italia.

Vittorio aveva alzato la testa di scatto, senza riuscire a controllarsi. Per quello che aveva detto del patrimonio, naturalmente, ma Leo fraintende e pensa che Vittorio sia interessato all'avvenire della Colonia.

– Perché non ci fa un pensiero anche lei? – gli dice. – Avrà messo da parte dei risparmi, forse in Italia ha una proprietà, non so, un'eredità. Venga a investirla qui. Anche tu, Cristoforo, facci un pensiero.

Del Re guarda Vittorio, ma questa è un'occhiata diversa, che Vittorio capisce subito.

– Gli stipendi dei coloniali non sono cosí alti da mettere via chissà quali somme...

– Anzi, proprio nessuna somma.

Si guardano ancora, poi smettono subito, perché se hanno capito loro non vogliono che capiscano anche gli altri. Ma Leo è troppo onesto per pensare alla Magia, e il giornalista ha le guance rosse di vermut e di febbre. Si passa una mano sulla barbetta bagnata di sudore e poi si alza.

– Scusate, – dice, – la compagnia è piacevole, ma non mi sento molto bene e si è fatta ora di andare a casa. No, no, ce la faccio... – perché Leo lo ha visto barcollare e si è alzato a metà della sedia. – Se non ci vediamo prima che parta ci vediamo al mio ritorno.

Restano in tre, Leo che fuma in silenzio, pensando all'altopiano, Vittorio che ha trovato un'altra mosca da fissare e Cristoforo che guarda Vittorio.

Cristoforo pensa che è abbastanza amico di Vittorio da non sputtanarlo davanti a Leo, ma anche che non lo è abbastanza da affrontare la situazione confidenzialmente, perché è vero che in quei giorni Vittorio ha fatto di tutto per evitarlo, ma è anche vero che lui non ha fatto niente per impedirglielo. A questo punto parte della sua mente comincia a pensare che se non è abbastanza amico di Vittorio allora non ne ha proprio di amici, è come se fosse nel deserto, lui soltanto e il resto è temporaneo, superficiale, come il vento, ma è un pensiero che abbandona subito, perché lo rende triste e comunque viene prima quell'altro, e Cristoforo non riesce a pensare a due cose contemporaneamente.

Accetta il mezzo toscano che Leo gli offre – Vittorio aveva già fatto di no con la mano – poi lo accende aspirando forte, perché non è abituato a fumare il sigaro, e quando si lecca l'amaro del tabacco dalle labbra se ne ricorda.

Pensa: perché non gli ho detto niente.

Perché da quando ha capito che c'è di mezzo l'amore gli sembra di ficcare il naso in affari non suoi, che non può capire e quasi quasi gli fanno paura. Perché Vittorio, adesso, lo stesso profilo affilato, gli stessi ricci lucidi di sudore, curvo nella poltroncina, lo stesso gesto di passarsi il dito dentro il colletto e batterlo poi con la punta del pollice, Vittorio, il suo quasi amico Vittorio, gli sembra diverso, e lo mette a disagio.

Pensa: perché non lascio perdere.

Ma proprio perché si tratta d'amore. Mica la solita scopata, occhio, Vittorio, che te lo taglio. Che poteva succedere se Leo lo avesse scoperto? Uno scandalo. Una pazzia. Un processo. La Magia che saltava fuori... no, non era per quello. E neanche per Leo, nonostante che tecnicamente il marito di una cugina avrebbe dovuto essere piú degno di considerazione di un quasi amico. Era perché sarebbe cambiato tutto, radicalmente, e lui non era ancora pronto. Andare nel deserto, un giorno, sí, ma cambiare tutto cosí, chissà come e all'improvviso, no. Non lui, non a Massaua.

Disse: – Dov'è Cristina? – cosí, forse perché l'altra parte di sé aveva pensato qualcosa, ma lui, che riusciva a concentrarsi su un pensiero solo, non se ne era accorto.

– È di sopra, – disse Leo, – non si sente bene. Doveva succedere prima o poi, da quando è arrivata, mi dicono, è sempre stata benissimo e non è naturale. Tutti si ammalano quando arrivano a Massaua. A voi non è successo? Io caghetto e febbre la prima settimana. E poi un colpo di sole.

– Vado su a salutarla, – disse Cristoforo, e a Vittorio di nuovo scattò la testa, per guardarlo, senza che riuscisse a controllarsi. Avrebbe voluto farlo lui. Avrebbe voluto anche soltanto dirlo, vengo anch'io, ma non poteva. Nessuno doveva sospettare di loro, altrimenti non avrebbe funzionato.

Cosí abbassò lo sguardo su un'altra mosca e seguí con la coda dell'occhio Cristoforo che usciva dal patio.

– Povera cara, l'ho trascurata troppo, – stava dicendo Leo, – dovrei stare di piú con lei. Fare quella gita alle isole che mi propone sempre, per esempio.

Questa volta lo scatto gli fece male al collo. Leo non se ne accorse, occupato com'era ad assaporare il fumo del sigaro che teneva in bocca.

– Quella gita? – disse Vittorio. Anche la voce avrebbe dovuto controllare. Troppo veloce, troppo acuta.

– Sí. Vorrebbe andare alle Dahlak con un sambuco, ma io col mare... non è che abbia un buon rapporto, ecco.

– Potrei accompagnarvi io, – occhio alla voce, Vittorio, occhio alla voce, – ho appena affittato una barca e mi piacerebbe provarla.

Voleva bere un sorso di vermut, per fingere indifferenza, ma non riusciva a muoversi per paura di rovinare tutto. Che potesse tradirsi, in qualche modo, che tornasse Cristoforo, che Leo cambiasse discorso e si rimettesse a parlare dei cavolfiori di Godofelassi.

– Non saprei. È una buona barca? Ha un bravo marinaio? È che io non so nuotare e allora...

– È un'ottima barca. E io me la cavo molto bene a pilotare.

Non era vero, sapeva appena come muoverlo, un sambuco, ma andava benissimo cosí, anzi, era anche meglio.

– E poi, – cercò di trattenere la voce, perché l'ansia la stava facendo troppo roca, – e poi è una buona occasione per parlare di quegli investimenti. Ce l'avrei una piccola rendita in Italia, ma non mi andava di parlarne cosí, in pubblico...

Leo sorrise e Vittorio capí che era andata, che si era dimenticato della profondità del mare, della forza delle onde, anche degli squali a cui poteva aver pensato, che ora aveva in mente soltanto le terre dell'altopiano e l'avvenire della Colonia da discutere sulla tolda di un sambuco, e infatti disse: – Speriamo che Cristina non si annoi troppo.

Ma piú che dal sorriso, Vittorio aveva capito di avercela fatta dallo sguardo di Leo.

Era lo sguardo di un uomo che sogna.

Quarantuno

Perché Del Re è andato da Cristina? Mica perché parlare con lei di certe cose sia piú facile che parlarne con Vittorio, anzi. Sono cugini, ma non è che si siano frequentati molto, neanche da piccoli, e quando lei è arrivata a Massaua era un pezzo che non si vedevano. E poi lui è piú grande, ma non è mai stato il tipo giusto per fare da maggiore a qualcuno. Fratello maggiore, cugino maggiore, ma per carità. Cristoforo? Ma dài.

Però ci pensa mentre sale le scale, il sigaro mezzo spento tra le dita e in bocca il suo sapore amaro che gli impasta la lingua. Fortuna che vede la ragazzina seduta accanto alla porta, a tirare la corda del ventaglio, che è mezza nuda perché è ancora troppo piccola – lui però gliele guarda le tettine e pensa: ancora presto. Gli viene in mente che Cristina potrebbe non essere vestita, e bussa, prima di entrare.

– È permesso?

Cristina è stesa sul letto, a fissare la stuoia di canne fissata al perno sul soffitto, che va avanti e indietro, pianissimo. Alza la testa dal cuscino quando lo vede, poi si solleva a sedere e tira su le gambe per coprirle con la sottoveste, perché sí, sono cugini, ma neanche lei si sente cosí intima con Cristoforo.

– Stai male?

– No. Però non avevo voglia di stare giú con voi a sentire discorsi da maschi.

Cristoforo ride.
– È vero? – chiede, e lei annuisce, stringendosi il labbro di sotto in un sorriso furbo. Ci sarebbe anche un altro motivo, non vuole stare vicino a Vittorio, cosí in pubblico e con Leo. Perché le fa male non poterlo guardare come vorrebbe, non poterlo toccare. E perché nessuno deve avere il minimo sospetto su di loro. Perché funzioni nessuno deve sospettare nulla. Nessuno.

Cristoforo tolse un vestito da una sedia impagliata: – Posso? – chiese, ma si sedette accanto al letto senza aspettare la risposta.

Cristina indicò il sigaro, disse: – Ti dispiace? – arricciando il naso.

Lui disse: – Figurati, non mi piace neanche, il toscano, – poi si alzò, aprí la finestra, sollevò la zanzariera e cercò di centrare una delle losanghe del graticcio, per buttare fuori il mozzicone. Non ci riuscí, ma disse lo stesso: – Ecco fatto, – e tornò a sedersi.

Lei lo guardava. Si era spinta indietro con i talloni e appoggiava la schiena al muro, i ricci neri schiacciati dietro la nuca come onde disegnate sull'intonaco. Aveva incrociato le gambe, e le ginocchia rotonde spuntavano oltre il bordo di pizzo della sottoveste. Cristoforo si domandò cosa ci trovasse di cosí speciale Vittorio, in lei. Era carina, sí, aveva qualcosa, oddio, troppo minuta, troppo nervosa per lui, e poi era sua cugina, si era sempre impedito di pensarla come una donna, e anche farlo adesso gli dava fastidio. Allora si chiese cosa ci trovasse di cosí speciale lei, in Vittorio. Un lungagnone curvo con il naso da ebreo. Sí, certo, alle donne piaceva, e quindi anche a Cristina, ma se lo avesse conosciuto come lo conosceva lui...

Ecco, ecco il trucco, pensò Cristoforo. Non fare appello ai doveri coniugali, alla fedeltà, alle convenienze, alla famiglia, non fare il maggiore. Parlarle di Vittorio. Farglielo conoscere per davvero.

– Senti, – le disse, – non sono affari miei, ma mi sono accorto di una cosa...

Non era facile neppure cosí. Cristina aveva spalancato gli occhi e lui si era sentito in imbarazzo. Per un momento aveva pensato: e se mi sbaglio? Che figura di merda. Poi però Cristina aveva abbassato lo sguardo, con troppa indifferenza, si era messa anche lei a seguire una mosca sul lenzuolo bianco, con troppo interesse, e lui aveva scosso la testa. Non si sbagliava. Però non era facile lo stesso, cosí si passò la lingua sulle labbra e di nuovo sentí il sapore amaro del sigaro.

C'era una caraffa sul comodino, con un bicchiere. Disse ancora: – Posso? – senza aspettare la risposta, poi avvicinò il naso alla caraffa. Un velo di polvere galleggiava sul pelo dell'acqua.

– Che schifo, – disse, – ma quanto tempo è che sta qui?

Parecchio, visto che a parte gli ultimi giorni non aveva passato molte notti, in quella camera, ma Cristina non lo disse. Del Re si alzò. – Bimba! – urlò, e quando la ragazzina entrò in camera, le consegnò la caraffa.

– Toh, portaci dell'acqua fresca, e sbrigati. Mai lömlúm, keltif, – lo disse anche in tigrino, e doveva averlo fatto con una certa autorità, perché la ragazza prese la caraffa e scappò di corsa prima che lui fosse riuscito a darle anche il bicchiere. Che era sporco anche quello, aveva una patina opaca sul vetro, soprattutto attorno al bordo, ma chi se ne frega, pensò Cristoforo, non era peggiore di altri da cui aveva bevuto, e poi era di sua cugina, roba di famiglia.

Quando tornò a sedersi, Cristina aveva smesso di guardare la mosca, anzi, l'aveva scacciata con un lembo del lenzuolo, e quasi l'aveva presa. Gli disse: – Di cosa ti sei accorto? – e lo fece con tanta decisione che a lui di nuovo venne

il dubbio di essersi sbagliato, su lei e Vittorio, ma vedeva il suo petto sollevarsi ansioso sotto il cotone della sottoveste, e non seppe piú cosa pensare. La prese da lontano.
– Tu gli vuoi bene a Leo?
– Ma certo.
– Cioè, intendo... tu lo ami?
– È mio marito.
Lo aveva sempre guardato negli occhi, e anche l'ultima risposta poteva non significare nulla di male, ma intanto giocava con un alluce sotto il bordo della sottoveste, no, non ci giocava, lo tirava, lo torceva, nervosamente, e lui aveva trattato con troppi dancali, tigrini, giudei, greci e italiani, mercanti, pescatori, magnaccia, soldati e puttane per farsi fregare. Adesso non aveva piú dubbi.
– Cristina, – disse, ma si fermò subito, perché la ragazzina era stata davvero keltif, ed era già arrivata con la caraffa piena d'acqua.
Del Re se la fece versare nel bicchiere, notò che anche la caraffa era sporca, soprattutto nel beccuccio, ma chi se ne frega, aveva altro per la testa. Bevve in fretta, si fece versare un altro bicchiere e vuotò anche quello, con una smorfia, perché l'acqua faceva schifo lo stesso.
– Cristina, – ripeté, poi, senza accorgersene, fece schioccare la lingua. – Cristina, – lo disse di nuovo, perché gli sembrava di aver farfugliato, e infatti si sentiva la lingua pesante peggio che col sigaro, gli formicolava sulla punta anche, tra le labbra insensibili. Cristina, Cristina, Cristina, tante volte, perché non era sicuro di averlo detto o soltanto pensato dentro la testa che rimbombava come una stanza vuota, e anche la stanza di Cristina sembrava vuota, sfocata e opaca come il bicchiere che stringeva in mano.
– Cristoforo! – disse Cristina. – Cristoforo, che ti succede? Stai male?

Ma lui non la sentiva. Neanche la stanza vedeva piú, solo nebbia biancastra che gli friggeva sulla pelle e gli soffiava nelle orecchie, come per la febbre, anche se il sudore che si sentiva addosso era ghiacciato. Cristina non fece in tempo a prenderlo, saltò giú dal letto, ma lui era già fuori dalla stanza, dopo aver sbattuto contro lo stipite della porta e la balaustra delle scale.

Scese i gradini barcollando, ma in fretta, perché gli sembrava di affondare nel legno della scala, e quindi doveva muoversi per non rimanere impantanato nella sabbia. Perché quello era il deserto, il vento nelle orecchie era il khamsin, e non c'erano altri rumori, neanche gli odori sentiva piú, proprio come nel deserto, non vedeva piú niente attorno a sé, solo il biancore abbagliante delle dune.

Dovevo portarmi gli occhiali, pensò, ma chi se ne frega, si sentiva bene, lui soltanto, il suo odore, il suo rumore e basta.

Era felice.

Era nel deserto.

Cosí, quando cade sulle ginocchia in mezzo alla strada, affonda il bicchiere nella polvere rossa di Massaua e se la versa sulla testa, una cascata di sabbia, finissima e bianca, e quelle voci che lo chiamano – *Cristoforo! Cristoforo!* – sono il soffio del vento, e quelle mani che lo tengono, gli slacciano la cravatta, lo schiaffeggiano sulle guance, quelle non le sente piú, perché è già entrato in coma.

Quarantadue

Gli aveva dato appuntamento al vecchio cimitero musulmano, non quello che sta a Taulud, dietro il forte, ma quello lontano, oltre la diga, sulla terraferma, a Monkullo.

Gli aveva dato appuntamento appena avrebbe fatto buio, ma Serra era cosí impaziente di incontrare il Greco che era uscito troppo presto e aveva dovuto aspettare seduto sul muretto a secco che circondava il cimitero, sotto un'acacia, facendo roteare il bastone di canna per scacciare i bambini che gli correvano attorno, come le mosche. Soltanto quando fu troppo buio per tenere gli occhiali affumicati Serra lo vide arrivare, dritto, rigido, il bastoncino di traverso sulle spalle e i polsi agganciati alle estremità, come in croce. A penzolare attaccata al bastone c'era anche una lucerna, spenta, e Serra pensò che a lui non era neanche venuto in mente di portarne una.

Fortuna che c'è Dante, pensò. Ma era solo.

– Dov'è il Greco? – chiese Serra, senza neanche salutarlo. Dante staccò una mano dal bastoncino e indicò verso la piana deserta.

– Là. Ci aspetta.

– Sei sicuro che ci aspetta? Non è che arriviamo là e se ne è andato?

– No. Sono sicuro che ci aspetta.

Dante accese la lucerna, anche se non ce n'era ancora bisogno. Aspettò Serra e puntò verso il fondo della piana, affondando i sandali in una polvere ruvida e fine, che sembrava sabbia. Non c'era un sentiero da seguire, e Serra si domandò come facesse Dante a sapere dove andare. Si toccò anche la fondina della pistola quando sentí una iena ridere lontano, ma neanche troppo.

C'era una duna piú avanti. Serra ne intravide la schiena scura nell'aria che diventava sempre piú nera, tanto che si accorse che ci erano arrivati solo dalla pendenza che diventava dura sotto le scarpe. La gamba ferita gli faceva male, i muscoli tesi sembrava che volessero tirarlo giú, verso il basso, e non serviva a niente appoggiarsi al bastone di canna, perché affondava nella polvere che adesso era davvero sabbia.

Oltre la duna c'era qualcosa. Una sagoma piú chiara, appallottolata come un sacco, immobile. Quando scesero giú e Dante si fu avvicinato con la lucerna, Serra vide che era un uomo, steso su un fianco, rannicchiato come un feto, mani e piedi legati assieme da una corda.

– Ma sei matto? Cos'hai fatto?
– Quello che mi avete chiesto. Vi ho portato il Greco.

Appena li sentí parlare il Greco cominciò a muoversi, cercando di rotolare sul fianco ma senza riuscirci. Parlava, anche, mugolava, come se piangesse, in tutte le lingue che conosceva.

– Voíthia! Aghèz! Ilânaghdah! Aiuto!
– Devo slegarlo? – chiese Dante.
– No.

Serra prese la lucerna e si chinò sul Greco. Era scalzo, a torso nudo, i peli bianchi sul petto incrostati di sabbia e sudore, sabbia e sudore su metà della faccia, e sabbia e sangue sulla fronte, attorno a un livido rossastro che gli usciva da sotto i capelli. Lo guardava con gli occhi spalancati, terrorizzato, e continuò a spruzzargli addosso bolle di saliva asciutta e parole in greco, tigrino, arabo e italiano, finché non capí che aveva davanti un soldato.

– Italiano! Italiano amico! Lasciami andare, italiano! Io amico italiani! Kalòs filòs! Buono amico!

Serra alzò una mano ma non riuscí a farlo stare zitto, e allora allungò un braccio e lo afferrò per la spalla, scuotendolo. Il Greco chiuse la bocca e strinse anche i denti, ma non riuscí a smettere di mugolare.

– Un paio di notti fa hai venduto un bambino a un soldato italiano.

– No! Io no! Io non faccio certe cose, italiano! Io no!

– Non negare, ho un testimone. Hai venduto un bambino di due anni a un caporale italiano.

Il Greco smise di mugolare. Deglutí e cercò di alzare di piú la testa per vedere meglio Serra. Cominciava a mettere a fuoco le cose, e quello che stava accadendo non gli tornava. Prima quello zaptiè, quel buluch bashi alto che era venuto a prenderlo, da solo però, e quasi di nascosto, lo aveva colpito in testa col bastone quando lui aveva detto che non voleva andare, e lo aveva trascinato fuori dal tukúl per i capelli. Adesso era lí anche lui, ne intravedeva la sagoma lunga ai margini del cono di luce della lanterna. Poi questo soldato italiano, un soldato semplice, che gli chiedeva del bambino. Perché? Ne avrebbe avute di domande da fare, ma l'istinto gli suggeriva di aspettare. Negare, sempre, e aspettare.

– No, italiano, no... io non faccio quelle cose, io sono ailú di Meschinopoli, vendo belle sharmutte per i soldati italiani, no, bambini, no, che schifo... – fece per sputare sulla sabbia ma non gli uscí niente, solo un soffio viscido che sollevò un ciuffo di polvere. Dante entrò nel cono di luce e col bastone colpí il Greco su una gamba, forte, come una scudisciata. Il Greco urlò, e da lontano, nel buio, gli rispose una iena.

Serra si irrigidisce e fa una smorfia. È perché non gli sono mai piaciuti certi metodi, anche se le mani legate, le minacce, pure un paio di bastonate, in effetti ci possono ancora stare. Come con i briganti, in Sicilia.

– Senti, – dice al Greco, che piange piano. – Io sono il brigadiere Serra dei carabinieri reali. Sono venuto fin qui da Firenze, in incognito, per un'indagine molto importante. So che hai venduto un bambino a un caporale. Voglio sapere chi è quel caporale e perché gli hai venduto il bambino.

Il Greco lanciò un'occhiata a Dante, che stringeva il bastone. Negare, sempre. Un po' di botte ci stanno, non è un problema, ne ha prese tante. Quello zaptiè, kataratós, maledetto, picchia forte lo zaptiè, ma ci sta, qualche bastonata ci sta, era peggio ai tempi di Livraghi, quando finivi sotto la sabbia con un colpo in testa. Negare, negare sempre.

– No, italiano, no... sharmutte, sharmuttine, anche bei ragazzi per i soldati italiani...

Serra alzò una mano per fermare Dante, che aveva già fatto un passo avanti, il bastone pronto.

– Non negare. Io lo so che hai venduto quel bambino. E so anche che non era un maialino da latte, ma un capretto.

Il Greco richiuse la bocca. L'aveva aperta per gridare perché si aspettava un'altra scudisciata da Dante, ma le parole dell'italiano lo avevano colpito piú forte. Pensò tante cose, tutte assieme. Pensò: kataraté Maryam. L'avrebbe uccisa, quella sharmuttina. Pensò: negare ancora, ma come? Pensò: vendere il caporale. E se lo vendeva bene forse ci scappava anche qualcosa per lui. Pensò: vendere anche il carabiniere. Ma poi le pensò tutte assieme, in fretta, perché non c'era tempo, e le pensò in tutte le lingue che conosceva, in greco, in tigrino, in arabo e in italiano.

– Perdono, italiano! – gemette. – Io non volevo, giuro! Io non volevo!

Strinse i denti perché sapeva che sarebbe arrivata, e infatti arrivò, la scudisciata, nello stesso punto di prima, kataratós zaptiè, l'aveva messa in conto, e ne aveva messe in conto ancora un paio, perché doveva tirarla ancora un po' con le scuse prima di mettersi a trattare in modo credibile. Se ne prese una, due, tre, poi giudicò che erano abbastanza, smise di parlare e restò in silenzio a piangere, ma di dolore.

– Slegalo, – disse Serra. Dante non lo avrebbe fatto, ma era un ordine, e poi cominciava a pensare che non era soltanto un superiore quel brigadiere, era anche bravo, perché era riuscito a far cedere il Greco cosí in fretta. Tirò fuori un coltello da sotto il camicione e tagliò le corde che legavano i polsi del Greco, ma non quelle che gli bloccavano le caviglie.

Il Greco si alzò a sedere, di scatto. Voleva fare tante cose, voleva massaggiarsi i polsi, sfregarsi la gamba colpita, toccarsi il livido sulla testa, ma prima si gettò in avanti verso Serra, a prendergli le mani da baciare, e ci riuscí, gliene afferrò una, e se la schiacciò sulle labbra incrostate di sabbia e ce la tenne, anche se Serra tirava e Dante lo colpiva sulla schiena nuda col bastone. Sopportò un paio di colpi, poi anche per quello giudicò che era abbastanza e lasciò la mano. Serra se l'asciugò sui calzoni, disgustato.

– Non lo fare piú, – disse. – Se no ti faccio legare di nuovo. Hai capito?

– Sí, signore, sí. Grazie, signore.

– Se non mi rispondi ti faccio bastonare a sangue. E se continui a non rispondermi ti lascio qui alle iene. Hai capito?

– Sí, signore. Grazie.

– A chi hai venduto quel bambino?

– A un caporale italiano, signore. Ma non volevo.

– Smettila. Lo conoscevi quel caporale?

Il Greco si portò una mano alla gamba e l'altra alla testa,

chiudendo gli occhi con espressione sofferente. Era solo per prendere tempo, perché doveva decidere come rispondere. Poteva dire no, che lo aveva visto per la prima volta, ma glielo avrebbero fatto descrivere, e allora poteva descrivere qualcuno a caso, ma di sicuro quella sharmuttina di Maryam gli aveva detto come era fatto quel caporale che sembrava una cicogna, e allora era meglio dire sí, ma poi non tutto, non tutto subito. Erano tante le cose da pensare, e per prendere piú tempo gemette anche, come per il dolore delle botte, però sapeva che non sarebbe durato a lungo, e infatti ecco un'altra scudisciata, ma sull'orecchio, questa volta, kataratós zaptiè! E allora strillò sul serio.

Serra si irrigidisce di nuovo. Fino a che punto, pensa, fino a che punto si può arrivare? Ancora un paio di bastonate. Un po' di sangue, anche, ma poco, come quello che gli esce dall'orecchio spezzato, appena un filo. È un mercante di bambini. Ha venduto un bambino di due anni a un assassino.

– Lo conoscevi, quel caporale? – ripeté Serra.

– Sí, – disse il Greco, con voce ferma. Troppo ferma, cosí lo ripeté, piú incerto e spaventato, dispiaciuto. – Sí.

Serra chiuse gli occhi. Eccola la smania, eccolo quel tremito dentro che gli toglieva il fiato e gli faceva battere il cuore. Piano, pensa, piano, perché lo sapeva che a quel punto era facile farsi prendere dall'entusiasmo e commettere errori. Piano.

– Perché hai detto che il bambino era un capretto? Te l'ha detto lui?

Come si fa a prendere altro tempo? Non si può, lo zaptiè lo colpirebbe ancora lí, sull'orecchio, e gli farebbe troppo male. Bisogna pensare in fretta, mentre si parla.

– No. L'ho capito io.
– E come?

– Perché voleva un bambino bello, e questo va bene. A Meschinopoli si trovano soltanto quelli pelle e ossa, malati, ma lui non lo vuole meschín, lo vuole bello e sano, e io penso: va bene, se deve fare cose con lui è normale. Chi vuole fare cose con un bambino brutto e malato? Questo è bello, ha solo una macchia dietro la gamba, – si tocca un polpaccio, – ma non importa, è nato cosí, come dite voi, una macchia.

– Una voglia.

– Ecco, sí.

Dante guarda Serra e pensa che è davvero bravo, quel brigadiere. Ascolta il Greco con quella luce dura che gli ha visto negli occhi l'altro giorno, e sembra studiare ogni parola come se non gli facesse nessun effetto, neanche le bollicine di saliva che il Greco gli spruzza sulla faccia gli dànno fastidio. Se fosse stato solo con quel rogúm schifoso che vende le persone, lui gli avrebbe già tagliato la gola, no, lo avrebbe castrato e lo avrebbe lasciato lí per le iene, e invece il brigadiere lo ascolta senza arrabbiarsi, solo le mani che si contorcono attorno al bastone di canna fanno capire quello che sente.

– Lui però voleva anche un'altra cosa. Vuole che il bambino viene da una famiglia che poi non lo cerca, meglio se non ha famiglia del tutto, meglio se non c'è nessuno. Perché, mi chiedo io, ha paura che poi qualcuno lo denuncia? Certamente no, io dò soldi alla famiglia, e quando il bambino torna con qualche regalo sono tutti contenti, e se resta con l'italiano meglio ancora, cosí ogni tanto porta a casa qualche cosa. Ma lui no, lui vuole un bambino che nessuno poi cerca piú. Allora io penso che questo non è un maialino da latte, questo è un capretto. Questo è un bambino che non torna.

Serra lasciò il bastone e sfregò assieme le mani. Sentiva

freddo, anche se non c'era aria e la sabbia della piana buttava fuori un caldo umido e appiccicoso. Ma era sempre cosí con quella smania, con quella febbre. Rabbrividí anche, e forte.

– Chi era quel soldato? – chiese, e quando il Greco gli disse che era proprio lui, il caporale Cicogna, e che lo conosceva perché ci aveva già fatto affari, ma non di bambini, mai: – Lo giuro! – a Serra sfuggí un gemito di felicità che fece sobbalzare il Greco.

– Attento, adesso, voglio sapere un'altra cosa, ed è una cosa importante. Lo ha comprato per sé, quel bambino?

Eccolo, il punto, è qui, pensò il Greco, è questo che vuole sapere, quello che si può vendere. Ma bisogna prendere tempo, tempo per pensare, tempo per trattare.

– Non so, forse... il caporale Cicogna non compra mai niente per sé, e poi lui ce l'ha già il suo diavoletto... non so...

– Non lo sai o non me lo vuoi dire?

– Non so... sí, ho pensato anch'io che c'era qualcuno, forse, ma lui non mi ha detto, non so...

Serra guardò Dante, senza dire niente, ma non ce n'era bisogno. Dante scattò dal buio e colpí il Greco sull'orecchio ferito, esattamente nello stesso punto. Il Greco strillò e si portò le mani alle orecchie, ma Dante lo colpí sulle nocche, e quando il Greco spostò la mano fu veloce a colpirlo ancora due volte. Uno schizzo di sangue arrivò sulla faccia di Serra, che se lo asciugò subito, con la mano.

Fino a che punto.

Fece cenno a Dante di smetterla e si chinò ancora di piú sul Greco, che piangeva con la faccia tra le mani affondate nella sabbia.

– Se lo sai, dimmelo. Se ne hai anche soltanto una vaga idea, dimmelo. Se no dimmi che non sai niente. Altrimenti continuiamo a picchiarti finché non parli.

Non c'era piú niente da vendere. Il Greco lo sapeva. Se avesse avuto tempo avrebbe potuto portare avanti una trattativa anche sul nulla, ma quella era tutta sulla sua pelle, e lui non se la sentiva di andare avanti cosí, alla cieca. E poi quel carabiniere era strano, picchiava, sí, ma non aveva ancora parlato di caserma, di galera, non aveva ancora minacciato di spedirlo a Nokra per tutta la vita. Era meglio chiuderla lí, per il momento.

– No, – disse il Greco. – Immagino che il bambino non era per lui, ma non so niente altro. Davvero.

Serra si alzò, zoppicando sulla gamba informicolita che non lo reggeva, perché era uno che per pensare doveva camminare e senza accorgersene cominciò a girare attorno al cerchio di luce della lanterna, al limite del buio.

Pensa, Serra.

Pensa: cos'ho in mano.

Un caporale italiano ha comprato un bambino di due anni, e questo è un fatto. Ci sono i testimoni, la ragazzetta e il Greco.

Pensa: va bene.

Il bambino è simile in tutto a quelli uccisi in Toscana, e anche questo è un fatto. E il caporale che lo ha comprato è l'attendente del maggiore Flaminio, principale indiziato per quegli omicidi...

Pensa: no.

Pensa: principale indiziato per lui, lui e basta.

Pensa: va bene.

L'attendente di Flaminio ha comprato un bambino, è un fatto. Che l'abbia comprato per il maggiore, però, è solo un'ipotesi. Come si può provare?

Pensa: il caporale.

Pensa: deve prendere il caporale e farglielo ammettere, e poi... e poi...

Pensa: e poi.

E in quel momento Serra si accorge che ha sbagliato, che ha commesso un errore, per troppo entusiasmo, per quella smania maledetta che gli trema dentro come la febbre, e si morde un labbro fino a farlo sanguinare. Perché pensa al caporale e si chiede come farà a convincerlo a parlare. Allora pensa che se va dai suoi superiori, al comando, dal governatore, e gli dice, cosa gli dice, che non è un soldato delle truppe coloniali, ma un carabiniere in aspettativa impegnato in un'indagine non autorizzata su un assassino di bambini, va bene, gli dice cosí, e poi, poi cosa gli dice, gli dice che questo assassino è un ufficiale di stato maggiore e cos'ha in mano per provarlo, una ragazzetta, un mercante greco, un caporale che negherà, e anche il Greco ritratterà, e la ragazzetta è solo una sharmuttina, e chi è lui, il brigadiere Serra, no, un carabiniere in aspettativa, soldato semplice delle truppe coloniali, arruolatosi con l'inganno e anche autolesionista.

No: pensa Serra. Troppo presto. Troppo presto per scoprirsi. E poi pensa anche che allora il Greco sarebbe da mettere agli arresti subito, se no appena torna a casa potrebbe andare dal caporale, raccontargli tutto, mettersi sotto la protezione del maggiore, ma arrestarlo non si può, allora bisogna spaventarlo, spaventarlo di piú, che torni a casa e stia zitto, e poi si ferma, all'improvviso, perché al margine del cerchio di luce, davanti ai suoi piedi, c'è qualcosa.

C'è una pala.

Serra chiamò Dante.

– Cos'è questa?

– È per dopo.

– Dopo cosa?

Dante indicò il Greco con un cenno della testa, all'indietro. Il Greco si accorse che stavano parlando di lui e allungò il collo per vedere, ma era troppo lontano. Serra abbassò la voce.

– No, no... hai capito male. Noi lo interroghiamo, va bene, lo bastoniamo anche un po', va bene, ma poi basta. Noi non le facciamo certe cose. Siamo carabinieri.

– Io ero con Livraghi, – disse Dante. – Anche lui era un carabiniere.

– Era un carabiniere di tipo diverso, – sibilò Serra. – Noi non le facciamo certe cose.

– Se lo lasciate andare lui va subito a vendervi al caporale...

– E se gli facciamo paura? Sono un carabiniere...

– No, siete un soldato. Lui lo ha capito e non ha paura. Non lo spaventate piú, il Greco. C'è solo una cosa che gli fa paura.

C'era una pistola nella fondina che Serra teneva attaccata alla cintura, Dante la indicò con un dito. Serra scosse la testa. – No, – disse, e abbottonò meglio la fondina, che era mezza aperta. – No.

– Io mi sono fidato di te. Tu mi hai detto che sei un carabiniere e che vuoi prendere un assassino di bambini. Mi sono fidato di te anche se sei vestito da soldato semplice. Se adesso lasci andare il Greco, io finisco a Nokra e a te ti rimandano in Italia, in prigione.

– No, – Serra scuoteva la testa, come se volesse svitarla dal collo, – no, spiegherò tutto, non avrai guai, è responsabilità mia...

– Se adesso lasci andare il Greco la tua indagine finisce qui. Non lo prendi piú il tuo assassino di bambini.

Serra pensa: è vero.

Lo sa da sempre, lo sa fino da quando ha visto la pala, ma non voleva ammetterlo. Forse lo sapeva anche da prima, quando Dante picchiava col bastone, o quando ha visto il

Greco legato mani e piedi e lo ha lasciato cosí. Fino a che punto, pensa Serra, fino a che punto. E poi pensa a quel bambino di San Frediano, a quel cuore cosí piccolo, alla bambina di Santo Spirito e a quella di Prato, anche al bambino di Marradi, pensa a quello venduto dal Greco e se lo immagina uguale, stesso corpo sventrato e nudo, morbido come se fosse di gomma, soltanto piú scuro. E poi pensa al maggiore Flaminio, e stringe i pugni e i denti, e siccome ne ha bisogno, pensa anche a tutti quegli stronzi figli di papà generale che fanno quello che vogliono e passano davanti a chiunque, nelle graduatorie dei corsi, nella carriera, e siccome gliene serve ancora, pensa anche al Greco, puttaniere schifoso, schiavista, mercante di bambini.

– Io non faccio certe cose, – disse Serra, ma lo dice piano, e fece un passo avanti, oltre il limitare dell'ombra.

– Io sí, – disse Dante, e pensò anche: come al solito, mentre raccoglieva la pala.

Serra si tappò le orecchie con le mani, fissando la notte che copriva la piana, e quando sentí il Greco che urlava: – No! No! – chiuse anche gli occhi. Incassò la testa tra le spalle e schiacciò i palmi delle mani fino a sentir fischiare i timpani, ma lo schianto della pala che spaccava il cranio del Greco fu cosí forte che lo udí lo stesso.

Allora fece un altro passo avanti, scomparendo del tutto, si piegò in due con uno scatto, spalancò la bocca e cominciò a vomitare nel buio.

Ancora la storia del brigadiere Serra

Sulla cartellina color panna c'è scritto CARABINIERI REALI, stampato a lettere grandi, e sotto, in corsivo, LEGIONE DI, e poi «Firenze», a mano, con una grafia dritta e un po' sbiadita dove l'inchiostro si inceppava nel pennino.
Dentro, appena girata la copertina di cartone sottile, ci sono le fotografie, quattro, formato Turista, 108x60, in bianco e nero. Sono solo quelle dell'ultimo bambino, quello di Firenze, perché Serra è riuscito a trattenerne il corpo sul luogo del delitto finché non è arrivato un fotografo degli Alinari che ha pagato di tasca sua, prima che il capitano si spazientisse e lo facesse portare via. Per gli altri tre ci sono solo i disegni, preciso come lo schizzo di un naturalista quello di Prato, tirato via con disgusto quello di Marradi, con rapide righe nere a tratteggiare il sangue.
Poi ci sono i rapporti – quello di Firenze lo ha firmato lui, Brig. Cc. Serra Antonio Maria – e subito dopo le relazioni dei medici legali: Matteo, anni tre, «parziale evisceramento» (prof. cav. Calderini Adolfo, Università di Firenze), Annina, anni due, «scannamento mediante ferita lineare» (prof. Levi Samuele, ospedale di Santa Maria Nuova), Mariannina, anni cinque, «sventramento totale» (prof. Nencioni Gianguido, ospedale della Misericordia di Prato), Pietrino, anni sette, «ferita da fendente con decollamento parziale» (dott. Vichi Marco, medico condotto, Marradi).

Soltanto a quel punto – Serra lo ha fatto apposta perché il colonnello e il magistrato ci arrivassero abbastanza scossi – soltanto a quel punto ci sono le testimonianze.

CARABINIERI REALI
LEGIONE DI Firenze
TESTIMONIANZA DI Papi Mario, detto Mariolino, di anni 46, professione pescivendolo, residente in via dei Cardaroli 31.

A domanda risponde: Il dì 27 marzo dell'anno 1895, alle ore 11 e 30 della mattina, mi trovavo dietro il mercato coperto di piazza De' Nerli per lavare il pesce presso una fontana ivi ubicata, quando vidi un uomo in atteggiamento sospetto. Barcollava, in preda a evidente stato di agitazione, finché non è caduto al suolo apparentemente privo di sensi. Soccorsolo, mi ha confusamente rivolto la parola in francese, per poi respingermi con uno spintone e allontanarsi correndo. Nonostante fossi molto contrariato, rinunciavo al proposito di inseguirlo in quanto subito udii le grida provenienti dal luogo in cui si era testé verificato l'orrendo infanticidio del piccolo Matteo, e colà accorrevo con altri curiosi.

A D. R.: Non avevo mai visto quell'uomo prima di allora, ma sono in grado di descriverlo. Si tratta di un uomo distinto, sui 35-40 anni, vestito in modo elegante con giacca chiara e cravattino, guanti di pelle color panna, niente cappello, alto, di corporatura magra, carnagione pallida, capelli radi, biondo scuri, lisciati all'indietro, privo di baffi e barba. Ricordo che portava all'occhiello un distintivo raffigurante due corni sormontati dal numero 19.

A D. R.: Conosco il francese per aver lavorato alcuni anni

a Marsiglia. Non ricordo cosa mi disse l'uomo quando lo soccorsi, ricordo solo di aver sentito distintamente la parola «maman» (mamma).

CARABINIERI REALI
LEGIONE DI Firenze
TESTIMONIANZA DI Lucarelli Gualberto, detto Berto, di anni 37, professione orefice, residente in via del Leone 27, e Meucci Osella, di anni 36, professione stiratrice, sua moglie.

A domanda risponde: Vista la preziosa natura del mio lavoro, sono uso a far conto di chi transita davanti alla mia bottega sita in via del Leone n. 28, e pertanto ricordo di aver notato un uomo aggirarsi con fare sospetto verso la fine di settembre del 1894, non ricordo con precisione il giorno. In particolare mi colpì il fatto che si aggirasse senza meta, attento più alle persone che alle botteghe, che nel rione si trovano numerose. Avendolo fatto notare a mia moglie che in quel momento si trovava con me, ella mi disse di averlo notato qualche ora prima nei pressi della vicina via del Piaggione, dove svolge il suo lavoro di stiratrice a domicilio, mentre rivolgeva la parola a un giovinetto.

A D. R.: Non conosciamo quell'uomo, ma siamo in grado di descriverlo come un signore distinto, sui 35 anni, vestito in modo elegante, dai modi raffinati e dal portamento autoritario, biondo scuro, pallido in viso, privo di baffi e barba.

A D. R.: In seguito al brutale infanticidio della piccola Annina, verificatosi ai primi di ottobre nel vicino rione di Santo Spirito, ricordammo l'episodio e ne portammo a conoscenza il delegato di polizia presso la locale Questura.

CARABINIERI REALI
LEGIONE DI Firenze
TESTIMONIANZA DI Quaranta Franco, detto Franchino, di anni 51, professione macellaio, residente in via Borgo San Frediano 59.

A domanda risponde: Il dì 23 settembre del 1894 mia moglie Fiorella venne in bottega a chiamarmi perché aveva visto nostro figlio Antonello, di anni 14, conversare con un uomo dall'atteggiamento sospetto in via del Piaggione. Recatomi sul posto, apostrofai con violenza l'uomo, che alla mia vista si dileguò rapidamente.

A D. R.: Da me interrogato, Antonello si rifiutò di riferirmi i termini della conversazione avuta con quell'uomo, giustificandosi col fatto che si vergognava.

A D. R.: Non conosco l'uomo, ma posso descriverlo bene avendolo visto molto da vicino. È un signore elegante sui 35-40 anni, alto, magro, biondo castano, di carnagione bianca e dall'aspetto malato. Appariva troppo raffinato nei modi, tanto da sembrare effeminato. Mentre lo apostrofavo notai con chiarezza che portava all'occhiello un distintivo della cavalleria recante al suo interno il numero 19.

A D. R.: Conosco i distintivi della cavalleria in quanto ho servito nei lancieri di Firenze durante il servizio di leva.

A D. R.: Ho pensato a mettere in relazione il fatto con il brutale infanticidio della piccola Annina verificatosi qualche giorno dopo, ma non ho ritenuto di doverne riferire alle autorità competenti.

L'OTTAVA VIBRAZIONE 315

Subito dopo, finalmente, ci sono le considerazioni di Serra. Voleva un foglio di carta intestata della Legione, ma in quel momento erano finiti, cosí ha preso un foglio bianco e ce lo ha scritto lui, a mano, «Carabinieri reali, Legione di Firenze», e poi, sotto:

<u>Riflessioni</u>
Le testimonianze raccolte in occasione dell'ultimo delitto (Treves Matteo) e in prossimità del penultimo (Monni Annina) evidenziano la presenza sospetta di un uomo <u>distinto, elegante ed effeminato, di cultura francese,</u> dettagliatamente descritto. Detto uomo indossava il distintivo di un reggimento di cavalleria verosimilmente individuato nel 19° Reggimento cavalleria guide, attualmente di stanza a Napoli ma provvisto di un distaccamento a Firenze.
Personali considerazioni sull'eleganza e la distinzione del soggetto mi portavano a pensare che potesse trattarsi piú di un ufficiale che di un soldato della truppa. Pertanto mi ponevo in servizio di appostamento davanti alla caserma del 19° Guide, onde individuare un soggetto corrispondente alle caratteristiche del sospetto, che in effetti notavo al secondo giorno di appostamento (2 aprile 1895, ore cinque della sera). Successivi <u>discreti</u> accertamenti presso l'ufficio personale del distaccamento Guide mi portavano a individuare con certezza il soggetto notato come maggiore <u>Flaminio Marco Antonio</u> conte di San Martino, nato a Firenze il 26 ottobre 1853 da Flaminio Vittorio conte di San Martino e <u>D'Angueville Marie-Thérèse</u>.
Successive <u>discretissime</u> indagini permettevano di ricostruire la seguente biografia: allevato dalla madre dopo la morte del conte Vittorio (1857), a 13 anni entra nel Regio collegio militare di Firenze, dal quale esce a 22 col grado di sottotenente.

Malgrado la scarsa attitudine all'equitazione, viene assegnato a un reggimento di élite della cavalleria (9° Lancieri di Firenze) per interessamento dello zio materno, marchese Guerri-D'Angueville, sottosegretario al ministero della Guerra. Nonostante le note caratteristiche lo definiscano «pigro, distratto e di indole inquieta», consegue presto il grado di tenente. Inviato in Calabria con un distaccamento di Lancieri per operazioni di repressione del brigantaggio, viene richiamato a Firenze dopo pochi giorni per interessamento di un amico di famiglia, cav. generale Mahon-du Ravel, aiutante di stato maggiore. A causa del suddetto episodio è malvisto dai compagni, che lo accusano di viltà, e pertanto chiede e ottiene il trasferimento al 19° Reggimento guide. Nel 1882, nonostante le note caratteristiche poco favorevoli («incline all'ozio», «licenzioso» e «facile all'ira»), consegue il grado di capitano e viene assegnato a incarichi d'ufficio presso il comando del distaccamento. Nel 1893, per interessamento dello zio materno, nel frattempo di nuovo sottosegretario presso il ministero della Guerra, è assegnato a un reparto misto e inviato in Maremma per operazioni antibrigantaggio, in particolare contro la banda di Tiburzi Domenico, detto Domenichino. Voci raccolte tra i commilitoni sostengono che il trasferimento sia stato voluto dalla madre per mettere a tacere uno scandalo di natura omosessuale. Nonostante le note caratteristiche che lo definiscono «eccessivamente prudente, al limite della viltà», e nonostante abbia perso un uomo nell'unica operazione di rastrellamento da lui comandata, viene promosso maggiore per meriti sul campo e nuovamente trasferito a Firenze.

Ulteriori <u>discretissimi</u> approfondimenti confermavano la natura depravata e debosciata del soggetto, le sue dubbie inclinazioni sessuali e l'uso frequente di sostanze stupefacenti (oppio e morfina).

Nelle date in cui sono stati commessi i delitti si trovava a Firenze e disponeva di piena libertà di movimento.

Conclusioni
I quattro infanticidi sono collegati tra loro, sono stati commessi da un assassino di bambini per il puro gusto di uccidere e questo assassino è il maggiore Flaminio Marco Antonio conte di San Martino.
Richiedo l'autorizzazione ad approfondire le indagini.

F.to
Brig. Cc.
Serra Antonio Maria

Quello che viene dopo Serra non avrebbe dovuto vederlo, perché è un dispaccio riservato firmato dal colonnello e battuto a macchina dal suo aiutante con la Remington nuova dell'ufficio. È indirizzato al capitano Borghi, diretto superiore di Serra, e c'è scritto cosí:

```
    Negativo.
    a. Due delitti hanno già un colpevole, nella per-
sona dello zio quello di Prato (non ancora confesso),
e in un vicino di casa minorato mentale quello di Mar-
radi (confesso).
    b. L'età delle vittime e la ferocia dei delitti non
basta a ipotizzare un collegamento, anche stante la
mancanza di una violenza di natura sessuale.
    c. Il fatto che il maggiore Flaminio sia un debo-
sciato, un depravato e forse anche un invertito non
basta a fare di lui un assassino di bambini.
```

Questo in considerazione soprattutto del peso sociale e politico del soggetto, che come lo stesso brigadiere fa notare ripetutamente, ha notevolissime relazioni sia familiari che personali. Si consiglia anzi di riprendere il sottoposto per essersi spinto già anche troppo avanti in un'indagine non autorizzata, e di controllare che cessi immediatamente ogni attività in tal senso.

E poi, a mano, sotto la firma del colonnello:

Fa strani discorsi questo brigadiere. Non sarà un sovversivo?

Serra non avrebbe dovuto vederlo, ma gli successe come quando era bambino, con sua madre, l'olio e il disegno della donna nuda uccisa da Verzeni. Era entrato nell'ufficio del capitano e l'appuntato gli aveva dato una cartellina per un'altra, e prima di restituirgliela non era riuscito a resistere dal dare un'occhiata all'ultimo foglio.

Allora aveva capito perché il capitano avesse bocciato i suoi sospetti – non insistere, Serra. Flaminio te lo devi scordare –, perché lo avesse tolto dalle indagini sul piccolo Matteo, anche se lo sapeva che in certe cose il piú bravo era lui – e smettila di leggere tutte quelle sciocchezze, i vecchi sistemi sono sempre i migliori – e perché ogni tanto gli facesse quelle strane domande – Serra, ma tu, politicamente? Ci facciamo due chiacchiere una volta?

Però non si era fermato. Aveva continuato a tenere d'occhio il maggiore, e quando aveva saputo che voleva partire per la Colonia, si era messo in aspettativa per motivi di salute e si era arruolato in un battaglione di Cacciatori d'Africa, per seguirlo fin laggiú, il suo assassino di bambini.

Quarantatre

– Ho sognato che ti chiamavo, ma non mi sentivi.

Ahmed volta la testa dall'altra parte, perché Gabrè non possa vedere la lacrima che gli scende veloce sulla pelle e subito svanisce, assorbita dalla stoffa del cuscino. Neanche adesso Gabrè lo sente, perché dorme, le labbra socchiuse in un sospiro leggero ma le palpebre strette, serrate su un sonno inquieto.

Ahmed sollevò il braccio di Gabrè che aveva di traverso sul petto, piano, per non svegliarlo, lo guardò rannicchiarsi in un miagolio disturbato, che si spense subito, le labbra di nuovo socchiuse in un sospiro lungo, e solo allora scivolò fuori dal letto.

Si avvicinò alla finestra e si sedette sul bordo interno del davanzale, spingendo lo sguardo tra le losanghe del graticcio di legno. Il sole bruciava ancora basso sul mare, ma non era piú alba, era già mattina.

Ahmed chiuse gli occhi. Aveva ancora addosso l'odore della notte passata insieme, ma l'aria di fuori gli riempí le narici e cosí lo perse. Avrebbe potuto tornare a letto e ritrovarlo sulla pelle di Gabrè, ma non lo fece, appoggiò la fronte al graticcio e di nuovo pensò: ho sognato che ti chiamavo, ma non mi sentivi.

C'era un albero, davanti alla finestra, appena al di là della strada. I corvi saltavano tra i rami nudi, quasi senza muovere le ali.

Alcuni facevano *haaa!*
Altri facevano *oooh!*
Altri ancora *ho-ah!*
– Perché sei già sveglio?
Gabrè si era sollevato su un gomito, i lunghi capelli ricci sparsi sulle spalle come una nuvola.
– Ho fatto un brutto sogno. E tu?
– Ne ho fatto uno anch'io.
– Il mio era piú brutto.
– Non credo.
Braccia strette su un pulsare impazzito. Sangue che schizza e si rapprende, subito freddo e secco. Budà, l'uomo iena, ghèddele. Gabrè serrò le labbra, come un bambino, ma Ahmed non riesce a capire se quella sia un'espressione spaventata o cattiva. Io ti chiamo, ma tu non mi senti, pensa.
– Ho sognato che eravamo distanti, che non c'eri piú. Che eri diverso. Sei diverso, Gabrè. È successo qualcosa.
– Sei diverso anche tu –. Gabrè si stese sulla schiena, le mani tra i capelli, sotto la testa. Era nudo, e sicuramente sí, ce l'aveva ancora addosso l'odore di quella notte. – Una volta mi avresti guardato con vergogna, – *hishma*, in arabo, ma con la *s* strisciata, alla scioana, *hitshma*. – Adesso mi guardi con desiderio –. *Raghva*, alla scioana.
– No. Con amore –. *Hubb*.
Ahmed sorrise. Anche questo una volta non l'avrebbe detto, ma Gabrè aveva ragione: sí, era cambiato. C'era voluto quello stupido del signor Del Re per farglielo capire. E forse lo aveva capito proprio perché era stato uno stupido a dirglielo, cosí, semplicemente, senza pensarci tanto.
– Per amore le cazzate si fanno, – disse Ahmed, in italiano.
Ma lo aveva capito anche prima che quel tiliàn glielo dicesse cosí, solo che doveva ancora rendersene conto. Quan-

do aveva pensato a loro due, lui e Gabrè, a Nokra, impiccati sul piazzale della prigione, e si era visto Gabrè appeso alla forca, lui, Ahmed, era scomparso dall'immagine, come se non fosse mai esistito. C'era solo Gabrè, il suo volto contratto, come prima, quando dormiva, il collo storto, le dita piú lunghe dei suoi piedi nudi a sfiorare la terra battuta, solo Gabrè, nient'altro, e gli aveva fatto cosí male che se l'era sentita lui la corda stretta attorno alla gola, però era quella di Gabrè, e non la sua. Ma era lo stesso, perché non c'era piú Ahmed, c'era solo Gabrè, per tutti e due.

– All'improvviso ho capito che non sono un buon musulmano, ma neanche un finocchio, – lūtī, – e neppure un chedài, – traditore, l'aveva detto in tigrino, e lo ripeté in arabo: kha'in. – Tutto quello che faccio, qualunque cosa, la faccio perché ti amo.

Gabrè non disse nulla. Pensò ad Ahmed, quella notte, che lo portava a casa sua per la prima volta, che lo baciava, lo baciava lui per primo, ancora nel cortile, tra le lenzuola della missione stese ad asciugare, pensò a come lo abbracciava e lo stringeva, a come lo guardava, nudo, alla luce della luna. Avevano fatto l'amore in un modo diverso, Ahmed lo aveva preso piú forte e lui si era dato di piú, ma lo aveva fatto con rabbia, per scacciare quel ricordo, braccia strette su un pulsare impazzito, sangue che schizza e si rapprende, e distratto da quello non si era accorto di niente.

– Ho rinunciato alla fede in Dio, e quella in Menelik non l'ho mai avuta, ma ne ho acquistata un'altra. Come dice il tuo poeta? Fedeli d'amore...

– Ho ucciso un uomo, – disse Gabrè.
– Non ci credo.
– Sí, l'ho fatto!
– Non ne saresti capace.
– Sí, invece!

Gabrè saltò giú dal letto. Ahmed guardò il suo corpo chiaro muoversi veloce sulla punta dei piedi nudi, come se ballasse, e lo fece senza vergogna, con amore e desiderio. Pensò che volesse vestirsi, perché si era chinato a frugare tra gli abiti gettati sul pavimento davanti al letto, e invece gli arrivò tra le braccia ancora nudo, gli si schiacciò contro provocandogli un'erezione cosí intensa che gli ci volle un po' prima di accorgersi che Gabrè aveva un coltello e glielo teneva contro la gola.

– Ho ucciso un uomo! E posso uccidere anche te, se è necessario!

– Gabrè...

– Lo faccio, se è necessario! Sono un soldato!

Ahmed sentiva il cuore di Gabrè battergli nel petto attraverso la pelle, forte come se fosse il suo. Gli accarezzò i capelli, gli prese il volto tra le mani. – Fiore d'ogni fiore, – gli sussurrò sulla bocca, e lo baciò sulle labbra che tremavano, premendo forte per farle smettere.

– Sono un soldato, – mormorò Gabrè, – voglio la libertà per la mia gente e una patria grande e forte, – *qawī*, con la *q* aspirata, ma perché sta piangendo, non perché è scioano. – È questa la mia fede.

Ahmed sorrise.

– La mia sei tu.

Desiderio e amore. Una mano sulla guancia, a fermare le lacrime, e l'altra giú, sul fianco di Gabrè, dove inizia la curva della natica. L'erezione che preme insopportabile tra i due ventri e le labbra che tremano, adesso anche le sue.

I corvi hanno smesso di gracchiare, ma loro non se ne accorgerebbero comunque. Non hanno sentito neanche i passi nel cortile, tra le lenzuola e poi su per le scale. I colpi alla porta, però, sono come un'esplosione.

– Aprite! Carabinieri!

Ahmed ha solo il tempo di guardare Gabrè. Mormorare il suo nome.

La porta si spalanca con uno schianto. Gli zaptiè entrano con i fucili puntati, gridano, grida il carabiniere che ha sfondato la porta con un calcio, grida Gabrè, che si stringe contro Ahmed, ma gli zaptiè lo spingono indietro, gridano köúm! Fermo! grida il carabiniere, grida Ahmed, e gli zaptiè lo colpiscono allo stomaco col calcio del fucile, lo fanno cadere sul pavimento, in ginocchio, la bocca spalancata in un conato vuoto. Gabrè salta sul letto, ha ancora il coltello e allunga il braccio, affondando i piedi tra le lenzuola.

– Occhio alla ragazza! – grida il carabiniere, poi si accorge che Gabrè è un ragazzo, e allora sorride, dice: – Occhio al frocetto, – ma Gabrè è scattato in avanti, è saltato giú dal letto, e il carabiniere deve proteggersi la faccia con la pistola per non farsi sfregiare dal coltello.

Giú, in cortile, c'è un maresciallo che sta parlando assieme a un tenente con i baffi all'insú. Vedono quel ragazzo nudo che vola sulle scale, sembra quasi che i suoi piedi non tocchino i gradini, in un attimo è già tra le lenzuola stese. Lassú, sulla porta, c'è il carabiniere che urla: – Fermatelo, fermatelo! – credevano anche loro che fosse una ragazza, ma non importa, il maresciallo tira la cordicella e sfila la pistola dalla fondina, l'afferra al volo, sgancia il grilletto con la punta del dito. La schiena nuda del ragazzo è là, tra le lenzuola bianche, il maresciallo spara e Gabrè allarga le braccia, come in croce, stacca anche i piedi da terra e vola in avanti, il dito piú lungo che traccia due righe parallele sulla terra battuta del cortile. Cade dentro un lenzuolo che lo avvolge come un sudario, si rannicchia come quando stava a letto e non si muove piú.

Ahmed ha sentito lo sparo. – No! – grida, e lo ripete in tigrino, in arabo e ancora in italiano: – 'Mbí! Lā! No! – piegato su stesso, la faccia nelle mani e la fronte sul pavimento, come se pregasse. – No! No! No!

Quando lo portarono fuori aveva le spalle e la schiena coperte di lividi, il volto gonfio e mezzo orecchio che penzolava insanguinato.

– Ecco, – disse l'ufficiale con i baffi all'insú appena lo vide uscire sulla scala, stretto tra due zaptiè, – questo cerchiamo di non ammazzarlo. Vorrei fargli un po' di domande prima di spedirlo a Nokra.

– Quell'altro stava scappando. Ed era anche armato, toh... – Il maresciallo fece saltare il coltello con la punta dello stivale, poi strappò un lenzuolo e lo lanciò agli zaptiè. – Ma che siete matti, lo portate fuori nudo cosí?

Lo avvolsero nel lenzuolo, anche lui come in un sudario, e se fosse stato in grado di pensare, Ahmed avrebbe convenuto che in effetti lo era. Ma a pensare non ci riusciva. Non riusciva neanche a piangere, gli occhi cosí gonfi che non lasciavano uscire le lacrime. Fissava Gabrè, avvolto nel suo bozzolo bianco, quel fiore rosso che si stava coprendo di mosche. Fece un passo per scacciarle, ma gli zaptiè ricominciarono a colpirlo, finché il maresciallo non arrivò urlando: – Basta! Basta! – E mentre l'ufficiale alzava gli occhi al cielo, lo portarono fuori, sulla strada.

Sull'albero nudo i corvi avevano ripreso a gracchiare.
Haaa! faceva qualcuno, e gli altri *oooh!* e *ho-ah!*

Quarantaquattro

Quando rideva da sola Asmareth non si copriva la bocca con le dita, anzi, gettava indietro la testa e rideva forte, e non squittiva come un gattino, ma gridava, quasi, a voce piena. Da sola voleva dire con le altre ragazze, senza uomini e soprattutto senza tiliàn, come alla fontana pubblica verso il tramonto, quando non c'erano piú neanche i portatori d'acqua ma soltanto donne, vecchie mogli dalla schiena inarcata su sederi enormi e giovani figlie magre come bastoncini di adaï. Le donne anziane non facevano la fila, salivano lente i gradini che portavano al pozzo sotto la tettoia come se fosse una insopportabile sofferenza, le croci sbiadite di henné tatuate sulla fronte, i lineamenti piegati all'ingiú come se un giorno si fossero sgonfiati all'improvviso, e le ragazze si facevano da parte per lasciarle passare. Parlavano, ridevano, cantavano, gridavano tutte, con un vociare acuto e intenso che sembrava quello di uno stormo di uccelli.

Asmareth era stata svelta, aveva già riempito il suo orcio e adesso rincorreva con il piede nudo una ciabatta che le era scivolata giú da un gradino bagnato e non ci riusciva, perché intanto rideva. Serra la guardava, senza sentirla in mezzo a quello stridere di voci, pensava che dovevano essere state le altre ragazze a farla ridere cosí, magari le avevano detto qualcosa, e infatti stavano ridendo anche loro, finché una non lo vide e smise di colpo, e con lei anche le altre.

Asmareth fu l'ultima a vederlo, e quando lo notò, fermo

in fondo ai gradini, appoggiato al bastone di canna, gli occhiali neri sotto la tesa abbassata del berretto, si portò subito la mano davanti alla bocca, prima per coprire l'imbarazzo e poi per nascondere un sorriso. Dio, com'è bella, pensò Serra.

Asmareth recuperò la ciabatta e scese dai gradini, tirandosi meglio il telo sulla testa. Il peso dell'orcio di terracotta pieno fino all'orlo le allungava un braccio, piegandola tutta da una parte. Serra cercò di prenderglielo, ma lei si divincolò, schermandosi con una mano, e lanciò anche un'occhiata preoccupata alle donne della fontana, ma non la stavano guardando.

Serra non insistette. Zoppicava ancora, e visto il peso dell'orcio, non era sicuro che sarebbe riuscito ad aiutarla davvero. La seguí, appoggiandosi al bastone, e lei rallentò il passo per stargli a fianco. Guardava fisso, davanti a sé.

– Hs'mr'th, – disse Serra, mangiandosi tutte le vocali, e lei rise forte, coprendosi la bocca con un lembo del telo, la risata che squittiva, da gattino.

Non era andato lí per lei, anzi, non pensava neppure di incontrarla. È che per arrivare a casa di Dante, che poi era anche casa sua, di Asmareth, si passava dalla fontana, l'aveva vista e si era fermato. Ora stavano facendo la strada assieme. Però lo sentiva che lei lo stava osservando con la coda dell'occhio, sforzandosi di mantenere lo sguardo in avanti, e quando lui voltò la testa dall'altro lato, apposta, lei si girò, veloce, e gli lanciò un'occhiata. Serra si sforzò di trattenere le labbra per nascondere un sorriso. Si sentiva imbarazzato, lusingato e intenerito allo stesso tempo. E anche qualcosa di piú.

Quanti anni ha, si chiede. A che età laggiú le donne diventano donne. Perché è una donna, Asmareth, cosí la pensa, poi però si sente di nuovo quello sguardo obliquo, da coda dell'occhio, che è uno sguardo da ragazzina, e che cos'è, Asmareth, donna, ragazza o bambina, non lo sa piú.

– Dài, – le disse, deciso, – l'orcio ha due manici, e quindi si fa a metà.

Le girò attorno, e prima che lei potesse fare niente afferrò l'orecchio libero dell'orcio e lo tirò su. Asmareth si sollevò di colpo, come se avesse tirato su anche lei.

– Yekanielè, – gli disse, grazie, e questo lo sapeva anche lui, ormai, lo aveva imparato al forte, e rispose: – Gemsemkí, – che probabilmente si pronunciava in un altro modo ma funzionò lo stesso, perché Asmareth sorrise, cosí sorpresa da non coprirsi neppure la bocca.

– Ua-àa, – disse lei, e poi cominciò a parlare, veloce e di slancio, e all'inizio lui credette che volesse prenderlo in giro, ma poi, quando sentí che la frase era una domanda, pensò che davvero lei credeva che avesse imparato il tigrino e potesse capirla.

– Piano, piano, – le disse, – ho imparato grazie, prego e un paio di cose che si dicono in caserma tra soldati, ma che a te non ripeterei mai.

Gli aveva chiesto come stava. – Kemay-alekà, – glielo ripeté, piú piano, indicando la gamba ferita e il bastone, puntandoli col dito, e questa volta lui capí.

– Bene, grazie. Come si dice «bene»? – Cercò di mimarlo assumendo un'espressione compiaciuta, gli occhi socchiusi, le labbra sporte in avanti, la mano che ondeggiava a mezz'aria.

Lei sussurrò: – Tzubúk, – esitando, interrogativa, e lui annuí, deciso.

– *Zubbú, iecanielè*, – disse, poi pensò: spero di aver detto la cosa giusta, se no sai che figura di merda. E di nuovo si sentí come una recluta che abborda le turiste in piazza della Signoria.

Asmareth tornò a guardare avanti. Dritta, la nezalà di cotone bianco che le scende ai lati del volto. Ogni tanto si voltava a guardarlo, veloce, ma senza nascondersi, e una volta gli sorrise, anche, ed ecco, adesso è una donna, e Serra pensa che ora lui si ferma lí dov'è – dov'è? Un vicolo largo, lontano dalla piazza, i versi delle donne non si sentono piú, sono sotto un albero che spunta dalla spaccatura di un muro, foglie lunghe e pesanti, il tronco prepotente tra due finestre dal graticcio di legno dipinto di giallo, c'è ombra e lui ha anche quasi smesso di sudare. Pensa: ora mi fermo qui e la accarezzo, le tocco una guancia, la bacio qui, sotto quest'albero ridicolo, davanti a queste finestre gialle. E lo fa, si ferma, tirando l'orecchio dell'orcio per fermare anche lei.

– Asmarèt, – le dice, all'italiana. Lei vorrebbe ridere, ma nota il suo sguardo serio, e allora subito si smarrisce, e sembra spaventata, ma poi sembra capirlo, quello sguardo, e allora socchiude gli occhi e sospira forte, troncando il fiato, che è come una parola e vuol dire sí.

Poi, però, lascia andare l'orcio, che oscilla sulla mano di Serra come il batacchio di una campana e gli si pianta contro una caviglia, strappandogli un salto e un gemito. Anche Asmareth ha fatto un salto, ma di lato, lontano da Serra, perché in fondo al vicolo è apparso Dante.

Asmareth si riprende l'orcio e rapida si allontana verso la porta di casa, passando vicino a suo padre che se ne sta fermo in mezzo alla strada, il tarbush calcato sulla testa e il bastoncino di traverso sulle spalle, le mani agganciate alle estremità, non si volta nemmeno a guardarla, ma le nocche sono bianche per la stretta, e se non ci fosse nessuno, e tantomeno Serra, la colpirebbe con quello, forte.

– Perché stavi parlando a mia figlia?
– Non le stavo parlando. La stavo aiutando a portare quel peso. Si fa cosí in Italia, si chiama cavalleria.

– Cosa volevi da mia figlia?
– Niente, volevo. Stavo venendo da te e l'ho incontrata per la strada. Che idee ti sei messo in testa, zaptiè? Sono un sottufficiale dell'Arma, in servizio, e sto conducendo un'indagine. E sono anche due giorni che ti cerco... dov'eri sparito?

Dante lascia la presa sul bastone e le nocche tornano scure, come sempre. Ha mani lunghe, Dante, con sfumature piú chiare tra le dita forti. Qualcuno direbbe le mani di un pianista, o di un poeta, lui dice quelle di un guerriero.

– Di cosa parlavi con mia figlia?

Serra alza gli occhi al cielo. Si colpisce la punta di una scarpa con la canna, come se fosse un frustino.

– E di cosa le parlavo? Te l'ho detto, di niente... come faccio a parlarci? Lei non capisce quello che dico io e viceversa. Credo che mi abbia chiesto come stavo... che significa *zubbú*?

– Tzubúk, – piú *s* che *z*, – buono.

Serra sospira, niente figura di merda.

– Senti un po'... tu che parli l'italiano cosí bene, anche meglio di me, perché non glielo insegni?

– E perché glielo devo insegnare?

– Perché questa è una colonia italiana. È Italia, zaptiè.

– Gli italiani sono qui a Massaua solo da dieci anni. E prima c'erano gli egiziani.

– Che vuoi dire, che ce ne andremo anche noi? Sono discorsi da carabiniere, questi? «Nei secoli fedele», zaptiè, te lo ricordi? Vale anche per te.

Erano uno davanti all'altro perché Dante si era avvicinato. Uno zaptiè alto e nero, in camicione bianco e fascia rossa, con l'accento toscano, e un carabiniere vestito da soldato, piccolo e nervoso, con l'accento un po' sardo e un po' bergamasco. Serra non scherzava piú. Neanche Dante aveva mai scherzato, ma era vero, lui era uno zaptiè e l'altro un sottufficiale dei carabinieri, e quella era Italia. Batté la punta del bastone contro la fascia impolverata di un sandalo, anche lui come un frustino, ma era un segno di resa, e non di arroganza.

– Sono stato in giro a far domande per te, – disse.

– E hai scoperto qualcosa?

A Serra tornò in mente il Greco, il vecchio cimitero musulmano, anche lo schianto della pala, ma non ci voleva pensare, e per ricacciare indietro quelle immagini e quei suoni pensò ad Asmareth.

Lui non lo sapeva, ma lei lo stava guardando, perché la casa di Dante era giusto in fondo al vicolo, e lei si era sporta dallo stipite, come per giocare a nascondino. Invece è per fissarlo, l'uniforme bianca, i baffetti neri, la forma della sua bocca, le sue mani, cerca di memorizzare piú particolari possibile, Asmareth, per poterselo ricordare dopo, appena lui girerà le spalle e se ne andrà lungo il vicolo, e chissà quando potrà rivederlo. Lo guarda e non può sapere che anche lui la sta pensando, la rivede con la zuria bianca che le fascia il corpo snello, il bordo bagnato dall'acqua della fonte le si attorciglia attorno alle caviglie, la testa coperta e anche la bocca, nascosta, ma non gli occhi, quei suoi occhi cosí grandi, cosí scuri, leggermente obliqui sugli zigomi sottili.

Poi Dante dice: – Sí, ho scoperto qualcosa, – e lui di colpo si dimentica di tutto.

– Ho trovato il bambino.

Il bambino.

– Che cazzo dici?

Il bambino.

– Il bambino che il Greco ha venduto al caporale che sembra una cicogna. Il capretto per il tuo assassino.

Serra afferrò un braccio di Dante. Lo strinse, agitando il

bastone come se volesse picchiarlo, poi dovette appoggiarsi perché si era mosso troppo bruscamente e la gamba gli aveva fatto male. Ma non ci pensava, non pensava a nient'altro che a quello.
Il bambino.
Il bambino.
Se Asmareth fosse uscita in strada, nuda, per gettarsi tra le sue braccia, non se ne sarebbe neanche accorto.
– Dov'è? Scommetto che l'hanno sepolto nel deserto! Dobbiamo andarci subito, prima che se lo mangino le iene, subito!
Nessuno si è mai accorto di quando Dante sorride. Ha sempre quell'espressione seria, la bocca stretta dal pizzetto nero, un capo, un guerriero. A volte spalanca la bocca e ride forte, mostrando i denti bianchissimi, come sua figlia, ma quando sorride non se ne accorge nessuno. Neanche Serra se ne accorse.
– Va bene, – disse Dante. – Ti ci porto subito, – e si allontanarono lungo il vicolo, gli occhi di Asmareth fissi sulla schiena di Serra, per fermare piú particolari possibili, il suo passo, i suoi movimenti, prima che sparisse dietro l'angolo.
Per tutto il percorso Serra non fece altro che ipotesi. Trascinando la gamba ferita nella polvere della terra battuta non pensò ad altro che a quel bambino, non scacciò neanche le mosche che gli volavano davanti alla faccia. Si chiese se l'avrebbe trovato eviscerato come quello di Firenze, o quasi decapitato come quello di Marradi, perché ciò avrebbe significato un'anomala involuzione nel *modus operandi* dell'assassino. Poi si chiese se l'avrebbe trovato in uno stato compatibile con un esame necroscopico adeguato, perché erano trascorsi un po' di giorni da quando il Greco lo aveva venduto al caporale, e da lí passò a pensare al medico legale, se fosse riuscito a trovarne uno a Massaua abbastanza compe-

tente, ma soprattutto discreto, per carità, affidabile, insomma, e chissà, forse avrebbero potuto repertare una ferita configurata, qualcosa che riportasse a un'arma bianca di pertinenza del maggiore, e allora sí che lo avrebbero incastrato. Ma già il bambino bastava, il corpo di un bambino ucciso venduto all'attendente di un maggiore sospettato di omicidio.

In realtà avrebbe fatto meglio a chiedersi altre cose, per esempio perché mai dopo aver percorso la passerella che da Ba'azè porta a Taulud si erano infilati nelle stradine che giravano tra le capanne dietro il cisternone invece di prendere subito un muletto, dato che fino al deserto non ci sarebbero arrivati cosí a piedi, e non a quell'ora, col tramonto che già cominciava a tingere di rosso l'acqua della rada. Se lo avesse fatto di certo si sarebbe sentito meno sorpreso una volta arrivato davanti alla staccionata dell'Istituto degli innocentini di Massaua.

Era cosí stupito che restò un passo indietro mentre Dante andava a suonare il campanaccio appeso al cancello.

– No, aspetta un momento, – mormorò, – questo è un orfanotrofio, una scuola... cos'è? – Si sentivano anche le grida dei bambini, oltre la staccionata, e non pochi, tanti. – Cioè, come hanno fatto a nascondere qui dentro un bambino morto?

– Non ho mica detto che è morto.

Serra era abituato a pensare in fretta, a mettere in fila i fatti, tirare le somme, subito, e trarre conclusioni. Ma quella notizia era cosí assurda che per un po' il suo cervello girò a vuoto, lasciandolo a bocca aperta, come un demente.

– Ho detto che l'avevo trovato, – ripeté Dante. – Non ho mica detto che era morto.

Quarantacinque

L'Istituto degli innocentini di Massaua era sorto a imitazione di quello fondato ad Asmara dalla marchesa Pianavia-Vivaldi soltanto l'anno prima. Adesso la marchesa era tornata in Italia, ma i suoi ragionamenti sulle nefaste conseguenze dell'amore non platonico tra il bianco e la nera avevano dato i loro frutti.

A spiegarlo era una ragazza ossuta, una biondina dalla faccia legnosa, vestita con una camicetta chiusa fino al collo nonostante quella fosse l'ora del tramonto, in cui l'aria a Massaua si fermava e il caldo diventava ancora più insopportabile che se fosse stato mezzogiorno. Lo spiegava accompagnando Serra e Dante attraverso quello che sembrava un accampamento di tukúl in miniatura, e lo faceva con un toscano lezioso da Firenze bene, che aspirava appena le *c* e finiva quasi tutte le frasi con un sicché che sembrava voler rimettere tutto in discussione.

Raccogliere e affidare a mani pietose i meticci, per allevarli umanamente e cristianamente. Certo, per adesso era soltanto una palizzata e poche capanne di paglia, solo il refettorio era in muratura, per forza, in un momento come quello tutte le risorse vanno alla guerra, Dio ci scampi, sicché.

Serra non aveva ascoltato una parola. Aveva camminato a fianco della ragazza – Dante era rimasto un passo indietro – cercando di pensare, di fermare quel ronzio impazzito che gli formicolava nella testa. Era quella febbre, quella smania che gli bruciava dentro, ma questa volta, per la prima volta, invece di inebriarlo e dargli forza gli faceva male.

Il bambino vivo.

Il bambino era vivo.

Capí che la ragazza gli aveva chiesto qualcosa soltanto perché si era fermata e lo stava guardando. Sembrava seccata e aveva la faccia rossa, e non soltanto per il caldo.

– Ho detto, ma mi sta ascoltando?

– Sí, però... ecco, la ferita... oggi mi fa male e allora ogni tanto perdo il filo –. Si toccò la gamba, appoggiandosi al bastone.

La ragazza strinse le labbra in un'espressione desolata, e per un attimo Serra pensò che si sarebbe messa a piangere.

– Oddio, come mi dispiace... Ferita di guerra?

– Quasi. In servizio, comunque.

– E le fa male, sicché.

– A volte. Non ho capito cosa mi stava dicendo, prima.

– Non importa, ragionavo del fatto che ci portano i mulattini che non possono vivere decentemente, perché le madri africane sono quello che sono, si sa, ovvía, e i padri italiani spesso sono cosí snaturati che li abbandonano, sicché.

Qui la ragazza si ricordò che prima di provare pietà per la ferita di Serra si stava insospettendo per la sua visita all'istituto. Un soldato italiano che chiede notizie di un bambino, e accompagnato da uno zaptiè, anche.

– Perché le interessa tanto codesto bambino?

Pensare in fretta. Davanti a un problema improvviso è cosí che il cervello di Serra reagisce, smette di girare a vuoto e si concentra, come un quadrato di soldati di fronte a un assalto. Baionetta inastata e colpo in canna. Prima fila in ginocchio.

– Non è per me, – disse. – Sono l'attendente di un alto

ufficiale che vorrebbe restare anonimo. Mi ha chiesto di informarmi.

– Oh, – disse la ragazza. Poi chiese: – Non sarà mica il Battistini? – di slancio, *'un sarà mi'a i'bbattistini?* Tutto attaccato e veloce, senza *sicché* alla fine. Serra scosse la testa e lei sospirò di sollievo, mormorando: – Lo sapevo che Lorenzo mio 'un poteva.

– Com'è arrivato qui il bambino?

Adesso il cervello di Serra si era assestato. La voce, lo sguardo, i movimenti, erano tornati quelli degli interrogatori in caserma. E anche la febbre dentro, adesso, non faceva più così male. Spingeva, premeva, e lui doveva sforzarsi per stare fermo, tutte e due le mani sul bastone di canna, piantato nella polvere della spianata, tra i tukúl in miniatura. Il sole ormai se ne era andato, ma gli occhiali affumicati non se li tolse.

– Ce l'ho portato io qui. L'ho visto a Otumlo, che ruzzava tra i cespugli come un animalino selvaggio, così l'ho preso e ho avvertito i carabinieri perché ne cercassero il padre. Mi è sembrato troppo sano e troppo chiaro per essere solo un abissino. Sa com'è con i mulattini, no? Fino a un anno son bianchi, poi si imbruniscono, ma senza annerirsi del tutto, sicché. La marchesa Pianavia mi diceva...

Serra alzò una mano, troncandole la frase. La febbre. Quella smania dentro.

– L'ha trovato nella piana, bene. E com'era?

– E come vuole che fosse? Nudo, sporco e cisposo. L'abbiamo chiamato Michelino.

Serra annuí, ma non era quello che voleva sapere. Digrignò i denti sotto i baffi dritti sulle labbra tese.

– Condizioni di salute? Presentava ferite di qualche tipo? Tagli, segni... sanguinava?

– E chi è lei, un carabiniere?

La ragazza guardò Dante, che si era mantenuto immobile come una statua di legno, il bastone sulle spalle e le braccia appese. Soltanto una volta aveva annuito, piano, quando la ragazza aveva parlato del nefasto connubio tra il bianco e la nera. Serra pensò: marcia indietro. Troppa fretta, era sempre cosí con la sua febbre. Di nuovo in quadrato, serrare i ranghi, colpo in canna e pronti all'assalto.

– Mi scusi, – disse. – È molto importante per il mio superiore. Posso vedere il bambino?

– Adesso è ora di cena, saranno tutti nel refettorio.

– È questione di un attimo...

Se il refettorio era l'unico edificio in muratura, allora era quello laggiú, dietro l'asta con la bandiera afflosciata attorno al palo per mancanza d'aria. Serra si mosse deciso, zoppicando di piú, apposta, per tornare a impietosire la ragazza. Lei lo seguí.

– La mi scusi, io capisco la premura del suo ufficiale... e anche la sua esigenza di riservatezza, sicché. Però, se venisse lui di persona... lei come lo riconosce il bambino? Son tutti uguali, sicché.

– Me l'ha descritto bene. E poi ha una macchia qua, – Serra si toccò il polpaccio col bastone, lo fece schioccare sui calzoni, come una frustata, – una specie di voglia piú chiara, molto grande.

– Ah, sí, allora è proprio il Michelino.

Assí, allora gli è proprio i' Mmi'elino.
Sicché.

Serra si blocca davanti al refettorio, cosí all'improvviso che la ragazza gli va a sbattere contro la schiena. La febbre è diventata uno spasmo che gli schiaccia lo stomaco e gli fa venire voglia di vomitare, gli stringe la gola con un nodo, e deve spalancare la bocca per aspirare aria.

Il bambino vivo.
Il bambino è vivo.
Il refettorio non ha porta, e anche se il sole è tramontato, il contrasto fra dentro e fuori è ancora cosí netto che si vede soltanto un buco, nero come il fondo di un pozzo. Si sente un vociare di bambini, e anche urla di donne, in tigrino, laggiú nel buio. Serra scatta, ci si infila dentro, si strappa gli occhiali perché non vede niente. Poi i suoi occhi si abituano.

Un'asse di legno, lunga, su tre cavalletti da campo. Un pentolone sull'asse, difeso da una donna con un camicione bianco, le braccia grasse e nere. E tanti, tantissimi bambini, tutti attorno, attaccati al tavolo, al camicione della donna, al pentolone, con i piattini di metallo in mano, tutti scalzi, tutti vestiti con una camicina bianca, urlano, gridano, ridono e piangono, i piú piccoli dietro e i piú grandi davanti, due anni, tre, cinque, dieci, forse dodici. Serra si chiede come ha fatto a non sentirlo prima, quel frastuono. Era troppo distratto dalla febbre.

– Qual è? – chiede alla ragazza.

– Se è cosí tanto informato da... – inizia lei, ma Serra la guarda, è anche senza occhiali, i suoi occhi si piantano in quelli della ragazza e sono gli occhi del brigadiere Serra.

– Qual è? – ripete, ma non ce ne sarebbe bisogno.

– Quello là, sulla sinistra, l'ultimo.

Serra lo vede. Due anni, ricciolino, chiaro di carnagione. Sano, non meschín. A Serra si stringe lo stomaco.

È lontano per vedergli le gambe, cosí si avvicina, ma troppo in fretta, il bambino lo nota quel soldato che per lui è grande, col bastone, lo guarda spaventato, e quando se lo sente addosso grida e scappa sotto il tavolo, a quattro zampe. Serra cerca di prenderlo ma gli sfugge, sente solo il morbido di un piedino che gli scivola tra le dita. Dante è dall'altra parte, prende il bambino per un braccio e lo solleva come se fosse un pollo.

– Ohi, ohi, un momento! – dice la ragazza.

Il bambino strilla, cosí anche tutti gli altri si voltano, e cominciano a strillare anche loro, e anche la donna dalle braccia grasse, urla: – Bahà, bahà! – basta, basta, e fa frullare in alto una ciabatta, ma scappano da tutte le parti, come topolini, gridando.

A Serra gira la testa. Il rumore gli rimbomba nelle orecchie e lo rintrona. Gli manca il respiro.

Prende la camicina del bambino e la solleva di colpo, scoprendolo fino alla schiena.

Sí, la macchia chiara c'è. È sul polpaccio, grande, dalla caviglia all'incavo del ginocchio.

Il bambino è vivo.

Il maggiore non l'ha ucciso.

Non l'ha neanche toccato.

Serra ansima. Non sente piú niente, i bambini, la donna dalle braccia grasse, la ragazza dal volto legnoso che adesso gli urla anche lei, agitandogli contro una mano aperta.

Esce dal refettorio, si appoggia all'asta della bandiera, perché il bastone di canna non gli basta, alza la testa, ferendosi gli occhi con la luce del cielo, e poi si sferra un pugno sulla coscia cosí forte che gli fa male, piú male della ferita, piú male di quella febbre cattiva che lo brucia dentro.

La storia del soldato ucciso

– Occhio! Occhio! – gridava il maresciallo, come a caccia, e infatti quello era, una battuta di caccia in Maremma, tra i boschi, caccia a Domenico Triburzi, detto Domenichino, il Re della Macchia, e gli altri della sua banda. Perché anche se si chiamava «operazione congiunta di contrasto al banditismo», non era niente di diverso da quando usciva in battuta dal casino di caccia con gli ospiti di maman, lui dietro, come adesso, annoiato e stanco per essersi alzato cosí presto, e gli altri davanti, il signor conte, il signor marchese e il signor avvocato, e ora, invece, i carabinieri della stazione di Grosseto e i soldati del suo reparto, cauti tra gli alberi e i cespugli irsuti della macchia, col fucile in mano.

Ironia della sorte, il bosco che stavano perlustrando dietro la soffiata di un carrettiere non era neanche tanto lontano dal casino di caccia di Capalbio in cui maman lo sorprese col figlio dell'avvocato, loro due nudi sulla paglia della stalla e lei che riempiva lo specchio della porta con la sua sagoma nera. Non era bastato giurare che non era successo niente, davvero, rien de rien, niente di niente. Je le sais bien, lo so, aveva detto maman, tu n'arrive jamais à terminer quelque chose, non riesci mai a finire niente, stupide, e poi aveva scritto al fratello generale perché lo spedisse lontano, in servizio attivo, ma lui era riuscito a farsi mandare proprio lí, nella sua Maremma.

– Occhio! Occhio!

Da un cespuglio di rovi è uscito qualcosa. Correva dritto e basso come un cinghiale, ma era un uomo, era un brigante, e puntava veloce su Flaminio. In mano ha un pugnale dalla lama lunga come quella di uno stiletto.

– Occhio! Occhio! – grida il maresciallo, e spara con la sua doppietta.

– Occhio! – grida un caporale, e spara.

Spara anche un carabiniere, con il moschetto, ma non lo prendono, perché corre forte, dritto sul maggiore, un grugnito roco da cinghiale e lo stiletto proteso, come una zanna.

Flaminio lo guarda, paralizzato dalla sorpresa e dal terrore, e non riesce nemmeno a sollevare la rivoltella che tiene in mano.

C'è un soldato che si mette in mezzo. Era un ragazzo giovane, appena l'età di leva, la pelle liscia e chiara come quella di un bambino. Punta il fucile, ma non fa in tempo a sparare che il brigante gli è addosso, lo carica in mezzo al petto, con una spallata, lo getta contro Flaminio e cadono tutti assieme sul tappeto irsuto della macchia. Poi la zanna scatta e la lama del pugnale si pianta nella gola candida del soldato.

Il maresciallo spacca la testa del brigante con la canna della doppietta, lo stacca dal soldato con un calcio, lo fa rotolare sull'erba e tutti gli scaricano addosso i fucili, mentre il maresciallo urla: – Nella faccia no! – se no poi chi va a capire se è il Domenichino, il Fioravanti o chissà chi.

Flaminio, intanto, era rimasto a terra, schiacciato dal corpo del soldato. Ce l'ha stretto fra le braccia, e a ogni battito della sua gola il sangue schizza sulla lama del pugnale e gli arriva fino in bocca e sulle mani.

Dio, cosí giovane.

Quel buco nero sulla pelle bianca.

Tutto quel sangue.

Il ragazzo freme, trema fra le sue braccia, le labbra tese come se volesse un bacio, poi si contorce in uno spasmo lungo come un orgasmo e non si muove piú.

Quando glielo tolsero da sopra, Flaminio aveva il volto e le mani coperti di sangue, ma si vedeva benissimo che non era ferito. – Guarda, – sussurrò un carabiniere, – se l'è fatta addosso, – e con il mento accennò alla macchia che si era allargata sui pantaloni del maggiore, tra le gambe, ma non era vero, non se l'era fatta addosso.

Era venuto, come mai gli era successo prima, con un'emozione cosí forte e cosí struggente che non riusciva a smettere di tremare, e dovettero sostenerlo a braccia per un pezzo prima che potesse camminare da solo.

Era un'emozione che lo spaventava. Gli girava la testa, quando ci pensava, gli si troncava il fiato. Ma la desiderava. La voleva ancora.

L'aveva cercata frugando tra i sensi nei momenti in cui il suo autocontrollo sembrava piú stabile. Da solo, la notte, prono nel suo letto, aveva sperimentato ricordi, immagini e sensazioni sfregando il pene quasi eretto contro la trama ruvida del lenzuolo. Aveva scoperto che lo eccitava la morte, il sangue, la lama, uccidere, cosí giovane, Dio, cosí giovane, tutto quel sangue. Se lo sapesse maman.

Poi era capitato.

A Firenze, dietro il mercato di piazza De' Nerli. Quella donna che urlava sulla porta dello stabile, gli uomini che correvano su per le scale, li aveva seguiti, palazzo popolare, odore di cavoli, stava quasi per tornare indietro – in fondo era uscito dalla caserma solo per andare a pranzo, no, non era per quello, non aveva neanche fame, non importa per che cos'era, passava da quelle parti – poi era arrivato alla soffitta, si era affacciato sulla porta e l'aveva visto.

Cosí giovane.

Tutto quel sangue secco su quella pelle bianca, bianca come cera.

Quel cuore cosí piccolo.

Non aveva fatto in tempo a provarla quell'emozione, perché aveva cominciato a girare tutto, tout avait commencé à tourner, e lui era scappato, e poi era svenuto in quel vicolo, vicino alla fontana.

Ma era sicuro che prima o poi sarebbe successo.

L'avrebbe provata ancora, quell'emozione.

Per questo era andato in Colonia. Non per scappare, no, all'inizio poteva illudersi che fosse cosí, poi lo aveva capito che in Africa c'era andato perché pensava che là sarebbe stato piú facile trovarla, quell'emozione, quell'orgasmo di morte violenta e sangue giovane.

Pensava che laggiú sarebbe stato piú facile per lui uccidere un bambino.

E invece proprio là, in Africa, in Colonia, all'improvviso aveva capito che non era quello che desiderava.

C'era voluto un bambino nudo a dimostrarglielo. Niente di piú facile che piantargli la baionetta in gola e tenerlo tra le braccia, a fremere schizzandogli il sangue sulla bocca, e invece se n'era rimasto immobile, impotente, in tutti i sensi, con la baionetta che gli penzolava inerte lungo la coscia.

Non sarebbe mai riuscito a uccidere un bambino.

Non era quello che voleva.

Non sarebbe mai riuscito a uccidere nessuno, piantargli una lama nella gola, non era quello che desiderava.

Doveva andare fino in Africa per capirlo.

Quello che voleva, quello che desiderava, quello che gli serviva per provare di nuovo quell'emozione, era altro.

Adesso lo sapeva.

E là dove stava, in Africa, in Colonia, era ancora il posto giusto per trovarlo.

Quarantasei

Ci sono due parole che Asmareth non riesce a dire, neanche in tigrino. Una non la sa proprio, mentre per l'altra si vergogna, ecco perché ride coprendosi la bocca con le dita, anche se non ci sono tiliàn, non ci sono uomini, soltanto Sabà, che la guarda e ride anche lei, scuotendo la testa.

L'ha immaginato subito cosa voleva, quella bambina, appena si è fermata davanti alla fotografia incorniciata sul tavolo, Sabà e il suo capitano, lei seduta e lui in piedi. Asmareth ha accennato a stendere la mano, come per toccarla, poi si è trattenuta e ha infilato il braccio sotto la nazalà, in fretta, ma Sabà se n'è accorta. E quando Asmareth le ha chiesto se le insegnava l'italiano, ha capito che aveva visto giusto.

Però non è preoccupata. Attenta, quello sí, vuole farle un sacco di domande a quella bambina, ma non è preoccupata. Perché lo sa che anche se lei continua a chiamarla cosí, hissan, bambina, Asmareth una bimba non lo è piú. Ha quello sguardo negli occhi, glielo ha visto mentre osservava la fotografia, che è lo stesso di Sabà quando ha visto il marito suo, la prima volta. Di cose, però, vuole chiedergliene tante, perché li conosce i tiliàn, e anche se lei ha avuto la fortuna di incontrare l'uomo migliore del mondo, sa che gli altri non sono sempre cosí.

Pensare al marito suo le ha ricordato quanto le manca, ora che non c'è. Non dice in guerra, o al fronte, non ci pensa a quelle cose lí, non ci vuole pensare, dice non c'è, oppure è via, e lo dice in italiano, per sentirselo piú vicino, il suo soldato. Per questo le fa piacere che Asmareth sia venuta da lei, a bussare alla sua porta, timida timida, per chiederle di insegnarle la lingua dei tiliàn.

Sabà è seduta su una sedia che sembra quella della fotografia, e anche la zuria che indossa è la stessa. Asmareth la guarda con soggezione, un'occhiata al ritratto nella cornice e una a Sabà in carne e ossa, e se non fosse che sta giocando con la collana, intreccia le dita in un filo di pietre nere e le sorride, sarebbe cosí intimidita da non riuscire a parlare. Seduta su un fianco, per terra, anche Asmareth comincia a giocare con la nazalà che le copre la testa, ne gira un lembo attorno all'indice, guarda le efelidi nere che punteggiano il volto di Sabà e pensa se piacerebbero anche al suo soldato.

– Cosa vuoi imparare in italiano? – le ha chiesto Sabà, ed è stato allora che Asmareth si è messa a ridere, dietro la mano.

La prima parola che le ha chiesto è stata *selam*, e Sabà ha riso forte, perché quella è proprio una domanda da bambina, e se la vede, anche, Asmareth, agitare la mano – Selam! Selam! – con la sua voce da uccellino.

– Ciao, – le ha detto, – si dice cosí, *ciao*.

– Ciao, – ripete Asmareth. È facile. Ciao. Poi la guarda. Avrebbe tante altre parole da chiederle, ma non sa come fare. Si vergogna. Apre la bocca per dirle, ma si ferma, e il fiato le resta sulla lingua come un sospiro. Allora stringe le labbra e guarda da un'altra parte, il dito impigliato nella stoffa della nazalà.

– Heiàuai? – dice Sabà.

Il volto di Asmareth si illumina. – U-eè, – soffia, e annuisce forte.

– Bello, – dice Sabà, – si dice *bello*.

– Tzubúk? – chiede.

– Si dice *buono*.

– Buono, – ripete Asmareth. Si blocca incerta sulla prima *u*, perché ci ha messo due *b* che le hanno riempito la bocca, come se la parola le fosse andata di traverso. Ci riprova, *bono*, la *u* l'ha persa, ma è lo stesso, Sabà annuisce, neanche lei riesce a dirlo bene. Tzubúk è piú bello, piú netto, lo pensa anche Asmareth, che li prova sulla lingua, come se li assaggiasse: – Tzubúk, *bono*, tzubúk.

È lo stesso, pensa Sabà, quello che conta è che l'uomo di Asmareth sia buono, non importa se in italiano o in tigrino.

Sabà si alza e va a prendere una sedia come la sua. L'aveva indicata ad Asmareth, appena era entrata in casa, ma lei si era seduta per terra, com'era abituata a fare. Si era tolta le ciabatte e si era accucciata su un fianco, le gambe raccolte di lato, sotto il vestito. Sabà le mette la sedia davanti, poi la prende per le spalle e la obbliga ad alzarsi, la tira su quasi di peso, perché Asmareth è sorpresa e non capisce. La fa sedere, dritta, schiacciandole le spalle contro lo schienale. Poi le prende le ciabatte, gliele getta per terra, davanti, e Asmareth ci infila dentro i piedi.

Sabà la guarda, la testa inclinata e la mano agganciata al mento rotondo, a pensare, poi la raddrizza ancora e le toglie la nazalà dalla testa, aggiustandogliela sulle spalle.

Asmareth lancia un'occhiata alla fotografia e si vede cosí, bella come Sabà, dritta come Sabà, e sorride anche, come lei nella cornice.

– Se vuoi essere una donna, devi essere come una donna, – dice Sabà. – Non come una bambina.

– Sebeiti, – dice Asmareth.

– Donna, – dice Sabà.

E lei ripete: – Dòn-na.

Donna.

Asmareth guarda ancora la fotografia. Non lo fa, il gesto,

ma lo accenna appena, e di nuovo Sabà se ne accorge. Voleva alzare la mano, come lei nel ritratto, le dita intrecciate con quelle di Branciamore come tasti di un pianoforte, tzadà e tzellàm. Sabà le prende le guance tra le mani, le stampa un bacio sulla fronte, anche se è una cosa da bambina e non da donna, e torna a sedersi.

– Bello, buono, donna. Vuoi sapere altre parole?

Come fa a dirglielo? Anche se sta dritta sulla sedia, con le ciabatte ai piedi e la testa scoperta, anche le mani sulle ginocchia per stare piú eretta, le mancano solo i gioielli di Sabà. Anche se adesso è una sebeiti – no, una donna – non ci riesce a dirla quella parola.

– Mrwai? – dice Sabà.

Asmareth corruga la fronte, perché non sa cosa significhi. – Mrwai, – ripete, e quella *r* che le fa il solletico sulla lingua la insospettisce. Lo soffia di nuovo, cosí incerta che Sabà si mette a ridere, e Asmareth ancora non capisce. Poi nota il suo sguardo, la piega maliziosa che si è disegnata sulla bocca di Sabà, e allora arrossisce e ride anche lei, nascondendo il volto dietro un lembo della nazalà.

Scuote la testa. – Lalai, – dice, – lalai, – e agita anche una mano, come per tenere lontano il pensiero.

– No, – dice Sabà, – lalai si dice *no*, in italiano, dovrai impararlo perché ti servirà parecchio con un tiliàn, anche se è buono.

– No, – dice Asmareth, e annuisce, – no.

– Col dito cosí, – fa Sabà, muovendo l'indice da sinistra a destra, dritto come una spada, e scuote anche la testa. – Brava.

Ma c'è ancora un'altra cosa che Asmareth vuole sapere. Un'altra parola. Non è che proprio si vergogni, è che ha paura. Paura che Sabà la prenda in giro, paura che non capisca, paura di non riuscire a spiegarla quella cosa, e se fosse piú donna e meno bambina Asmareth capirebbe che è proprio quella cosa, quella parola a farle paura, e non il dirla. Ma Asmareth non è ancora proprio una donna, e certe cose non le sa, cosí si tiene quella sensazione che la fa sentire smarrita, dentro, socchiude la bocca e la respira, la deglutisce, la lecca sulle labbra e guarda Sabà, come per chiederle aiuto, ma lei sta guardando la fotografia e non se ne accorge.

– Sai, – dice Sabà, – col marito mio non ci litigo spesso, solo quando serve, perché è buono, sí, ma è un uomo, cialtrone e lazzarone, – lo dice in italiano, *cialtrone e lazzarone*, – come tutti gli uomini, e se non gli fai capire subito chi comanda, in casa... Però lui si è sempre comportato bene, non ha mai alzato le mani, anzi, l'unica volta l'ho fatto io.

Ride, Sabà, ma senza allegria, perché le è tornata in mente la testa pelata di Branciamore, il taglio che gli aveva fatto la tazza che gli aveva tirato contro, ma mica per prenderlo, cosí, per rabbia. Non ci vuole pensare al sangue, non in quel momento, con il marito suo che è via.

– Stiamo bene insieme, – dice, e poi ancora, – *stiamo bene insieme*, – in italiano.

Asmareth la guarda. Quella frase le risuona nella testa come il verso di una canzone, *stiàmobène insième*, due note, saprebbe anche ripeterla cosí, senza sbagliarsi, ma non è quello che le interessa.

C'è quella parola che le manca. Sperava che la dicesse Sabà, ma non l'ha fatto. Non l'ha sentita. E allora la dice lei. La sussurra piano piano.

– Fökri.

– Sí, – dice Sabà, e lo dice con forza, annuisce, tirando su col naso le lacrime che già cominciavano a brillarle agli angoli degli occhi. Sí, davvero, sí. Fökri. Anche se lei ha sempre pensato inkezi, in bileno e non in tigrino, perché è bilena, Sabà, e quella è la sua lingua madre.

– Come si dice? – chiede Asmareth.
– Cosa?
– Come si dice in italiano?

Sabà guarda quella donna sottile seduta eretta come una principessa. Quella bocca morbida dal taglio serio e gli occhi cosí grandi, le mani affusolate appoggiate l'una sull'altra nel grembo. Sí, quel tiliàn, il suo tiliàn, di Asmareth, è un uomo molto fortunato.

– Amore, – dice. – Si dice *amore*.

– Amore, – ripete Asmareth, ma solo con le labbra. Le apre, le unisce e le socchiude di nuovo.

Adesso che lo ha detto nella sua lingua, la lingua di Toniò, non lo sente piú quello smarrimento dentro. Sente un'altra cosa, che non le fa paura, la riempie di un'ansia, ma un'ansia dolce, che le piace anche se le brucia in gola e piú giú, forte, tra lo stomaco e il cuore. La respira, la deglutisce, ancora, la stringe tra le labbra e le viene una gran voglia di ridere, senza coprirsi la bocca.

C'è ancora una parola, quella che l'ha fatta arrossire, prima, quando l'ha detta Sabà. Mrwai. Adesso vuole sapere come si dice in italiano, però prima di chiederlo abbassa gli occhi e la guarda da sotto in su, tra le ciglia lunghe.

Sabà ride. Si può dire in tanti modi. Il marito suo dice amore lo stesso, anche quando la prende, e cosí fa Sabà, *amore, facciamo l'amore*.

– Tu di' *amore* al tuo tiliàn, e lui capisce, stai tranquilla che capisce.

– Amore, – dice Asmareth. Le labbra che si aprono, si stringono e si socchiudono, sulla sua voce da gattino.

Quarantasette

A Ras Mudur non c'era mai stato, ed era una fortuna, perché nel forte c'erano l'ospedale, il tribunale e la caserma dei carabinieri, tutti posti che era meglio evitare.

Il comando dei carabinieri Vittorio dovette farselo indicare da un centoundici con il tarbush da zaptiè, che stese il braccio verso una palazzina quadrata, con le sbarre alle finestre.

Aveva fretta, perché la sera prima, mentre giocava a carte al caffè *Garibaldi*, era arrivato un ragazzino a portargli un biglietto di Leo, scritto con la sua grafia precisa ma tutta inclinata da una parte, da poeta degli affari, «Domani gita in barca, ore 9 e 30: confermato?» sotto il quale lui aveva scritto «Sí», con il suo lapis blu, da contabile.

Poi, uscendo dal caffè, aveva incontrato il maresciallo di ronda che gli aveva detto del capitano Colaprico, che voleva vederlo la mattina. – Facciamo alle dieci, dieci e mezzo? – Vittorio era riuscito a spuntare le otto e mezzo, con un fischio di ammirazione del maresciallo, dato che erano quasi le due di notte. Ma era lo stesso, perché notte o giorno, era un pezzo che Vittorio non dormiva piú.

Per questo aveva fretta. Il motivo per cui era stato convocato al comando lo conosceva e non lo preoccupava per niente, anche se trovarsi in una caserma dei carabinieri proprio poche ore prima di compiere un omicidio gli metteva un po' d'ansia, come se qualcuno avesse potuto sentire i suoi pensieri. Quella parola, però, non l'aveva pronunciata, neanche con la mente. Omicidio. Mai, sempre il fatto, o l'incidente, perché poi di quello si sarebbe trattato. Non si immaginava neanche di toccarlo, Leo, neanche di sfiorarlo con un dito. Una botta sulla barriera corallina, il sambuco che si sfascia, tutti in acqua, poi lui e Cristina sulla riva e Leo non c'è piú.

Il motivo per cui l'hanno chiamato al comando è seduto per terra davanti alla palazzina, sotto la bandiera italiana afflosciata su un'asta piantata nel muro. Ahmed ha la faccia ancora gonfia di botte e la gellaba stracciata sul collo, i ferri che gli stringono i polsi l'uno sull'altro. La catenella che lo lega agli altri prigionieri è tesa, si vede che si sono spostati tutti per prendere un po' d'ombra dal muro, ma lui è rimasto lí, sotto il sole, e non scaccia neanche le mosche che gli camminano sulla testa rasata.

Per entrare nel comando Vittorio deve passargli davanti, attraversare il suo sguardo fisso che si perde da qualche parte. Lo fa in fretta, e Ahmed non batte neanche le palpebre, come se fosse già morto. E comunque sono quelli i suoi occhi, gli occhi di un uomo morto.

Dentro la palazzina è quasi buio, e all'inizio, finché la vista non si abitua, i carabinieri sono fantasmi bianchi che danzano nella penombra, poi tutto si precisa, barbe, baffi, i bottoni delle uniformi, i fucili nella rastrelliera, lo stendardo dell'Arma, il tavolo del maresciallo, anche la fiamma di stoffa sul berretto appeso alla sedia.

Il maresciallo gli apre una porta e lo fa entrare nell'ufficio del capitano. Che sembra piccolo come uno sgabuzzino, ma solo perché è pieno di roba, come uno sgabuzzino, appunto, pieno di Italia, il ritratto di re Umberto, la bandiera regia, il crocifisso, fotografie formato Cabinet, Victoria o Famiglia con il capitano in alta uniforme, la sua signora e i suoi bambini, vedute di Firenze e di Roma, la facciata del Duomo di Milano in gesso, cartoline illustrate della marina di Bari, e poi un po' d'Africa, ma poco, un cestino di paglia dai colori kunama, la punta di una lancia su uno scudo appeso al muro e basta.

Il capitano Colaprico è seduto sulla poltroncina di legno, tutto appoggiato all'indietro, i piedi sulla scrivania, e si arriccia un baffo girandoselo attorno alla punta di un dito. Saluta Vittorio con un cenno della mano e non si alza, perché si conoscono, gli indica la sedia davanti alla scrivania, ma Vittorio resta in piedi, si appoggia solo allo schienale, perché cosí gli sembra di poter fare piú in fretta.

Però nella stanza c'è anche un tenente con i baffi all'insú come i denti di un cinghiale, braccia conserte, appoggiato alla finestra, e anche se personalmente non lo conosce, Vittorio sa che è dell'ufficio politico. In effetti ci sta che ci sia anche lui. Si può fare in fretta lo stesso.

– Formalità, signor Cappa, – dice il tenente. – Come lei certamente sa, abbiamo arrestato un arabo che lavorava per il suo ufficio e che si è rivelato essere una spia del negus... e per inciso anche un pederasta.

– È stata una sorpresa per tutti... sia l'una che l'altra cosa. Ahmed è sempre stato cosí zelante e coscienzioso, sempre cosí discreto, che mai avrei pensato... E nessuno, sono sicuro, nessuno, neanche il Cavaliere...

– Cattive amicizie, – disse il capitano, passando all'altro baffo. Aveva una barba riccia sotto i baffoni lisci, che sembrava appartenere a un'altra persona. Era di Bari, scivolava sulle vocali alla pugliese, appena un po' inacidito da tutti gli anni passati a Milano. – Un giovane scioano che è stato ucciso mentre cercava di scappare.

– E che invece sarebbe stato molto interessante poter interrogare.

– Ne abbiamo già parlato, signor tenente. Scappava e aveva un coltello. Ed era anche un assassino, oltre che spia e frocio pure lui.

– Ne abbiamo già parlato, signor capitano, passiamo oltre.

Colaprico allungò un braccio all'indietro per prendere un tascapane che stava su un tavolino, si spinse sullo schienale, in equilibrio precario, si intrappolò con le dita nella cinghia della sciabola che ci teneva accanto e poi decise che non poteva piú rimanere seduto cosí, non davanti a quel rompicoglioni di un tenente. Tirò giú le gambe dalla scrivania e fece posto sul piano, spostando il calamaio, i rapporti e la lucerna.

– Il tuo Ahmed ci ha già chiarito tutto, – disse aprendo il tascapane. – Rubava le informazioni tradendo la vostra fiducia, e nessuno pensa a un coinvolgimento del tuo ufficio.

– Magari un po' piú di prudenza, un'altra volta, – disse il tenente, come parlando tra sé.

– Non ti disturbavo neanche, allegavo una dichiarazione scritta al rapporto e buonasera. Però c'è questo.

Tirò fuori dal tascapane un binocolo nero e lo porse a Vittorio, che lo prese sui palmi, come un dono.

– È uno Zeiss 8x20, – disse, – è un binocolo a uso militare.

– Grazie, – disse Colaprico, – lo sappiamo. Siamo militari anche noi, e poi c'è scritto sopra. L'abbiamo trovato a casa di questo scioano...

– Gabrè, – disse il tenente.

– Come cazzo si chiama. Aveva un po' di segretucci scritti dietro un libro, e questo affare qua, nascosto sotto il letto. Come l'ha avuto?

– Glielo avrà dato Ahmed. L'ha rubato dal magazzino.

Aveva un vago ricordo, Vittorio, una mattina di sole, Cristina bellissima, in sottoveste che sembrava spogliata, un binocolo in piú, ecco, sí, un binocolo che non avrebbe dovuto esserci, una cosa che la Magia non era riuscita a far sparire. Vittorio tirò indietro la sedia e si sedette a osservare bene il binocolo, ma era solo per prendere tempo e pensare.

– E infatti sostiene di averlo preso dal magazzino, – disse il tenente, – ma abbiamo controllato con i registri delle compagnie: risultano tre binocoli presi in carico, e tutti e tre assegnati ad altrettanti osservatori.

– E infatti i binocoli erano tre. Me lo ricordo bene, e sarà sicuramente cosí anche sui nostri registri.

Sarà non era il verbo giusto, era un futuro esitante, ci aveva dovuto mettere anche quel *sicuramente*, e lo ripeté pure, trattenuto da uno slancio che gli portò l'occhiata curiosa di Colaprico. Merda, pensò Vittorio. Colaprico era bravo quando voleva, troppo bravo.

– Magari potremmo dare un'occhiata ai tuoi registri, – disse.

Per fortuna era bravo anche il tenente.

– Francamente non credo che un'indagine di questo genere sia opportuna in questo momento, con la Colonia in guerra e tutto l'esercito al fronte.

Il tenente e il capitano si scambiarono un'occhiata rapidissima. Colaprico alzò le mani.

– Per carità. Nessuno vuole insinuare che gli uffici coloniali non abbiano le mani pulite. Faremo un controllo sugli osservatori che hanno ricevuto questi cosi. Magari qualcuno se l'è fatto rubare e non l'ha denunciato, oppure se l'è venduto.

– Ecco, bravo. Facciamo cosí.

Era il momento di alzarsi, prima che gli chiedessero qualche altra cosa o si mettessero a chiacchierare. Colaprico ci provò, anche, disse: – Questo ufficio diventa subito un forno, come vai tu con la tua ventola? Devo farmene montare una anch'io, se non è una richiesta inopportuna, – ma il tenente la prese come una provocazione e tagliò il discorso.

– Non credo che vedrà il suo arabo prima di trenta o quarant'anni, signor Cappa, sempre che sopravviva a Nokra. Temo che dovrà trovarsi un altro assistente.

Il tenente sorrise. Le punte dei suoi baffi si inclinarono fin quasi a unirsi, come quelle di Colaprico, che se li era arricciati a sufficienza.

– Cosa intendete dire? – chiese Vittorio, smarrito da quei sorrisi.

– Dài, Vittorio, – disse Colaprico, – hai capito benissimo. Tu sei un uomo di mondo, ma noi siamo due sbirri.

Non aveva capito, e lo disse anche: – Non ho capito.

– Nessuna malizia da parte nostra, signor Cappa, ma è ovvio che ci siamo chiesti chi frequentasse la casa di questo Ahmed...

Vittorio strinse lo schienale della sedia finché le dita non gli fecero male. Colaprico se ne accorse, e anche il tenente.

– Siamo sbirri, – disse, – ma siamo uomini di mondo anche noi, signor Cappa. Può contare sulla nostra discrezione.

– Però la prossima volta che ti apparti con una signora sposata, almeno sta' attento ai vicini.

– Non so di cosa stiate parlando, – dice Vittorio, con un filo di voce.

– Naturalmente, – rispondono tutti e due, quasi assieme.

Fuori dal comando, però, Vittorio deve sedersi su un gradino, per riprendersi. Ahmed non c'è piú, è già sulla strada per il porto, a imbarcarsi per il penitenziario, ma lui non se ne accorge neanche, perché non è a questo che pensa.

Tira la catena dell'orologio che porta agganciata a un passante dei pantaloni e lo guarda, tenendolo sul palmo della mano. Sono già le nove e mezzo passate.

Vittorio si passa un dito dentro il colletto e lo colpisce con la punta del pollice. Si alza, spazzolandosi il sedere con le mani, e lentamente, un occhio socchiuso per il sole e il sudore, si avvia verso la rada, al suo sambuco fradicio legato al molo, dove lo aspettano Leo e Cristina.

Non c'è fretta, adesso.

Perché funzioni, perché il fatto, l'incidente, quello che è, funzioni, bisogna che nessuno sospetti di loro due. E invece adesso lo sanno sia i carabinieri che l'ufficio politico della Colonia.

Può prendersela calma.

Non ci sarà nessuna gita in barca, quella mattina.

Quarantotto

Quèll Cristoforo povero fioeu on cosí bravo tuso ma com'è che sta mej spero gli porta i miei saluti sa come si dice da noi a Milan?

L'aveva visto l'ombrellino della Colonnella, e ancora quando era lontano, sul ponte che porta a Ba'azè. Cristina sperava che tirasse dritto verso la città, e invece l'aveva visto piegare sulla rada, puntare su un gruppo di venditori di pesce che avevano steso le ceste sulla strada accanto ai moli, e poi, quando l'aveva vista, nonostante Cristina si nascondesse dietro il suo di ombrellino, aveva tagliato verso di lei cosí velocemente che la ragazzina che la seguiva con la sporta della spesa aveva fatto fatica a starle dietro.

Aveva cominciato con ma vè che coincidensa anca vialter siete chi per on bel pèss e poi non si era piú fermata, fino a Cristoforo, povero fioeu.

– Sta meglio, – aveva detto Cristina, e aveva cercato di anticiparla perché non ricominciasse a parlare. – Sarà stato qualcosa che ha mangiato, – magari che ha bevuto, pensò la Colonnella, e non si riferiva all'acqua avvelenata di Aicha, semmai alla grappa o alla zua, ma non riuscí a dirlo, perché Cristina era piú veloce, – o forse una febbre che covava da un po', comunque è fuori pericolo anche se dicono tutti che quando si riprende dovrà tornare in Italia, povero cugino, gli piaceva tanto l'Africa, ma quando deve succedere, sa come diciamo noi a Parma... Oh, ecco mio marito, la saluto, signora, è stato un piacere, di nuovo tante cose, – e corse da Leo, chiudendo anche l'ombrellino, per fare piú in fretta.

Non sarebbe riuscita a sopportarla, nervosa com'era. Perché erano già quasi le dieci e mezzo e Vittorio non si vedeva ancora, e lei era cosí tesa che le mancava il respiro. Aveva mandato Leo in fondo alla strada, a vedere se stesse arrivando, ma adesso tornava e da come scuoteva la testa si capiva che non l'aveva visto.

– Magari gli è successo qualcosa, – dice Leo, – un impedimento, intendo. Un impegno improvviso.

– Adesso arriva.

– Era già tardi alle nove e mezzo, figuriamoci ora. In barca ci si va la mattina presto, mica col sole a picco.

– Adesso arriva.

– Sí, però se non arriva...

– Arriva, ti ho detto!

L'aveva quasi urlato, poi si era stretta il labbro di sotto tra i denti, gonfiando le guance come se stesse per mettersi a piangere. E in effetti lo fece, ma Leo non se ne accorse, perché Cristina aprí l'ombrellino e ci si nascose dietro, voltandogli le spalle.

– Io questo Cappa non lo conosco, – stava dicendo Leo, – non so se sia un tipo puntuale o di parola, e comunque la barca è sua... – Stava per dire: e se non arriva, ma si trattenne, perché aveva visto come la stava prendendo Cristina, come una bambina, come un capriccio, perché non poteva essere cosí importante un giro in barca. Pensò che probabilmente era per Cristoforo, anche per la febbre che le era venuta l'altro giorno, per come l'aveva lasciata sola fino dai primi giorni che era arrivata, in mezzo al caldo e ai disagi, in quel pezzo d'Africa che a lui piaceva ma che bisognava abituarcisi, mica era Parma o Montorfano.

Pensò che in effetti anche a lui, quando era stanco o in

angoscia per qualche motivo, anche a lui allora davano fastidio le cose già stabilite che saltavano, le sciocchezze, i dettagli, le routine. Il cuoco che cambiava menu per la sera, sull'altopiano, ma era perché aspettava una pioggia che sembrava non venire piú, il ritardo del piroscafo ad Assab, ma era dopo aver litigato con Franchetti, pure il pennello per la barba che non era al suo posto, perché la Banca romana gli aveva negato i finanziamenti.

– Dài, – disse Leo prendendo Cristina per le spalle, sotto l'ombrellino. – Si parte.

Cristina pensò che fosse arrivato Vittorio, ma Vittorio non c'era, non c'era nessuno sulla strada, neanche piú la Colonnella, solo i venditori con le ceste di pesce. Si lasciò tirare da Leo, smarrita, fino al molo, fino a un sambuco ormeggiato in fondo, con dentro un ragazzo riccio che sonnecchiava sotto un telo. Leo lo svegliò con un fischio, mostrandogli una moneta, e il ragazzo si affrettò ad annuire.

– Ti ci porto io sull'isola, – dice Leo, – e se questo Vittorio arriva, vuol dire che ci raggiungerà con la sua barca.

Poi la prende in braccio e la fa girare, *cin cin, che bel, ué ué ué*, e prima che Cristina possa dire qualcosa si ritrova dentro il sambuco, col ragazzo riccio che ha già sciolto gli ormeggi e Leo avvinghiato all'albero, che si sforza di sorriderle, spiando con la coda dell'occhio il luccicare del sole sul mare. Filano via in fretta, perché il vento è favorevole, e quando Vittorio arriva al molo, con la cravatta slacciata e le mani in tasca, il sambuco è già un puntino lontano, che neppure piú si vede.

Leo sta attaccato all'albero in mezzo alla barca, in piedi, a gambe larghe. Il sambuco è piccolo e lui si pente di non averne scelto uno piú grande, ma aveva fretta di far piacere a Cristina e non ci ha pensato. Resta cosí, le gambe rigide, le mani strette attorno al palo come se volesse strozzarlo, finché il marinaio non gli fa cenno di spostarsi, gli grida che deve far girare la vela, ma lo fa in dialetto dancalo, e lui non capisce. Poi però si trova sulla faccia la stoffa ruvida, e allora si muove, si aggrappa al corrimano di legno, e camminando curvo come una scimmia lungo il bordo del sambuco arriva sotto la tettoia di canna che ne copre il fondo, dove c'è già Cristina.

– Oddio, tu lo sai che io il mare... – le dice, ma lei non lo ascolta, non lo guarda neanche. Si è seduta su una matassa di corda, si è tolta le pantofole alla turca e ha tirato su i piedi sulle spire ruvide, abbracciandosi le gambe, il mento appoggiato sulle ginocchia. Per un attimo, a vederla rannicchiata cosí, Leo pensa che abbia freddo e si toglie la giacca per metterghiela sulla schiena, ma Cristina scuote le spalle appena lui fa il gesto.

Non ha freddo, non è possibile con quel caldo, ma non lo sentirebbe comunque, come non sente la canapa che le raschia le piante dei piedi, il sole che filtra tra le canne della tettoia, neanche l'aria salata che le fischia sulla faccia, perché il sambuco è piccolo ma va forte, e il marinaio è bravo a prendersi tutto il vento e a fargli fendere le onde.

Ma Cristina ha quella rabbia che le brucia dentro, che è come un fuoco che abbia consumato tutto l'ossigeno, senza lasciare spazio a nient'altro che non sia quella furia rovente, neanche il fiato per respirare tra i denti stretti. Pensa a Vittorio: stupido, inetto, debole, vigliacco, maledetto e stronzo. E lo fa con tanta violenza di odio, delusione, rimpianto e tristezza che le viene da piangere. Leo non capisce, vede quelle lacrime che le striano le guance, pensa che sia il vento e fruga nella giacca per sfilare gli occhiali scuri dal taschino, ma lei ha già voltato la testa dall'altra parte, appoggiando la guancia alle ginocchia.

Adesso che si è calmato, Leo si è messo quasi comodo su una cassetta di legno e ha cominciato a osservare la barca. Sí, certo, è piccolina (la misura a occhio, palmo dopo palmo: sette metri e mezzo, otto al massimo), ma ha un aspetto solido. Il legno è compatto e bello liscio, e anche la pittura (bianca, con una striscia azzurra lungo il bordo) è appena screpolata dal mare. Leo alza la testa su un tetto fresco di canne, piegato ad arco su cerchi di metallo da botte, non ancora arrugginiti. Pensa che potrebbe comprarla, visto che a Cristina piace cosí tanto il mare, prendere anche il marinaio, che se ne sta appollaiato sul castello di poppa, tra loro due, una mano sul timone e l'altra alla corda che regge la vela.

L'acqua sembra olio, ma Leo non la guarda, perché anche se adesso si fida della barca e non gli sembra neppure di sentire le spinte delle onde, tutto quel blu profondo che lo circonda lo rende inquieto lo stesso. Allora, per distrarsi, si mette a parlare. Ma lo avrebbe fatto comunque.

Racconta degli insediamenti di Godofelassi, dei cavolfiori grandi come ruote, del grano alto piú della mano sopra il braccio teso, va bene, per adesso sono solo episodi, ma siamo ancora alla fase sperimentale, e basta correggere qualche errore e poi...

Racconta della sua idea di colonizzazione, a metà tra quella proletaria di Franchetti e quella capitalista del governatore, perché il barone Franchetti ha ragione, ci vogliono famiglie di contadini proprietari, e poi ci sono le plebi rurali del Meridione che premono perché a casa loro vivono in condizioni che neanche in Africa, guarda, neanche in Africa. Però ci vogliono anche i soldi, e non può essere tutto dello Stato, perché i soldi lo Stato non ce li ha, e allora anche i capitalisti devono fare la loro parte, e lui la fa. – Io la faccio, Cristina, – e infatti ha investito quasi tutto il suo patrimonio in questo sogno, che non è un rischio, è proprio un sogno, perché lui ne è sicuro, farà un giardino della Colonia Eritrea, e non perderà una lira, anzi. Ma non è il guadagno il motivo per cui lo fa. Appena sarà finita la guerra, appena Baratieri avrà respinto l'esercito del negus, allora sí.

Poi le racconta di quanto gli piaccia quella terra, di come l'abbia stregato fin dal primo giorno, no, non quando è sceso a Massaua, a lui Massaua non piace e non vede l'ora che tutto si trasferisca sull'altopiano, ad Asmara, perché è stato quello che l'ha fatto innamorare, l'altopiano, appena è salito fino a Ghinda, quando ha cominciato a vederci delle possibilità in questa benedetta Colonia, in questo pezzo d'Italia oltremare. Sí, il fascino dell'esotico, il cielo, i colori, gli odori strani, certo, se non c'era quello, appena arrivato a Massaua rimontava sulla nave e tornava indietro, e invece si è fatto un pezzo di Dancalia con Bottego, e l'avrebbe seguito anche adesso, alle foci dell'Omo, se non avesse avuto cosí tanto da fare, perché il suo vero amore per quella terra era un amore da imprenditore, e non da turista. Sincero, appassionato, ma per qualcosa da costruire e non da conoscere, infatti.

Di tutto questo Cristina non ha ascoltato una parola. Non la sente neanche la voce di Leo, e non si prende neppure il fastidio di interloquire ogni tanto, sí, davvero, già. Se ne sta zitta a guardare il mare, e adesso che si è un po' calmata, pensa.

Pensa che si è sbagliata su Vittorio. Che magari è stato davvero bloccato da un impedimento, ma non importa, doveva fare una cosa e non c'è riuscito. Inetto, è la parola che le viene in mente, e subito dopo diventa inutile.

Pensa che adesso che è diventata un'assassina, almeno nei pensieri, non ce la fa piú a tornare indietro. Ma non può neanche andare avanti, perché in effetti un'assassina non è. Certo, se avesse lí Vittorio, in quel momento, lo affogherebbe con le sue mani, ma è solo un pensiero di rabbia, magari anche di odio, impulsivo e breve come la scarica di un fulmine. L'odio che prova per Leo, invece, è freddo, concreto e costante, come un blocco di ghiaccio, e non si sfoga in un colpo con la prima cosa che si trova a portata di mano, richiede una lucida e attenta pianificazione. E questo lei non lo sa fare.

C'è un'isola davanti a loro. Si vede una striscia bianca che si allunga sul mare come una lingua. Il ragazzo riccio la indica e dice: – Madote, – ma Cristina non la guarda neanche. Continua a pensare.

Pensa che il piano di Vittorio era perfetto, ma comportava che fossero soli sulla barriera corallina, e invece adesso sono su una barca solida come una roccia, sul mare profondo, e c'è un estraneo di cui non ci si può fidare, e non esiste una sola possibilità al mondo che Leo sfiori l'acqua neanche col palmo della mano.

– Mi insegni a nuotare? – Doveva averlo detto almeno un paio di volte, a giudicare dal tono. – Dài, Cristina, mi insegni a nuotare?

Cristina si voltò a guardarlo cosí in fretta che le scrocchiò il collo. Si era anche alzato in piedi, curvo sotto la tettoia di canne, esitante e rigido, ma in piedi.

Era successo che mentre le raccontava del suo sogno anche Leo aveva cominciato a pensare, tanto le parole andavano da sole. E aveva immaginato le potenzialità senza limiti dei suoi progetti, e come sempre gli succedeva, in quei momenti, quando gli brillava quello sguardo negli occhi, l'entusiasmo lo aveva fatto sentire incredibilmente forte, pieno di energia, onnipotente. Tutto quello che aveva fatto e tutto quello che stava per fare. Tutto quello che avrebbe fatto ancora. Non c'era piú niente che potesse fargli paura, in quel momento.

A parte il mare, aveva pensato, e siccome lo aveva fatto in quel momento, la sua fobia non gli era sembrata piú un trascurabile aspetto del suo carattere, ma un limite, fastidioso e inutile. Anche il mare era Africa, e il mare piaceva a Cristina, e Cristina e l'Africa erano i due rami in cui voleva sviluppare tutto il suo potenziale, non solo: realizzare i suoi sogni. Perché era un capitalista, Leo, ma anche un sognatore.

Cristina non risponde. Sbatte le palpebre e non riesce a parlare, ma tanto Leo ha già deciso. Fa segno al ragazzo riccio, gli indica l'isola e poi l'acqua, e fa il gesto di tuffarsi, con le mani congiunte, ma solo un cenno, appena appena.

Il ragazzo annuisce, corregge la rotta col timone e lascia cadere la vela. Rapido, si muove lungo la barca e prende una pietra da una cesta, la tiene tra le braccia (è pesante), in ginocchio sulla prua guarda l'acqua, e appena intravede il fondo la lascia cadere giú. La corda che la lega allo scafo si tende e piano piano la barca rallenta, fa mezzo giro attorno alla punta e si ferma, leggermente inclinata da una parte, mossa appena dalle onde.

– Bene, – dice Leo, – che si fa?

Cristina ha la voce roca, e deve schiarirsela perché le esca dalla gola.

– Ma io non ho il costume da bagno.

– Ah, – fa Leo, come un bambino deluso, – è vero. Non ce l'ho neanch'io.

– Però se lui... – Cristina indica il ragazzo a prua, poi si tocca il vestito, piega le braccia indietro e si sfiora il bottone sulla nuca, – se lui se ne va, io posso...

Il ragazzo ha già capito che è di troppo. Ride malizioso, per quello che crede ne sia il motivo. Si vergognano, i tiliàn, quando fanno l'amore.

– Ma tu ce la fai? Non è che da sola, poi... lo sai che io il mare...

Cristina parla, ma la voce che sente non le sembra la sua. Anche quelle labbra che le schiudono la bocca in un sorriso rassicurante e canzonatorio le sembrano quelle di un'altra. Le sue sono insensibili e inerti, come dal dentista, dopo il gas.

– Certo che ce la faccio. Sono un pesce, no? Stai tranquillo... a te ci penso io.

Leo annuisce, e quando si gira per cercare di spiegarglielo il ragazzo si è già tuffato in acqua e sta nuotando verso riva.

È vero, Cristina non ha un costume da bagno, anzi. Perché l'incidente sembrasse piú reale si è messa un vestito vero, con la sottana lunga e chiuso fino al collo orlato da un bordino di pizzo. – Aiutami, – dice a Leo, girandogli la schiena, e Leo si intrappola nei bottoni con la punta delle dita, come se fosse la prima notte di nozze. Lo impaccia il rollio della barca, non altro, perché che Cristina voglia spogliarsi nuda lo scopre solo quando la vede saltare fuori dalla ciambella del vestito afflosciato attorno alle caviglie.

Leo lancia un'occhiata al ragazzo, che ormai non c'è piú, guarda Cristina, e adesso sí che è impacciato a slacciarsi i bottoni della camicia.

– Sei bellissima, – mormora, ma lei non lo sente. Lo aspetta coperta dall'ombrellino perché il sole del mare aperto le brucia sulla pelle, e quando Leo si è tolto anche i calzoni ed è rimasto in mutande, lo prende per il braccio e lo fa sedere sul bordo azzurro della barca. Leo tocca l'acqua con i piedi, poi ritira le gambe e dice aspetta. Muovendosi carponi sulla tolda, raggiunge la cassetta su cui stava seduto, la apre per vedere se è vuota, poi la fa cadere fuori bordo e sta a guardare se galleggia.

– Cosí mi sento piú sicuro, – dice.

Cristina si siede accanto a lui. Mano nella mano.

– Aspetta un momento, – esita Leo.

Ma lei dice soltanto: – Dài! – asciutta e dura, con la voce di un'altra, e salta giú.

L'acqua fredda gli tronca il respiro. Non è vero, è caldo il mare, è come un brodo, ma a lui sembra di ghiaccio, e anche se è andato sotto solo fino ai capelli, si agita come un pazzo, pedalando con le gambe per risalire a galla. Si aggrappa a Cristina, avvinghiandole le spalle, e tossisce, perché ha tenuto le mascelle serrate e la bocca chiusa, ma ha bevuto dal naso.

– Piano, piano, – gli dice Cristina, cercando di non farsi schiacciare dal suo peso. – Ti tengo io, piano.

Guarda anche lei verso la riva. Il ragazzo non si vede, e adesso c'è di mezzo anche la barca.

Leo cerca di calmarsi. Tiene una mano sulla spalla di Cristina e con l'altra si è aggrappato alla cassetta, spingendo forte per tenere la testa fuori dall'acqua. Si sforza di non pensare a quello che c'è sotto, al vuoto che lo trascinerebbe giú, raccoglie anche le gambe contro il petto, per allontanarsi dal fondo, come se potesse mettersi in ginocchio sul pelo dell'acqua.

– Fermo, fermo... stai fermo.

Sente le mani di Cristina che lo sostengono, e di colpo si calma davvero, quasi, smette di pedalare come un forsennato e comincia a muovere le gambe piú lentamente, a stenderle, come Cristina gli dice, una mano sotto la pancia e una sul petto, a tenerlo a galla.

– Ecco, bravo, cosí...

Sussurra, Cristina, un sussurro dolce, vicino all'orecchio. Leo riprende fiato, sente l'acqua salata sui baffi e sorride. Pensa che è davvero un pesce, Cristina, beata lei, e si arrischia a lasciare la cassetta, quando lei gli prende il polso e lo tira piano verso di sé. Ha paura, c'è il vuoto là sotto, ma non importa, va bene, c'è Cristina a tenerlo, gli ha preso l'altro polso e se l'è staccato dalla spalla, e lui le sorride sentendo che forse, se lei lo tiene stretto, forse ci riesce a stare a galla.

Cristina non sorride. Allunga un piede e spinge via la cassetta di legno che sta alle spalle di Leo. Poi gli lascia i polsi e con un guizzo della gambe si allontana, il piú possibile.

Appena si accorge che è solo, Leo affonda. Apre la bocca per la sorpresa di trovarsi sotto, beve, annaspa, gratta l'acqua con le unghie come se ci si potesse aggrappare, e beve ancora. Quando riesce a tirare fuori la testa cerca Cristina, ma il sale gli brucia negli occhi e non la vede, e se la chiama dalla gola gli esce soltanto un rutto strozzato.

Cristina guarda Leo che affonda e poi ritorna a galla, voltandole la schiena. Sbatte le braccia, sollevando una tempesta di spruzzi bianchi, ma ha imparato a muovere le gambe, perché riesce a stare dritto.

Allora Cristina lancia un'altra occhiata alla barca che copre la riva, scivola nell'acqua fino a Leo, gli mette le mani sulle spalle e lo spinge giú.

Quarantanove

– Vatti a fare un giro, coglione, – *cojone*.

Vaffanculo, stronzo, pensò Serra. Staccò il berretto da un chiodo piantato nel muro e se lo infilò in testa, calcandolo fino agli occhi. Il caporale che sembrava una cicogna era apparso sulla porta e si era fermato lí, a braccia conserte, appoggiato allo stipite, col collo curvo perché era troppo alto. Chilletta però aveva premura e batté le mani sul tavolo della fureria.

– Dài, dài, coglione, – *cojone*.

Anche il caporale Cicogna aveva premura, perché non aspettò che Serra uscisse dalla baracca per staccarsi dalla porta e avvicinarsi al tavolo di Chilletta. A Serra bastò un'occhiata lanciata al volo da sopra la spalla per vedere il sacchetto di foglie di chat che era comparso sul tavolo.

– Belín, – stava dicendo Cicogna, – mi sa che stavolta lo prendo tutto.

– Quando partite? – chiese Chilletta.

– In marcia tra un'ora.

Serra si ferma sulla porta. Ha aperto le stanghette degli occhiali, ma non riesce a inforcarli perché gli trema la mano. Stringe le dita attorno all'impugnatura del bastone di canna.

– Allora, pecoraio, ti togli dai coglioni? – *cojoni*.

Serra esce dalla baracca e infila gli occhiali per abitudine, perché il sole non c'è, coperto da una nuvola di temporale che annerisce l'aria. Gira attorno all'angolo e si ferma vicino alla finestra aperta.

Chilletta: – Fai bene a prenderlo tutto. Roba cosí non la trovi sull'altopiano. Pagamento anticipato, naturalmente.

Cicogna: – Ma o belín che t'anneghe, non sarà che porti sfiga? Stai tranquillo, il mio maggiore ci tiene al suo culo, e io gli sto attaccato alle mutande come una piattola.

Serra respira a fondo, stringendo i denti.

Il suo assassino di bambini sta per andarsene. Il resto del battaglione parte per il fronte e lui ha un'ora per farsi riaggregare. Trovare l'ufficiale medico che lo tolga dalla convalescenza. Riprendere l'inquadramento in una compagnia. Equipaggiarsi.

Un'ora.

– Cazzo.

Il cielo ringhia di elettricità come se dovesse scoppiare. La pressione schiaccia a terra le mosche, che ronzano impazzite. È diventato buio.

La prima tappa è il sifilocomio di Massaua, il padiglione di legno in fondo al piazzale. Serra lo attraversa di corsa, strangolato dall'umidità che gli tronca il fiato, sotto gli occhi di tre ragazze sedute per terra, una che tira i capelli di un'altra in lunghe, sottili treccine, la terza che si pulisce i denti con un bastoncino. Lo guardano curiose, nessuno corre, a Massaua.

Quando arriva in corsia è inzuppato di sudore, come se avesse piovuto, e infatti il dottor Martini glielo chiede: – Piove? – e tende l'orecchio perché non sente il temporale.

– Sono guarito, – ansima Serra.

– Prego?

– Sono guarito. Fine convalescenza, posso riprendere servizio.

Chi è quel piccoletto nervoso che lo fissa da sotto la tesa del cappello? Il dottor Martini non se lo ricorda, poi vede la canna a cui si appoggia e gli torna in mente.

– Ci mancherebbe. Ho fatto una fatica a salvarti la pelle. Ci vogliono minimo altri dieci giorni.

– E io la denuncio perché vende la morfina. So cosa dire ai carabinieri e so dove farli cercare. Se non mi firma un certificato di guarigione la faccio finire dentro per dieci anni, altro che dieci giorni.

Non piove ancora. Di solito i temporali arrivano all'improvviso, quando c'è ancora il sole, scaricano cascate d'acqua e poi smettono come hanno iniziato, ma quello è diverso. Sembra che si stia preparando. Che prenda la rincorsa. Sembra che stia gonfiando i muscoli.

La seconda tappa è il maggiore Montesanto. Serra infila in tasca il certificato firmato dal dottore e corre verso il forte, ma a metà smette e comincia a camminare, perché il fiatone gli brucia nel petto. Passa accanto a un gruppo di venditori di latte che versano orci di coccio dentro un bacile. Quello in piedi, che aspetta il suo turno per versare gli orci che tiene attaccati a un bastone in equilibrio su una spalla, ha una cannetta come la sua e la alza per salutarlo, ma Serra non risponde.

Ci ha pensato, il comandante del battaglione sarebbe Flaminio, ma non vuole insospettirlo, e poi non lo riceverebbe neppure. Montesanto, allora: sí, è la scelta giusta. Lo trova in camera sua, nella baracca degli ufficiali, che sta riempiendo una sacca, perché parte anche lui.

– Che c'è? È successo qualcosa? – gli chiede quando lo vede arrivare. – Ma sta piovendo?

– Chiedo il permesso di partire con il battaglione.

Montesanto lo guarda.

– Tu sei matto. Non sei quello che si era ferito?

– Ho un certificato del dottore, sono guarito. Voglio raggiungere i miei compagni.

Montesanto lancia solo un'occhiata al foglio che Serra gli porge. Non è uno da documenti lui, non sarebbe neanche uno da fronte, se è per questo. Le sue battaglie vorrebbe continuare a combatterle a Massaua.

– Sei uno che ci crede, eh? E chi sono io per fermare un eroe? Presentati al tenente Borromeo e fatti inquadrare. E fagli vedere 'sto certificato, cosí ti fa mettere su un carro delle salmerie.

Il tenente Borromeo fa qualche storia per il bastone di canna, ma c'è il certificato del dottore. Quando esce dagli alloggi degli ufficiali, Serra palleggia il bastoncino come un giavellotto e lo lancia lontano.

La terza tappa è l'armeria, per l'equipaggiamento. Sta dall'altra parte del forte, vicino alla porta carraia, e Serra ci arriva di corsa, sotto lo sguardo di una fila di cammelli accucciati per terra, che ruotano la mascella e sembra quasi che sorridano, divertiti. Serra sta per entrare nella baracca dell'armiere, poi vede Dante che sta uscendo dalla porta carraia, le mani appese al bastone sulle spalle. Lo chiama e lui si volta, ma non si avvicina, lo guarda, crocifisso alla cannetta, il tarbush inclinato sulla testa. Non c'è molto tempo. Manca mezz'ora.

– Parto con il battaglione, – dice Serra, e quasi lo grida, perché l'elettricità del temporale che arriva gli ronza nelle orecchie come un rumore vero. – Lo prenderò laggiú. Non lo mollo, vedrai.

– Non è lui –. Dante parla piano, ma si capisce lo stesso. – Non è lui il tuo assassino di bambini. Ti sei sbagliato. Stai seguendo l'uomo sbagliato.

– Non è vero. L'assassino è lui. E io lo prenderò.

– Fate sempre cose inutili, voi italiani, – dice Dante, e questa volta non lo pensa soltanto ma lo dice davvero.

Serra corre in armeria. Si fa assegnare il fucile, le munizioni e la baionetta, e fa cosí presto, perché l'armiere sa che il battaglione sta per partire, che quando esce dalla baracca si appoggia al muro per respirare. Deve solo tornare in camerata, mettersi l'uniforme di marcia e infilare gli effetti personali nel tascapane. C'è tempo per fare un'altra cosa.

– L'hai fatto lungo il giro, coglione. Che è successo, ti eri perso una pecora? – *cojone* e *'na pegura*.

Chilletta ride, e un po' di sugo di chat gli esce sulle labbra dalla guancia gonfia, poi si blocca, perché Serra sta puntando dritto su di lui con uno sguardo che non gli ha mai visto. E infatti lo afferra per il bavero e lo spinge indietro, e intanto gli aggancia una gamba con la sua e lo sbatte sul tavolo. Gli punta la baionetta alla gola, schiacciandolo giú con tutto il peso.

– Sta' a sentire, stronzo, – gli soffia nell'orecchio, – io le pecore le ho viste soltanto in fotografia. Sono un brigadiere dei carabinieri in missione, ed è solo per questo che non ti taglio la gola. Hai capito, coglione?

Non aspetta la risposta. Lo lascia sul tavolo, a sputare il chat che gli è andato di traverso, esce dalla baracca e in quel momento il cielo scoppia e comincia a piovere.

La pioggia era cosí fitta che non si vedeva a un metro dal naso. Incastrato tra le bocche dei cannoni di una batteria siciliana e i culi dei muli delle salmerie, il resto del battaglione era ammassato nella piana appena fuori Massaua. Stretti nelle divise fradice, attenti a non farsi scendere dietro il collo l'acqua che scolava dai caschi, i soldati tenevano la canna del fucile rivolta verso il basso e bestemmiavano contro quell'ufficiale che si intravedeva passare lungo il fianco delle compagnie, a cavallo, rigido, le gocce di pioggia che gli rimbalzavano sul bordo del casco come un'aureola nera.

– Che senso ha partire sotto il temporale? – gli aveva detto Montesanto. Ma Flaminio aveva fretta. – E tanto smette subito.

Serra è l'ultimo dell'ultima fila, perché ha avuto il permesso di salire su uno dei carretti che tirano i cannoni, appena il battaglione si muoverà. È bagnato fino alle ossa, ma non gli importa, fissa l'ombra di Flaminio che passa nella pioggia, su e giú, e questo gli basta. Poi sente qualcosa tra lo scrosciare del temporale. Sembra il miagolio di un gattino, ma che ci fa un gattino in mezzo a un esercito? Serra guarda a terra, avanti, tra le gambe dei soldati, e poi indietro, tra le zampe dei muli dei carri, e solo quando il miagolio diventa piú vicino lo riconosce. Non è un gattino, è Asmareth.

– Asmareth! – si è dimenticato di togliere le vocali. – Ma che ci fai qui?

Cosí bagnata, con il vestito che le si avviluppa stretto attorno al corpo, sembra ancora piú piccola e ancora piú bambina. Corre verso di lui e Serra esce dai ranghi perché non debba infilarsi tra i soldati. Si ferma un attimo prima di toccarlo, i piedi nudi affondati nella polvere del piazzale che adesso è fango, a tremare di pioggia. – Toniò, – miagola, – Toniò, – era quello che diceva, prima, nel temporale: il suo nome.

– Asmareth, mio Dio... se lo sa tuo padre ti ammazza, anzi, ci ammazza tutti e due.

Se avesse qualcosa con cui coprirla lo farebbe, l'abbraccerebbe stretta sotto un ombrello, un mantello, qualunque cosa, ma non ha niente, solo un casco dalla tesa stretta, una mantellina a tracolla piú fradicia di lui e un fucile. Però alza le braccia, come per prenderla, ma esita, Dio mio, è cosí piccola, e lui sta per partire.

L'OTTAVA VIBRAZIONE

Asmareth gli prende una mano. Lo tira, forte, come se volesse strapparlo via, lontano dal battaglione, fuori dal piazzale. Parla in fretta, ma parla in tigrino, e lui non capisce niente. Però ci sono quegli occhi cosí grandi e quelle labbra che si piegano e quella forza che gli stacca il braccio, e anche se non capisce è facile immaginare cosa sta dicendo.

– Asmareth... devo andare via... non posso, Asmareth, io parto...

Anche lei non capisce, ma immagina. Gli si attacca alla bandoliera, gli prende la cinghia del fucile e tira come se glielo volesse togliere. La nazalà di cotone bianco è nera di pioggia e le scivola sulle spalle scoprendole la testa. Se ci fosse stato il sole Serra avrebbe potuto vedere bene i suoi capelli, che non sono crespi come quelli delle tigrine, ma lisci e morbidi, perché Asmareth è mezza somala, ed è bellissima. Adesso invece è un pulcino bagnato, le dita strette alle cinghie dell'uniforme di Serra, che vorrebbe staccarle le mani ma ha paura di farle male.

– Ti prego, Asmareth, ti prego... non posso. Il battaglione parte, devo andare...

– Serrare i ranghi! – urla un tenente. – Formazione di marcia!

Dove sono tutte quelle parole che ha imparato? Tutto quello che le ha insegnato Sabà, dov'è finito? Non lo trova piú, e mentre Serra la allontana piú dolcemente possibile, lei lo guarda con gli occhi spalancati, le labbra che tremano, e cerca di ricordare almeno una parola, almeno una: fökri, mrwai, tzubúk.

– Compagnia in marcia! – grida il tenente. Le schiene dei soldati che ha davanti si drizzano, si stendono, si muovono, e Serra deve seguirle.

– Mi dispiace, Asmareth, Dio come mi dispiace... ma è impossibile. Sono un soldato. Sono un carabiniere.

Asmareth trema sotto la pioggia. Allunga un braccio nel temporale, ma sa che è inutile.

– Stiamo bene insieme! – urla con la sua voce da gattino, ecco, è l'unica cosa che le è tornata in mente, e lo ripete: – Stiamo bene insieme!

Ma Serra è troppo avanti e non la sente. Si calca il casco sulla testa, piega il collo per non farsi sferzare il volto dalle gocce e segue il soldato davanti, cercando di non perdere l'allineamento.

Cinquanta

– Negri! – urlò il caporale di Faenza, e siccome non se l'aspettava di vederseli dietro, all'improvviso, e cosí tanti, lo urlò in dialetto: – Nígar! – Ma lo capirono tutti lo stesso, perché la maggior parte dei soldati cominciò a correre senza neanche voltarsi indietro. Correva anche lui, tutto piegato in avanti, il fucile in braccio come un bambino, e intanto pensava che avanguardia o retroguardia ce l'aveva sempre lui nel culo, *a l'ho semper mè int e' cul!* Saranno stati a quanto? Trecento, quattrocento metri, lontani ancora, ma correvano anche loro, vigliàca buoja se correvano, e adesso lui era l'ultimo, tutta la compagnia davanti, ormai quasi alle rocce della gola, e lui dietro, praticamente da solo, semper mè, semper mè int e' cul!

Incassò la testa tra le spalle sentendo una pallottola fischiargli accanto all'orecchio come una zanzara gigantesca, poi cominciò ad agitare le braccia gridando: – *Ció! Ció!* – perché si era accorto che a sparare erano i suoi, i primi soldati che avevano raggiunto la gola e si erano gettati tra le rocce a puntare i fucili sulla spianata, tirando a caso, accecati dal sole radente.

Cosí, in controluce, gli abissini erano una massa nera che si avvicinava veloce, divorando la polvere e i cespugli della piana come una bocca spalancata. Il caporale di Faenza si voltò per puntare il fucile, ma cambiò idea e riprese a correre, spingendo il collo da tartaruga fuori dalla giubba fradicia di sudore, come se anche quello potesse aiutarlo a tirarsi avanti.

Tra gli abissini c'è un giovane beni amer che stacca la massa degli altri e poi si ferma. È a torso nudo, un drappo attorcigliato attorno ai fianchi e i capelli crespi che gli si alzano in testa come un cappello. Lascia cadere a terra lo scudo di pelle di rinoceronte. Ha un bastone sottile, dall'impugnatura ricurva e una scanalatura dove infila la base di una lancia dalla punta lunghissima. Poi saltella sui sandali, scatta in avanti e stendendo il braccio fa ruotare il bastone come una frombola.

La lancia parte veloce come un proiettile, vola roteando tra i riflessi del sole radente e si pianta nella schiena color bronzo del caporale di Faenza, gli sfonda lo sterno e gli esce davanti fin quasi a metà della punta. Il caporale sputa un fiotto di sangue rosso e continua a correre, trascinato dallo slancio, poi cade in ginocchio, crolla all'indietro per il contraccolpo e resta cosí, seduto sui talloni, a guardarsi quel pezzo di metallo affilato che gli spunta dal petto, ma senza vederlo, perché il caporale è già morto.

Dalle rocce della gola, adesso, sparano tutti senza colpire nessuno, perché gli abissini sono ancora lontani e tra il sole basso e il fumo dei fucili non si vede niente. Il tenente Amara tiene a freno il cavallo. – Sergente! – urla, e: – Per Dio! – e indica gli uomini con la mano aperta, le labbra arricciate in una smorfia di disgusto.

– Cessate il fuoco! – urla il sergente, lo ruggisce, con la voce che gli rimbomba roca nella gola. – Come cazzo sparate, coglioni! – Come reclute, pensa, poi alza il fucile, batte una mano sul calcio di noce nazionale lisciato a vapore, con uno schiocco che rimbomba secco come un colpo di tamburo. – Vetterli Vitali modello milleottocentosettantuno barra ottantasette! – grida, e lo guardano tutti. – Caricatore lineare a pacchetto con quattro cartucce calibro dieci virgola quattro! – Sgancia il caricatore da sotto il fucile e lo tiene in alto, stretto nel palmo della mano. Lo fanno anche tutti gli altri, tranne Pasolini, che ha ancora il fucile in spalla, e il tenente, che scuote la testa dall'alto del cavallo.

– Ruotare l'arresto di ripetizione! – C'è una ghiera in fondo alla culatta, ha un'aletta che sporge come un'unghia, il sergente la spinge a sinistra con un gesto così evidente che fa male al pollice, ma non importa, lo devono fare tutti, perché così sono sicuri che il caricatore è libero e possono spararli tutti e quattro i colpi.

– Aprire l'otturatore! – batte il taglio del pugno sotto la palla di metallo che sporge dalla culatta e poi la picchia indietro. – Inserire il caricatore nel senso della freccia! – e la mostra, anche, una piccola freccia nera disegnata sul fondo bianco del serbatoio, e intanto pensa: così è a rovescio, fava, perché ce n'è uno che l'ha incastrato male, ma non importa, non devono distrarsi, devono guardare lui, dimenticarsi degli abissini che arrivano di corsa. Lo sente solo lui il rullare dei sandali e dei piedi scalzi sulla polvere della spianata, soltanto lui e il tenente, che adesso annuisce, tranquillo, una mano sulla testa del cavallo stretta fra le briglie.

– Chiudere l'otturatore! – grida il sergente, una manata sulla pallina di metallo, in avanti, e un'altra ancora dall'alto verso il basso.

– Formazione in linea! – urla il tenente dall'alto del cavallo. – Disporsi su due file! – e intanto tira fuori la pistola dalla fondina, perché adesso gli abissini sono a duecento metri, e infatti appena i soldati si accorgono di loro aprono subito il fuoco, e non importa se il sole è sempre radente e li acceca, la bocca nera che si mangia la spianata urlando è là davanti, e adesso è impossibile mancarla.

Pasolini si è tolto il fucile dalla spalla ma non ha fatto niente di quello che ha detto il sergente, e non ha neppure il colpo in canna. Si è schiacciato oltre il costone, piú indietro, quando una lancia gli è rimbalzata vicino, battendo di piatto sulle rocce, ed è schizzata via vibrando come un serpente.

Lo sa che non è per convinzione se non sta davanti anche lui, con gli altri, a sparare per bloccare la gola agli abissini. Le vede le schiene dei compagni, confuse nel fumo assordante dei fucili, ma non li raggiunge perché ha paura. Ha visto il sangue sputato dal caporale di Faenza incendiarsi nel sole basso e ha avuto paura, perché non aveva mai visto un uomo morire cosí, uno con cui avesse parlato, e allora si è tirato indietro, e poi è scappato dietro il costone.

– Che minchia fai qua? – chiede il tenente, strattonando il cavallo per tenerlo fermo.

– Io non sparo a nessuno, – dice Pasolini, e poi lo ripete, perché non vuole ammettere che ha paura: – Io non sparo a nessuno.

– Che cazzo dici, – ringhia il tenente, ma non è una domanda. Ha la pistola in mano e l'abbassa, puntandola su Pasolini. – Che minchia stai dicendo, – ringhia ancora, e anche quella non è una domanda.

Ma Pasolini risponde lo stesso: – Io non sparo a nessuno, – ancora, e mentre lo dice si accorge che la voce gli esce piú forte, e quando lo ripete: – Io non sparo a nessuno! – lo grida, e lo grida di rabbia, non di paura.

Il tenente aggancia il pollice al cane e lo schiaccia indietro, armando la pistola. Pasolini si stringe il fucile al petto, ma non per puntarlo, sembra che voglia ripararcisi dietro. Però non si muove, lascia la faccia davanti al buco ottagonale della canna, la piramide arrotondata del mirino dritta sulla sua fronte, e sgrana gli occhi, sí, ma la paura, davvero, quasi non la sente.

- Scappano! - urla qualcuno, e il tenente alza la pistola e balza giú dal cavallo, perché è abbastanza esperto di guerra da sapere che quello non è piú il momento di starsene lassú in cima.

Gli abissini saltano indietro lungo la piana, gettandosi tra i cespugli, schiacciandosi sotto le rocce, anche dietro i cadaveri. Ce li hanno pure loro, i fucili, anche se nello slancio dell'assalto quasi non li hanno usati, ma adesso li puntano sulle rocce, Remington calibro 12, Mauser turchi, lunghissimi Grass, affusolati come spade, spingono giú le cartucce nella culatta ricurva dei Martini-Henry, schiacciano contro le guance i calci neri dei Kropatschek, puntano le canne arabescate delle carabine e sparano.

- Ripararsi! - urla il sergente, e infatti un soldato scuote la testa dentro il casco come il batacchio di una campana e poi crolla in ginocchio con un buco nella fodera bianca. Il tenente prende Pasolini per un braccio, lo tira con uno strattone e lo spinge contro gli altri, lo fa cadere addosso al bronzo di una schiena annerita dal sudore. Pasolini si accuccia, il fucile stretto tra le mani come un palo, pensa: io non sparo, ma resta lí e non scappa.

Il veneto bravo col fucile ha girato la ghiera che sta in fondo alla culatta del suo Vetterli, l'ha girata verso destra, bloccando le cartucce nel caricatore, perché vuole sparare per bene, un colpo alla volta, e vuole tenersi quelle del pacchetto di riserva. Li vede, gli abissini, che saltellano tra i cespugli per avvicinarsi, e gli basta una sporgenza del terreno per scomparire tra la polvere. Ne sceglie uno, solleva la barretta dell'alzo fino a duecento metri, poi ne segue il riflesso bianco del camicione, lo tiene sul triangolo appuntito del mirino e preme il grilletto. L'abissino sposta indietro la spalla, uno sbuffo di polvere della piana che si alza fumando dalla stoffa, e si avvita rigido su se stesso. Se grida, lui non lo sente.

Ce n'è un altro, a torso nudo, tarchiato, si muove tra i cespugli come un gatto, cosí piegato in avanti che sembra che corra a quattro zampe. Il veneto fa scorrere indietro il carrello, infila un proiettile in canna, chiude l'otturatore, se ne frega dell'alzo, ci dà a occhio, *a ocio*, pensa, spara, ma lo manca. Tira indietro il carrello, ancora, altro colpo, ma il gatto, laggiú, gli scivola fuori dalla punta del mirino, man dea madòna, la palla si pianta in terra, carrello, ancora, va in cúeo, can de l'ostia, e questa volta l'abissino si irrigidisce sulle braccia e crolla con la faccia nella polvere.

Perché vengono avanti, pensa Pasolini, perché non si fermano, e di nuovo non lo sa se è paura o convinzione, perché quelli continuano a saltare come lepri sulla piana e vengono sempre piú vicino nonostante le fucilate, e lui vorrebbe urlare: basta! Tornate indietro! Ma perché? Perché non vuole piú che si facciano ammazzare cosí, o perché ha paura che arrivino fino da lui? Perché sono vicini, zio càn maial, vicini.

– Baionetta in canna! – urla il tenente, e lo fanno tutti, anche il sergente, sfilano la baionetta dal fodero di cuoio e la inastano sulla canna, e per un momento lo scrocco dell'elsa che si incastra nella guida sostituisce il crepitare degli spari. Lo fanno tutti tranne Pasolini, che pensa: ora mi alzo, ora si alza, monta sulle rocce che chiudono la gola, tira via il fucile e grida: – Basta! Io non ammazzo nessuno! – ma non lo fa, perché ha paura, non ce l'aveva sotto la pistola del tenente, si sarebbe fatto ammazzare, davvero, ma adesso ha paura e sta giú, tra le rocce, con il fucile in braccio.

Anche il sergente pensa, pensa: budello de tu' ma' puttana e 'un son venuto fino vi pe'ffammi taglia' coglioni, con le *t* e le *c* al loro posto, perché quando pensa il sergente non si accorge di aspirare le consonanti, ma siccome quello che pensa lo urla, *hoglioni* gli esce tra i baffi di rame soffiato come un colpo di tosse. Guarda il tenente, che ha sguainato la sciabola, e si prepara a ripetere l'ordine di contrattaccare alla baionetta, perché le rocce sono disseminate di serbatoi del Vetterli vuoti e tra poco le avranno finite tutti, le munizioni.

Guarda il tenente e lo vede incassare la testa tra le spalle, e poi lo fa anche lui, piegando le gambe, ed è solo perché stava urlando che ha sentito quel raschiare nel cielo un istante dopo quella fava di ufficiale.

La prima cannonata esplode nella piana, alle spalle degli abissini, non colpisce nessuno ma blocca tutti per un momento. Neanche la seconda colpisce nessuno, solleva una nuvola di polvere e sassi su un lato della spianata, ma gli abissini ormai lo hanno capito che sono arrivati i rinforzi e che non c'è piú niente da fare. Alcuni soldati saltano giú dalle rocce nello slancio di inseguirli, ma si fermano subito perché le batterie hanno aggiustato il tiro e le cannonate stanno devastando la piana, mangiandosi gli ultimi abissini che non avevano fatto in tempo a scappare.

Il maggiore Flaminio scese da cavallo appoggiandosi alla spalla di Cicogna. Il tenente Amara si portò la mano alla visiera, poi gliela tese, ma il maggiore lo superò come se non l'avesse neanche visto, diretto alle rocce della gola, dove i soldati stavano tirando in aria i caschi di sughero, urlando.

– Non ci badate, – disse Montesanto, – è inscimunito dalla marcia. Da Senafè a qua ha già vomitato due volte.

– Questi ufficiali nuovi, – disse Amara. Tirò fuori un sigaro sottile da una scatolina di metallo e la offrí a Montesanto, che rifiutò con un cenno della mano. Si accese una sigaretta col fiammifero del tenente.

– Come mai state ancora qui? – chiese. – Siete partiti col distaccamento di Branciamore, dovreste essere già a Saurià.

– Ci siamo persi, – disse Amara. Piano, perché si vergognava. – Stavamo in avanguardia ma siamo andati troppo avanti. Siamo tornati indietro per riagganciare gli altri e gli abissini ci sono arrivati addosso.

– E non li avevate visti quando siete andati avanti?

– Ho mandato una pattuglia in esplorazione ma non mi hanno detto niente.

Montesanto soffiò un filo di fumo tra le labbra strette.

– Avete incocciato una delle bande che ci flagellano le retrovie. Una di quelle grosse, direi.

– La possiamo inseguire.

Montesanto si tolse un filo di tabacco dalle labbra.

– Se ci fosse un ufficiale superiore, – disse. Amara si voltò verso Flaminio, ma si capiva benissimo che Montesanto non si riferiva a lui. – Se ci fosse uno dello stato maggiore forse ce la farebbe inseguire, ma gli ordini sono di arrivare al fronte dal resto del battaglione, e quindi –. Schiacciò la sigaretta nella polvere. – Meglio mandare un paio di uomini con un muletto fino al primo telegrafo, per avvertire le colonne di stare compatte quando passano di qui.

Serra lo aveva sentito. Saltò giú dal muletto prima che Montesanto girasse lo sguardo su di lui, e si allontanò anche, zoppicando appena, ma piú per le gambe intorpidite che per la ferita. Non voleva farsi rimandare indietro, e istintivamente si avvicinò a Flaminio, che stava fermo tra le rocce della gola.

Fissava il caporale di Faenza, che sta ancora seduto sui talloni in mezzo alla piana, incrostato di terra strappata dal buco di una cannonata.

Cosí bianco che sembra di gesso.

Flaminio barcollò, annaspando con la mano a mezz'aria, e sarebbe caduto se non avesse trovato il braccio di Serra. Lo strinse forte, piantandogli le dita nella stoffa della giubba, strappandogli una smorfia disgustata quando gli prese anche la mano. Aveva gli occhi velati e lo guardò senza vederlo, poi Cicogna lo afferrò per l'altro braccio, ma Flaminio si divincolò e andò a sedersi su una roccia, la testa tra le mani.

– Belín, – disse Cicogna, piano, – deve essere il primo morto che vede.

No, pensa Serra. No.

Guarda il maggiore, il volto affondato tra le dita aperte, e non può immaginare che anche lui pensa la stessa cosa, perché anche se stringe gli occhi e si morde le labbra fino a farsi male per controllare il tremito che lo scuote dentro, Flaminio l'ha sentito il caporale, e pensa no.

Non è la prima volta.

Cinquantuno

A Forte Taulud ci sono due furieri. Uno è di Cuneo, un piccoletto con un paio di baffoni spioventi su un pizzetto rado, i calzoni dell'uniforme bianca da riposo rimboccati sulle caviglie, perché non ne ha mai trovati della sua misura e non ha tempo di farsi fare l'orlo. L'altro è un napoletano con una gran pancia, un paio di baffetti a punta e capelli da corvo lisciati all'indietro. Il furiere di Cuneo va da quello di Napoli, che sta seduto su una botticella davanti al magazzino degli approvvigionamenti, e gli dice: manca un binocolo.

Impossibile, dice il furiere di Napoli, se l'ho preso in carico io, non manca niente.

Controlla.

Io non controllo un cazzo. Chi sei tu per darmi degli ordini? Siamo due furieri uguali, e si tocca l'alamaro rosso che gli orna la manica della giubba, due baffi sul polso e un'asola che sale quasi fino al gomito.

Ordine dei carabinieri. C'è di mezzo l'ufficio politico.

Se lo chiedono i carabinieri, allora sí, e soprattutto l'ufficio politico, pensa. Però non manca niente.

Il furiere di Cuneo e quello di Napoli entrano nel magazzino e si fanno largo tra cataste di basti per muli.

È un gran casino, dice il furiere di Cuneo.

Stiamo mettendo a posto. Ci hanno spedito cinquecento

basti per muli, ma sono troppo piccoli, perché sono quelli dei muletti sardi. Li dobbiamo rimandare indietro.
È un gran casino lo stesso.
In fondo al magazzino c'è un banco di legno che sembra quello di un falegname, lungo e nero, ingombro di basti per mulo. Il furiere di Napoli prende un registro e ci scorre sopra con il dito.
Tre binocoli Feldstecher Zeiss 8x20. Tutti e tre assegnati.
Impossibile. I carabinieri ne hanno sequestrato uno a un abissino.
Lo avrà fregato a qualcuno.
E a chi?
Il furiere di Napoli prende un altro registro, lo sposta sotto le chiazze di sole che macchiano il piano del tavolo (c'è un graticcio rotto, che lascia passare piú luce) e leccandosi la punta di un dito lo sfoglia rapidamente.
3ª Batteria da montagna, assegnato osservatore.
1º Reggimento bersaglieri, 3ª Compagnia, assegnato osservatore.
1º Battaglione fanteria d'Africa, 1ª Compagnia.
Ohibò.
Il furiere di Napoli fa scorrere l'indice sulle righe del registro e lascia una striscia umida sui nomi scritti a lapis, da quello del tenente fino all'ultimo soldato.
La 1ª Compagnia ha assegnato un binocolo ma non ha un osservatore. Mannacciamarònna, pensa.
Hai visto?
Il furiere di Napoli si allaccia il colletto della giubba e si liscia indietro i capelli da corvo, prima di calzare il berretto. Esce dal magazzino col registro sottobraccio. Lo sa cosa sta pensando il furiere di Cuneo, sta pensando: terún. Perché prima serviva il re delle Due Sicilie nell'esercito borbonico,

e quella capa 'e legnamme d'un piemontese continua a considerarlo un soldato di Franceschiello, e glielo ha anche detto. Ma che ne sa lui di Franceschiello? Prima di passare nell'esercito del Regno d'Italia il furiere di Napoli stava alla fortezza di Gaeta e aveva un soprannome, lo chiamavamo il Prussiano, per quanto era preciso.

Le batterie da montagna sono fatte tutte da siciliani. Il furiere del magazzino è di Catania e sta giocando con un gruppo di bambini nudi che gli corrono attorno ridendo.

Siciliano mangia sapone, scoreggiare come un cannone.

Appena vede il furiere di Napoli, quello di Catania, che è di grado piú basso, manda via i bambini a scapaccioni e si allaccia la giubba almeno fino alla pancia. Il furiere di Napoli gli fa vedere il registro.

Sí, 3ª Batteria. Artigliere Palumbo Rosario. È ancora qua, la batteria parte tra poco.

Il furiere di Napoli vuole vedere il binocolo. Non per nulla lo chiamavano il Prussiano. L'artigliere Palumbo è nella stalla e sta cercando di mettere il basto al mulo, ma è troppo piccolo e si fa fatica. Ce l'ha il binocolo, nel tascapane, lo mostra al furiere di Napoli e quello se ne va.

Il magazzino dei bersaglieri ha un furiere di Bergamo. La 3ª Compagnia è partita da un pezzo, ma il bersagliere De Stefani è già tornato indietro. La sua pattuglia è caduta in una imboscata dei ribelli a Mai Marat. L'hanno trovato con la gola tagliata e senza coglioni. Dimenticato tra i suoi effetti personali c'è il binocolo Zeiss 8x20, il furiere di Napoli lo prende in mano, lo guarda bene, poi lo restituisce al furiere di Bergamo e se ne va.

Il 1º Battaglione fanteria d'Africa ha un furiere per ogni compagnia. Quello della 1ª è di Frosinone. Prende il registro della sussistenza e fa vedere al furiere di Napoli che il binocolo è stato preso in carico.

Bene. E chi ce l'ha?

Il furiere di Frosinone prende il ruolino di marcia della compagnia e non lo trova. Mortacci sua, pensa, grattandosi la testa.

Passa un caporale con le mani in tasca e il berretto tirato indietro sulla nuca.

Senti, ti ricordi a chi abbiamo dato il binocolo?

A quel coglione di pecoraio, *cojone*. Ma poi s'è fatto male ed è rimasto qui.

E poi a chi l'abbiamo assegnato?

Il caporale guarda il ruolino di marcia da sopra le spalle del furiere di Frosinone, senza togliere le mani dalle tasche. Cinquanta nomi e nessun osservatore. Poi tira fuori una mano, prende il foglio, lo gira ed eccolo lí, nascosto dietro.

Sciortino Pasquale. E chi è?

Boh. E comunque è partito.

Il furiere di Napoli torna al magazzino, tra i basti da mulo. Resta un po' appoggiato al tavolo a pensare, lisciandosi i baffetti. Terún, diceva quella capa 'e legnamme di Cuneo.

Te lo dò io il terún.

Il furiere di Napoli si riallaccia il colletto della giubba e va fino al centralino del forte, dove c'è il telegrafo.

Urgente. Priorità assoluta. C'è di mezzo l'ufficio politico.

Da Forte Taulud fino alle sorgenti di Ua-à lungo i cavi del telegrafo, attraverso un paio di posti intermedi e una staffetta a cavallo. Da Ua-à al campo di Ilalià con un soldato su un muletto. Da Ilalià a Majo ancora col telegrafo. Da Majo ad Addí Cahièh con un ascaro di corsa. Da Addi Cahièh al campo di Saurià niente telegrafo (interrotto), ma c'è una compagnia di bersaglieri che va su.

A Saurià c'è tutto l'esercito italiano, accampato tra le ambe e i picchi delle montagne. Le tende della 1ª Compagnia sono su un gradino di roccia, schiacciate contro un costone. Ammassate l'una sull'altra, illuminate dalle lucerne perché è già sera, sembrerebbero un presepe berbero, se mai ne esistesse uno.

Anche il sottotenente dei bersaglieri è zelante come il furiere di Napoli, perché non si ferma neppure a bere un goccio d'acqua. Coperto di polvere, cosí distrutto che anche le penne che ha sul casco sembrano afflosciate di fatica, si aggira per il campo cercando un ufficiale.

Trova Flaminio, che non gli parla, guarda con ribrezzo il bigliettino che gli sta porgendo e indica Branciamore, con un gesto rapido della mano.

Branciamore legge il bigliettino, si gratta la testa sotto il berretto poi si guarda attorno. Vede Amara che sta mangiando da un gavettino, seduto su un sasso, e gli manda il sottotenente.

Sciortino? E chi è?

Amara prende il telegramma, vuota a terra il gavettino, si mette a tracolla il cinturone con la pistola e va a cercare De Zigno.

Sciortino? Boh? E chi è?

Dovrebbe essere un osservatore.

Il sergente si batte una mano sulla fronte con uno schiocco cosí forte che la pelle gli si arrossa fino alla punta dei capelli.

Madonna bona! È quella testa di cazzo che abbiamo mandato sulle rocce a Guna Guna! Io me ne sono dimenticato, ma lui non s'è piú fatto vedere. Avrà mica disertato?

A vederli per prima fu la donna. Perché non erano passati dalla roggia che si arrampicava tra i sassi dalla parte della gola, ma avevano preso la stradina che tagliava tra le ambe, e lei era lí che raccoglieva stecchi di legno d'acacia sottili e contorti come dita. All'inizio vide solo la polvere, una nuvola opaca che si avvicinava, ed ebbe subito paura, perché chiunque fossero, scioani, etiopici, italiani, erano comunque un pericolo. Cosí si annodò piú stretto attorno al petto il telo che le stringeva il bambino sulla schiena e corse piú in alto, verso le rocce, dove poteva vedere senza essere vista.

Erano italiani. Ferengi, pensò lei, stranieri, e poi tiliàn, e anche uetèhadèr, soldati, poi basta, perché la parola carabinieri non la conosceva. Li guardò risalire la stradina a cavallo di due muli, i fucili di traverso sulla schiena, e un altro muletto dietro, legato a una briglia. Fu quello a spaventarla di piú.

Sciortino era nell'orto davanti alla capanna, a travasare altre piantine dal casco di sughero alla terra secca. Aveva scavato tanti buchi con la baionetta e li riempiva con l'acqua della borraccia e stava pensando a Sebeticca, alle sue sise appise, a dentr' e fore. Pensava che voleva farcela anche lui na cimmie con la sua donna. Chissà come sarebbe venuta, chissà di che colore.

Lei aveva visto la polvere, lui non li sentí neanche arrivare. Se ne accorse solo quando lo chiamarono e se li vide alle spalle, uno col fucile puntato e l'altro con le catenelle.

– Ma guarda com'è ridotto, – disse quello col fucile. Sporco, scalzo, i calzoni dell'uniforme tagliati al ginocchio.

– Sembra un abissino, – disse quello con le catenelle.

Il carabiniere col fucile si avvicinò alla capanna e ci guardò dentro, restando sulla porta.

– Si è sistemato bene, questo macaco... guarda qua, c'è anche una capra.

– Ci sarà anche una donna.

Il carabiniere col fucile dette un'altra occhiata alla capanna e annuí. – Sí, vedrai che c'è. Che facciamo, la cerchiamo?

– Chi se ne frega, – disse quell'altro, – siamo venuti a prendere un disertore, mica una famiglia.

Aspettò che il carabiniere col fucile avesse messo Sciortino sotto tiro, ma non ce n'era bisogno. Sciortino si lasciò girare la catenella attorno ai polsi, e dalla faccia che aveva poteva essere una capra, o un macaco per davvero, o anche una piantina di fava, senza pensieri e senza sentimenti. Ce li aveva, invece, ma erano rimasti indietro, ingolfati tra la testa e il cuore, incastrati l'uno sull'altro, come le parole, quando balbettava.

Il carabiniere col fucile tirò un calcio al casco di sughero, scuotendo la testa. – Ma guarda che ne ha fatto –. Lo issarono sul muletto, che si erano portati non per comodità ma per andarsene piú in fretta da quelle rocce che stavano appena dietro le retrovie.

Soltanto allora, quando il mulo si mosse verso la stradina, dietro i carabinieri, un pensiero riuscí a passare e Sciortino gridò: – Sebeticca!

Si torse su se stesso, mentre lo tenevano per le braccia, il fucile piantato in un fianco.

Lei era là, nascosta da qualche parte, dietro la capanna, ma lui non riusciva a vederla.

Cinquantadue

– Dicono che c'erano tutti nella tenda del comandante, cinque generali, ieri sera, – disse il giornalista con la barba da putto.
– Ce n'erano troppi. Tanti generali a comandare un esercito cosí piccolo. Con tutte quelle stellette, la tenda del governatore doveva sembrare un firmamento.
Branciamore alzò gli occhi a cercare le stelle, quelle vere. C'era stato un temporale, quella notte, e il cielo luccicava come se fosse stato lavato, ma era quasi l'alba e c'era troppa luce per vederle. Si strinse nella mantellina perché aveva freddo, aggiustandosi il berretto sulla testa.
– Dicono che alla fine è uscito il generale Valenzano che si fregava le mani e diceva: finalmente siamo riusciti a convincerlo ad attaccare.
– C'era anche lei? Io sí, mica nella tenda, è naturale, fuori. E ho visto il maggiore Salsa che andava dentro e diceva che gli avrebbe fatto cambiare parere.
Che vergogna, pensò Amara. Allungò le mani verso il fuoco, ma solo per sentire se bruciava abbastanza per scaldare il caffè dentro il gavettino di metallo che ci stava appeso sopra. Non era il freddo dell'altopiano a dargli fastidio. Era sapere che il nemico stava al di là delle montagne, venticinque, trenta chilometri di distanza, e lui fermo lí, in mezzo a quell'immensa distesa di tende bianche, come uno sfollato del

terremoto. Fondina della pistola a tracolla e sciabola in mano, ad aspettare. Aveva quasi finito i sigari.

– Per me attacca, – disse il giornalista, chiudendosi il collo della sahariana con la mano. Lui lo sentiva, il freddo, e gli sarebbe piaciuta anche un po' di grappa per correggerlo, quel caffè che non si scaldava mai. Ma forse il capitano ne aveva un po', nella sua tenda. – Primo: lo vogliono tutti.

– Io no, – disse Branciamore.

– Tutti i generali, intendo. E mica solo quelli –. Indicò il tenente che si stava accendendo un sigaro con una brace piantata sulla punta della baionetta.

– La guerra è fatta per vincerla, mica per starla a guardare, – disse Amara, soffiando fuori il fumo.

– Primo: lo vogliono tutti, – ripeté il giornalista. – Secondo: non c'è piú niente da mangiare, e quindi o ci ritiriamo o andiamo avanti.

– Non c'è piú niente da mangiare? E io che ero venuto a fare colazione da voi. Ce l'avete da bere, almeno?

Il maggiore Montesanto si siede su una cassetta di munizioni, vicino al fuoco, mormora: – Voglio sperare che sia vuota, – e tocca il gavettino con la punta di un dito per sentire se è caldo. Lascia i palmi sul fuoco, anche se non fa cosí freddo. Ma a lui l'aria pungente dell'altopiano non piace, a lui piace il caldo soffocante di Massaua, che già gli manca.

– Intendevo qui al fronte, – disse il giornalista. – Per l'esercito. Quanti viveri abbiamo?

– Tre giorni per noi e sette per gli ascari, perché si sa che gli indigeni mangiano meno. Ma chi l'avrà detta 'sta minchiata? – dice Montesanto.

– Bene, allora siccome andare indietro sembra una ritirata, e una ritirata, anche se strategica, non è mai un bel vedere, soprattutto per un comandante che è stato appena licenziato...

– E chi l'ha detta quest'altra minchiata?

Il giornalista sorrise, e adesso sembrava davvero un putto, gli occhi che sparivano sopra le guance rotonde. – Via, maggiore, a Massaua lo sanno tutti che il successore sta arrivando con il prossimo piroscafo, per cui ecco il terzo motivo, – si toccò la punta dell'anulare, – meglio tornare in patria da eroe, anche se licenziato. Ma è pronto 'sto caffè?

Era pronto, lo si sentiva dall'odore. Branciamore lo prese dal fuoco con un lembo della mantellina e lo versò agli altri. Per sé tenne quello che era rimasto nel gavettino. Poi gli venne in mente che aveva della grappa nella tenda, e si infilò sotto il telo ancora umido di notte. Quando ne tornò fuori c'era il giornalista che gli porgeva la tazza.

– Io credo che sarebbe meglio ritirarsi e aspettare i rifornimenti, – dice Montesanto, – e poi attaccare meglio e con piú forza. E chi se ne frega se in Italia si incazzano, le guerre son cose lunghe e bisogna saper aspettare.

– Sono d'accordo, – disse Branciamore, e alzò il gavettino in un brindisi d'approvazione.

– Comunque, – dice Montesanto, – chi se ne frega di quello che pensiamo noi, siamo soldati. Attacchiamo.

– Attacchiamo? – Il giornalista si alzò in piedi come se avesse dovuto correre a telegrafare al giornale. Si rimise subito a sedere, sentendosi ridicolo. – Quando l'ha deciso?

– Questa notte. Notte insonne.

Montesanto prende tre sassi e li fa saltare nella mano.

– Attacchiamo in tre colonne. Il generale Albertone con la brigata indigena e le batterie siciliane va a piazzarsi qua, sul Chidane Merèt, – mette un sasso per terra, allungando il braccio fin dove arriva, – Dabormida si piazza qui, a destra, – lascia cadere un sasso piú lontano, – sul Rebbi Arienní. E il generale Arimondi qua, al centro, – mette il terzo sasso tra i due, poi ne cerca un quarto, piú piccolo, – e dietro

Arimondi una brigata di riserva col generale Ellena. Da qua, – si indica la punta della scarpa e fa scorrere il dito verso i sassi, – ci sono venticinque chilometri, otto ore di marcia, per stare abbondanti. Si parte stasera alle nove. Noi siamo nella colonna del generale Dabormida –. Montesanto si pulisce le mani dalla polvere sfregandole assieme. – Può tirare il fiato, Amara, saremo in prima linea, non nella riserva.

Amara si scosse, accorgendosi che era rimasto a fissare i sassi, con la bocca aperta, e probabilmente davvero senza respirare. Anche il sigaro gli si era spento.

– E poi cosa succede? – chiese il giornalista. Aveva tirato fuori un taccuino dalla tasca della sahariana e cercava di disegnare i sassi di Montesanto, tre cerchi e tre linee che ci arrivavano.

– A un passo dalle nuove posizioni c'è l'esercito del negus. O dà battaglia o si ritira.

– E se non fa nessuna delle due cose? – disse Amara. – Che razza di attacco è? Avanziamo e ci fermiamo? Non è mica cosí che si attacca.

Montesanto si alza in piedi. Vuota per terra il resto del caffè e va a prendere la bottiglia che Branciamore tiene appoggiata a una gamba. Si versa un po' di grappa nella tazza pensando che in effetti è vero, sarebbe un po' presto, ma chi se ne frega, domani si va in guerra.

Dice: neanche a me piace questo piano. Perché funzioni bene dobbiamo attestarci tutti nel posto giusto e contemporaneamente. Questo significa coordinamento e conoscenza del territorio, e noi non abbiamo nessuno dei due.

Dice: io l'ho vista la piantina che ci ha dato lo stato maggiore, non è neanche una piantina, è uno schizzo, l'ha fatto a memoria un tenente, sembra quello lí, – e indica il taccuino del giornalista.

Dice: se poi davvero il negus ha sparso il suo esercito per tutto lo Scioà e davanti ci abbiamo solo ventimila uomini come dicono le spie, allora va bene, se no siamo pochi, e se ci andiamo cosí divisi siamo pochissimi.

Si era versato da bere tre volte. La tazza era di nuovo vuota, e in bocca aveva il sapore dolce della grappa che gli gonfiava la lingua e gli raggrinziva lo stomaco.

Montesanto sbadigliò, perché intanto era arrivata l'alba e quella luce ancora incerta gli faceva sempre quell'effetto. Soprattutto la tromba, le note assonnate della sveglia, che si sentiva lontana e che Branciamore si mise a fischiettare e lui a battere con la mano sulla gamba dei calzoni.

Appoggiò la tazza vicino al fuoco e arrivò fino al bordo del costone. Guardò la distesa di tende che copriva le balze, scendeva lungo le pietraie e riempiva la vallata, e poi piú avanti la strada che si arrampicava tra le cime rotonde delle montagne che si inseguivano, una attaccata all'altra, arrossate dal primo sole. Sembrava una piana compatta, come dune disegnate dal mare su una spiaggia bruna.

– Posso scrivere che non è d'accordo con l'ordine di marcia del comandante? – gli chiese il giornalista.

– Io? E chi sono io per non essere d'accordo? Io non comando niente, neanche il battaglione. La fascia dello stato maggiore ce l'ha Flaminio.

– Non ho memoria per i nomi. Dove avete detto che ci dobbiamo attestare?

– Chidane Merèt e Rebbi Arienní.

– E cosa sono?

– Due colli in mezzo a un mucchio di montagne, davanti a una conca.

– Bene –. Il giornalista scrisse in fretta, mormorando ancora: – Sapete, io per i nomi... E il luogo in cui stiamo andando, la zona della battaglia, se ci sarà... ce l'ha un nome?

Montesanto cercò di guardare ancora piú in là, oltre le schiene dei monti, ma il sole si era già alzato abbastanza e dovette socchiudere gli occhi.
– Adua, – disse. – Si chiama Adua.

Cinquantatre

– Io questa cosa del cammello e della cruna dell'ago non l'ho mai capita. Voglio dire, guarda questo animale, quanto sarà alto, due metri, testa compresa? Se trovi un ago grande cosí ci passa. Ci sarà da qualche parte nel mondo, no? O deve essere per forza un ago normale? Ma allora bisogna specificare: da ricamo, da cucito, da materasso. In queste cose di fede i musulmani sono molto piú precisi.

Padre Berton sembrava fresco come una rosa, nonostante il viaggio da Archico a Massaua a dorso di cammello. Vittorio invece aveva le reni spezzate e una fame che gli faceva schizzare gli occhi fuori dalla testa, perché era dal giorno prima che non mangiava. Era andato al deposito di Archico a curare una spedizione di materiale logistico per il fronte, perché con la guerra in corso era piú facile fare la Magia. Le linee di rifornimento erano lunghe, le carovane perdevano il carico sulle montagne, le bande di ribelli tigrini assalivano le colonne, c'era sempre un motivo valido per cui qualcosa si potesse smarrire, anche se non era mai esistito. Per questo era andato ad Archico, il giorno prima, e siccome tutti i muli erano stati requisiti per il fronte, si era aggregato a padre Berton, che aveva affittato qualche cammello per prendere dal deposito ciò che gli serviva per la sua missione di Otumlo.

Il ragazzo che li accompagnava fece inginocchiare il cammello battendolo dietro il ginocchio con una canna, e padre

Berton saltò a terra, elastico e scattante, nonostante la veste e i settanta e passa anni. Poi toccò a Vittorio, che invece scivolò dalla gobba del suo cammello molto piú rigido e dritto.

– La inviterei a pranzo, ma ho solo scirò e anghera e ho visto che lei non ne mangia. Sarà che sono qui da tanti anni, ma io l'anghera la preferisco agli spaghetti.

Lui no, non riusciva a sopportarla quella piada acida e spugnosa che facevano da quelle parti. Cosí salutò il frate e si avviò lungo la passerella per Ba'azè, una mano sulla sciatica infiammata e l'altra sulla pancia, per schiacciare i gorgoglii.

Perché va in città, adesso? Ha fame, va bene, il frate ha parlato di spaghetti, e dalle parti della moschea c'è un tale di Caserta che li fa meglio che in Italia, ma non è per questo, non è neanche un gran mangiatore, Vittorio, gli basterebbe quello che ha in ufficio. E poi ha ancora la polvere della strada che gli scricchiola tra i denti, e non vede l'ora di tirare via il cappello che si è calcato sulla testa – non lo sopporta, lui, il cappello, lo mette solo quando deve viaggiare cosí – e allora perché va in città? È perché sa che in città ci metterà tanto, per mangiare, e poi si fermerà a prendere il caffè, e passerà un altro po' di tempo prima che debba decidersi a cercare Cristina.

Eccolo il problema, Cristina. Ce l'ha un buon motivo per non essere andato al porto per la gita col sambuco, ma ha lo stesso paura di affrontarla, perché sarà arrabbiata, no, di piú, sarà furiosa, perché non sono riusciti ancora a uccidere Leo.

Uccidere Leo.

Vittorio strinse le palpebre, ma non per il sole.

Uccidere.

Leo.

Se prima gli era sembrato possibile farlo, adesso soltanto pensarlo gli dà un solletico, dentro, che gli sale fino in gola e gli intorpidisce il cervello. Non è cambiato niente, vuole Cristina e vuole tutto quello che lei desidera, ma ora che l'occasione è saltata gli sembra tutto diverso, piú freddo, piú duro, piú difficile. Ecco perché sta andando in città a perdere tempo, adesso l'ha capito davvero. Perché ha paura di dire a Cristina che non è piú convinto come prima, che forse ci ha ripensato, e che lei deve aiutarlo a convincersi di nuovo.

– Ohé, Cappa!

In fondo alla passerella c'è il capitano dei carabinieri. Vittorio era cosí assorto che lo aveva superato senza salutarlo. Lo fa, lo saluta, alza una mano, e vorrebbe tirare dritto, ma quello si avvicina, anzi, gli fa cenno di aspettarlo.

– Che disgrazia, vero? E poi cosí all'improvviso... vabbe', la situazione magari si fa piú facile per voi, però mica credo che vi faccia piacere, no?

– Che cosa?

– Senza contare la perdita per la Colonia di un uomo cosí... Era giovane, no? Quanti anni aveva?

– Ma chi?

– Il cavalier Fumagalli... Leo, insomma. Non sapevi che è morto?

– Leo è morto?!

No, pensa Colaprico, no, neanche il piú grande attore del mondo, neanche il piú falso dei criminali riuscirebbe a fingere una sorpresa cosí. Perché per un attimo il sospetto gli era venuto, al capitano, quando aveva visto Vittorio sulla passerella. All'improvviso aveva collegato il fatto che il Cappa e la Fumagalli fossero amanti – non ci aveva pensato prima, solo in quel momento – e visto che il consorte della Fumagalli era prematuramente dipartito in tragiche circostanze... Però no, quello era stupore vero.

– Non lo sapevi?

– No, io… no. Sono stato via, torno adesso da Archico e non… Ma come è successo?

– Annegato. Una gita in barca, ha voluto fare il bagno, ma non sapeva nuotare e la moglie non ce l'ha fatta a salvarlo. Una tragica fatalità.

– Sí! – dice Vittorio, in fretta e con decisione, con enfasi, troppa, tanto che al capitano tornò quel dubbio, ma fu solo per un momento. Non c'era neanche, il Cappa, era via, avrebbe controllato, certo, ma probabilmente era vero, aveva ancora la polvere della strada sulle scarpe e sul vestito.

– Fortuna che eri fuori città. Altrimenti avrei dovuto chiederti un alibi.

– Perché? – ancora quella fretta, sospetta, pensa Colaprico, ed è solo un altro momento, ma assieme a quello di prima fanno due. – Perché, – dice Vittorio, – pensi che la morte di Leo…

– No, no, per carità. Stavo scherzando.

– Ma c'è qualcosa? Un sospetto su… sulla moglie, o su di me?

Adesso sí che parlava in fretta, agitato anche, ma ora era normale, Colaprico lo capiva benissimo, ovvio che si preoccupasse dopo quello che aveva detto. E cominciò a preoccuparsi anche lui, perché non è che si può accusare la gente cosí, sulla base di un pensiero.

– Ma no, ma no, nessun sospetto. La versione della signora concide perfettamente con quella del marinaio. Inoltre era stato proprio il cavaliere a insistere perché lei gli insegnasse a nuotare. E una donna cosí minuta… ci sta che non sia riuscita a salvarlo, quelli che non sanno nuotare, quando gli viene il panico, fanno un macello, anzi, fortuna che non sia andata sotto anche lei. E poi tu non c'eri, no? – No, fa Vittorio, con la testa. – E allora che sospetti ci possono essere?

Stai tranquillo e dimentica la mia battuta... spirito da carabiniere, Cappa, compatiscimi.

Vittorio restò fermo sulla passerella anche parecchio dopo che il capitano se n'era andato. Se non avesse avuto quello stupido cappello a tesa larga si sarebbe preso un colpo di sole. Ma doveva aspettare che il cuore gli smettesse di battere cosí forte.

Leo è morto.

Cristina.

Se prima cercava di perdere tempo, adesso non vede l'ora di essere da lei. Se la fa tutta di corsa, per quanto glielo permettono il sole, il caldo e la sua vita sedentaria, e infatti dopo pochi passi il suo correre è piú un atteggiamento mentale che fisico, ma lo fa ansimare lo stesso.

Arriva a casa di Cristina fradicio di sudore. Fuori dalla porta c'è la Colonnella che sta minacciando la servitú perché non vogliono farla entrare. – Chissi signora, no bene, nessuno, nessuno, – cosí lui gira da dietro, sa come fare, e si infila in giardino, tra le bougainvillee. Là c'è Cristina, seduta su un gradino di legno, sotto il patio, la testa appoggiata a una colonna di legno e gli occhi chiusi. Sembra che stia dormendo, ma non è vero, perché appena sente Vittorio solleva la testa e lo guarda.

– Sono io, – dice Vittorio, togliendosi il cappello.

– Sí, lo so.

È arrabbiata? Sembra cosí tranquilla, ma non è possibile, non può essere cosí indifferente, dopo tutto quello che è successo. Ma cosa è successo?

– Che è successo?

– Leo è morto.

– Sí, ma... – abbassa la voce, si avvicina, si china su di lei. Sussurra: – Come?

– È annegato.

Come, vorrebbe ripetere lui, ma Cristina allunga una mano e gli afferra una gamba dei pantaloni, come se non volesse farlo scappare.

– Dov'eri tu? – gli chiede, lo ringhia tra i denti, la *r* parmigiana che si arrota nella gola.

– Ho incontrato Colaprico e anche il tenente dell'ufficio politico. Sapevano tutto di noi perché Ahmed... non importa, sapevano tutto, Cristina, tutto! Non potevamo... – sta per dire: ammazzare Leo, e adesso che è morto gli fa meno effetto, come se anche quel concetto, che prima lo faceva rabbrividire, adesso fosse una cosa vecchia, senza forza, ma non lo dice lo stesso, per prudenza. – Non potevamo. Avrebbero collegato tutto, me, te e Leo. Ero venuto al molo per dirtelo, ma eravate già partiti.

– E dopo? Dov'eri dopo? Adesso, dov'eri? – urlava, senza voce, tutto dentro, ma urlava.

– Cristina, ero partito... sono tornato soltanto un'ora fa e me l'hanno detto. Credevo che non fosse successo niente... una gita alle isole e basta!

– È successo tutto, invece.

Se prima urlava, anche se piano, adesso era tornata indifferente. Vittorio le staccò le dita dalla stoffa dei pantaloni, come si fa ai bambini, poi si sedette accanto a lei, sul gradino. Voleva toccarla, voleva abbracciarla, ma non lo fece.

– Ero sicura che non sarebbe successo piú niente. Ero arrabbiata, ero furiosa e pensavo che avrei voluto uccidere te, altro che Leo... poi, ha fatto tutto lui. Ha voluto prendere una barca, ha voluto fare il bagno, ha mandato via il ragazzo... mi ha chiesto se gli insegnavo a nuotare.

Cristina sospirò, e a Vittorio sembrò che in quel sospiro ci fosse l'ombra di un singhiozzo, ma lei non sembrava turbata. C'era uno scarafaggio, una blatta color legno che stava attraversando il giardino, lentamente, proprio davanti al patio, e lei la stava fissando come se davvero fosse la cosa piú interessante da guardare.

– Ma tu... – chiese Vittorio. Non trovava le parole. – Ma tu... – ripeté, e solo quando lei lo guardò disse: – Ma tu come ti senti?

Cristina si strinse nelle spalle.

– Sono una vedova, adesso. Dovrò vestirmi di nero, con questo caldo.

Portava la sottoveste con cui l'aveva vista la prima volta, Vittorio se ne accorse solo in quel momento, quando lei si pizzicò la stoffa per staccarla dalla pelle. La sottoveste che la faceva sembrare nuda, no, di piú: spogliata. Aveva anche le ciabatte abissine, quelle sconvenienti perché scoprivano le dita.

– È per questo che non voglio vedere nessuno. Perché se no dovrei vestirmi. Ma prima o poi mi tocca.

Vittorio allungò un braccio per accarezzarle i capelli, ma fu un gesto indeciso, come per chiedere permesso, e lei spostò la testa, lasciandogli la mano a mezz'aria.

– Dài, – disse Vittorio. – È finita.

Lei lo guardò. Era un sorriso? No, non lo era. Era troppo cattivo per essere un sorriso. Era una smorfia.

– È andato tutto bene, su.

– No che non è andato tutto bene.

– Leo è morto.

– Sí, ma tu non c'eri.

– Ed è stato meglio. Se avessi sentito il capitano dei carabinieri: fortuna che eri fuori città, se no l'alibi...

– Tu non c'eri...

– Non potevo esserci, non avrebbe funzionato se ci fossi stato...

– Tu non c'eri!

Questa volta Cristina aveva gridato, e con la voce. Vittorio aveva incassato la testa tra le spalle, come per un'esplosione, poi si era girato a guardare indietro, alla porta, ma non c'era nessuno a sentirli.

– Cristina, è successo. Non importa se c'ero o non c'ero. È andata cosí. È finita.

– No, non è successo. L'ho fatto succedere io. E tu non c'eri.

– Cristina...

– L'ho fatto succedere io!

Si era alzata in piedi e aveva fatto un passo davanti a lui. Vittorio la guardò, in controluce, lo sovrastava anche se era minuta, come aveva detto il capitano, una donna cosí minuta che era impossibile avesse ammazzato il marito. Si spostò ancora, e senza volerlo coprí il sole, cosí che Vittorio riuscí a vederla bene, non piú una sagoma accecante, ma definita, e netta.

Cristina si prese la stoffa della sottoveste, sui fianchi, e la tirò su, la arrotolò tra le dita e la sollevò fino al petto. Era nuda, sotto, ma Vittorio non si ferma a guardarla come avrebbe fatto di solito, e quello che sente non è desiderio, ma un'altra cosa, paura, dolore, orrore, un'altra cosa.

Aprí la bocca, vedendo i graffi che Leo le aveva fatto sui fianchi e sulla pancia, mentre lei lo teneva sott'acqua. Mormorò: – Mio Dio, Cristina, – e allungò una mano, di slancio, per toccarla, ma lei fece un altro passo indietro e lasciò ricadere la sottoveste.

– L'ho fatto succedere io, – sibilò. – E tu non c'eri.

Avrebbe dovuto toccarla, abbracciarla, stringerla e dirle qualcosa, qualunque cosa, che l'amava, che la desiderava, che non cambiava nulla se lui non c'era stato, ma sapeva che non sarebbe servito, perché non era vero. C'erano quei segni bluastri sulla sua pancia, lui non li aveva quei graffi, ma lei sí e quello cambiava tutto. Però avrebbe dovuto provarci lo stesso, prenderla, parlarle, baciarla anche, ma lei aveva ricominciato a guardare la blatta di legno e sembrava cosí indifferente, cosí distante.

Ora lo faccio, pensava Vittorio. Prenderle le mani, tirarla a sé, sussurrarle nell'orecchio, ma non lo fa, aspetta, e dopo diventa troppo tardi, perché c'è già la voce della Colonnella, dentro casa, che si avvicina: – Cristina, tesoro, che tragedia! – e allora lui si alza, di scatto, raccoglie il cappello, si infila veloce tra le bougainvillee, e scappa via.

Cinquantaquattro

All'inizio è ancora notte. Non si può dire che è buio, perché la luna piena stende attorno una luce biancastra che si spalma sulle montagne come un velo luminoso. Si vede quasi come se fosse giorno, ma un giorno strano, di quelli che ci sono nei sogni, tutto piú lucido, piú chiaro, non piú netto, piú allucinato. Le ombre sono ancora piú nere, i rilievi brillano di piú, i dettagli si staccano di piú, ma quello che si vede non sembra vero, e piú che starci sotto, a quella luce surreale, sembra di stare lassú, sulla luna.

All'inizio non parla nessuno. L'ordine è quello di marciare in silenzio, lo ringhiano gli ufficiali, tra i denti, quando gli sembra di sentire qualcosa. – Silenzio! – senza neanche voltarsi. E in effetti sono tutti presi dalla marcia, serrare su quello davanti, attenti a non scivolare sui ciottoli delle pietraie, attenti a non inciampare nei rovi, occhio agli spuntoni di roccia che sfondano le scarpe, si sentono solo i respiri, i tonfi irregolari dei passi, il gavettino, che sbatte sempre, ma contro che cosa?

Allora pensano.

Branciamore pensa che quando Sabà si arrabbia pesta un piede per terra, che sia nudo o con la ciabatta non importa, fa uno schiocco forte come una frustata e intanto mette le mani sui fianchi, anzi, no, non le mani, i pugni. E batte forte col piede, come se dicesse io sto qui, ane abzi aloku, piantata qui, e non mi muovo neanche per cambiare idea. Raissam, pensa Branciamore, testona, e vorrebbe sorridere ma gli manca, Sabà, minchia se gli manca, e il sorriso muore in una smorfia un po' triste, appena tesa tra i baffi, mentre curva la schiena lunga sulla testa del muletto che cavalca.

Anche Montesanto sta su un muletto, ma non perché non abbia diritto a un cavallo, o per tradizione, come Branciamore, che è di artiglieria. Lui si aggrappa alle briglie, rigido sulla sella come se ci dovesse stare in equilibrio, perché non sa montare e immagina che un mulo sia comunque piú tranquillo e maneggevole di un cavallo. Pensa anche lui che vorrebbe essere a casa, e come Branciamore quando dice «casa» pensa a Massaua, e anche a lui viene in mente una donna, solo che non è mai la stessa, perché lui non ce l'ha una madama, non l'ha mai voluta, figurarsi, non ha neanche una moglie in Italia, ma ha tante amanti, e quando pensa a una donna che lo guarda dall'anghareb nel basso che ha nascosto da qualche parte nel centro di Ba'azè, quella donna non ha mai un volto, perché è sempre quello della prossima.

Amara invece pensa: diventare un eroe. Non lo fa in modo chiaro, con le parole scandite nella mente, lo fa con l'istinto, con l'atteggiamento, e da come gli fa tenere la testa alta, tirata dalle briglie, sembra quasi che lo pensi anche il suo cavallo. Scalpita lungo il fianco della compagnia, avanti e indietro, come se prendesse lo slancio per una corsa, il Palio di Siena, penserebbe il sergente se lo vedesse, anche se è di Pisa, ma non importa.

Il sergente, però, non lo vede. De Zigno sta davanti, in testa alla compagnia, digrigna i denti sotto i baffi di rame e si arrabbia dentro, muto e compresso, perché pensa che non è cosí che si marcia, li sente quelli di dietro che perdono il passo, e li vede quelli davanti che allungano, e cosí il reparto si sfilaccia, la colonna si tende come se fosse di gomma e si perdono allineamento e compattezza. Va bene, appena arriveranno da qualche parte si fermeranno per organizzarsi, ma non è quella la questione. Non è un problema di estetica, anche se nelle cose militari, si sa, l'occhio vuole la sua parte, è che un esercito che non marcia compatto, poi non è detto che ci combatta, compatto. E mica solo perché metà di questi bischeri siano dei cittadini che col mestiere del soldato non hanno niente a che spartire, è che si vede che fino a un mese prima non si conoscevano neppure, non fanno corpo, Dio bonino, guarda quella testa di cazzo di un anarchico tutto fuori dalla fila, e quella fava del berretto perso che già si appoggia al fucile e nessuno che gli dia una spinta per tenerlo su. Cosí bestemmia, il sergente, e ringhia: – Zitti! – anche se nessuno ha parlato, ma è solo per far sbollire la rabbia che gli brucia dentro.

Serra, invece, non pensa a niente. Lui sa come si marcia, ne ha fatti di chilometri quando era allievo alla scuola sottufficiali e poi in Calabria, non si parla e non si pensa, si seguono i passi, uno dietro l'altro, si scandisce il tempo con le gambe, si segmenta lo spazio metro per metro, sempre uguale, finché il movimento non diventa ipnotico come un rosario e non senti piú niente, neppure la fatica.

Ma dire che non pensi proprio a nulla, Serra, non è esatto. Poco dopo che sono partiti, quando erano ancora nel primo vallone, ha pensato ad Asmareth. Piú che pensarla l'ha vista, due volte, prima il mento che le tremava mentre piangeva e poi il suo sorriso nascosto dall'ombra della mano, e sopra, come se venissero fuori dal buio della mente, quei suoi occhi cosí grandi. Gli succedeva tutte le volte che credeva di essere innamorato, ma accadeva quando era a letto e stava per addormentarsi, e invece adesso era sveglio.

Però non ha pensato solo ad Asmareth. Per un po', dopo, ha cercato di svuotare la testa seguendo soltanto il ritmo dei suoi passi, ma in realtà i suoi passi un ritmo non ce l'hanno. Perché la strada prima scende, poi sale, poi svolta tra le rocce, svolta di nuovo e non è piú strada, è un campo di rovi, una pietraia, una roggia che si arrampica sulla montagna. È stato in uno di quei momenti che ha visto Barbieri appoggiarsi al fucile, dopo la bestemmia del sergente, e allora è uscito dalla fila, ha passato quasi il culo del muletto di Montesanto e l'ha tenuto su per un braccio. Ma poi l'ha lasciato subito, perché ha visto Flaminio sul suo cavallo, in testa al battaglione, l'ha visto bene, perché non porta la divisa di marcia ma indossa l'alta uniforme, quella nera, è forse è l'unico di tutto l'esercito al fronte. Per cui non è che non sia esatto dire che Serra non pensa a niente, è sbagliato proprio, perché Serra invece pensa tanto, e intensamente, e pensa a Flaminio.

Anche Flaminio pensava, e piú intensamente di Serra.

Teneva le gambe strette attorno alla sella, le ginocchia puntate contro il cuoio morbido e gli stivali che premono dentro le staffe. È per tirarsi il piú avanti possibile e tenersi stretto là dove si trova, la schiena inarcata per spingere in basso il ventre e schiacciare l'erezione contro il pomo della sella. Doveva trattenersi per non assecondare con i fianchi il movimento del cavallo e sfregare piú forte, e siccome non può chiudere gli occhi, come vorrebbe, allora deve concentrarsi per mantenere l'eccitazione.

Non pensa bientôt tout commencera à tourner, non lo pensa piú da un pezzo. Pensa a qualcos'altro, quell'altra cosa, e si accorge che non ha bisogno di concentrarsi per tenere viva l'erezione, che basta poco, pochissimo, e già il fiato gli manca e gli si annebbia la vista, e quasi non importa il movimento, solo spingersi un altro po' in avanti, schiacciarsi contro il pomo, forte, e Flaminio viene, le ginocchia cosí strette alla sella da non sentirle piú, dopo.

Nessuno si è accorto di niente. Neanche Serra, che gli guarda la schiena. Flaminio dondola sulla sella, vorrebbe chiudere gli occhi e addormentarsi, ma non è il momento. Pensa che quel formicolio che gli si sta spegnendo dentro la pancia e che ancora gli intorbidisce lo sguardo è nulla in confronto a quello che si aspetta. Pensa questo, Flaminio, si accorge che niente intorno a lui sta girando, e sorride.

Ma guarda, pensa Barbieri. Spinge sul terreno col calcio del fucile, remando come fosse una pagaia, ma gli sembra di non riuscire ad andare avanti. Respira piano mentre il resto della compagnia gli sfila attorno, e anche il fiato gli pare che non riesca a uscirgli dalle labbra mentre pensa: ma guarda tu. Lui cammina, li mette i piedi uno davanti all'altro, ma sempre piú piano, e intanto fila dopo fila i compagni gli scorrono di fianco e gli si richiudono davanti, come l'acqua di un fiume, e adesso non ci sono piú, sono già scomparsi in cima alla salita. Si aggrappa alla cinghia di un mulo che gli passa accanto (è quello del giornalista, e porta sulla schiena il treppiede e la cassa con la macchina fotografica, il magnesio e le lastre), pensa: ma guarda tu, ho amato tanto. E qualche altro passo lo fa, ma nella mano la forza di stringere il cuoio non ce l'ha piú, e poi è umido di sangue perché il basto è troppo piccolo, ha piagato la pelle all'animale, e gli scivolano le dita.

Barbieri alza la testa alla luna bianca. Attorno volano le punte delle penne degli alpini, che si muovono veloci e poi spariscono anche quelle. Ma guarda tu, ho amato tanto questo paese, pensa. E approfitta della spinta di un bersagliere per deviare verso il ciglio della strada e scivolare dietro una roccia, senza il fucile, che non sa piú dov'è.

Si graffiò la lingua sulle labbra secche e restò appoggiato alla pietra, gli occhi chiusi, il respiro che gli rimaneva nel naso, e quello strappo dentro che gli faceva male quanto basta per svegliarlo, fargli pensare: ma guarda tu, ho amato tanto questo paese, e tutto quello che ho fatto. E piano, perché tanto lo sa che non esce piú niente, si slaccia la cintura e si abbassa i pantaloni.

Sulla roccia c'è un babbuino che lo guarda. Seduto sulla coda, la pancia nuda in fuori, la scimmia lo osserva indifferente, poi sposta lo sguardo verso i monti.

Anche Barbieri guarda in quella direzione. Vede i dorsi rotondi delle ambe, le schiene dolci delle colline, le fessure delle valli e anche quel picco piú alto che si chiama Raio, lo sa perché lo ha chiesto a un ascaro mentre cercava di mangiare qualcosa, prima di partire, senza riuscirci. Si immagina che laggiú, sull'altopiano, deve essere ancora piú fresco dell'aria frizzante di quella notte che non sente, si immagina alberi, villaggi, animali, quelle chiese dipinte di cui ha letto, si immagina odori, volti di persone.

Pensa: ma guarda tu, ho amato tanto questo paese, e da quando ci sono venuto non ho fatto altro che cagarci sopra. E gli scappa da ridere, ma non ne ha la forza, non ha piú la forza di fare niente, sfinito dalla dissenteria.

Cosí si siede sul sedere nudo, sospira a fondo per l'ultima volta, lancia uno sguardo al babbuino e muore.

Cinquantacinque

Intanto l'alba si avvicina.
Se prima stavano zitti per rispettare gli ordini, adesso non parlano per la fatica. I sassi, i rovi, le svolte, le salite e le discese, le rocce, la strada che scompare e ritorna, le ambe da scavalcare e dopo una ce n'è subito un'altra. Addosso non hanno molto, soltanto il fucile sulla spalla, la mantellina a tracolla, la giberna e il tascapane con le munizioni, ma la schiena, a stare curvi per superare le salite, fa male lo stesso, fanno male le gambe e fanno male i piedi su quelle pietre appuntite che sfondano le suole.
La luce è cambiata e sta cambiando ancora. Prima era cosí bianca da sembrare fredda, ma poi è diventata opaca, grigia di una nebbia invisibile giú nei valloni, e già rossa sulle creste dei monti. Appaiono i dettagli piú lontani, sono ancora sagome, ma non piú nere – c'è un gruppo di tukúl incastrati tra le rocce, una macchia d'alberi sul fianco di un'amba, c'è un bambino su un sasso, con una capra, accucciato sui talloni, con una canna in mano, che li guarda sfilare, immobile –, e si sfocano quelli vicini, velati da una patina umida che sembra brina, come se piano piano la prospettiva si fosse invertita. Peccato, pensa il giornalista, non c'è ancora abbastanza luce per una fotografia.
Alle cinque e un quarto la colonna arriva sul Rebbi Arienní e si ferma. Dalla testa l'ordine passa attraverso l'avanguardia del battaglione indigeno, scivola lungo due reggimenti di

fanteria e arriva alla brigata di artiglieria da montagna che li segue. I reggimenti si sciolgono, i battaglioni che li compongono si stendono sul fianco del colle, le compagnie si distanziano, le batterie si attestano dietro e sui fianchi, e sono quasi le sei quando la colonna Dabormida è pronta al suo posto, per la battaglia.

Cazzo, pensa Montesanto, massaggiandosi le reni spezzate dalla schiena del muletto, ci siamo arrivati. Sembrava tutta una piana vista da Saurià e invece.

– Siamo sicuri di essere nel posto giusto? – chiede Branciamore. Si toglie il casco per asciugarsi la testa con un fazzoletto, ma se lo rimette subito, perché sono tutti in riga, tutti schierati come se dovessero combattere da un momento all'altro, gli mancano solo le baionette inastate.

– Noi siamo qui, – dice Montesanto, – con tutta la colonna. E laggiú, – indica a sinistra con il braccio teso, – mi sembra che ci siano quelli di Arimondi. Non vedo Albertone. È l'ala estrema, va bene, ma qualche contatto dovremmo avercelo.

Poi, all'improvviso, si sente qualcosa.

Soltanto i piú esperti capiscono subito cos'è, il sergente De Zigno, che alza la testa, il mento proteso, stretto dal sottogola del casco, Serra, che porta la mano al fucile, e anche Amara, che si solleva sulle staffe come se volesse montare in piedi sul cavallo. Agli altri sembrano lontani colpi di tosse, secchi e compatti come quelli dei bambini, ma non sono colpi di tosse.

Sono spari.

– Fermi e zitti! – ordina il sergente, perché adesso l'hanno capito tutti cosa sono quegli scoppi, e il cuore gli ha fatto un salto dentro, ai soldati, sembra che gli sia rimasto in gola, e per sciogliere quel groppo che li soffoca devono muoversi, parlare, fare qualcosa.

– Hanno attaccato Albertone, – dice Branciamore.
– Oppure li ha attaccati lui, – dice Montesanto.
– Era il piú avanzato, – dice Amara, – per forza, li ha trovati per primo e li ha attaccati –. E c'è una rabbia nella sua voce che gli farebbe stringere i denti.
– Ma non doveva attaccarli lui. Dovevamo attaccarli tutti, – Montesanto tocca l'aria con la punta delle dita, uno, due, tre colpi, se avesse i sassi li metterebbe a terra uno a fianco all'altro, come al campo di Saurià. – Noi sul Rebbi Arienní, Arimondi in mezzo e Albertone sul Chidane Merèt, – e di nuovo indica a sinistra con il braccio.
– Ma siamo sicuri che sia là, il Chidane Merèt? – chiede il giornalista. – Il maggiore della brigata indigena, ieri notte, mi diceva che secondo i suoi ascari il Chidane Merèt è molto piú avanti rispetto a quello che c'era sulla mappa dello stato maggiore.
– Quella non era una mappa, era uno schizzo tracciato a memoria, – dice Montesanto. – In ogni caso, Albertone non è al suo posto.

I colpi lontani non cessano, anzi, aumentano di intensità. Si sentono anche i tonfi delle cannonate.

– Le batterie siciliane, – dice Branciamore. – Minchia, fanno sul serio.

Se avesse il morso Amara schiumerebbe come il suo cavallo. Pensa che doveva farsi assegnare alla brigata indigena, e adesso sarebbe laggiú con gli ascari del generale Albertone, che ormai saranno quasi arrivati ad Adua. Se potesse vederlo lo farebbe, spronerebbe il cavallo, e a costo di farlo scoppiare taglierebbe le ambe fino a raggiungere la battaglia, ma Albertone non si vede, non si vede niente, solo schiene di roccia e macchie d'alberi che sembrano cespugli.

L'unico a non muoversi quando ha sentito le fucilate è stato Flaminio. Anzi, si è irrigidito di piú, le mani strette l'una sull'altra dentro i guanti di filo bianco. Ha anche smesso di respirare.

C'è una staffetta che si avvicina. È un sottotenente giovanissimo, la faccia nuda come quella di un bambino, senza barba né baffi. Risale il fianco della compagnia e arriva fino a Flaminio, e deve chiamarlo due volte, perché gli risponda.

– Montesanto! – dice Flaminio. Montesanto sprona il muletto e arriva anche lui.

Belín, pensa il caporale Cicogna, che per stare attaccato al suo maggiore si trova tra le gambe di muli e cavalli, ma chi se ne frega, lui non lo molla il culo del suo ufficiale.

Montesanto torna da Branciamore.

– Manco lo sforzo di prenderseli lui, gli ordini, – mormora. – Ci muoviamo.

– E dove andiamo?

– Boh? Dabormida ha detto di muoversi e basta. Immagino che il comandante riposizioni tutti piú avanti, visto che Albertone è avanzato troppo.

Aspettano. Il battaglione indigeno gli sfila davanti di corsa. Amara guarda quei soldati che saltellano elastici sui sandali, il fucile in equilibrio di traverso sulla spalla, come un bastone, tigrini magrissimi, sudanesi enormi, centoundici dalle guance segnate, il tarbush rosso di traverso sulla testa, sono appena arrivati anche loro e sembra che non abbiano neanche sudato. Vanno a occupare un colle piú avanti, ha sentito il maggiore De Vito che lo ordinava agli ufficiali, e magari neanche là saranno al centro della battaglia, ma la voglia di seguirli è tanta lo stesso e Amara deve tirare nelle briglie come se ce lo avesse davvero lui, il morso.

– Battaglione in marcia! – urla Montesanto, visto che Flaminio non dice niente.

Scendono dal colle, giú nel vallone, seguendo una strada stretta che piega a destra e poi gira attorno a un roccione e piega ancora a destra, e ancora gira, sempre piú stretta. La luce, adesso, è quella del mattino, perché sono già quasi le sette, anche se il sole è ancora basso e non scalda cosí tanto.

Ma dobbiamo proprio andarceli a cercare noi, pensava Pasolini, aggrappato alla cinghia del suo fucile come se la spalla che lo sosteneva non fosse la sua. Aveva paura. Ma non paura di uccidere qualcuno, paura di essere ammazzato lui, perché appena aveva sentito tutte quelle fucilate gli era venuta in mente una parola che gli aveva fatto provare uno smarrimento forte, come quando si sviene. Perché c'era già stato tra le schioppettate, a Guna Guna, e aveva anche visto la gente morire, ma solo adesso, con questa fucileria cosí compatta, forse proprio perché lontana, gli era venuta in mente la parola «guerra».

Sono in guerra, pensò, maial, aggiunse, e questa volta con la voce. Sono in guerra e sto andando in battaglia. E ancora: ma dobbiamo proprio andarceli a cercare noi, e pure questo con la voce, anche se piano.

– Stiamo andando dall'altra parte, – disse Serra. La strada era cosí stretta che la stavano percorrendo uno sull'altro, in una lunga colonna sottile, e anche se Pasolini aveva mormorato quasi col pensiero, Serra l'aveva sentito lo stesso.

Aveva ragione, la battaglia del generale Albertone era alle loro spalle, perché la strada che avevano preso tornava a piegare a destra, allontanandoli sempre di piú.

– È vero, – disse Pasolini, e si tranquillizzò abbastanza per pensare a qualcos'altro che non fosse la paura, perché va bene, era in guerra e stava andando alla battaglia, ma lui non avrebbe sparato a nessuno, e magari avrebbe trovato anche il modo per fare qualcosa. Gettare il fucile. Alzare le mani. Parlare. Convincere. Era per quello che si era arruolato, per portare la sedizione laggiú in Colonia.

Serra invece non era tranquillo per niente. Gli spari si sta-

L'OTTAVA VIBRAZIONE 417

vano affievolendo sempre di piú, e dopo un po' non si sentirono neppure. E questo poteva significare due cose. Che stavano scappando, ma non era possibile. O che si stavano perdendo, e questo era piú facile.

Sono le nove quando arrivano a valle, e adesso il sole comincia a picchiare. C'è acqua, l'avevano vista luccicare dall'ultimo costone, ma è solo uno stagno basso che sembra una palude. Però si fermano lo stesso, con l'ordine di sedersi e mangiare. La colonna si affloscia come se l'avessero sgonfiata. Solo Amara resiste piú a lungo sul cavallo, esitando a scendere, ma l'ultimo è Flaminio, tirato giú da Cicogna che lo strattona per la gamba dei calzoni, e anche quando è a terra il maggiore non si siede. Il giornalista pensa che c'è abbastanza luce per fotografarlo, ma è troppo stanco e non ha voglia di prendere la macchina dal mulo, col cavalletto e tutto il resto. Tanto c'è tempo.

Il 1° Battaglione si era schierato tutto sul lato destro del vallone, e la 1ª Compagnia si era messa ancora piú all'esterno, il piú lontano possibile dall'acqua, perché puzza ed è coperta di mosche che arrivano a sciami a ronzare attorno ai soldati. Non era facile mangiare, anche perché Montesanto camminava avanti e indietro con le mani in tasca e non aveva una bella faccia. Flaminio sembrava tranquillo, immobile come se dormisse in piedi, e comunque, a parte Serra ogni tanto, non lo guardava nessuno, ma Montesanto si vede che è agitato. Il sergente andò a dirglielo in un orecchio, cosí Montesanto annuisce e si allontana.

All'improvviso, il veneto bravo col fucile dice: – Guardate, ragazzi! – *Vardè, tosi!* – E si alza in piedi, indicando l'altro lato del vallone. Si tirano su tutti per guardare un gruppo di ascari che passano di corsa, ma non in fila, in mucchio, e senza tarbush in testa, perché stanno scappando. Si mescolano ai soldati, i camicioni bianchi sembrano passare attraverso le divise di bronzo, risalgono la strada da cui è venuta la colonna e sono già fuori dalla valle, oltre il costone.

– Che cazzo succede? – dice il sergente.

– Gli ascari scappano! – dice un caporale.

– Sta' zitto, fava, sono quelli del kitet, son meno buoni degli altri, – però guarda verso il fondo del vallone, per vedere se dopo gli ascari in fuga da lí vengano anche gli abissini. Ma non c'è nessuno.

Montesanto arriva di corsa e si attacca alla criniera del muletto per montarci su.

– Battaglione in marcia! – grida, – avanziamo oltre la collina!

– Quale collina? – chiede Amara. Lo sa, perché ce n'è solo una davanti a loro, che chiude il vallone e copre la vista, ma vuole una conferma.

– Sí, tenente, – gli dice Montesanto, – stiamo in avanguardia sul fianco destro. Se arrivano gli abissini saremo i primi a beccarceli addosso.

Ma oltre la collina non c'era nessuno.

C'è una valletta, e davanti un altro costone piatto come un dente, che scende giú con una pietraia coperta di rovi. I soldati cercano di guardare di là, le quattro compagnie del battaglione e anche gli artiglieri della batteria che li ha seguiti fin lassú, e il giornalista sul muletto, si alzano sulle punte dei piedi, allungano il collo, si schermano gli occhi con la mano ma il costone è piú alto e non si vede niente.

È allora che Flaminio parla.

Ha la voce roca perché è stato in silenzio per ore, ma non gli basta schiarirsela per farla uscire alta come vorrebbe. È come se il fuoco che gli arde dentro dalla notte prima gliel'avesse bruciata nella gola.

– Schierarsi ai piedi della collina.

– Prego? – dice Montesanto.

– Il battaglione si schiera ai piedi della collina. 1ª, 2ª e 3ª Compagnia a valle, 4ª a mezza costa, noi quassú con le batterie e lo stato maggiore.

– Prego? – ripete Montesanto, e questa volta non è perché non ha sentito, ma perché non capisce.

– Il battaglione si schiera ai piedi...

– Ma è una follia! Dobbiamo stare tutti quassú con l'artiglieria! Se gli abissini vengono giú, – e indica il costone, – spazzano via tutta la valle prima che...

Flaminio si voltò a guardare Montesanto, e a Montesanto si ghiaccia il sangue nelle vene. Occhi cosí non ne ha mai visti. Sono sempre gli stessi, li conosce gli occhi del maggiore, azzurri, chiarissimi, come se fossero stati appena sciacquati, ma adesso sembrano gli occhi di un altro. Le sue guance lisce, arrossate dal sole, senza un filo di barba dopo un giorno di marcia, quella bocca piccola, stretta a culo di gallina, è sempre lui, il maggiore Marco Antonio Flaminio di San Martino, quello stronzo di Flaminio, eppure adesso gli sembra un altro, gli sembra un'altra cosa, che gli fa paura. Per questo non riesce a dire niente.

– Fino a prova contraria la fascia da comandante la porto io, – sussurra Flaminio con la sua voce bruciata. – Fino a prova contraria in questo battaglione gli ordini li dò io. Esegua gli ordini, maggiore. Il battaglione si schiera ai piedi della collina.

A un altro avrebbe risposto. Gli avrebbe ripetuto che era pazzo, che lui quegli ordini non li dava, anzi, che piuttosto tirava fuori la pistola, lo destituiva e prendeva lui il comando. Ma a Flaminio no.

A quel Flaminio no.

– Come si chiama questo vallone? – chiese il giornalista,

tirando fuori il taccuino. – È il Maryam Sciauitú, dico bene? Sapete, io per i nomi...

Non c'è bisogno di ripetere le disposizioni. Branciamore è già lí e ha sentito tutto. Lo sa che come ufficiale subalterno toccherà a lui comandare le compagnie a fondo valle e starsene assieme ai soldati ad aspettare gli abissini nel punto piú pericoloso di tutto lo schieramento. Pensa: Sabà. Pensa: Amlesèt. Sa già che non tornerà a casa per vedere la sua donna e la sua bambina. Lo sa perché è un vecchio soldato, ma proprio perché è un vecchio soldato sa anche che non può farci niente e che andrà laggiú con i suoi uomini.

Però non è soltanto un vecchio soldato, è Branciamore, il marito mio di Sabà, e quindi non può impedirsi di pensare a cosa le succederà quando lui non ci sarà piú, se avrà abbastanza soldi, se la rispetteranno la madama di un capitano morto, e poi a quel pensiero ci si attaccano tutti gli altri, la sua pelle morbida, le sue efelidi nere, la sua voce, *eterna la visione della tua bellezza,* l'ultima volta che hanno fatto l'amore, Amlesèt (se sarà una bambina), tenerla tra le braccia e farle il solletico per farla ridere, anche se è cosí piccola che non ti vede, però ti sente, lo sente il tuo calore, lo sentirebbe.

E allora, proprio perché è Branciamore, li esegue gli ordini, ma non può impedirsi di piangere, ma mica con gli occhi, con le labbra, stringendole appena, piegandole in giú, e nessuno se ne accorge. Solo Montesanto.

– Un momento, capitano, – disse, prendendolo per un braccio perché si stava già allontanando. – L'onore di comandare le compagnie a fondo valle me lo prendo io. Sei d'accordo, Flaminio? – Ma Flaminio neanche lo guarda, ha gli occhi sulla valle, intorbiditi, gli occhi di un altro. – Lei resta quassú a fare da aiutante al maggiore. Mi raccomando la copertura dell'artiglieria.

Branciamore vorrebbe dire sí, vorrebbe dire grazie e agli ordini, e anche Sabà e Amlesèt, cosí non dice niente e resta a guardare Montesanto che sprona il muletto e trotta giú per la collina, attaccato alle briglie, i gomiti larghi per mantenersi in equilibrio.

– Tenente Amara! – grida. – 1ª, 2ª e 3ª Compagnia! Andiamo giú!

Cinquantasei

Adesso il sole picchiava forte. Era l'altopiano, non c'era il caldo senza respiro di Massaua, ma Serra lo sentiva battere lo stesso sul casco, scaldargli la stoffa della giubba sulla schiena, arroventargli la canna del fucile che teneva appoggiato alla gamba, calcio a terra. Ogni tanto si voltava a guardare la collina e lo vedeva sempre lassú, il suo maggiore assassino di bambini, dritto sul cavallo, l'uniforme nera, la fascia azzurra di traverso al petto e un'altra piú stretta attorno al casco. Lo fissava finché gli reggeva la gamba, perché a torcersi cosí gli faceva male, poi tornava a guardare avanti, e per un po' gli bastava.

Le compagnie erano schierate su quattro file, Amara a comandare la 1ª e il sottotenente con la faccia da bambino la 2ª, Montesanto davanti alla 3ª, giú dal muletto. I soldati si erano tolti la mantellina che gli aveva lasciato sulla giubba una striscia piú scura di sudore, come se ce l'avessero ancora a tracolla.

Guardavano tutti la piana polverosa, alcuni con il casco calcato in avanti, altri indietro, a seconda che preferissero ripararsi il naso o la nuca, e avevano smesso di alzare gli occhi al costone perché il sole delle dieci e mezzo era proprio lassú che bruciava, e non bastava piú tenerci davanti la mano. Ogni tanto però qualcuno lo faceva, sfidava le lacrime che inumidivano le palpebre per la luce e guardava su.

– Là c'è qualcuno!

C'è una fenditura sul bordo destro del costone. È una roggia stretta che scende come un terrazzo obliquo e poi si apre sulla pietraia.

Là c'era un uomo a cavallo. Un soldato. Immobile, su un cavallino cosí piccolo che sembrava un pony americano, due lance che spuntano dallo scudo che tiene legato sulla schiena. Stava lí da chissà quanto tempo.

– State zitti! – ruggí il sergente, perché tutti avevano cominciato a gridare. Spinse in là un soldato per far passare Montesanto.

– Lo tiro giú? – chiese il veneto bravo col fucile.

– No, – disse Montesanto, – troppo lontano. Appena spari si sposta e lo perdiamo. Amara! Vuoi fare l'eroe? Vammelo a prendere!

Amara esitò, ma era soltanto perché si era distratto a guardare il cavaliere sulla roggia. Spronò il cavallo senza rispondere e si lanciò nella piana.

– È un esploratore, – disse il sergente. – Vogliono vedere dove siamo.

– Oppure lo sanno già e quello è solo una vedetta in avanscoperta. In ogni caso appena Amara lo prende lo sapremo.

Il soldato con le lance rimase fermo finché Amara non fu arrivato quasi in fondo alla piana, poi girò il cavallo tirandolo per una briglia e sparí dietro la roggia. Amara lo vide e si chinò in avanti sulla criniera del suo, come se servisse a farlo andare piú forte. Divorò gli ultimi metri della piana e affrontò la pietraia, spronando il cavallo per farlo salire fino all'inizio della roggia, attento a non scivolare sui sassi. Poi aprí la fondina, tirò fuori la pistola e ricominciò a salire. Dalla piana ogni tanto lo vedevano apparire oltre il bordo delle rocce, una mano stretta attorno alle briglie e l'altra in alto, con la pistola. Non lo sentivano, ma incitava il cavallo con versi secchi e rochi, come un colpo di tosse.

Dove cazzo sei finito, pensa Amara, perché è quasi arrivato alla fine della roggia, in cima al costone, e il soldato con le lance non si vede. La fenditura è stretta, non c'è abbastanza spazio perché si sia nascosto per saltargli addosso, ma tiene la pistola puntata, col cane alzato, e avanza al passo, trattenendo il cavallo.

In cima al costone c'era uno scalino, una tavola di roccia piatta come una piazza, una sella che scendeva dall'altra parte, ma non si vedeva dove.

Amara si ferma e si guarda attorno, la pistola pronta. C'è una macchia di acacie sulla sinistra, e lí dentro potrebbe esserci qualcuno, ma vuole arrivare in fondo alla sella, perché ha sentito qualcosa dall'altra parte, un ringhio, un sospiro, qualcosa di grande e di gonfio, che non riesce a capire. Cosí continua a tenere gli occhi sulla macchia di acacie, ma intanto va avanti fino al bordo della sella, e quando ci arriva si gira e guarda cosa c'è nella valle oltre il costone.

Si blocca, piantando gli stivali nelle staffe, le mani strette sulle redini.

– Oh, Cristo, – mormora, poi strattona le briglie per girare il cavallo, ma qualcuno gli prende le gambe, lo afferra per la giubba, gli stringe il braccio e il polso che regge la pistola, sono in tanti e lo tirano giú, e quando sbatte con la schiena sulla roccia contrae la mano e spara un colpo, ma senza ferire nessuno.

L'unica cosa che vide dopo che un guerriero galla gli aveva troncato di netto la testa fu la lama del guradè che si sollevava sgocciolando il suo sangue. Poi anche l'ultima scintilla di vita rimasta nei nervi si spegne e non c'è piú niente.

Quando sentono sparare la pistola del tenente, i soldati nella piana gridano: hurrà! e qualcuno anche: Savoia! Solo Pasolini mormora: vaffanculo.

– Preso, – dice Montesanto, e intanto pensa.

Pensa: comunque sia, prima o poi attaccano, a meno che davvero Albertone sia arrivato fino ad Adua e sia già finita qui. Ma non è vero, perché ogni tanto il vento cambia, si infila nel vallone, e lontano, lontanissimo, si sente ancora sparare. Da qualche parte la battaglia continua.

Allora pensa: se arrivano sono cazzi va bene ma dipende da quanti sono in fondo siamo un battaglione quattrocentotrenta uomini con sei cannoni e qui davanti tre compagnie fa trecentocinquanta fucili diretti bene gli uomini sparano una salva ogni dieci secondi e gli abissini mica sanno sparare a raffica come noi minchia.

Pensa: nessun esercito indigeno è mai riuscito a battere un esercito europeo ben inquadrato.

Cammina avanti e indietro con le mani in tasca. Si ripete: nessun esercito indigeno è mai riuscito a battere un esercito europeo ben inquadrato.

Serra si volta a guardare il maggiore Flaminio, dritto, immobile e nero.

C'è ancora. Gli basta.

Poi, all'improvviso, il vento cambia. Arriva giú dal costone, soffia caldo e polveroso in faccia ai soldati, e si porta dietro un rumore che sembra quello di un temporale, però lontano, un rombo pieno di grida di uccelli, e per un momento tutti guardano in alto, pensando di vedere uno stormo di rondini che scappava da una tempesta, ma non era un temporale e non erano grida, è musica, sono tamburi e sono trombe che stanno suonando. E assieme al rumore arriva anche un odore, un puzzo forte, fortissimo, che gratta pieno nelle narici e fa ridere i soldati, che si agitano la mano davanti al naso: ohé, ragazzi, chi l'ha mollata?

Il sergente, invece, non ride.

È impallidito e ha serrato le mascelle fino a farsi scricchiolare i denti.

Perché lui lo sa cos'è quel rumore.

Sono i negarít e i koboro del negus, sono i tamburi degli abissini, e anche le trombe che suonano per l'esercito che avanza.

Perché quell'odore, quel puzzo aspro e feroce che è arrivato col vento dal costone, è l'odore di un esercito in marcia, che sa di corpi, di fiati, di sudore, anche di merda. Odore di altra gente, di altri soldati, che non sono italiani.

Però è un'altra la cosa che spaventa il sergente.

Perché lui lo sa che gli abissini stanno arrivando, se lo aspetta, ma se quello è il loro odore, ed è cosí forte e cosí intenso da sentirsi fin laggiú, allora, Cristo, ma quanti cazzo sono?

Di colpo i soldati smettono di ridere. Anche quelli che si erano voltati indietro, vedono la faccia dei compagni e si girano subito a guardare il costone.

È come se sulla roccia fosse spuntata una cresta. Sagome nere contro il sole, disegnano una riga compatta, irta di punte, come la merlatura di un castello. Per un momento restano immobili lassú, e adesso nella piana c'è silenzio, non si sente neanche respirare, soltanto le mosche che ronzano.

Poi è come se qualcuno avesse gettato un sasso in un secchio, perché il bordo del costone si gonfia di un'onda nera che scoppia sulle rocce, e si riversa giú lungo il fianco della collina, è non è soltanto un'onda, è una marea che cresce, un flusso inarrestabile, che arriva di corsa, urlando.

– Serrare i ranghi! – grida il sergente. – Prima fila in ginocchio! – urla Montesanto, e intanto pensa: nessun esercito indigeno è mai riuscito a battere un esercito europeo ben inquadrato, nessun esercito indigeno, mai.

Dietro, sulla collina dove stanno arroccati lo stato maggiore e l'artiglieria, Branciamore ha congiunto le mani in uno schiocco di sorpresa quando ha visto gli abissini. E anche adesso se le stringe, le mani, davanti alla bocca, mentre li vede divorare la discesa che porta alla piana, coprendo di nero i rovi e i sassi del pendio come l'ombra di una nuvola che passa davanti al sole. Quanti saranno? Mille? Diecimila, centomila?

Branciamore spinge da parte il giornalista che sta cercando di scaricare il cavalletto dal mulo e corre da Flaminio, immobile sulle staffe, le mani di filo bianco una sull'altra, sul pomo della sella.

– Bisogna farli arretrare! – grida. – Ritirare le compagnie sulla collina! Sono troppi! Li travolgeranno!

Flaminio non risponde neanche. Guarda giú, le quattro file color bronzo che si stendono lungo la piana, pensa agli uomini, si immagina i loro corpi, la loro pelle bianca sotto la tela delle giubbe, il sangue che pulsa veloce nelle loro vene, e la vista gli si offusca tanto che deve battere le palpebre per mantenerla a fuoco.

Anche Branciamore guarda giú e intanto si passa il dorso delle mani sulle guance, per asciugarsi le lacrime.

– Sono cento contro uno, – mormora, – sarà un bagno di sangue –. Poi si scuote e corre verso gli artiglieri della batteria, che già hanno caricato i cannoni e aspettano solo l'ordine: – Aprire il fuoco, subito!

Flaminio socchiuse le labbra e il respiro che gli si affannava in gola gli uscí tra i denti con un sibilo roco, lo sguardo intorbidito dal desiderio.

Sarà un bagno di sangue.

– Sí, – sussurrò.

Sí.

Appena ha sentito il primo colpo di cannone passargli alto sopra la testa per andare a schiantarsi sul costone, Pasolini ha capito che lo hanno fregato. Poteva capirlo anche prima, quando ha visto apparire tutti quei soldati schierati contro il sole, tanti, maial, sempre di piú, ma la paura gli aveva schiacciato il pensiero da qualche parte nella mente, e c'era voluta quella cannonata a liberarlo.

Lo avevano fregato.

Completamente.

Perché mentre guarda quella massa di uomini che viene giú dal pendio, Pasolini sa che lo ammazzeranno, sono tanti, troppi, sente la loro corsa vibrargli sotto i piedi attraverso il terreno, e urlano cosí forte da coprire il suono delle trombe e dei tamburi, ma lui non vuole morire, vuole salvarsi, ma mica può gettare il fucile e andargli incontro a braccia aperte, come Gesú Cristo, e neanche girarsi e scappare, se no il sergente gli spara nella schiena. E allora l'unica cosa che può fare è sparare anche lui e cercare di ammazzare piú abissini che può, perché se riesce a farne fuori abbastanza prima che arrivino a sbudellarlo, forse si salva.

Ecco perché l'hanno fregato. Perché non ci doveva proprio andare, in guerra, perché una volta che ci sei dentro, in un modo o nell'altro, ti tocca farla. Porterò la sedizione là in Colonia. Io non sparo a nessuno. Sí, col cazzo.

È tanta la rabbia per essersi fatto fregare che la paura gli passa di colpo. Tiene il fucile stretto con una mano per far vedere bene al sergente che non vuole mollarlo, e comincia a slacciarsi i bottoni della giubba. Se deve ammazzare qualcuno non lo farà per la patria, l'esercito o i Savoia, ma per se stesso, Pasolini Giancarlo da Ferrara.

– Che cazzo fai? – dice il sergente, e gli punta addosso

il fucile, ma Pasolini pianta i piedi per terra, affonda gli scarponi nella polvere per fargli vedere che lui non si muove, non diserta, non scappa, sta lí come gli altri, e intanto si è tolto la giubba e la camicia e si sta slacciando anche i calzoni. – Che cazzo stai facendo? – grida il sergente, la bocca del fucile sulla faccia di Pasolini, ma quello non si muove, gli fa vedere il Vetterli imbracciato, batte con gli scarponi nelle sue orme, alza le gambe soltanto per togliersi i calzoni, e poi via le ghette, le scarpe e anche le fasce, e resta nudo, completamente nudo, al suo posto nella fila, come gli altri.

Ma vaffanculo, pensa il sergente, e poi abbassa il fucile, perché un uomo in piú fa sempre comodo, con o senza l'uniforme.

– Serrare le file! – grida. – Spalla contro spalla! E coraggio, per la Madonna! Chi non ha paura di morire muore una volta sola!

Tra poco saranno a tiro, pensa Montesanto, mentre una parte della sua testa ripete: nessun esercito indigeno, mai, ininterrottamente, come una preghiera. Cerca di valutare la distanza, saranno ancora a mille, millecinquecento metri. Le cannonate che raschiano il cielo vanno a esplodere in mezzo agli abissini, sollevano colonne di fumo bianco e lanciano in aria sassi, cespugli di rovi e pezzi di corpi, ma quelli non si fermano, hanno già divorato il pendio, e adesso sono nella piana.

– Alzo a novecento metri, – dice Montesanto, le mani in tasca, come se non gli importasse niente, ma non è vero, perché dentro continua a ripetere: nessun esercito, mai.

Li guarda arrivare. Un muro di uomini e polvere che avanza correndo. Non ha un binocolo, ma si chiude le mani attorno agli occhi per ripararli dalla luce e focalizzare lo sguardo.

Vede tigrini a torso nudo, il gabí avvolto attorno alla vita, scalzi, scioani dal camicione bianco, galla col corpetto di capra, beni amer dai capelli crespi alti sulla testa, etiopi che pestano la polvere con i sandali, i calzoni corti sulle caviglie, le spalle coperte da una mantellina di panno. Portano scudi rotondi di pelle di rinoceronte e di ippopotamo, lance lunghe dalla punta larga, guradè ricurvi affilati come rasoi, cartuccere a tracolla e tanti, tantissimi fucili. In mezzo a loro, ufficiali dalle camicie ricamate, lunghe come marsine, e caschi col bordo di leopardo, seguiti da bambini che gli portano le armi. Urlano, urlano tutti, e anche se le parole non si distinguono non importa, perché Montesanto lo sa cosa stanno gridando.

– Ghèddele! Ghèddele ferengi!

Uccidere. Uccidere lo straniero bianco.

– Fuoco! – urla Montesanto.

– Fuoco! – ripetono De Zigno e il tenente con la faccia da bambino.

Montesanto non toglie le mani dalle tasche. Pensa: nessuno, mai. Lascia che il sergente passi dietro le file a battere piattonate con la baionetta sul casco di quelli che non sparano a tempo, prima fila puntare-mirare-fuoco, seconda fila puntare-mirare-fuoco. Sparare mentre gli altri ricaricano. Una salva ogni cinque o sei secondi. Nessuno. Mai.

Ora c'è solo da aspettare e vedere se prima o poi, a forza di sparare, quelli là si fermano.

Non si fermano, pensa Branciamore. Lui da lassú li vede quanti sono, e potrebbe dire infiniti, perché dal costone continuano a scendere. Appena le compagnie schierate ai piedi della collina hanno aperto il fuoco, gli abissini hanno rallentato la corsa, ma non si sono fermati. I cannoni continuano a sparare, tirano sulle rocce del pendio, che si spaccano in una rosa di schegge che taglia in due chi ci sta vicino, ma non serve a niente. Vengono avanti lo stesso, e adesso hanno cominciato a sparare anche loro.

Branciamore si prende la testa tra le mani. Guarda quella minchia di un maggiore in alta uniforme dritto sul cavallo che fissa trasognato la battaglia come se assistesse a una parata. Quel caporale lungo come un fenicottero gli sta attaccato alla staffa, praticamente abbracciato a uno stivale. Trema, pallido come un morto, e per calmarsi succhia chat da una guancia piú grande della faccia.

– Non arriveranno mica fin quassú? – chiede il giornalista. Ha montato la macchina sul cavalletto ma non è ancora riuscito a scattare una fotografia, e non perché la valle si stia riempiendo del fumo dei fucili. – Dove sono gli altri? Verranno ad aiutarci, no? Ci sono quasi diciassettemila soldati italiani nella conca di Adua! Che fa Dabormida? Perché non viene?

Branciamore si volta indietro. Il vallone fa una curva e le posizioni del resto della colonna non si vedono, ma il giornalista ha ragione. Ci sono due reggimenti là dietro. La battaglia l'hanno sentita, e se il generale Dabormida lo ritiene manderà rinforzi. Ma forse non sa quanto è grave la situazione e bisogna avvertirlo, fargli sapere quanti sono gli abissini, infiniti.

– Una staffetta per il generale Dabormida! – grida Branciamore. Guarda Flaminio, che neanche si è mosso.

Il caporale Cicogna sputa la palla di chat che gli gonfia la guancia e si strozza di saliva gialla.

– Volontario! – grida alzando la mano. Si stacca dalla gamba del suo maggiore e corre verso il muletto del giornalista, ci salta sopra e parte cosí in fretta che Branciamore deve corrergli dietro per dargli il biglietto che ha scritto per il generale.

Il giornalista la scatta la fotografia. Quattro file piú chiare di soldati avvolti nel fumo degli spari, e davanti, cosí vicina da stare dentro la stessa lastra, la massa scura degli abissini che attaccano.

– Baionetta in canna! – urla Montesanto.
– Baionetta in canna! – ripetono De Zigno e il tenente con la faccia da bambino. I soldati smettono di sparare, si strappano la baionetta dal cinturone e la piantano in cima al fucile. Pasolini la cerca tra la polvere, perché è nudo e la cintura non ce l'ha, infila la scanalatura dell'elsa nella guida sotto la cassa, ma poi sbaglia ad agganciare l'anello sulla canna e la baionetta si incastra, storta, e deve batterla con uno scarpone per tirarla via, ma in fretta, gli altri hanno già ricominciato a sparare. – Fuoco a volontà! – grida Montesanto. – Fuoco a volontà! – De Zigno e il tenente bambino, perché sono già lí, gli abissini, già addosso, e quando Pasolini riesce a mettere la baionetta, e si alza, e spara, lo scioano a cui fa scoppiare la testa è cosí vicino che gli schizza di sangue la pelle nuda.

Adesso neanche Montesanto ha piú le mani in tasca. Ha tirato fuori la pistola e spara stendendo il braccio tra le file dei soldati, vuota il tamburo della sua Bodeo e poi si volta per ricaricare, ma non c'è tempo, e allora sfodera la sciabola e intanto pensa: nessun esercito indigeno, nessun esercito indigeno, nessun esercito indigeno.

Le baionette scivolano sugli scudi, si piantano nei corpi degli abissini, bucano la pelle, sfondano i muscoli, troncano vene e ossa. I guradè spaccano i caschi degli italiani, tagliano in due le facce, le lance passano tra le file, squarciano la gola di quelli dietro, i fucili sparano a bruciapelo sulle giubbe di bronzo. La prima linea resiste all'urto, indietreggia sulla seconda, le file si schiacciano ma tengono. – Dài, per Dio! – grida il sergente. Nessuno, nessuno, nessuno, pensa Montesanto, ma gli abissini sono troppi, girano attorno ai fianchi del quadrato italiano e lo attaccano alle spalle.

– Casso! – urla il veneto bravo col fucile, le *s* che gli friggono agli angoli delle labbra. Spinge indietro l'abissino che gli ha afferrato il Vetterli e tira per strapparglielo, lo getta a terra e poi gli spacca la testa col calcio del fucile. Una pallottola lo prende in faccia, quasi gli tronca la mascella. Il veneto cade su un ginocchio, tenendosi la bocca con la mano, si aggrappa al tenente, che cerca di portarlo indietro, ma Montesanto gli grida di allargare sul fianco per evitare l'accerchiamento, e allora il tenente lascia il veneto, gli infila il fucile sotto il braccio perché ci si appoggi e corre dai soldati a spingerli avanti, urlando forte per farsi sentire tra le grida e gli spari.

Serra lo segue, accecato dal fumo e dalla polvere. Non ha piú avuto tempo di voltarsi a guardare il maggiore, e adesso carica alla baionetta con un gruppo di soldati. Ha perso il casco ma non importa, si infila basso sotto lo scudo di un abissino e gli pianta la baionetta nella pancia, ma troppo in alto, la lama si incastra nelle costole e non riesce piú a tirarla fuori. Lascia il fucile, perché un ufficiale con una criniera da leone gli è addosso con il guradè alzato. Serra lo prende per il bavero della mantellina, lo butta giú con una spallata, gli pianta le mani nella faccia e gli schiaccia la testa a terra, lo strozza, gli strappa la spada e lo colpisce con quella.

La spinta della carica per allargare il fianco si esaurisce in fretta, e il tenente si trova solo davanti a un muro di abissini. A Napoli, al caffè, gli amici universitari lo prendevano in giro perché giurava che al momento di morire avrebbe gridato: viva l'Italia! E invece adesso dice: – Mamma! – come tutti, quando un fucile gli spara nella faccia da bambino.

Sulla sinistra c'è un quadrato che resiste, schiena contro schiena, stretto, irto di baionette come un porcospino. Il giornalista lo indica a Branciamore con un timido sorriso di speranza, ma Branciamore scuote la testa. Li ha visti i cavalieri galla che arrivano proprio da sinistra, tagliando la piana. Sono una nuvola di polvere che sembra il vapore di un treno e puntano dritti sul quadrato. Tra poco verranno anche su.

Intanto arriva un tenente su un cavallo coperto di bava bianca. Branciamore gli corre incontro e gli si attacca alle briglie, per fermarlo: è cosí fradicio di sudore, il tenente, che la sua uniforme sembra nera come quella di Flaminio. Ansima, masticando terra, senza riuscire a parlare.

– Dove sono i rinforzi? – chiede Branciamore. – Ho mandato una staffetta per informare il generale.

– Non so un cazzo, – si strozza il tenente, – dovete ritirarvi.

– Sí, ma il generale Dabormida...

– Non c'è piú il generale. Non c'è piú niente. Scappate, salvatevi, è un disastro! – e lo ripete, con l'ultima polvere raschiata dalla gola: – È un disastro, scappate!

Branciamore corre da Flaminio. Urla, ma il maggiore non lo sente, allora lo tira per una gamba, lo colpisce con il pugno sullo stivale, finché quello non si volta e lo guarda, gli occhi torbidi, le labbra socchiuse a respirare piano.

Flaminio non sente quello che grida il capitano. E non gliene importa niente. Lui non è lí, sotto il sole che gli arroventa il casco e le stellette, non lo sente il sudore che dai capelli gli scorre giú fino negli stivali, il fumo aspro di cordite delle cannonate, lui non ce l'ha piú un corpo, è solo un'insieme di terminazioni nervose che si sciolgono struggendosi in un orgasmo assoluto.

Doveva andare in Africa, doveva venire in Colonia per capirlo. Doveva tenere un bambino tra le braccia e una baionetta in mano per capire che non era uccidere il suo destino. Non era sventrare, sgozzare, straziare, lui, con le sue mani, che gli dava piacere, ma la vista del sangue che scorre. Giovani, bianchi, vigorosi soldati che muoiono versando sangue.

Ecco, se allarga le narici e aspira forte riesce anche a sentirlo quell'odore dolce e vischioso. Vorrebbe averlo sulla bocca, sulla pelle nuda. Doveva venire in Colonia, per capirlo. Doveva comandare un battaglione e mandarlo a morire.

Dalle batterie sulla sinistra gli artiglieri urlano. I cavalieri galla sono sulla collina e passano tra i cannoni con le sciabole alzate. Non c'è piú bisogno di ordinare la ritirata, anche il giornalista si è messo in spalla il cavalletto e sta scappando.

Branciamore pensa che Flaminio sia sotto choc per la paura, perché lo guarda con un sorriso assente. Non può abbandonarlo, anche se è uno stronzo incompetente. Cosí si attacca alla cavezza e tira, per girare la testa del cavallo.

Ai piedi della collina il quadrato si è dissolto sotto l'urto della cavalleria. De Zigno sí che l'ha urlato: – Viva l'Italia! – e anche: – Venite a prenderli i miei coglioni, non sono gratis! – prima che la sciabola pesante di un cavaliere gli spaccasse la faccia, staccandogli quasi la testa.

Montesanto cerca di ricaricare, ma non c'è tempo. Prende la pistola per la canna e picchia con quella, pianta l'anello che sta in fondo al calcio nella fronte di un etiope, poi afferra l'elsa della sciabola, ma non riesce a sfoderarla, perché gli prendono i polsi, lo spingono indietro, contro la schiena di un soldato, e mentre grida: – Nessun esercito, mai! – la lama di un pugnale gli passa sotto il mento, tagliandogli la gola.

Pasolini, invece, non l'ha ancora toccato nessuno. Ha sparato tutti i suoi colpi e ha una pioggia di caricatori attorno ai piedi scalzi, punta la baionetta a destra e a sinistra, ma gli abissini escono dal fumo delle fucilate e gli passano accanto senza neanche sfiorarlo. Sarà perché è nudo, la pelle bruciata dal sole incrostata di terra. Poi un gruppo di cavalieri gli passa davanti, Pasolini svanisce in una nuvola di polvere rovente e quando la nebbia della battaglia si dirada lui non c'è piú.

Serra guarda verso la collina e vede il suo maggiore ancora fermo sul cavallo. C'è un ufficiale che lo tira per le briglie, ma lui non si muove, anche se i cavalieri galla stanno sciamando attorno a loro, tra le batterie. Poi l'ufficiale ci riesce, gira la testa del cavallo, e il maggiore si scuote, come se si svegliasse in quel momento.

Serra guarda la collina e pensa che non può finire cosí. Stringe l'impugnatura di corna di bufalo del guradè che ha ancora in mano e mormora: – No, cosí non finisce.

Allora comincia a correre, e anche se la gamba gli fa male non importa, spinge con gli scarponi, i gomiti stretti sui fianchi, la bocca spalancata per aspirare aria. Passa attraverso gli abissini e lascia la piana, arriva dove il pendio comincia a salire e intanto fissa il suo maggiore che sta per sparire oltre il ciglio della collina, tirato via dall'ufficiale.

Non finisce cosí.

Spinge anche con i gomiti, perché la salita comincia a farsi sentire, stringe il guradè e corre piú forte che può, gli occhi fissi sul suo maggiore come se potesse agganciarlo con lo sguardo e tirarsi su piú in fretta.

Non sente piú niente. Il battito del suo cuore, il suo respiro che gli rimbomba nelle orecchie.

No, non finisce cosí.

No.

Alle sue spalle un cavaliere galla sta arrivando al galoppo, una mano stretta alla criniera del cavallo, piegato su un fianco, tutto fuori dalla sella.

Colpisce Serra alla nuca con la punta della spada e gli strappa il maggiore dalla vista, perché la testa gli si gira su una spalla, di colpo, spezzandogli il collo.

Fotografia

L'ultima fotografia è una stampa all'albumina formato Victoria, 105x70, cosí dettagliata da sembrare un disegno.
Ci sono due uomini al centro. Uno è seduto sul primo gradino di una scalinata di pietra, e l'altro è in piedi di fianco a lui. Indossano soltanto un paio di calzoni stracciati e sono scalzi, sporchi e con la barba lunga. Dietro la fotografia, tracciata con un pennino sottile che nelle anse delle lettere non si è aperto all'inchiostro e ha graffiato il cartoncino, c'è una scritta: «Come giungevano in Adigrat i nostri soldati a 15-20 giorni dalla battaglia di Adua», e sotto la firma dell'autore, «dott. Giuseppe Quattrociocchi».
Dei due uomini, quello piú grosso, quello che sta in piedi, è un giornalista. Ha una fascia sporca attorno al gomito destro e uno straccio lurido alla caviglia, che non è proprio uno straccio, è la gamba dei calzoni che si è staccata e gli sta giú, sul piede, come una catena.
Per tutto il viaggio di ritorno non ha fatto altro che pensare. Gli è servito a non sentire il sole dell'altopiano sulle spalle, i sassi che gli bucano i piedi, la fame che gli raggrinzisce lo stomaco e la sete che gli brucia la gola. Neanche la paura di trovarsi alle spalle i cavalieri galla ha sentito, i guradè affilati pronti a evirarlo. Ha continuato a camminare assieme a quell'altro, quello seduto, che è piú magro di lui, le guance scavate e le spalle curve, le braccia appoggiate alle ginocchia, con le mani conserte tra le gambe.

Pensava all'articolo che avrebbe scritto, il giornalista, scandiva le parole nella testa come sui tasti di una macchina da scrivere.

«Credevamo di imporci a quattro beduini da comprare con le perline e invece siamo andati a rompere i coglioni all'unica grande potenza africana, cristiana, imperialista e moderna. Anche i francobolli aveva fatto fare il negus».

Scavavano la terra in cerca di radici e rubavano l'acqua alle capre, attenti a non farsi scoprire dagli abitanti dei villaggi, perché lo sapevano cosa gli avrebbero fatto, ne avevano visto uno, lungo e magro come una cicogna, legato a un albero e bruciato vivo, la bocca spalancata e così nero che se non fosse stato per i gradi da caporale ricamati su una manica rimasta intatta avrebbero potuto pensare che fosse una statua di legno. E sempre, anche allora, il giornalista pensava all'articolo che avrebbe scritto.

«Ci siamo andati impreparati, mal comandati e indecisi e quel che è peggio senza soldi. Fidando nella nostra fortuna, nell'arte di arrangiarsi e nella nostra bella faccia. Lo abbiamo fatto per dare un deserto alle plebi diseredate del Meridione, un sfogo al mal d'Africa dei sognatori, per la megalomania di un re e perché il presidente del Consiglio deve far dimenticare scandali bancari e agitazioni di piazza. Ma perché le facciamo sempre così, le cose, noi italiani?»

Ma poi, a mano a mano che si avvicinano al forte, quella rabbia un po' gli passa, e quando arriva un drappello della cavalleria indigena, e vede le lance, il tarbush con la penna di falco e la fascia rossa dello squadrone Cheren, la certezza di essere salvi è così forte che il giornalista smette di scrivere con la testa e comincia a pensare soltanto all'acqua, alla pancia che ruggisce e alle gambe che gli fanno male.

Adesso, in piedi accanto alla scalinata, mentre il dottor Quattrociocchi gli scatta la fotografia prima di visitarlo (ma lo ha già trovato abbastanza bene), il giornalista ha ricominciato a scrivere. Non l'articolo, quello lo ha già dimenticato, un'altra cosa. Un memoriale, un libro, esotismo, azione, avventura, sacrificio intrepido, ci sono tutti gli elementi giusti per vendere parecchio. Titolo: *Gli eroi di Adua*.

L'altro, invece, quello seduto sui gradini, per tutti quei giorni di marcia disperata ha sempre pensato una cosa sola. Una parola, sempre quella.

E anche adesso, mentre aspetta di essere visitato dalla Croce rossa e non vede l'ora che gli dicano che è vivo per tornare da Sabà, Branciamore pensa: Amlesèt.

Sono tornato.

Cinquantasette

– È la piú grande sconfitta mai subita da un esercito coloniale europeo. Seimila morti tra ascari e nazionali, millecinquecento feriti e duemila che sono ancora prigionieri. E tutta l'artiglieria persa. Un corpo di spedizione di diciassettemila uomini distrutto. Ci sta ridendo dietro tutto il mondo.
– Io non vedo molta gente che ride.
Il tenente dell'ufficio politico lanciò a Vittorio un'occhiata diffidente, poi guardò il capitano Colaprico, che si strinse nelle spalle.
– Ironia, – disse il capitano.
– Non c'è tempo per l'ironia, e magari, se siamo ridotti in questo modo, è perché siamo stati troppo ironici.
Non si era arricciato i baffi, il tenente. Invece di stargli su come denti di cinghiale, gli giravano attorno alla piega delle labbra come corna alla rovescia. Stavano tutti e tre sotto un portico, davanti alla banchina, a guardare il piroscafo che partiva per l'Italia. Una fila di alpini fasciati come mummie aveva bloccato la passerella, fermati da un carabiniere che non capiva i documenti.
– Con permesso, – disse il capitano, e si allontanò verso la banchina, puntando un dito sull'ingorgo per indicarlo a un maresciallo. – Andiamo, Laudadio, che cazzo.
No, non c'è tempo per l'ironia, pensa il tenente dell'ufficio politico. Avranno un gran daffare, a Roma. Bisogna sce-

gliere un capro espiatorio e coprire di gloria una sconfitta. Crispi è già saltato, salterà anche Baratieri, e tutto torna come prima. Compito loro, in Colonia, compito suo, è trovare gli eroi da indicare alla gente. I morti, si sa, son tutti eroi, ma ce ne vogliono di vivi.

Come quel maggiore, quello là, Flaminio. L'hanno trovato le penne nere del Cheren che girava tutto nudo tra le rocce, coperto di sangue, tanto che all'inizio pensavano che fosse ferito e invece no, non era sangue suo. E ce ne aveva addosso tanto, quasi se lo fosse spalmato da solo sulla pelle, ma vabbe', era in stato di choc, poveretto. Però adesso si è ripreso. Ecco, a quello gli daranno la medaglia d'oro e lo faranno colonnello, cosí invece di un battaglione comanderà un reggimento.

Quanta gente che se ne va, pensa il tenente. E dire che lo sanno che i confini della Colonia sono sicuri, sono arrivati i rinforzi dall'Italia, il nuovo governatore è bravo e li ha disposti bene, e Menelicche, che non è uno scemo, anzi, non vuole impegnarsi ancora nella guerra e si è ritirato oltre il Mareb, in Abissinia. Sí, però hanno ragione, perché adesso si fermerà tutto. Sia che in Italia decidano di mollare la Colonia, sia, come è piú facile, che decidano di dimenticarsene, adesso qui non succederà piú niente.

– Chi ha investito in questa avventura ha perso tutto, – dice il tenente, e indica la passerella che si è sbloccata, gli alpini feriti si sono imbarcati e adesso davanti al carabiniere c'è una donna che spinge un uomo in carrozzella. – Poveretta, quel pazzo visionario, – dice il tenente, – tutto il patrimonio, e i debiti, l'ha lasciata senza un soldo, – ma Vittorio non l'ascolta.

L'ha vista, Cristina, la sta seguendo con gli occhi da quando è arrivata col carretto e se ne è stata ferma sotto l'ombrellino a guardare che le scaricassero tutti i bauli e le mettessero Cristoforo, magrissimo e ancora un po' tremante, sulla sedia a rotelle.

Perché c'è andato, al porto, a vederla partire?

Da quando si sono parlati per l'ultima volta, e lei gli ha fatto vedere i segni dei graffi di Leo, Vittorio l'ha cercata dappertutto. Discretamente, il piú possibile almeno, per non destare sospetti, ma tutte le mattine è andato a casa sua a bussare alla sua porta e sempre è uscita la ragazzina a dirgli che: – Chissi signora no tzubúk, – e non l'ha mai lasciato entrare.

All'inizio era disperato, disperato come poteva esserlo lui, da fuori nessuno si accorgeva di niente, e anche se l'angoscia lo soffocava, sembrava sempre il solito Vittorio, soltanto un po' piú apatico. Chi non lo conosceva lo pensava preoccupato per la guerra, e un giovane commesso coloniale appena arrivato con l'ultimo sbarco, quando lo vide ubriaco fradicio che barcollava davanti alla casa di Madamín, la sera in cui arrivò la notizia della sconfitta (ma era sempre sbronzo, tutte le sere), lo abbracciò dicendogli: – Coraggio, dobbiamo tutti farci forza.

Poi, un giorno dopo l'altro, aveva cominciato a essere un po' meno disperato, e anche meno sbronzo. Continuava ad andare a casa di Cristina, ma come se fosse un'abitudine, ascoltava la ragazza, – Chissi no tzubúk, – annuiva in silenzio, e tornava a lavorare.

E allora perché c'è andato, al molo, a vederla partire?

Non lo sa neanche lui. Non si muove da sotto il portico, non si avvicina, non la chiama, la guarda e basta. Vestita di nero perché è in lutto, chiusa fino al mento da un colletto di pizzo, un cappellino con la veletta e anche le scarpe, sembra che abbia fretta di andarsene da lí, perché neanche si volta.

Lo fa solo per un momento. Cristina gira la testa sulla spalla e getta un'occhiata indietro, a Massaua, stringendo gli occhi perché il sole che batte sulle case acceca anche attraverso la trama della veletta.

Vede i soldati seduti sugli zaini, vede zaptiè con la canna di traverso sulle spalle, vecchi con la futa che si tengono per mano, venditrici d'acqua a seno nudo, giovani bilene con i bambini sulla schiena, piccole rashaida con gli anellini alle narici, vede una fila di cammelli seduti sulle ginocchia, c'è la Colonnella, che le fa un cenno, ma lei non le risponde. Avrebbe visto anche Vittorio, ma poi ha sentito il capitano che diceva al carabiniere: – Dài, su, è la vedova di Leo, – e la rabbia le ha fatto girare la testa in avanti, di scatto. Ha preso i documenti e ha spinto Cristoforo su per la passerella, gli occhi velati dalle lacrime, ma tanto è in lutto e dietro la veletta nessuno può vederla piangere.

La Vedova di Leo.

Per sempre.

Vittorio aspetta che sparisca, inghiottita dalla nave. Si gira e si allontana, lasciando il tenente dell'ufficio politico che ancora parla, ma tanto lui non l'ascoltava neanche prima. Cammina lungo il portico, le mani in tasca, curvo, e quando passa davanti al caffè *Bianco* ha la tentazione di infilarcisi dentro, ma è ancora troppo presto per bere, e poi fa caldo e lui ha un sacco di lavoro da fare, tanta Magia, con tutto quello che è arrivato dall'Italia per rinforzo. Tira dritto, allora, fino all'ufficio.

Per un momento, a vedere la stanza ancora cosí buia e umida di afa, si chiede dove cazzo sia Ahmed, poi si ricorda: non c'è piú Ahmed, e lui non se l'è ancora trovato un altro aiuto, cosí si toglie la giacca, la butta su una sedia e va ad accendersi la ventola da solo.

Si avvicina alla finestra e tira su le veneziane, poco, solo fino a metà, si allenta il nodo della cravatta e batte il pollice contro il colletto.

Fuori c'è una bambina che balla.

L'ha già vista, sporca, scalza, con la sua camiciola corta di chissà quale colore, le treccine crespe ai lati della testa, come due cornetti. Shaytān, diceva Ahmed. Ma è la solita bambina, balla senza seguire il tempo del koboro, lentissima, i polsi che si torcono nell'aria, i piedi nella polvere, e mentre la guarda Vittorio pensa che l'ha sempre vista lí, da quanto tempo non se lo ricorda, da quando è arrivato, forse, e l'ha sempre vista cosí, piccola cosí, come se non fosse mai cresciuta.

Poi la bambina alza la testa e lo guarda.

Sheitàn.

Vaffanculo, pensa Vittorio, e abbassa la veneziana. Un brivido freddo gli ha ghiacciato il sudore, ma è stato solo un attimo, e adesso ha piú caldo di prima. Ma non c'è niente da bere. La bottiglia accanto alla calcolatrice è vuota, Vittorio la scuote inutilmente, ci sarebbe la birra nella ghiacciaia, ma è lontana e non ha voglia di uscire.

– Ahmed, – chiama, fermandosi a metà parola, «Ahm», chiudendo la bocca su un morso d'aria. Apre la porta, per vedere se c'è qualcuno, ma non c'è nessuno, c'è solo Aicha, seduta sotto un albero, per terra.

– Aicha, vammi a prendere una birra, – perché tanto lei lo sa come si fa a entrare nella ghiacciaia anche se è chiusa, lo fa sempre. – Dài, Aicha, muovi il culo, ti faccio un regalino.

Aicha sorride, succhiando il bastoncino che usa per pulirsi i denti. Gioca con la futa che le copre il grembo, le gambe aperte, stese nella polvere, e non si muove.

– Aicha, e dài, una birra –. Fa il gesto di bere, glu glu. La ragazza ride, ma resta seduta a terra e si alza solo quando Vittorio tira fuori una moneta dalla tasca, però non subito, aspetta che lui se la rigiri un po' tra le dita, come se non le importasse niente.

Vittorio torna in ufficio, lasciando la porta aperta. Si siede sotto la ventola e apre le braccia per offrire le ascelle al soffio delle pale. Chiude gli occhi e sospira. Infila di nuovo il dito sotto la cravatta, per allentarla ancora, e sta per battere col pollice quando un brivido di ghiaccio gli azzanna il collo, facendolo trasalire. Aicha gli ha appoggiato la bottiglia fredda sulla pelle e adesso ride dietro di lui, spostandosi veloce per non farsi prendere. Riesce ad afferrarle un lembo della futa, ma lei è Aicha, la cagna nera, gli lascia la stoffa in mano e resta nuda, a saltargli attorno, ridendo, finché non si stanca e gli dà la birra.

Vittorio la beve quasi tutta con una sorsata lunga che gli fa mancare il fiato, e quando riemerge non vede piú Aicha. Per terra però c'è la sua futa, cosí si guarda attorno per cercarla nella penombra calda dell'ufficio, ma non la trova.

Dov'è Aicha.

La sente sotto il tavolo, abbassa lo sguardo e la vede, accucciata contro una gamba di legno, rannicchiata, perché è grande, Aicha, sorride pulendosi i denti.

– Vieni fuori di lí, dài... devo lavorare.

Si snoda la cravatta, la sfila dal colletto e l'appoggia sulla scrivania, tirandola su tutta perché da sotto Aicha non la prenda. Si abbassa anche le bretelle e si apre la camicia fino al petto.

Lei lo guarda da sotto il tavolo. Alza un piede e glielo appoggia in mezzo alle gambe, ma Vittorio si tira indietro con la sedia.

– No, – dice, fermo. – Devo lavorare e non ho voglia.

Però guarda la ventola. Fissa le pale che girano e pensa che vorrebbe che girassero piú forte, ma mica per il caldo, no, perché forse a tenerci gli occhi sopra, a quelle spire bianche in movimento, forse riuscirebbe a ipnotizzarsi, e a cadere in un sonno profondo, e a non svegliarsi piú.

Aicha si muove sotto il tavolo, scivola in avanti sul sedere nudo e allunga ancora una gamba. Gli appoggia un tallone sulla coscia e muove il piede, agita le dita, perché vuole fargli vedere il filo di conchiglie che ha attorno alla caviglia.

È uguale a quell'altro, conchigliette bianche che sembrano minuscoli gnocchi di patata, e in mezzo una nera.

Il filo di conchiglie, Aicha, la bambina che balla. Vittorio pensa che con tutto quello che è successo non è cambiato niente, per lui non è cambiato niente, e magari non cambierà mai, mai piú, per sempre. Ma non è quella la cosa che lo angoscia. È che lui, di angoscia, non ne prova proprio. E gli sembra naturale che resti sempre tutto cosí e che non possa farci niente.

Guarda la gamba dei pantaloni, dove Aicha gli sta appoggiando il piede. Gli ha lasciato un'impronta sudicia sulla stoffa e lui la spazzola via, con le dita, ma poco, il segno resta ancora, si vede anche in penombra, ma lui non fa piú niente. Aicha appoggia anche l'altro tallone sull'altra coscia di Vittorio e tira con le gambe, avvicinandosi alla sedia.

– No, dài, – dice Vittorio.

Aicha si muove sotto il tavolo. Sputa lontano il bastoncino di adaï e si mette in ginocchio. Allunga le braccia e comincia a slacciargli la cintura, tirando per sganciarla dalla fibbia.

– No, basta adesso, – dice Vittorio. Alza anche una mano, ma la lascia a mezz'aria e Aicha gliela sposta. Gli sbottona la patta, infila le dita nere sotto il bordo della stoffa e tira giú, e lui dice: – No, Aicha, per favore, – ma intanto inarca un po' la schiena, perché pantaloni e mutande passino le natiche e scendano giú, sulle ginocchia.

Lei non lo guarda, e lui neppure. Fissa la ventola che gira, e quando sente la sua bocca che lo prende, per un attimo gli viene da piangere, ma poi non lo fa, si tiene la testa tra le mani e smette di pensare.

Ce n'è ancora uno

Gli avevano detto che lo avrebbero fucilato come disertore, e lui aveva avuto paura perché quella parola, disertore, non sapeva cosa volesse dire, ma fucilato invece sí, significa che ti sparano con i fucili, e mentre glielo dicevano lo fracassavano di calci. Poi lo avevano gettato in una cella, l'ultima del corridoio, e lo avevano lasciato lí, sul pavimento, accartocciato come una foglia secca.
– Domani ti veniamo a prendere, – gli aveva detto il maresciallo, e gli aveva anche sputato sulla schiena.
La notte, però, c'era stata una grande confusione. Aveva sentito i carabinieri gridare: *Adua, un disastro, tutti gli uomini al fronte*, e dopo era calato il silenzio, come se la prigione si fosse svuotata, ma mica solo la prigione, anche il forte.
Poi era arrivata l'alba, e lui si era accucciato in un angolo, la testa stretta tra le ginocchia, ad aspettare, e intanto tremava. Ma non era venuto nessuno.
Dopo un po' la paura gli era passata, ma soltanto perché aveva cosí fame da non sentire nient'altro, perché non solo non lo venivano a prendere per fucilarlo, ma neanche gli portavano da mangiare. Allora si era attaccato alle sbarre e aveva cercato di infilarci la testa in mezzo, ma non ci passava, cosí aveva schiacciato la faccia contro i ferri, allungando un occhio per guardare piú in là, ma non vedeva niente.
Era rimasto ancora un altro po' seduto sul pavimento, le braccia attorno alle ginocchia, ma poi, siccome aveva fame

e non ce la faceva piú, si era alzato e aveva cominciato a prendere a calci l'inferriata della cella, di piatto, con la suola dello scarpone, e sulla serratura, perché aveva visto che era vecchia e che a ogni colpo si muoveva un po' di piú.

Quando era uscito dalla palazzina, gli occhi stretti per la luce del sole che riverberava sul piazzale, non aveva incontrato nessuno. Allora si era messo a camminare, aveva superato la palizzata che separava quell'ala dal resto del forte, aveva attraversato un altro piazzale, poi il portone, e si era ritrovato nella spianata di Ras Mudur. Lí si era fermato solo per bere a una fontana, e poi aveva tirato dritto attraverso tutta Ba'azè, e poi la passerella sulla rada, l'isola di Taulud, il ponte con la terraferma, la piana di Monkullo e su, verso Otumlo, e ancora sulla strada che portava oltre il confine, in Abissinia.

Tutte le volte che qualcuno lo fermava, Sciortino faceva quello che aveva sempre fatto, stava zitto (tanto nessuno lo capiva), con la testa bassa, finché gli altri non si stufavano, lasciavano perdere, e dopo pochi passi già lo avevano dimenticato.

Lungo la strada aveva rubato quello che gli serviva, che stava tutto in un tascapane, rubato anche quello.

C'era una borraccia d'acqua, un pezzo di formaggio, e un casco di sughero.

Ma mica per lui, il casco: per la piantina di fava che teneva davanti a casa (*piandine, fave* e *'mbaccia a la cas'*, pensò Sciortino).

Quell'altro glielo avevano rotto i carabinieri, ma questo era molto piú bello, perché era un casco da ufficiale, piú morbido, e di sughero piú fine.

Non vedeva l'ora di farglielo vedere, a Sebeticca.

[...] Questa è la terra dell'ottava vibrazione
dell'arcobaleno: il Nero.
È il lato oscuro della luna,
portato alla luce.
Ultimo colpo di pennello nel dipinto di Dio.

TSEGAYE GABRÈ MEDHIN, *Home-Coming Son*.

La fortuna degli scrittori
di Carlo Lucarelli

Un giorno ero vicino ad Arezzo, a un incontro con l'autore, quando qualcuno mi ha chiesto cosa stavo scrivendo. Non stavo scrivendo nulla, in quel momento, e avrei potuto dire cosí, *per adesso ancora niente*, ma siccome mi sembrava che per uno scrittore stare senza scrivere, anche se temporaneamente, fosse una condizione innaturale, ho messo insieme uno sciame di suggestioni che mi ronzava in testa da un po' di tempo e ho detto: un romanzo storico ambientato in Eritrea attorno alla battaglia di Adua. Niente di piú, perché davvero avevo soltanto qualche parola che mi risuonava nella mente, un po' di immagini, ancora piú sfocate delle fotografie in cui le avevo viste, e un mucchio di buone intenzioni, ma nient'altro, neanche un titolo.

Tra la gente che ascoltava c'era una ragazza, che si è avvicinata e mi ha detto che secondo lei era una buona idea, anzi, lei era nata in Eritrea, ad Asmara, la cosa la entusiasmava molto, e ora che glielo avevo fatto tornare in mente c'erano molte cose di quella storia passata che le sarebbe piaciuto approfondire, magari faceva qualche ricerca e se trovava del materiale interessante avrebbe potuto mandarmelo, sempre che la cosa non mi disturbasse. Tra l'altro, archivi e documenti erano il suo mestiere, visto che era una bibliotecaria, e stava anche a Bologna, perdipiú, dove sto anch'io.

Per un anno almeno ho continuato a non scrivere niente, non quel romanzo, almeno. Ogni tanto mi arrivava una busta, per posta, o incontravo la bibliotecaria che mi consegnava una sporta di roba, sempre scusandosi di forzare la mia privacy con quelle intromissioni, si sa, gli scrittori sono strani, magari trovavo invadenti e offensive tutte quelle attenzioni al mio lavoro. Io le dicevo che per carità, gli scrittori sono strani, sí, ma ci mancherebbe, grazie di tutto, prendevo il materiale e lo mettevo nel mio studio, su un tavolo sotto una scala.

Poi, all'improvviso, come succede, mi sono messo a scrivere il romanzo, le idee hanno iniziato a precisarsi, sono diventate storie, si sono fuse con le parole che avevo in testa e ho cominciato. Per un romanzo storico, soprattutto se ambientato in un altro luogo, ci vogliono molte ricerche e c'è bisogno di molti dettagli, anche solo per cominciare a immaginare, figuriamoci per scrivere. Avevo già messo in conto un lunghissimo periodo di studio, mi ero segnate un sacco di cose da cercare, poi sono passato davanti al tavolo su cui avevo accumulato le buste della bibliotecaria, le ho aperte, ci ho guardato bene dentro e ho scoperto che era già tutto lí. La prima cosa che ho visto era una piantina di Massaua della fine dell'Ottocento con riportate sopra tutte le annotazioni sui luoghi che la meravigliosa bibliotecaria aveva raccolto, dalle donne arruolate per le perquisizioni sui ponti di accesso alla città fino a quanti cavalli c'erano nelle stalle di Forte Taulud. Quando dico *la fortuna degli scrittori*. Non facevo in tempo a chiedermi una cosa che me la trovavo davanti, tra le mani, fisicamente.

Ecco, Patrizia Pastore è la prima persona che devo ringraziare per questo libro. A lei devo aggiungere l'africanista Gian Carlo Stella e la sua Biblioteca-Archivio *Africana*, che sta a Fusignano, sempre a un passo da casa mia, e tutti gli storici che hanno scritto libri sull'argomento e di cui ho studiato, sottolineato e praticamente saccheggiato le pubblicazioni, da Irma Taddia a Domenico Quirico, solo per citarne qualcuno. Ma soprattutto i grandi Angelo Del Boca e Nicola Labanca, che hanno avuto la pazienza di leggere il mio romanzo prima che venisse pubblicato e correggermi le inesattezze storiche con un entusiasmo di cui gli sono immensamente grato.

Nonostante tutto un po' di cose le avrò sbagliate comunque, e sono altrettanto grato a chi me le farà notare. Per mettere le mani avanti devo dire che alcune le ho sbagliate, o almeno, sfumate, apposta. Il mio è un romanzo, naturalmente, e di alcune cose ho avuto bisogno per far andare avanti la storia, preferendo a volte il *verosimile* al *vero*. Per esempio, il famoso telegramma della «tisi militare» era probabilmente conosciuto soltanto da Crispi e dal generale Baratieri, e avendo fatto la scelta di tenere i personaggi storici sullo sfondo e andare avanti soltanto con i miei, non avrei potuto citarlo. Però, dal momento che avevo a disposizione il personaggio di un giornalista ficcanaso e visto quante cose molto riservate ci ritroviamo poi sui giornali... Oppure Gabrè, a cui attribuisco una consapevolezza politica piú vicina a un «nazionalista moderno» che a un «resistente primario» quale avrebbe dovuto essere, come distinguono giustamente gli storici... ma in un romanzo come il mio credo ci possa stare che un personaggio della sua sensibilità riesca a precorrere i tempi e a staccarsi dagli altri.

Poche licenze, due o tre al massimo... almeno per quanto ne so. Per il resto ho cercato di essere il piú preciso possibile, dalla fascia scozzese degli ascari del 7° Indigeni allo stipendio dei commessi coloniali di prima classe. E quando ho avuto bisogno di un Vetterli, Gaetano Manzoni, il mio secondo padre, che possiede il Museo delle armi moderne di San Marino, ne ha tirato giú uno dal muro e me lo ha smontato.

Un errore, invece, l'ho fatto di proposito, ed è su *Avanti e indré*, la canzone che cantavano a Cristina. Lo so che è molto piú recente, però era perfetta per la mia storia. Ma soprattutto la cantava mia madre, e non ci avrei mai rinunciato.

Per scrivere un romanzo ambientato in un altro mondo, però, la documentazione storica non basta. In un posto come Massaua bisogna andarci, e io avevo messo in programma di farlo, ma sono un viaggiatore disorganizzato, capace di perdere un sacco di tempo prima di decidermi e poi, magari, perdermi sul serio e non riuscire a vedere niente. O accontentarmi della superficie, che è peggio. Cosí, stavo ancora riflettendo sul da farsi quando mi è capitato di raccontare l'idea del mio libro a un amico che fa l'editore e col quale stavo seguendo un altro progetto, e lui mi ha detto: ma davvero? Mia madre lavora in Eritrea, è segretaria all'ambasciata italiana, buona occasione per andarla a trovare laggiú. Quando dico *la fortuna degli scrittori*.

Ecco, Daniele di Gennaro, di minimum fax, è l'altra persona che devo ringraziare, assieme a sua madre e suo padre, Orietta e Paolo, che mi hanno portato in giro senza possibilità di perdermi qualcosa. Laggiú ho conosciuto molta gente, come Sabina Branciamore, Vincenzo Amara o Giampaolo Montesanto, solo per citare qualcuno, a cui ho rubato i nomi e l'esperienza che mi ha permesso di muovermi in un mondo nuovo senza le incertezze del turista. Soprattutto ho un debito con Giampaolo, che mi ha fatto capire il fascino struggente di Massaua. Molte delle suggestioni che mi ha comunicato stanno nel bellissimo romanzo che ha scritto, e che spero trovi presto un degno editore.

Laggiú, in Eritrea, ho raccolto le parole che mi servivano da chi le stava usando, le ho confrontate con gli studi linguistici e i vocabolari dell'epoca e poi le ho riviste anche con un amico di Bologna, Kidane Gaber, che oltre a conoscere bene le lingue di quella zona ha un ottimo ristorante africano, per cui lo ringrazio di cuore sia per la consulenza che per lo zighiní. Non è stato facile, dovendo fare i conti con una scelta di termini compatibile sia con l'epoca e i luoghi della mia storia che con le mie esigenze narrative (come per la parola *rogúm*, per esempio), a cui si possono aggiungere le difficoltà di traslitterazione da alfabeti diversi e per noi complessi. Sto mettendo le mani avanti, lo so. Se c'è qualcosa che a qualcuno di madrelingua tigrigna, amarigna, bilena, araba o kunama suonasse strano me ne scuso fino da ora, accetterò con gratitudine tutte le segnalazioni.

Dopo il primo viaggio ci sono tornato altre volte, in Eritrea, anche quando non mi serviva piú per il mio romanzo, perché è un paese meraviglioso, di gente meravigliosa, con tante cose belle che io, da narratore della metà oscura, purtroppo non descrivo. Per esempio, il rito del caffè, che è magico e affascinante, frutto di una cultura del dialogo e della riflessione che invidio profondamente: averlo associato alla vendita di un bambino è un crimine, lo so, ma questa era la mia storia. E cosí il caldo di Massaua, che d'estate è veramente infernale ma in marzo, quando avvengono i fatti del mio romanzo, non lo sarebbe cosí tanto, è diventato soprattutto una condizione esistenziale, uno stato dell'anima.

Ci sono altre persone che devo ringraziare. Severino Cesari, Paolo Repetti e Valentina Pattavina di Einaudi Stile libero, il mio agente Roberto Santachiara, Beatrice, la mia assistente, Mauro Smocovich e gli altri scrittori che vivono dalle mie parti, con tutti loro ho parlato della mia storia, l'ho raccontata e me la sono fatta raccontare, ed è cosí che da noi nascono i libri. Per esempio, discutendo con Simona Vinci, che scrive al presente, e con Eraldo Baldini, che scrive soprattutto al passato, e poi con Deborah Gambetta e con Giampiero Rigosi, e non sapendo io che parte prendere visto che tutti mi sembravano aver ragione – tempo della modernità, tempo della storia – mi è venuto in mente di provare a metterceli dentro tutti, i tempi verbali, a seconda delle mie esigenze, per fermare, muovere, rallentare, accelerare, anche zoomare su qualcosa.

Adesso, non so se sono riuscito a fare bene tutto quello che volevo, in questo libro.

Di sicuro ci ho provato.

E di sicuro, se non ci sono riuscito, visti tutti gli aiuti e la *fortuna* che ho avuto, se ugualmente non ci sono riuscito, insomma, allora è solo colpa mia.

Indice

p. 5	Uno
13	La storia di Aicha, la cagna nera
15	Due
22	La storia di Cristina, Crissi, tesoro
25	Tre
31	La storia di Sciortino, il soldato fantasma
34	Quattro
37	La storia di Pasolini, anarchico internazionalista
40	Cinque
46	Sei
49	Fotografia
51	Sette
55	La storia del tenente Amara
58	Otto
65	Nove
70	Fotografia
72	Dieci
78	Dov'è Aicha
81	Undici
85	Dodici
88	Tredici
91	Fotografia
92	Quattordici
96	Quindici
101	Sedici

p.	105	La storia del brigadiere Serra
	109	Diciassette
	120	Diciotto
	124	Ancora la storia di Cristina
	126	Diciannove
	133	Venti
	139	Ventuno
	145	Ventidue
	153	Ventitre
	159	Ventiquattro
	165	Fotografia
	167	Venticinque
	176	Ventisei
	186	Ventisette
	195	Ventotto
	209	Ventinove
	218	Trenta
	225	Trentuno
	233	Dov'è Aicha
	236	Trentadue
	247	Trentatre
	251	Trentaquattro
	256	Trentacinque
	262	Trentasei
	267	Trentasette
	274	Trentotto
	282	Trentanove
	287	Quaranta
	294	Quarantuno
	299	Quarantadue
	311	Ancora la storia del brigadiere Serra
	319	Quarantatre
	325	Quarantaquattro

INDICE

p. 333	Quarantacinque
339	La storia del soldato ucciso
343	Quarantasei
349	Quarantasette
356	Quarantotto
367	Quarantanove
375	Cinquanta
384	Cinquantuno
391	Cinquantadue
397	Cinquantatre
406	Cinquantaquattro
412	Cinquantacinque
422	Cinquantasei
438	Fotografia
441	Cinquantasette
449	Ce n'è ancora uno
453	*La fortuna degli scrittori* di Carlo Lucarelli

*Stampato per conto della Casa editrice Einaudi
Presso Mondadori Printing S.p.a., Stabilimento N.S.M., Cles (Trento)
nel mese di marzo 2010*

C.L. 20174

Edizione							Anno			
1	2	3	4	5	6		2010	2011	2012	2013